Dinsdagnachten in 1980

Molly Prentiss

Dinsdagnachten in 1980

Vertaald door Jan Willem Reitsma

Amsterdam · Antwerpen
Em. Querido's Uitgeverij BV
2016

Oorspronkelijke titel *Tuesday Nights in 1980*
Oorspronkelijke uitgever Scout Press, een
imprint van Simon & Schuster, Inc.
Copyright © 2016 Molly Prentiss
Copyright vertaling © 2016 Jan Willem Reitsma/
Em. Querido's Uitgeverij bv, Spui 10,
1012 wz Amsterdam

Omslag Esther van Gameren
Omslagbeeld Gallery Stock
Foto auteur Elizabeth Leitzell

isbn 978 90 214 0154 6 / nur 302
www.querido.nl

Voor Franca
En voor al mijn families – jullie weten wie je bent

Inhoud

Het werk van de mens is niets anders dan de langzame tocht om via de omwegen van de kunst de twee of drie eenvoudige en grootse beelden terug te vinden in de aanwezigheid waarvan zijn hart voor het eerst openging.
— *Albert Camus*

Wat is een kunstwerk anders dan de blik van een ander mens?
— *Karl Ove Knausgård*

Proloog
Ondergronds taart eten

Buenos Aires, Argentinië, september 1980

De vergaderingen zijn altijd op dinsdag, in de kelder van Café Crocodile. Ze beginnen om zes uur precies. Om er op tijd te kunnen zijn, moet Franca Engales Morales de bakkerij vroeg sluiten. Ze heeft een klein uur om de laatste taart te voltooien, de vloeren te dweilen, het rooster schoon te maken. Ze haast zich, schept het dikke gele taartbeslag om met haar grote houten lepel, blaast haar pony uit haar ogen. Ze veegt er met een vinger langs, likt eraan, besluit papaverzaad toe te voegen, gooit er een gul handje in. Trekt haar favoriete tulbandbakvorm – de rode met de schulpranden – tevoorschijn, wrijft met haar vingers een klont boter over de zijkanten. Dan giet ze er een laag van het gele mengsel in, dat als modder tot stilstand komt. Een laag bruine suiker en kaneel, en daarna nog een laag beslag. Vijfendertig minuten om de taart te laten bakken, dan zal ze een stuk aluminiumfolie rond de taartbodem wikkelen. Ze zal naar buiten lopen in het laatste staartje van de winter en ze zal een steek in haar borst voelen als ze het gigantische hangslot aan het rolluik dichtklikt. Het kost haar omzet als ze eerder sluit, dat weet ze. En ze kan het zich niet veroorloven, dat weet ze. Maar wat zijn een paar klanten tegenover al het andere? Tegenover wat er verloren gaat als ze helemaal niet op de bijeenkomsten is?

Wat Franca doet is taarten bakken, en dat doet ze goed. Ze bakt snel en efficiënt, en ze zorgt ervoor dat de taarten goed smaken. Maar dit is de ellende met taarten bakken: in het grotere geheel der dingen stelt het niet zo veel voor. Dat zit Franca dwars sinds ze in de bakkerij is gaan werken, al op haar zeventiende – in het jaar dat haar ouders stierven en zij en haar broer noodgedwongen uit werken moesten. Nu is ze tweeëndertig en is ze eigenaar van de winkel en toch kan ze de gedachte niet onderdrukken dat taarten bakken voor mensen die geld over- hebben om dat aan taarten uit te geven niet per se het leven is waarvoor ze was voorbestemd. Ze kan de gedachte niet on- derdrukken dat ze was voorbestemd om iets meer denkwerk te doen.

Maar dat is de ellende met denken: dit is Buenos Aires, en op dit moment hecht Buenos Aires weinig waarde aan denken. Sterker nog, het lijkt wel of denken er ten strengste verboden is; als je te veel denkt kan het zomaar gebeuren dat je nooit meer denkt. Je kijkt wel uit wat je denkt, en je kijkt wel uit wat je hardop zegt. Je kijkt zelfs uit welke kleren je draagt en hoe je loopt. Als je wilt denken, dan doe je dat 's nachts in bed, lig je daar naar de plafondventilator te turen, in de hoop dat nie- mand je gedachten zal horen door de dunne witte gordijnen die je scheiden van de gevaren in de buitenwereld.

'Je bent een grote stomkop,' had Franca's vriendin Ines te- gen haar gezegd toen ze over de bijeenkomsten op dinsdag hoorde. 'Als jou iets overkomt? Lieve god, ik bid voor Julian.'

Maar Franca kan het zich niet veroorloven om naar een vriendin als Ines te luisteren. Als Franca naar Ines had geluis- terd, had ze Julian nooit gekregen, om maar iets te noemen. 'Wie wil er nou een kind krijgen in dit gat?' had Ines gezegd voor ze wist dat Franca zwanger was – bijna zeven jaar gele- den inmiddels. Ines had zelf al drie kinderen, maar die had ze onder het Perón-regime gebaard. 'Een heel andere tijd,' verze- kerde Ines haar. 'En nu? Chaos.'

Het was inderdaad een chaotische tijd geweest – Perón was kort geleden, tijdens zijn tweede, roerige termijn, de pijp uit- gegaan en had zijn incompetente tweede vrouw aan het roer achtergelaten; geruchten over een coup staken de kop op en deden de ronde. Franca's privéleven had op een vergelijkba- re wijze precair aangevoeld: haar broer, met wie ze sinds de dood van haar ouders, ruim vijftien jaar geleden, het ouderlijk huis had gedeeld, had een openlijke afkeer van de man die zij had uitverkoren om mee naar huis te nemen en te huwen, en had uiteindelijk zijn dreigement uitgevoerd: hij had gebruikgemaakt van zijn Amerikaanse paspoort – alweer zoiets wat hij wel had en zij niet – en was afgereisd naar New York, met achterlating van haar. Hij had gezegd dat hij wegging om zich serieus te concentreren op het schilderen, maar ze kende de waarheid omdat zij die ook voelde: hij kon er niet tegen om het huis van hun dode ouders met Pascal te delen, of überhaupt in dat huis te verblijven; het was veranderd in drie etages verdriet. Met zijn vertrek had hij iets scherps door haar hart heen getrokken; Raúls aanwezigheid was als elektriciteit, die haar wereld oplichtte wanneer ze voor haar aanging, maar verduisterde wanneer ze werd uitgezet. Het was donker toen hij wegging, en in dat donker was ze alleen met Pascal.

Ze had van Pascal gehouden, eerlijk waar. Met zijn rechte rug en zijn omhoogkrullende mondhoeken en zijn plechtige belofte om voor haar te zorgen (voor een wees was dat de enige belofte die telde). Hij was een goede man, en logisch beschouwd was hij de juiste keus geweest. Maar zodra haar broer weg was besefte ze dat Pascals liefde – ontspannen, betrouwbare, best goede liefde – niet voldeed. Met haar hele wezen hunkerde ze naar Raúl: haar broer die het huis vulde met de geur van terpentine en de muren bedekte met zijn schilderijen; haar broer die precies wist wat er in haar omging als hij haar in de ogen keek. Ze snakte naar de nabijheid van een echt familielid, een troostrijke, verstikkende nabijheid die onvervangbaar was. De schilderijen die hij aan de muren had achtergelaten herinnerden haar alleen maar aan zijn afwezigheid, en daarom haalde ze die weg, schoof ze onder bedden of rolde ze op en zette ze schuin in de hoek. Ze begon te fantaseren over haar koffers pakken en Pascals geldvoorraadje uit de provisiekast pakken voor een ticket naar New York. Maar ze had geen paspoort, en in die tijd was het zo goed als onmogelijk er een te krijgen, en de muren waren eenzaam en kwamen op haar af, en daarom ontwikkelde ze een nieuwe fantasie: een klein baby'tje, een jongetje, een maatje dat in de zon perensap met haar zat te drinken. De week na het vertrek van Raúl sloop Franca in het holst van de nacht naar haar echtgenoot, en door zijn wazige toestand van halfslaap heen, terwijl de maan naar binnen scheen en zij hem als een waanzinnige bereed, bezwangerde Franca zich. (Zo zag ze het, dat ze zichzelf had bezwangerd; Pascal was, helemaal op z'n Pascals, tijdens de daad nogal passief gebleven.)

Na de geboorte van Julian was de afstand tussen Franca en Pascal alleen maar toegenomen. Franca ging elke dag helemaal op in het kleine mensje dat ze had gemaakt, tuurde in zijn grote, nieuwsgierige ogen, streelde zijn donkere haarlok, voedde hem uit haar borst, wat tegelijk pijnlijk en bevredigend aanvoelde. Ze was alleen gelukkig als de baby in haar armen lag; de baby begreep haar, de baby deed haar, hoe ongelooflijk ook, aan haar broer denken. De gedachte aan Pascal die in zijn grote stoel in de huiskamer zat – terwijl zijn snorharen uit zijn gezicht staken, terwijl zijn gezicht uit zijn kraag stak, terwijl hij zijn hand in zijn broek stak om zich te krabben – begon Franca met afkeer te vervullen, en ze ontliep hem volledig, weerstond al zijn aanrakingen. Ze begonnen gescheiden te slapen. Wanneer ze elkaar spraken, schreeuwden ze. En toen, op een ochtend in april, werd Franca wakker, ademde in en besefte al voor ze uit bed was gestapt dat Pascal niet thuis was. Dat hij haar en Julian had verlaten en nooit meer terug zou komen. Diezelfde dag was ze voor het eerst naar Café Crocodile gegaan. Ze had behoefte om zich omringd te voelen. Ze had behoefte om zich kleiner dan iets te voelen.

Dus nee, ze luistert doorgaans niet naar Ines, die haar met fronsend voorhoofd heeft gewaarschuwd dat ze vanwege die bijeenkomsten nog eens opgeschept zal worden – zo noemt iedereen de mysterieuze ontvoeringen die sinds de coup elke dag overal in de stad voorvallen. Omdat de bijeenkomsten haar er telkens aan herinneren dat ze niet de enige is die iets is kwijtgeraakt, dat dit een stad vol rouw is, een wereld vol. En omdat de mensen die de bijeenkomsten bezoeken – de jonge Lara, de geestige Mateo, de ernstige Sergio, de dappere Wafa – buiten de zesjarige Julian haar enige familieleden zijn.

Franca duwt zich een weg door de wind, over de zes kruispunten naar het café. Telkens wanneer ze de bekende steek van de zenuwen voelt, herinnert ze zichzelf eraan dat ze er ongevaarlijk uitziet in haar vriendelijke blauwe jas, met de taart die ze voor haar vrienden heeft gebakken. Ze denkt terug aan wat Raúl altijd tegen haar zei: 'Je zou een perfecte radicaal zijn, Franca. Omdat je er zo verdomde aardig uitziet.' Het deel van haar hart dat aan haar broer verpand is bonst: had hij haar nu maar kunnen zien. Ze vraagt zich schielijk af wat er gebeurd zou zijn als hij gebleven was, maar roept zichzelf tot de orde. Raúl heeft haar brief nooit beantwoord – ze heeft zich er maar één keer toe kunnen zetten om te schrijven – en heeft nooit naar huis gebeld. En dus zal haar broer nooit weet hebben van deze bijeenkomsten, van Pascals vertrek, of van Julian, haar grootste – wellicht haar enige – prestatie. Haar broer zal er zelfs nooit om malen. Toch weet ze het: Raúl is de reden waarom ze hier in Café Crocodile is.

Binnen knikt Franca tegen El Jefe, de baas van de tent en de vader van Lara. El Jefe glimlacht niet met zijn mond maar vanaf ergens op zijn voorhoofd. Franca herinnert zich zijn voorhoofd van alle ochtenden dat ze hier kwamen toen ze klein was, toen het haar van El Jefe nog zwart was. Ze herinnert zich hoe zij en Raúl naar de toog holden, op de barkrukken sprongen en bij El Jefe om limonade bedelden.

'Ze zitten beneden,' zegt El Jefe, met de gedistingeerde stem van een butler.

De code: driemaal kloppen, eenmaal hoesten. De kelderdeur opent zich tot een kier, op welk moment je 'Jacobo' moet zeggen, het wachtwoord. Normaal glimlachen ze allemaal zwijgend tegen haar, maken het gebaar van een rits die over hun mond wordt dichtgetrokken zolang de deur openstaat. Normaal neemt ze plaats op de oranje stoel die het dichtst bij de deur staat, haalt haar aantekeningen tevoorschijn, begint te notuleren. Maar dit keer gaat het anders. Er is iets mis.

Niemand zit en niemand glimlacht. De kelder is volop in beweging. Sergio schuift een rommelige stapel papier in zijn oude leren koffertje. Mateo, doorgaans zo rustig, vol grapjes en perfecte imitaties van de generaals, propt stapels boeken onder het bed, terwijl de nog smeulende as van zijn sigaret op het tapijt valt, oranje gloeit en uitdooft. Lara, met haar prachtige asblonde vlecht, rukt bladzijden uit de ordner waarin ze alle namen bijhouden – de namen van vermisten, die ze sinds de allereerste bijeenkomst hebben genoteerd: 9032 namen inmiddels. En Wafa, die met haar hoofd in haar handen op de bank zit, huilt.

Mateo, die puft onder het gewicht van het bed dat hij optilt, zegt zonder zich naar Franca toe te draaien: 'Remo is verdwenen.'

Franca voelt het bloed snel door haar lichaam pompen. Ze weet precies wat dat inhoudt. Remo is Wafa's man, en als ze weten waar Remo woont, dan weten ze waar Wafa woont. Dat betekent dat ze hoogstwaarschijnlijk weten waar Wafa nu zit, dat Wafa hier zit, wat betekent dat ze Wafa hierheen gevolgd hebben, zes mannen in burgerkleding, die heel langzaam door Calle Defensa rijden, spiedend hoe Wafa's rok wappert terwijl ze het café binnenloopt. En misschien wachten ze buiten nog steeds, met de raampjes van hun Ford Falcons naar beneden gedraaid, met spiegelbrillen die het zonlicht weerkaatsen, met sigaretten die de minuten wegbranden, de minuten tot ze door de grote glazen deuren van Café Crocodile naar binnen stormen, een pistool tegen het hoofd van El Jefe zetten tot hij vertelt waar die schofterige radicalen ondergedoken zitten, El Jefe sparen omdat het ze gaat om de mensen in de kelder, omlaag over de wenteltrap en door de gesloten kelderdeur, die ze makkelijk kunnen inslaan met hun geweren, die ze zullen gebruiken om in de rug van die schofterige radicalen te steken terwijl ze hen meesleuren naar hun lage, dikke, zwarte, zware auto's.

Julian verschijnt zo levensecht in Franca's gedachten dat hij in de kamer aanwezig lijkt. Grote ogen, kleine handjes. Te slim voor een kind van zes, vroegwijs, al sinds zijn geboorte. Gisteren nog vroeg hij haar met zijn stemmetje: 'Mamma, als de regering gerepareerd is, gaan we dan meteen bij de Broer langs?' Pienter genoeg om te weten dat het land kapot is, hoopvol genoeg om te denken dat het gemaakt kan worden, scherpzinnig genoeg om de heimelijke wens van zijn moeder aan te voelen: om naar Amerika te reizen; om Raúl te vinden. 'Daar is weinig kans op,' had ze gezegd, om hem geen valse hoop te geven. Of om zichzelf geen valse hoop te geven? Of was het haar eigen hoop?

Ze probeert zichzelf eraan te herinneren dat ze een plan voor deze situatie heeft. Julian zit vanavond thuis bij een vriendje, bij Lars; dat heeft ze opzettelijk zo geregeld. Dat Sofie en Johan, de ouders van Lars, Denen zijn en dat het hun vrijstaat om naar believen Argentinië in en uit te reizen, is geen toeval. Dat ze een stapel Amerikaanse dollars in Julians rugzak heeft gepropt is geen toeval. Maar dat er überhaupt een plan is, maakt haar juist ongerust. Ze denkt aan Sofie en Johan: blond, rechtlijnig, te formeel. Ze vraagt zich af hoe angstig Julian zal zijn als ze niet terugkomt om hem op te halen, hoe vervelend hij het zal vinden om te blijven slapen in hun huis, dat zo koud en hoekig is. Ze verlangt opeens naar Pascal. Was ze maar aardiger voor hem geweest. Raúl had ongelijk over hem gehad, dat weet ze, maar ze had zijn mening alles laten overschaduwen, zoals ze altijd had gedaan, zoals ze nog steeds doet, hier in deze kelder vol radicalen: stuk voor stuk een tikkende tijdbom. Moet je zien wat het luisteren naar Raúl haar heeft opgeleverd: haar enige zoon zit in zijn eentje in een vreemd huis; haar enige echtgenoot is weg. En Raúl? Die is ook weg. Hij is het meest weg van iedereen.

Franca probeert iets te zeggen, een vraag te stellen of een antwoord te geven, maar merkt dat het niet lukt; haar hele zenuwstelsel heeft zich in haar mond opgehoopt. Haar claustrofobie verhevigt, een langzaam dichtknijpen van de kamer. Wanneer ze opkijkt, lijkt het alsof de kelder een stukje is verschoven, alsof de muren nu scheef staan. Ze heeft de gewaarwording die ze krijgt wanneer ze een plek bezoekt waar ze eerder is geweest en de dingen ergens anders lijken te staan, terwijl ze nog weet hoe ze die ruimte eerder bewoonde: een ontrouw déjà vu.

Wafa stoot een zachte kreun uit. 'Hoe moet het met Simon?' flapt ze er opeens uit, alsof ze zich dat zojuist herinnert. Franca ziet Wafa's zoontje Simon voor zich: hij is maar een jaar ouder dan Julian. Ineens begint alles te golven. De rook van Mateo's sigaret brandt in haar ogen. Franca's handen verslappen; de taart valt met een plof op de met tapijt bedekte vloer. Iedereen – Sergio, Mateo, Lara, Wafa – stopt met zijn bezigheden om naar haar te kijken, laat een stilte, zo machtig als de taart, de ruimte vullen. Hun ogen zijn met paniek geglazuurd. Dan doet Sergio, opeens bezeten, iets zo eigenaardigs dat Franca zich afvraagt of ze hallucineert. Hij pakt de ordner van Lara en rukt een van de pagina's eruit, verfrommelt hem en knielt bij Franca's gevallen bord. Dan rukt hij de folie eraf, propt het papier in een stuk zachte, nog warme taart, en schuift het stuk in zijn mond. Lara knielt ook, grijpt een namenlijst, propt die in de taart, begint te kauwen. Dan komt Mateo, daarna Wafa. Ze slikken de namen van de vermisten door. Ze slikken door wat hun dood zou kunnen worden.

Plotseling voelt Franca een gevoel van trots op haar taart in zich opkomen. Een taart die iets waard is, die een steentje bijdraagt. Maar dat gevoel verlaat haar even snel als het opkomt, want juist wanneer Mateo zijn stuk taart opheeft en toetast voor een volgend, is ze vervuld van spijt om twee verschillende dingen. Ze heeft de oven in de bakkerij aan laten staan. Ze heeft niemand voor haar kleine zoontje overgelaten. En het enige wat ze nu kan doen is hier op haar knieën zitten, slikken en wachten op het bonzen op de kelderdeur.

Deel 1

Portret van Manhattan door een jongeman

LICHAAM: Een strakke romp die een miljoen spiergroepen aanspant. Wijken door taxibloed met elkaar verbonden. Stevige, harde schouders van Harlem, krachtige buikspieren van de Upper East en West Sides, de ruggengraat van Central Park en de rommelige longen van Midtown. Als je verder afdaalt vind je vlak onder Union Square de pancreaszak, omringd door gal, en nog verder zijn de darmen en blazen van downtown, gevuld met bedelaars, drank, kleine hoekjes met heldere lichten. En wat dacht je van de parasieten die deze endeldarm hebben opgepeuzeld? Die de ingewanden van de wantrouwigste gebouwen in het centrum hebben weggevreten? Kijk beter. Hartkamerstraten, brandkraankleppen; helemaal onderin bevindt zich het pompende hart van de stad.

OREN: Als je dit lied moest beschrijven, hoe zou je dat dan doen? Het lied over voet zetten op zulk smerig vers gegoten beton, het lied over de omhoogschietende gebouwen, het lied over omhoogkijken, een vogel volgen uit het struikgewas van metaal en door het portaal van blauwe lucht. Hoe zou je dit lied beschrijven, onbekende jongeman? Je zou minstens achttien muzikanten nodig hebben. Je zou een verwachtingsvolle, vibrerende opbouw nodig hebben. Je zou een geniale componist nodig hebben, intelligent genoeg om weer te geven wat niet ongedocumenteerd gelaten mag worden: deze frequentie van onverdunde, ontketende hoop.

VOETEN: 'Het voelt als wegrennen,' zegt een afgeluisterde stem, die meepompt op het ritme van de muziek in een nog niet vertrouwd aanvoelende nachtclub. 'Wat voelt als wegrennen?' zegt een andere stem. 'Manhattan,' zegt de eerste stem, en de naam van het eiland klinkt als 'wieeeeee'!

LEDEMATEN: Van bovenaf is Manhattan niet meer dan een eenzame arm, die ontspruit aan het grote lijf Brooklyn en zich daarvan afbuigt. Pas als je erin zit, merk je dat het een levensbelangrijk aanhangsel is, de hand die knijpt naar de rest van de wereld, de spier waar alles wat iets voorstelt wordt vervaardigd.

MOND: Kom erin, het water is zalig! Het water is niet zalig, maar wijn is steeds voorradig. Er is altijd een taxi wanneer je er een nodig hebt, behalve wanneer je eruitziet alsof je er een nodig hebt. Er zijn bergen van van alles te koop. HOTDOG, HOTDOG, COCA-COLA, PRETZEL. Iemand doet een dansproject midden in Tompkins Square Park. Kijk hoe hun monden in o's veranderen en hun lichamen zich tot s'en transformeren. Kom erin, het water is zalig! Dat zegt de uitsmijter van Max's, maar alleen als je op de lijst staat. Als je niet op de lijst staat, kun je oprotten. De bandleden dragen smalle stropdassen en legerkistjes. Er is een kunstproject op de stoep, op de brandladder, op de wc achterin. Iemand kruipt op handen en voeten door een galerie en kreunt. Dat is een kunstproject. Iemand lult een eind weg over Schnabel. Dat is een kunstproject. Iemand playbackt de woorden van het liedje waar iedereen naar luistert: *You're just a poor girl in a rich man's house, ooh, ooh, ooh, ooh, ooh!* Ook dat is een kunstproject. Kom binnen, zegt de uitsmijter geluidloos met zijn zuurpruimenmond. Vandaag gaat er iemand stennis schoppen, en jij staat op het punt dat mee te maken.

GEZICHT: Niemand kent je hier. Deden ze dat maar, verlang je onmiddellijk.

Ons jaar

Het appartement van Winona George was exotisch op een manier die alleen een New Yorker zou begrijpen. Een New Yorker die downtown woonde. In 1979. Dat verklaarde James Bennett tijdens een echtelijke fluistering aan zijn vrouw, toen ze begonnen aan een avond binnen de omgrenzingen van dat appartement: het jaarlijkse oud-en-nieuwfeest van Winona George, dat ze voor het eerst bijwoonden. Was het een schoolgebouw geweest? wilde Marge weten. 'Een nonnenklooster,' zei James. De slaapverdieping van een stadsklooster dat geen van zijn kloosterachtige kenmerken, te weten nederigheid, soberheid en zwijgzaamheid, had behouden. Zoals veel andere welgestelde centrumbewoners had Winona de niet-traditionele ruimte volledig getransformeerd en zowel gebombardeerd met bohème (tapijten uit Fez, lantaarns, schelpen vol kaarsvet) als doorsneden met klassieke luxe (in elke kamer hing een kroonluchter). Een oud gebouw was nieuw gemaakt, en daarna weer oud gemaakt, wat het weer nieuw maakte. Het effect was alleraardigst op de momenten dat het niet ontregelde.

James en Marge waren vrij laat gearriveerd en hadden nog maar een uur tot 1980 aanvang. Dit was het soort feestje dat ze gewoonlijk meden, Marge omdat ze vond dat ze er niet thuishoorden — vanwege factoren als hun brutogezinsinkomen en bruto- (of eerder brute) kledingopties. (Op de rug van het witte pak van James, zoals ze had gememoreerd voor ze van huis gingen, zat nog steeds de zwarte vlek van die keer dat hij per ongeluk op een druppel verf van Lawrence Weiner was gaan zitten terwijl hij bekeek hoe die een tekst op een witte muur zeefdrukte: LEARN TO READ ART, leer kunst te lezen.) Dat vond James ook, maar om andere redenen, waarvan de onontkoombare overprikkeling de belangrijkste was. Dit huis zou voor ieder mens een overkill aan prikkels zijn geweest, vermoedde James, zoals oorden met buitensporige rijkdom en buitensporige kunst en buitensporige drank dat doorgaans zijn, maar het was extra overprikkelend voor James, wiens hoofd vrijwel meteen na binnenkomst overliep van de welhaast psychotische kleuren en klanken.

In de eerste en voornaamste plaats was daar het paars, de kleur van het geld – niet van dollarbriefjes en muntgeld, maar van het grote geld, en van de mensen die het hadden. Villa's waren paars, net als dure auto's en de glazen torens die het zonlicht van de Hudson weerkaatsten. Sommige kapsels waren paars, en sommige namen. Yvonne. Chip. Alles waar Kennedy achteraan kwam. Ook Winona George behoorde tot de lavendelfamilie; in haar privéverzameling kunstobjecten bevonden zich een torenspits van Gaudí, die op mysterieuze wijze was verkregen van de echte Sagrada Família, en niet één maar twee De Koonings.

James bevroedde de aanwezigheid van Winona bijna onmiddellijk; hij zag haar bij vrijwel elke vernissage die hij bezocht, kende haar kleur en geur uit zijn hoofd, hoewel hij zich zelden oog in oog tot haar hoefde te verhouden; ze leek altijd zo druk. Nu vloog ze in haar zwarte zijden jurk als een fuut door de mahoniehouten kamer en verniste alles en iedereen met flirterig artistiek gebabbel en zachtpaars gelach. Het gebabbel zelf – overladen met intellectuele terminologie, doorbuigend onder grote namen, druipend van verwijzingen die alleen dit soort mensen zouden begrijpen (Fluxus, metarealisme, installatie) – trof James fysiek, met de lichamelijke sensatie dat hij met een tuinslang in zijn gezicht werd gespoten. De schilderijen en beelden die Winona's huis vulden, elk met zijn eigen intense smaak of geur, vlogen van alle kanten op hem af; zijn vrouw straalde een troostrijke maar krachtige kleur rood uit; en dan was er nog het krassende strijkje: tanden die hapjes van piepkleine prikkers trokken.

Het was inderdaad overweldigend, maar vanavond besloot James ervan te genieten. Hij had vandaag twee goede berichten ontvangen: dat hij was verzocht om een prestigieus gastcollege te geven – op Columbia, zijn oude universiteit, over het belang van de metafoor in de kunstkritiek — en dat zich, verstopt onder de wijnrode jurk en de huid van zijn vrouw, die als een rijpende vrucht was opgerekt, een echt, levend mensje met een echt, kloppend hart bevond. Beide zaken — erkenning van het instituut dat zijn leven had gevormd, én de bevestiging door een zestienwekenecho dat hij echt en waarachtig op het punt stond vorm te geven aan een ander leven — waren reden voor een feestje. Eindelijk was de precaire periode afgelopen dat ze niemand over de baby mochten vertellen, dus waarom ook niet? Waarom zouden ze niet kond gaan doen aan de buitenwereld en het op die manier vieren? Op dat moment konden ze onmogelijk bevroeden dat dit de laatste keer in zeer lange tijd zou zijn dat ze feestvierden, dat deze uren, die in de lucht zweefden als een zak geluk vlak voor dat geluk vervluchtigde, deze avond nog vele jaren later met een X zouden markeren: de avond vlak voor de ochtend waarop alles anders werd.

Maar voorlopig waren James en Marge blij, in de kloosterhuiskamer van Winona George, met zijn Marokkaanse tapijten en droefgeestige belichting. En toen Winona zelf op hen afstapte, deinsde James niet terug, zoals hij op een andere, minder luchthartige avond ongetwijfeld gedaan zou hebben, maar blaakte hij van zelfvertrouwen en charisma.

'Dit is mijn vrouw!' riep hij trots tegen Winona, een tikkeltje te hard, besefte hij, want hij had altijd moeite met het inschatten van de juiste volumestand op feestjes. 'En ons kind!' zei hij, terwijl hij door haar jurk heen het nauwelijks zichtbare buikje van Marge beroerde. 'Dit is ons kind! We beginnen het net rond te vertellen.'

'O wat énig,' zei Winona, met getuite paarse lippen. Ze had het soort haar dat dat jaar in de mode was, een gordijn dat alleen het eerste bedrijf van haar gezicht onthulde: een koninginnenneus, verwarrend getinte ogen (waren ze violet?), jukbeenderen waar ze dagen mee vooruit kon. 'Hoever ben je nu?'

'Vandaag zestien weken,' zei Marge. James hield van de manier waarop ze dat zei — ze leefde nu al met het tijdsbesef van een vrouw in verwachting, waarbij de week de enige relevante tijdseenheid was — terwijl rode stralen als fraaie lasers uit haar ogen schenen.

'Nou, allebei van harte gefeliciteerd,' zei Winona. 'Jullie hebben geluk, en dat zal jullie kind ook hebben! Voor zover ik dat kan beoordelen – en ik ben een piepklein beetje helderziend, moet je weten – worden jullie fantastische ouders. Denken jullie dat we er een kunstenaar bij krijgen?'

'Dat wens ik hem niet toe,' zei Marge met een lach. 'Nou ja, of haar.'

Winona lachte onoprecht en raakte de schouder van Marge aan. 'O!' riep ze uit. 'Bijna vergeten. Het is traditie dat ik jullie iets onthul over het kunstwerk waar je toevallig naast staat, en dan is dat jullie schilderij voor dit jaar. Nou ja, niet jullie schilderij – ik ga het niet aan jullie cadeau doen! – maar min of meer jullie spirituele schilderij, als je snapt wat ik bedoel. Jullie houden het gedurende het hele jaar bij je. Jullie mogen de Frank Stella hebben, lieverds. Stella deed alles achterstevoren, moet je weten. Hij stapte over op de abstractie toen nog niemand abstract werkte! En toen later iedereen abstract ging schilderen, stapte hij juist over op weelderig en somber en majestueus. Dus dit is jullie stukje wijsheid van Winona voor 1980: ga achteruit! Beweeg je tegen de stroom in! Doe alles verkeerd om!' Ze lachte als een mooi paard.

'Dat zal mij wel lukken,' zei James met een gegeneerde grinnik. Hij bedacht hoe hij uitgerekend op deze plek was beland: hij had voortdurend van alles verkeerd gedaan, en het was puur toeval dat het tot iets goeds had geleid.

'Hou jij je mond nou maar!' schreeuwde Winona bijna. 'Jouw naam ligt op ieders lippen bestorven! Je artikelen staan op de voorpagina van het kunstkatern! Jouw brein is, nou ja, ik heb geen idee wat je brein is, maar het is beslist iets. En je collectie! De hemel mag weten dat ik die in handen heb willen krijgen sinds ik onder een placenta verscholen lag! Je gaat als een speer, James. En dat weet je.'

James en Marge lachten om Winona, tot ze door een vrouw in een ernstig opbollende witte jurk werd weggetrokken. 'Het is bijna tijd om af te tellen!' piepte de vrouw. Winona keek over haar schouder naar James en Marge en riep: 'Bereid je voor op de eerste dinsdag van het jaar!' En daarna tegen haar opbollende vriendin: 'Ik vind dinsdagen altijd zo enig, jij niet? Ik doe alles op dinsdag' – haar stem vervaagde – 'Ik ga dinsdags onder de douche, ik organiseer mijn exposities op dinsdag... Wat een goed voorteken dat de eerste dag van het decennium uitgerekend op een dins...' Haar monoloog bevond zich nu buiten zijn gehoorsafstand, en ze dook weer onder de oppervlakte van het feest, alsof dat een meer was. In de betrekkelijke rust van haar kielzog vond James een interval om te graven in zijn Actuele Tob-10.

Op de Actuele Tob-10 van James stonden: babyvoeding, en zou die vies ruiken?; de Claes Oldenburg in Winona's open haard (had die wel genoeg ademruimte? Want zijn keel werd er een klein beetje door dichtgeknepen); de plooi in de vorm van een heksenneus op de omslag van zijn broekspijp, ondanks het nauwlettende strijken van Marge; zijn pak zelf (was wit uit de mode?); zou zijn kind, als het een meisje was, een man tegen de kasten van de bibliotheek duwen en hem kussen zoals Marge met hem had gedaan, en op zo'n jonge leeftijd?; zou zijn kind, als het een jongen was, klein geschapen zijn?; was hij zelf klein geschapen?; en wat had Winona daarnet gezegd? 'Je gaat als een speer, James.' Maar stel nou dat hij trager werd?

Hij wist dat zijn brein – een brein waarin een woord tot een kleur werd getransformeerd, waarin een beeld werd geboetseerd tot een lichamelijke gewaarwording, waarin appelmoes smaakte als verdriet en winter de kleur blauw was – inderdaad de reden was dat hij op de voorpagina van wat dan ook stond, dat zijn naam op ieders lippen bestorven lag, op al dit soort feestjes. Zijn synesthesie, die uiteindelijk was geconstateerd toen hij zestien was – te laat om zijn jeugd niet te hebben verklooid – had hem toegang verschaft tot artistieke kringen waarin hij anders nooit zou zijn toegelaten. Maar de manier waarop Winona het had uitgedrukt zette hem aan het denken, en door zijn vrolijke stemming heen voelde hij dat de Actuele Tob-10 voldoende vaart kreeg om over de horde heen te springen op de Existentiële Baan, waar de grootste zorgen – zorgen die helemaal uit het verleden kwamen – een soort estafette liepen, elkaar het stokje doorgaven tijdens de hardloopwedstrijd die het leven van James was, en hem uitgerekend hierheen hadden gebracht.

De zeven stappen naar synesthesie

James was 'anders' geboren. Zo noemden de artsen en verpleegsters dat tenminste toen hij op 17 november 1946, een ochtend
die zich alleen met een ambivalente motregen onderscheidde,
in een ziekenhuis met lage plafonds in Scranton, Pennsylva-
nia, slap en kleiner dan gemiddeld naar buiten kwam. Een zekere angstigheid was hem aangeboren – hij schreeuwde meer
dan alle andere baby's op de kraamafdeling, alsof hij nu al iets
te melden had. Zijn ouders, een achterbakse bankier (James
senior, die met zijn ogen open sliep) en een slonzige huisvrouw
(Sandy Bennett, meisjesnaam Sandy Woods, die uit het Zui-
den stamde, van pina colada's hield en kampioen was in haar
zoon het gevoel bezorgen dat hij precies zo anders was als de
mensen zeiden dat hij was, en niet op een positieve manier),
hadden hem van meet af aan verkeerd begrepen. De karakter-
trekken uit zijn vroege jeugd – ernst, vasthoudendheid, angst-
gevoelens over eten, een pieperige maar welgemeende lach
– zorgden ervoor dat ook niemand anders hem begreep. Hij
ging pas op zijn vierde praten en deed dat toen in volledige, be-
schouwelijke zinnen.

'Hoe oud ben je als je doodgaat?' was de eerste vraag die hij
zijn moeder stelde. Ze sloeg naar hem met een perzikkleurige
vliegenmepper, keek hem ongelovig aan en zei: 'Neem je me
godverdomme in de maling?'

'Nee,' zei James, die de volgende vraag reeds in gedachten
uitknobbelde. Die luidde: 'Waarom ben ik geboren?'

James was kleiner dan gemiddeld, had grote ogen, stond bij
het spelen met vriendjes graag in het middelpunt van de belangstelling, en liet de vriendjes snel vallen om dingen te bekijken die boeiender dan medemensen waren: een rups, een
smeltend ijsblokje, een boek. Op zijn achtste ontdekte hij zijn
geheime krachten; hij bleef met zijn vinger in een hordeur haken, schreeuwde het woord 'moeder' en rook toen duidelijk
sinaasappels. Zijn moeder had het druk met haar teennagels
lakken, in dezelfde tint roze als haar pillendoosje, en daarom
zat hij de hele middag op de stoep voor het huis 'Moeder, moe-

der, moeder' te zeggen en tussendoor diep door zijn neus in te ademen, wachtend op het opflitsende citrusaroma.

2: BEIGE/NOODLOT

Kort daarop verscheen het inzicht dat zijn geheime krachten – de geuren die hij rook, de kleuren die hij zag – niet 'normaal' waren. Dit inzicht was geen plotse verrassing, maar eerder een trage, geleidelijke aanklontering van onbeduidende voorvallen die hem het gevoel gaven dat hij gek was: Georgie noemde hem een stom rund wanneer hij een rekensom met het woord 'beige' beantwoordde; Miss Moose, zijn overdreven optimistische juf in groep vijf, maakte aantekeningen in de kantlijn van zijn huiswerk als 'Fantasierijk! Maar evengoed fout!'; zijn moeder begon hem te dwingen een krijtwit poeder te drinken dat ze in glaasjes water oploste, wat volgens een kinderarts hielp om te zorgen dat haar zoon normaal bleef. Reeds op de prille leeftijd van tien bevroedde James dat hij niet helemaal normaal was, helemaal niet normaal zelfs.

Ouders en docenten beschouwden James' aandoening als een curiositeit of een leugen; hij kreeg het etiket dat hij een 'levendige fantasie' had, een 'neiging om te overdrijven', en tweemaal werd hij naar de schoolpsycholoog gestuurd vanwege iets wat hij in een opstel had geschreven of onder de les had gezegd.

'Uw zoon zegt dat hij kleuren ziet,' hoorde hij een docent een keer tegen zijn ouders zeggen toen ze hem ophaalden. 'En... vandaag zei hij dat hij vuurwerk achter zijn ogen voelde.'

Was het een oogziekte? Wilde hij aandacht trekken? Wat het ook was, Mr. en Mrs. Bennett waren er niet blij mee.

'Het moet afgelopen zijn met die onzin,' had zijn vader tijdens de autorit naar huis gezegd. James keek alleen maar door het raampje, weg van het boze grijs van zijn vaders woorden. Hij zou vanavond een pak voor zijn broek krijgen, wist hij, waarschijnlijk een reeks zeer harde pakken voor zijn broek, maar het was niet zijn schuld wat hij die dag onder de les had ervaren. Hij was misselijk geworden van de getallen – Miss Ryder had ze helemaal de verkeerde kleur gegeven. Negens waren blauw! Tienen waren donkerblauw! Maar zij had ze met roze en rood geschreven. Miss Ryder, zijn vader, alle kinderen met een loopneus met wie hij in de klas zat: iedereen, inclusief hijzelf, wist dat hij ten dode was opgeschreven.

3: BLAUW/GRACE

De middelbare school was het begin van zijn blauwe periode. James was een en al puistjes, oren en vierkantsvergelijkingen. Zodra hij door de deuren van Old Forge High was gelopen, werd zijn blikveld volledig gevuld door een afgrijselijk lichtblauw. De groene schoolborden waren blauw; het haar van de andere kinderen was blauw; het gras waarop de cheerleaders oefenden was blauw. Het maakte hem ongelooflijk somber en contactschuw; de andere kinderen, zo besefte hij, ervoeren de middelbare school als een nieuwe en opwindende regenboog. En toen sprak Rachel Renolds, de weelderig geproportioneerde koningin van het schoolbal, hem volkomen onverwacht aan op de gang met de vraag of hij lid wilde worden van Literaire Schooiers, een club die ze wilde oprichten omdat zoiets goed oogde op haar aanmeldingsformulier voor de universiteit, en de stomverbaasde James knikte enthousiast. Daarop ontspon zich bij benadering het volgende gesprek:

Rachel: 'Hahahahahahaha!'
James: 'Wat?'
Rachel: 'Geloof je écht dat er een club bestaat die de Literaire Schooiers heet?'
James: 'Ik zou niet weten waarom niet.'
Rachel: 'Hahahahaha! Dat is het nou net. Je bent zelf een schooier, dus logisch dat je gelooft dat-ie echt bestaat.'
James: 'Je haar.'
Rachel: 'Wat is er met mijn haar?'
James: 'Het is ultramarijn.'
Rachel: 'Waar heb je het in godsnaam over, griezel?'
James: 'Dat is een soort blauw.'
Rachel: 'Jij bent gewoon de allerergste. Nerd. Op. De. Hele. School.'

Zijn reddende engel? Grace. Een meisje met lang, zijdezacht donker haar dat toen ze dit vreselijke gesprek aanhoorde James wegtrok en hem achter het schild van haar kluisjesdeur verstopte.

'Rachel is een oppervlakkige trut,' zei ze en ze verraste James met elk van deze woorden tot ademloosheid. 'Oppervlakkige' gaf aan dat ze hersens had, en 'trut' gaf aan dat ze lef had, twee dingen die James onmiddellijk begeerde. Ondanks het feit dat ze populair was, lunchte Grace die dag en de rest van het schooljaar met hem in het brillen-en-bretelshoekje op de patio, en ze onderhielden het soort jongen-en-meisjevriendschap waarin de onbeantwoorde liefde van hem voor haar zowel onmiskenbaar als onbelangrijk is; het voornaamste was dat ze met elkaar verkeerden. En omdat de vader van Grace aan de universiteit doceerde, en omdat ze hem vroeg om mee te komen toen ze een avondcollege van hem mocht bijwonen (Inleiding in de Essayistiek aan Penn University), ontdekte James de universiteit.

James was gecharmeerd, niet alleen van het onderwerp (het hoorcollege ging over visuele analyse, waarbij de docent de studenten vroeg 'een intellectuele discussie met een beeld aan te gaan'), maar vooral van de gewaarwording van het hoorcollege – de wijnrode, koninklijke sfeer van de zaal, de ronde bollen buiten de ramen die de paden naar de studentenflats verlichtten, de boeken die de studenten plichtsgetrouw opensloegen op de tafeltjes. Toen hij die avond op de achterbank van de gelikte zwarte auto van Grace' vader naar huis reed, ervoer James nieuwe hoop.

'Ik vond het geweldig,' fluisterde hij op de achterbank tegen Grace.

'Weet ik,' fluisterde ze terug en ze kuste hem op het puntje van zijn neus.

Er was een plek voor hem op deze aarde, wist hij toen. Een plek waar kennisverwerving het allerbelangrijkste was en vreemde invalshoeken werden aangemoedigd; een plek waar iemands waarde eerder aan zijn ideeën dan aan zijn lengte (of de grootte van zijn oren) werd afgemeten; een plek waar ouders niet vitten en pruilden en zopen tot de een de ander sloeg, waar gezamenlijk werd gedoucht en gegeten, waar brunettes hun haar kort lieten knippen, waar brave jongens tot grote mannen uitgroeiden, waar gouden lampen de paden naar de waarheid verlichtten, en waar acceptatie al plaatsvond voor je was aangekomen... die plek was de universiteit.

4: SEKS/GENIALITEIT

Op de universiteit ontdekte James de kunst en de seks. Tijdens zijn eerste semester op Columbia spotte hij in de mensa, in de rij voor slapgekookte pasta, een meisje met rood haar dat zijn blaas deed tintelen zoals de groene ogen van Grace dat hadden gedaan, en wier gezicht — wellicht door de gespannen rimpel op haar voorhoofd — eruitzag als het intelligentste gezicht dat hij ooit had gezien. Omdat hij te bleu was om haar aan te spreken terwijl hij zijn zompige noedels at, wachtte hij tot ze hun lunch hadden opgegeten en volgde haar naar buiten, naar de patio, en daarna over de patio, en daarna tot in een donkere collegezaal.

De zaal zat vol met een ander soort studenten dan tijdens zíjn colleges, aangezien hij geschiedenis als hoofdvak deed, terwijl dit — zo ontdekte hij terwijl een dynamische diavoorstelling uit een projector op de muur van de zaal vóór hem explodeerde — een hoorcollege kunstgeschiedenis was. Een postdoctoraal college kunstgeschiedenis zelfs, las hij op het velletje dat werd uitgedeeld, met de titel 'De nostalgie van Marc Chagall'. Terwijl de hoekige, kleurrijke, nostalgische beelden tegen de achtermuur reflecteerden, ervoer James dezelfde tinteling in zijn kruis die hij in de rij voor de spaghetti had gevoeld; Chagall bezorgde hem letterlijk een stijve. Het roodharige meisje, naast wie hij stom genoeg was gaan zitten, giechelde toen het licht weer aanging en ze zijdelings kijkend zijn strak staande broek zag. Maar toen greep ze tot zijn grote verbazing zijn hand vast en leidde hem door de avondlucht naar haar studentenkamer, waar ze zijn broek omlaagtrok en hem liet klaarkomen. Pas na deze glorieuze, volkomen nieuwe ervaring merkte James dat haar kamergenote ook aanwezig was, en had meegeluisterd naar James' eerste gehijg van door vrouwenhand opgewekte extase toen hij ten slotte klaarkwam.

De roodharige masterstudente zag hij daarna nooit meer, maar Chagall wel, tijdens de colleges kunstgeschiedenis waarvoor hij zich ieder volgend semester inschreef. Uiteindelijk zei zijn studiebegeleider dat hij van hoofdvak moest veranderen als hij van plan was tijdens zijn verplichte geschiedenisvakken te blijven spijbelen, dus dat deed hij – naar kunstgeschiedenis – en hij kreeg daar nooit spijt van. Tijdens een collegereeks met de titel 'Paradox: het postmoderne paradigma aanvaarden' ontdekte hij de pisbakken van Duchamp, mysterieuze 'happenings' en kunst als essentie in plaats van object. In de vier minuten en drieëndertig seconden stilte van John Cage, die tijdens het seminar werden uitgevoerd door een levendige docent met een einsteinkapsel, zag James precies hetzelfde gespikkelde licht als wanneer hij luisterde naar klassieke muziek, en hij proefde onmiskenbaar zwarte peper, waardoor hij moest niezen. Dit is het, dacht hij op zijn collegebank in de hel verlichte, muisstille zaal, de botsingen die in zijn eigen brein plaatsvonden, die voor zijn ogen als explosies uit elkaar knalden.

Hij belde Grace vanuit zijn studentenkamer.

'Ik heb ontdekt wat ik moet doen!' flapte hij eruit, onmachtig om zijn opwinding te beteugelen.

'En wat is dat, lieve James?' zei Grace. Ze was nogal moederlijk geworden sinds hun wegen zich na de middelbare school hadden gescheiden, en had een zwak voor woorden als 'lieverd' en 'schat'.

'Ik moet kunstenaar worden,' zei James, terwijl zijn gedachten alle kanten op schoten.

Grace glimlachte aan de andere kant van de lijn. James kon het horen.

Hij legde Grace uit wat hij tijdens Schilderkunst 2B had ontdekt, dat Kandinsky synesthesie had en, zoals hij tijdens Engels 1A had ontdekt, Nabokov ook – die kon kleuren in letters ontwaren, net als James! – en dat waren genieën van de metafoor en het kleurgebruik en de ideeën!

'Je wordt vast geweldig,' zei Grace, en James dacht: Grace heeft nooit ongelijk.

Aldus gesterkt door de mogelijkheid dat hij een genie zou worden, dook James onder in de kunst alsof die het blauwe meer van de letter O was, en kwam maar zelden boven water om adem te halen.

5: SLECHTE KUNST/GOEDE KUS

Ondanks zijn gloeiende hartstocht en buitensporige vlijt bleek James niet in staat goede kunst te produceren. Met zijn handen kon hij blijkbaar niet herscheppen wat zich in zijn hoofd voltrok; zijn schilderijen waren modderig, zijn sculpturen sloegen nergens op, en tijdens de beoordelingen hielden zijn docenten hun hoofd schuin op een manier die wees op verwarring over de vraag wat hij hier eigenlijk deed. Maar James had hun mening niet nodig om te weten dat er geen kunstenaar in hem school. Hij genoot ervan om kunst te bekijken. Hij hield van nadenken over kunst. Maar de liefde kwam niet uit zijn vingers – ze kwam uit zijn gedachten.

Het was verwarrend, die voorliefde voor het nadenken, en James wist niet goed wat hij ermee aan moest. Hij kwam uit een gezin waarin denken als ten diepste onnodig werd beschouwd: zijn vader had hem ooit een oorvijg gegeven toen hij aan tafel iets over Stephen Cranes *Het teken van moed* had gevraagd en zijn moeder voerde uitsluitend gesprekken met tv-personages – 'Niet met hem trouwen, Marcy! Doe het niet!' – en in zo'n omgeving viel het niet mee om na te denken over het concept 'denken omwille van het denken zelf'. Hij hield eposachtige dagboeken bij, stortte zijn gedachten uit op de vierkante blaadjes, maar het voelde alsof ze in een ravijn verdwenen – hij verlangde hevig naar iemand die hem begreep, een ander mens aan wie hij kon uitleggen wat hij ervoer en zag. Misschien wel aan een heleboel andere mensen. Aan de hele wereld, die met al zijn kleuren en gevoelens en pijn tegen hem schreeuwde.

Pas in zijn derde studiejaar, toen hij een scheldkritiek neerpende over een studentenexpositie van een vrouw wier tekeningen hij afstotelijk vond (de voorstellingen waren zo stijf als een plank, betoogde hij, maar dun genoeg om met een karatetrap doormidden te schoppen) en de bespreking om een of andere reden werd opgepikt (goed, goed, die had hij in het postvakje van de redacteur gelegd) en in de *Columbia Dai-*

ly Spectator onder de kop 'Stijf kunsthout' werd afgedrukt, ontdekte James dat hij kon schrijven, en dat hij goed genoeg schreef om een baantje bij de universiteitskrant aangeboden te krijgen. Maar pas nadat Marge Hollister, de maakster van het werk dat hij zo genadeloos had neergesabeld, hem op de patio had aangesproken, hem tegen een eenzame boom had geduwd en hem met geweld had gezoend omdat hij haar 'had gedwongen om alles opnieuw te overdenken', besefte James dat hij wellicht zijn roeping had gevonden en wisselde hij nog eenmaal van hoofdvak, deze keer naar journalistiek.

'Je bent een vreemdsoortige schrijver,' zei zijn eerste docent journalistiek tegen hem. 'Maar met vreemdsoortigheid kun je invloed verwerven.'

Kort na hun ontmoeting begon Marge Hollister heel ander werk te maken (door advertenties uit vrouwenbladen te verknippen en daaroverheen te tekenen), dat haar docenten niet op prijs stelden maar dat James veel waarachtiger vond, en hij zag in dat zijn docent wel eens gelijk kon hebben, dat hij misschien kon beïnvloeden hoe er over kunst werd gedacht en hoe de kunst zich ontwikkelde, dat hij iets uit louter woorden kon scheppen. En toen hij ten slotte tussen de stapels in de bibliotheek met Marge Hollister neukte (de derde seksuele ervaring van zijn leven, als je de keer meetelde dat Grace hem op de achterbank van haar vaders auto in zijn kruis had getast) en daarna harder voor Marge Hollister viel dan hij ooit voor iemand was gevallen (hoe kon het ook anders, met zulk prachtig rood haar?), besefte James dat zijn leven op papier niet was wat het in zijn gedachten was geweest en ook nooit zou worden. Dat deed hem denken aan een deprimerende maar relevante uitspraak van Flaubert: 'Men wordt criticus wanneer men geen kunstenaar kan worden, net zoals men informant wordt wanneer men geen soldaat kan zijn.' Misschien was hij inderdaad een informant. Prima! Hij was een geboren criticus, geen geboren kunstenaar. Hij was geboren om samen te zijn met Marge Hollister, maakster van eigenaardige collages en bedrijfster van impulsieve liefde. Hij was geboren om de dingen die hij daadwerkelijk wilde te veranderen in dingen die hij pas wilde nadat hij ze had gehad, net zoals hij in de wieg was gelegd om het ene te ervaren terwijl hij het andere bekeek.

6: WILDE AARDBEI/LIEFDE

Aanvankelijk durfde hij Marge niet over zijn aandoening te vertellen, uit angst dat hij alles zou verknallen, dat hij nooit meer de kans zou krijgen om te doen wat ze op de stoffige afdeling Oosterse Religies van de bibliotheek hadden gedaan. Hij was ooit zo dom geweest om aan Susie Lovett, die hij de hele middelbare school lang uit de verte had bewonderd, op te biechten dat ze rook naar popcorn met boter, en hoewel hij probeerde uit te leggen dat ze niet écht naar popcorn met boter rook maar alleen vóélde zoals popcorn met boter rook, wat iets moois was, vertikte ze vanaf dat moment met hem te spreken en begon een overdosis van haar moeders parfum op te spuiten, wat de boterachtigheid die hij zo begeerde grotendeels, maar niet geheel, tenietdeed. Maar de vuile zoom van de lange rok van Marge en de ontspannen manier waarop ze lachte brachten hem op het idee dat zij misschien anders was. Dat zij het zou snappen. En dat, als ze het niet snapte, ze het misschien toch leuk zou vinden als hij zei dat een vrijpartij met haar voelde als het eten van een wilde aardbei. Dat ze rood en sappig was, vol zaadjes zat en dat hij haar zoetheid na afloop nog urenlang kon proeven.

'Met jou vrijen is als het eten van een wilde aardbei,' had hij opgebiecht, terwijl ze over de campus liepen naar het gebouw waar zij 'Inleiding in de kunstgeschiedenis' volgde en hij een vak dat 'Inleiding tot het kennerschap' heette, waarin ze zich op dat moment wijdden aan 'vraagstukken omtrent relatieve kwaliteit' in de moderne kunst. Mogelijk omdat een wilde aardbei een minder zoute en sensuelere metafoor voor de liefde was dan popcorn met boter was geweest, of misschien gewoon omdat ze het niet begreep, had Marge die wonderlijke uitspraak aanvaard met haar hese, mooie lach, die net zo rood, sappig en zoet was als de seks was geweest.

'Jij voelde als een banaan,' zei ze en ze lachte nog een keer uitbundig.

Dit gesprekje maakte James ademloos, deed hem naar lucht

happen en daarna struikelen over een richel op de ongelijkmatige stoep. En omdat ze zijn onhandigheid weglachte en hem een zoen gaf toen ze ieder naar hun eigen college gingen, bleef haar roodheid hem tijdens heel Kennerschap nabij en bezorgde hem deze ene keer het idee dat hij een vrouwenkenner was. En terwijl de docent, een spast met een wollen spencer die een gouden trouwring in de vorm van een oor droeg (het oor van zijn vrouw, onthulde hij later aan zijn studenten tijdens een met whiskey overgoten borrel), oreerde over manieren om een oorspronkelijk kunstwerk van een vervalsing te onderscheiden, voelde James zich rood en stevig, in het besef dat hij een origineel had ontdekt, dat zijn Marge alle kenmerken van oorspronkelijkheid bezat, en dat wat hij ervoer het waarachtige en bestendige opbloeien van echte liefde was.

Die eerste zomer deden James en Marge wat alle jonge geliefden doen: ze sloten zich af van de buitenwereld zodat ze konden opgaan in elkaars oogbollen, oorlelletjes, kruisstreek, armharen, okselgeuren, knieschijven en lippen. Omdat geen van beiden een noemenswaardig inkomen had en van beiden het huurcontract afliep, betrokken ze een piepklein eenkamerflatje dat vrijwel niets kostte – ver, ver buiten het centrum – met een gootsteen die tevens dienstdeed als bad. Ze vreeën meer dan James ooit voor mogelijk had gehouden. Ze praatten elke nacht uren achter elkaar, dronken bier of lurkten aan een joint die Marge had gerold en lazen soms gewoon zij aan zij, en herhaalden dan het gelezene voor de ander, zodat ze allebei precies dezelfde dingen zouden weten.

Hij legde regelmatig uit aan Marge welke gewaarwordingen hij ervoer en welke kleuren hij op een bepaald moment zag.

'Ken je Gordon? Van Filosofie 2? Als ik hem alleen maar zie, proef ik al zweet.'

'Zweet?' zei Marge lacherig. 'Menselijk zweet, bedoel je?'

'Menselijk zweet,' zei James.

'En hoe weet jij hoe menselijk zweet smaakt, lieverd?'

'Omdat ik het altijd proef als ik professor Gordon zie.'

Marge schaterde. 'Je bent officieel gestoord,' zei ze. 'Vertel me er nog een.'

Daarop vertelde James dat met haar in hun flat verblijven aanvoelde als een glibberige oester in zijn keel, en dat Delilah, de vriendin van Marge in wier studentenflat aan de andere kant van de campus ze eens in de week linzen gingen eten, hem deed denken aan het woord 'hertenjong'. Of ze het nu wel of niet begreep, Marge luisterde ontspannen en belangstellend, en zei altijd: 'Nog een. Vertel me nog wat.'

Marge op haar beurt vertelde James uitgesponnen verhalen over de meisjeskostschool in Connecticut waarop ze had gezeten en waar ze altijd kattenkwaad uithaalde. Ze vertelde in geuren en kleuren over gejatte sigaretten, pornoboekjes die ze in het achterkamertje van de lokale boekwinkel had gekocht en in de slaapzalen liet circuleren, en die keer dat ze stiekem naar de jongensschool acht kilometer verderop waren gegaan en op de terugweg, om bijna vier uur 's nachts, werden gesnapt. Voor straf moest ze drie uur achter elkaar uit Shakespeare voordragen, maar toen de drie uur voorbij waren ging ze doodleuk door, puur om de leraren te stangen. 'Veel leven om niets,' had ze luchthartig gezegd toen ze er uiteindelijk de brui aan gaf, en was onversaagd naar haar slaapzaal teruggekuierd.

Misschien was de kloof tussen haar rebelse geest en haar diepgewortelde burgerlijke behoudzucht de reden dat James zo ontzettend door Marge was geboeid, al was het maar omdat zijn eigen conflict tussen opvoeding en aanleg zo anders was verlopen. Marge kwam uit een gezin dat tennis speelde en borden in de voortuin plantte voor de man die deze keer de Republikeinse presidentskandidaat was, maar op de kostschool had ze zich losgeweekt van hun allerverschrikkelijkste denkbeelden en was in alle betekenissen van het woord een liberaal geworden, had haar vaders liefde voor de kunst overgenomen maar zijn politieke opvattingen bepaald niet; haar moeders voorliefde voor nachtjaponnen maar niet die voor bh's (in die tijd was Marge vaak lingerieloos). James, opgevoed met stroganoff en soep die op een of andere manier uit een pakje kwamen, was gecharmeerd en geïntrigeerd door de subtiele manieren waarop Marge haar jeugd in Connecticut er af en toe uit floepte: tijdens sportwedstrijden juichte ze harder dan wie dan ook; of bij de kruidenier, waar ze bepaalde goedkope merken weigerde te kopen en de voorkeur gaf aan chique, Franse gerechten – salade niçoise, coq au vin – dingen die je op de menukaart van een countryclub aantrof.

'Mensen die geen boter gebruiken vind ik deprimerend,' zei ze dan. Of: 'Ik wil niet over paté nadenken, maar ik wil voortdurend paté eten.'

Ze had kostschoolachtige vlijt; ze studeerde vaak tot vier of vijf uur 's nachts, maar later ging hij dan met haar naar een feestje op de campus waar ze zich op een rieten stoel uitstrekte, een trekje van een joint nam en zei: 'James, zo moet het leven zijn. Zo eenvoudig, en voor altijd.'

In die tijd hadden ze geen van beiden een probleem met hun armoe. Ze leefden van gebakken eieren, blikken bonen in tomatensaus en – omdat ze het romantisch vonden om zich vol te stoppen met het symbool van hun nieuwe liefde – wilde aardbeien. Ze liepen anderhalve kilometer naar de waterkant, waar ze manden vol plukten in een bosje dat alleen zij kenden, verstopt tussen de rivier en de Cross Bronx Expressway. Het uur van de dag was lichtoranje, het aroma was diesel en geranium, en zij was rood, altijd rood, aan zijn zij. Die eerste zomer droeg ze haar haar in zo'n lange vlecht dat die bij het lopen tegen haar onderrug tikte.

Tijdens die wandelingen voelde James zich voor het eerst van zijn leven werkelijk geaccepteerd. Hier had hij zijn hele leven op gewacht, op dit volmaakte, cadmiumgele gevoel van bevestiging. Na een leven vol onbegrip stond hij eindelijk op het eerste plan in iemand anders' wereld. De ogen van Marge spraken van oneindigheid. Ze was onopgesmukt en een brunette. Ze was rood en degelijk. Hij zou haar een roze roos geven, een ijsje, hij zou een tekening voor haar maken en die op de keukentafel neerleggen. Als je haar naam voluit spelde, kreeg je de kleuren M (fuchsiaroze), A (zuiver rood), R (oranje), G (bosgroen) en E (helgeel). Wanneer ze elkaar welterusten zeiden, betekende dat niet tot ziens. Wanneer hij naast haar ontwaakte en haar naam zei, lichtte hij op.

'Waarom heb je mij in hemelsnaam gekozen?' vroeg James haar vaak terwijl ze in bed lagen. 'Van alle mannen op de wereld?'

'Omdat je een mafketel bent,' zei ze altijd, en legde haar vinger op zijn kin of lip. 'En ik heb een zwak voor echte mafketels.'

De zomer sloeg om in herfst en aan de aardbeien kwam een eind; ze stelden zich tevreden met een fruitmannetje aan de overkant van de straat dat handschoenen droeg en alleen kleine, makkelijk pelbare mandarijnen verkocht. Ze hadden nog maar één studiejaar te gaan en wisten allebei al dat dat onvoldoende zou zijn; ze wilden zo lang mogelijk in hun zeepbel van kunst en geleerdheid en elkaar blijven. Bovendien wisten ze geen van beiden wat ze daarna moesten gaan doen; de werkelijkheid kwam hun bizar en intimiderend voor, iets wat ze zouden uitstellen tot ze er echt niet meer onderuit konden.

'Misschien nog een klein beetje langer?' zei Marge dan.

'Wat stellen die extra leningen nou helemaal voor?' viel James haar bij.

Dus schreven ze zich allebei in voor een postdoctorale opleiding – Marge tot beeldend kunstenaar en James tot kunstcriticus en conservator – en allebei werden ze aangenomen. Marge ging mooie, eigenaardige tekeningen maken, met een mengsel van boomsnoeisel en tijdschriftenknipsels; ze noemde haar serie 'Natuurlijke selectie'. James raakte verslingerd aan een cursus over kunstenaars in ballingschap aan het eind van de achttiende eeuw, en vooral aan het werk van Francisco Goya. James associeerde Goya's werk onmiddellijk met Picasso's blauwe schilderijen – niet vanwege de onderwerpskeuze, maar vanwege de kleur in de kern ervan, en vanwege de klank, in beide gevallen een stoer, regelmatig getrommel. Zijn essay waarin hij de twee schilders met elkaar vergeleek, en waarvan Marge hem (met een reeks zoenen van zijn hals tot zijn buik) als enige wist te overtuigen dat het zinnig en volmaakt en klaar om in te leveren was, verscheen in het prille maar reeds smaakmakende kunsttijdschrift *Artforum*, een onverwachte prestatie die James maar liefst vijfentwintig dollar opleverde en een flits oranje zelfvertrouwen die zo krachtig was dat hij iets uitzinnigs wilde doen.

7: THE VILLAGE/STEM

Het aanzoek was misschien niet uitzinnig, maar wel spontaan.

James had het niet van tevoren doordacht. Pas op het moment zelf, midden op straat op die zeer warme avond in de zomer van 1970, op weg naar huis na een bezoek aan een studentencafé waar hij in afwijking van zijn vaste gewoonte glaasjes tequila had gedronken met een paar artistieke vrienden van Marge, was de gedachte bij hem opgekomen dat Marge misschien interesse zou hebben om met hem te trouwen. Of omgekeerd, dat hij misschien interesse zou hebben om met haar te trouwen – de hele bedoening leek globaal bezien archaïsch en conservatief, en intellectueel beschouwd helemaal niets voor hen. Maar wat was er intellectueel aan iemand liefhebben? Hier liep deze vrouw rood en enorm mooi naast hem, met al haar rozerode vlees en interessante gedachten en een brein waarin hij wilde wonen; en daar liep hij, veel onnozeler dan zij, waarschijnlijk te min voor haar, een enorme domkop, en toch hield ze van hem, verlangde ze naar hem, en hij was een beetje teut, en de maan scheen aan de hemel. En dit was de enige manier, geen enkele andere was net zo grandioos, om haar te bewijzen hoe alomvattend zijn liefde voor haar was, hoe gardenia deze avond voelde, welk wilde-aardbeiengevoel hij haar wilde bezorgen. Op dit moment leek niets anders zo ultiem en zo toepasselijk. En dus knielde hij in een plas van straatlantaarnlicht voor haar neer.

'Wat doe je, James?' zei Marge met een nerveus lachje.

James wankelde. Hij was dronken van geluk en van de tequila, duizelig van allebei en zijn blikveld was een korf van zwermend rood. Opeens kon hij niet meer bedenken wat hij moest zeggen; zijn hart trok zich samen en stopte.

'James?'

'Marge!' wist hij nog uit te brengen.

'Jeemmzz...' zei ze.

'Ik zou je iets willen vragen!' schreeuwde hij bijna. Zijn knie werd nat van het vochtige beton. Misschien moest hij overgeven.

'Ja?' zei ze.

'Ik vroeg me af of je...' Droogheid achter in de keel. Duizeligheid in het achterhoofd. (Doe normaal. Vraag haar als een normaal mens of ze met je wil trouwen.)

'Ja, James?'

'Blijf altijd zoals je bent,' pufte hij, denkend dat het ergste achter de rug was. Hij kwam overeind en omhelsde haar, viel een beetje tegen haar aan.

'Je bent dronken,' zei ze.

'Van jouw kleur!' zei hij en hij legde zijn hand op haar gezicht. 'Ik ben dronken van jouw kleur omdat jij de kleur van roze wijn bent!'

Ze hield hem met haar ferme schouder overeind. 'Je weet toch dat ze ons, toen ik in Canary's werkte, rode en witte wijn lieten mixen als iemand rosé bestelde?' zei ze.

'Trouw met me,' zei James rustig.

De blik van Marge betrok.

Ze bestudeerden elkaars gelaat onder de lampen van de gebouwen en de schaduw van de bomen en het schijnsel van de sterren en de schaduw van de nacht.

James pakte het gezicht van Marge met beide handen vast.

'Toe nou,' zei hij, inmiddels wanhopig.

Marge liet een glimlach toe op haar geschokte, brede gelaat.

'Trouw met me!' gilde James, terwijl hij aan haar schouders rammelde. 'Toe nou!'

Marge' ogen liepen vol tranen en ze stootte nog een enorme, bulderende lach uit. 'Maak je... maak je een grapje?' zei ze.

'Zie je me lachen?' zei hij.

Marge lachte nog meer en begon ook te huilen. 'Ja, je lacht, James.'

'Omdat het grappig is! Ik ben je een aanzoek aan het doen! Ik! Ben jou! Een aanzoek aan het doen! Het is bespottelijk! Ik ben bespottelijk! Ik ben bespottelijk en jij bent geweldig! En ik sta je hier een beetje te vragen...'

'Ja,' onderbrak ze hem, en ze kuste hem met haar zilte mond. 'Ik zeg ja, mafketel die je bent.'

Dat 'ja' was een belofte. Een middernachtelijke belofte. Een midden-op-straat-rond-middernachtbelofte. De zoveelste van James' wilde gewaarwordingen terwijl hij door de New Yorkse nacht zwalkte, die in zijn brein neerdaalde als een verrukkelijke droom. Maar het was ook een belofte van een andere aard.

Een belofte die hij, omdat de wereld collectief was overeengekomen zulke beloften formeel te erkennen, aan de samenleving deed. Het was een belofte aan de volwassenheid, een belofte dat James een man was, een belofte dat hij het soort man zou worden aan wie hij dacht als hij aan een echtgenoot dacht: iemand die capabel, betrouwbaar, wilskrachtig, goed was. Ja, ze waren jong. Ja, James was onervaren op het gebied van wat hij en Marge steeds 'het echte leven' noemden – het leven buiten de studentenwereld, waar andere dingen telden dan cijfers of het aantal geschreven pagina's per avond of de beoordeling van je scriptie. Ja, er zouden zware tijden volgen, heftige ruzies, maanden dat ze te weinig geld hadden, twijfels en angsten. Maar dat alles viel in het niet bij de symboliek van het 'ja': als ze getrouwd waren, zou alles anders worden. Wanneer ze die ringen om elkaars vinger schoven, zouden ze volwassen worden.

Na de trouwerij – een dure aangelegenheid bij de familie van Marge in Connecticut – verhuisden ze van hun piepkleine flatje in Columbia naar een houten huisje in Greenwich Village. Marge vond een baan als artdirector bij een reclamebureau met de volgens James absurde naam Agency, na een sollicitatie die ze alleen maar had gedaan omdat de functie het woord *art* bevatte. Ze gleed naadloos in een negen-tot-vijfstramien, plakte haar haren op nieuwe manieren achterover, kwam met esthetisch ogende boodschappen thuis, sprak over haar collega's met gelijke delen wrok en genoegen. Maar voor James verliep de overgang naar de realiteit met horten en stoten. Buiten artikelen schrijven voor de *Spectator*, die niets betaalde, had James nooit van zijn leven gewerkt en volgens bepaalde definities was hij zo goed als oninzetbaar. De baantjes die hij dat eerste jaar wist te bemachtigen waren van het curieuze soort – James werkte als bioscoopkaartjesscheurder en gloeilampenindraaier en medewerker van een reisbureau en typist voor een auteur van astrologieboeken. Niets daarvan was een succes, maar of dat nu kwam door James' eigenaardige maniertjes (afdwalende gedachten, belabberd tijdsbesef en gering verantwoordelijkheidsgevoel, het niet-aflatend refereren aan dingen die andere mensen niet kenden of snapten) of zijn verveeldheid (hij kon zijn aandacht niet bij typewerk houden) kon hij niet zeggen. Hij wist dat hij intelligent was, maar het was een vreemdsoortige intelligentie die andere mensen niet goed zagen, en hij leek maar niet te kunnen verzinnen hoe je die omzette in een baan, een echte baan in de echte wereld.

Maar tegelijkertijd ontdekte hij een compleet nieuwe wereld, de wereld van downtown New York, waar maar één eis voor acceptatie geldt: interesse. En die had James volop. Direct na hun verhuizing naar de Village explodeerde James' brein louter door de nabijheid van zo veel kunst – en de mensen die haar produceerden, verhandelden en liefhadden – in een kakofonie van ideeën, kleuren, zintuiglijke gewaarwordingen en beelden. Hij kon zich nauwelijks beheersen: hij wilde die kunst proeven, voelen, vasthouden en bezitten. Een goede sculptuur kon hem nog steeds een stijve bezorgen (bezoekjes aan het Metropolitan Museum namen af en toe gênante vormen aan) en hij bleef maar kleuren ontdekken die daadwerkelijk nieuw waren, die hij nog nooit had aanschouwd.

'Het was als een gekneusde perzik,' probeerde hij dan uit te leggen aan Marge, wier verliefdheid op zijn mentale metaforen enigszins aan het verflauwen was, iets wat hij liever niet echt onder ogen zag. 'Maar dan alsof je er wat honing bij gedaan had.'

Overdag, wanneer hij de enige bezoeker was, sloop James door galerieën, stond langdurig oog in oog met kunstwerken die prachtige muziek in zijn hoofd deden opklinken. Hij fotografeerde die stukken en maakte er dia's van, zodat hij ze 's avonds in zijn studeerkamer kon doornemen, stopte ze in grote bruine leren mappen, georganiseerd volgens een associatieve taal die alleen hij begreep. (LICHT stond er op de rug van een zo'n map. LICHTBLAUW stond er op een andere.) En hoewel hij niet erg hield van grote groepen of praatjes maken of handjes geven – in feite was hij onhandig en claustrofobisch, en hij zei vaak precies het verkeerde tegen precies de verkeerde persoon – bezocht hij vrijwel elke avond een opening; hij kreeg domweg niet genoeg van de nieuwe ingangen die ze hem boden.

In die jaren was er in het centrum van alles en nog wat te beleven, en hij ging naar alles kijken, of het nu in de smetteloze musea in Midtown was of de smoezelige nieuwe expositieruimtes in SoHo. Het gelikte, zieke realisme van Cindy Sherman; de conceptuele, capricieuze trucs die Robert Barry met woorden uithaalde; de onweerlegbare tegeltjeswijsheden van Jenny Holzer ('gevoel voor timing is het kenmerk van het ware genie'; 'soms is je onbewuste betrouwbaarder dan je bewuste denken'; 'veel professionals zijn getikt'), die niet in een galerie te zien waren maar door de hele stad, op witte pamfletten, en die de stad blootstelden aan zijn eigen misstanden en werkelijkheden, aan zijn eigen gezicht.

James vond het allemaal prachtig: kunst als object en kunst als actie, messcherpe ironie en liefdevol expressionisme, nonsensicale cassetteopnames en extreem gênante poëzievoordrachten; hij hield van de toe-eigenaars en de activisten en iedereen daartussenin. Toch ging zijn hart voornamelijk uit naar de schilders. De schilderkunst was weliswaar de minst originele en zeker de vlakste kunstvorm, maar ze bezorgde James altijd het meeste plezier. Hij kon maar een bepaalde tijd cerebraal blijven tot hij weer terugviel op de schilderkunst, waarin hij de meeste echte hartstocht bespeurde. Ze leek oprecht te zijn zoals geen enkele andere kunstvorm dat was, zelfs de fotografie niet. Ze was het nauwst verwant aan wat hij zelf deed, vond James: een individuele perceptie van de kosmos, een kaart van een geest. Wanneer James in de *Times* over een schilderijententoonstelling las, stond hij vaak al bij de galerie vóór die de deuren opendeed en bleef tot ze gesloten werden. In de tussenliggende uren liet hij de tweedimensionale werken de vele dimensies van zijn brein opwinden.

Wanneer hij kunst bekeek of erover schreef, leek het wel of James' hersenen in de hoogste versnelling raakten: opeens leek de hele kosmos beschikbaar en helder. Hij ontwaarde gigantische vergezichten en minuscule details. Hij voelde windvlagen en krioelende mieren, proefde gebrande suiker en tuurde naar hemels vol sterren. Hij vergat alle aspecten van het leven die zijn gedachten onwaardig waren: vuile was en gore wc's, kleine attenties voor Marge en prietpraat met collega's, telefoongesprekken met zijn moeder en de telefoonrekening van vorige maand. Alles verdween behalve het ene dat ertoe deed: de potente, krachtige essentie van het leven, de hartexplosies, de kleur, de waarheid.

In zijn opschrijfboekje noteerde hij zijn gewaarwordingen tijdens het bekijken van de kunstwerken, hoe onzinnig die soms ook leken – 'Louise Fishman = sterke shampoogeur; Bill Rice = nachtelijke stemming, hoofdpijn'. Wanneer hij thuiskwam en Marge al lag te slapen, bekeek hij de dia's en tikte hij zijn aantekeningen op zijn typemachine – de ene versie na de andere, tot het ergens op sloeg als kunstrecensie. Elke vrijdag stopte hij een van die stukken in een stevige envelop en liep ermee naar het gebouw van *The New York Times*, waar hij hem in het postvak van de hoofdredacteur Kunst stopte. Bij het losmaken van de envelop voelde hij altijd dezelfde combinatie van overtuigingen: dat de redacteur het nooit zou lezen en dat het stuk nooit het daglicht zou zien, maar dat het was voorbestemd om ooit door iemand gelezen te worden, en dat wanneer die het las, het hem zo volledig zou betoveren dat hij het wel moest publiceren.

'Ik weet eerlijk gezegd niet of wat ik schrijf goed is of totaal waardeloos,' zei hij tegen Marge. 'Dat is wel ironisch als je bedenkt dat ik er mijn beroep van probeer te maken om te begrijpen wat goed en wat totaal waardeloos is.'

'Het is goed,' verzekerde Marge hem telkens opnieuw, hoewel haar stem een zweem bevatte van hoelang-gaat-dit-nog-duren? 'Bij de beste dingen duurt het soms een eeuwigheid tot ze ontdekt worden, hè? Zo werkt dat toch?'

'Hopelijk wordt het geen Van Gogh-scenario,' zei James. 'Hopelijk ben ik niet dood voor ik het me kan veroorloven om te leven.'

Uiteindelijk, na vijf jaar vol los-vast werk en afwijzingen, werd James gebeld door Seth, de secretaris van de kunstredacteur van *The New York Times*, die met een piepstemmetje sprak. Hij meldde dat zijn stuk over de schilderes Mary Heilmann – haar werk met viltstiftkleuren had 'het hart van deze recensent het gevoel bezorgd dat hij water dronk' – morgen ter perse ging.

'Zonder inkortingen?'

'Inkortingen waren onnodig, Mr. Bennett,' piepte de secretaris. 'De redacteur zei dat het strak was.'

James legde de hoorn op de haak en sprong een gat in de lucht. Toen ging hij op de vloer zitten. Daarna sprong hij weer overeind en rende de deur uit, keek links en rechts uit over de straat, bedacht dat hij zonder goede reden naar buiten was gegaan, draaide zich om, ging weer naar binnen en nam plaats achter zijn bureau, waar hij bleef glimlachen tot het pijn aan zijn gezicht begon te doen.

Hij vierde het door met Marge uit eten te gaan in een middelduur restaurant dat hun door 'iedereen' was aanbevolen – dat wil zeggen, door iedereen op het bureau van Agency, het soort publiek dat wist wat *frisée* was, hoe je *haricots verts* uitsprak – en waar Marge betaalde. Daarna vreeën ze tweemaal.

'Trots op mij?' zei hij terwijl ze op bed lagen.

'Ontzettend,' zei ze, en ze wreef haar gezicht tegen zijn borst.

En dat was genoeg voor hem. Hij had die dag tevreden kunnen sterven, met het 'ontzettend' van Marge nog naklinkend in zijn oor.

Na de publicatie van het artikel ontving James via de post een cheque en tegelijkertijd een middelgroot pakketje. De cheque was voor duizend dollar en het pakje was een schilderij van Mary Heilmann, zo een in roze en zwart, met een begeleidend briefje van Heilmann, met de tekst: 'Opdat je hart nooit dorst zal lijden. xo, MH'. James besteedde de duizend dollar onmiddellijk aan een tekening van de kunstenaar-dichter Joe Brainard, die hij een week eerder had gezien in een geïmproviseerde galerie in de East Village – een schets van een pakje sigaretten, die een waas van maanachtig, avontuurlijk blauw over James' ogen trok. Hij hing de twee werken naast elkaar op in zijn studeerkamer – bescheiden zinnebeelden van zijn bescheiden succes, die hem er dagelijks aan herinnerden dat er schoonheid op de wereld bestond, en dat hij die schoonheid fysiek kon ervaren, en dat hij die schoonheid op papier kon zetten zodat ook anderen haar konden beleven. Zo moest hij zich tot de samenleving verhouden, dacht hij: vanuit het scheepje van zijn studeerkamer, door het illustere portaal van *The New York Times*.

In de jaren daarop, terwijl de jaren zeventig afliepen en James en Marge achter in de twintig raakten en daarna schijnbaar onverwacht dertigers werden, begonnen de mensen de artikelen op te merken en erop te reageren. Ze noemden het een zesde zintuig – James' onwaarschijnlijke vermogen om precies dát eruit te pikken wat een kunstwerk goed of slecht maakte, en het vermogen om bij het extrapoleren van afstand op die goedheid in te zoomen: jaren eerder dan anderen of vanaf de andere kant van een volle expositieruimte. Als James een beeldhouwwerk bekeek wist hij precies de boog te vinden waar het interessant werd (de boog die als een vliegveld aanvoelde en witachtig grijs knipperde), het exacte punt op de plattegrond van een schilderij waar hij zijn figuurlijke speld in moest prikken, het aspect dat het hele geval überhaupt de moeite van het schilderen waard maakte. Hij registreerde alles wat hij achter zijn ogen zag wanneer hij kunst aanschouwde – 'Brice Marden neemt me in beslag als een schoen die in kauwgom is getrapt' of 'Schnabel houdt, zonder gekheid, te veel bordjes in de lucht' – en de mensen vertelden hem dat het geniaal was, dat hij de essentie van de kunstkritiek aan het veranderen was, dat ze hem graag een keer op een borrel wilden trakteren, wilden weten wat hem dreef, benieuwd waren naar zijn mening over de nieuwe Sol LeWitt.

Dat alles leidde tot iets wat op vertrouwen leek: de lezers vertrouwden erop dat hij hun vertelde of ze deze zaterdag in een expositieruimte moesten doorbrengen; de kunstenaars vertrouwden erop dat hij intelligent en billijk over hen schreef – al waren de recensies niet onveranderlijk positief, ze weerspiegelden altijd een belangrijk en intrinsiek aspect van het kunstwerk.

'Ik waardeer je, weet je dat?' zei een schilderes die Audrey Flack heette tegen James tijdens een nazit in een galerie. De week ervoor had James geschreven dat Audreys hyperrealistische schilderij van een handvol snoepjes in wikkels 'net zo taai was als zulke snoepjes worden: het soort dat te lang in oma's vestibule heeft gelegen'. James had Audrey ontweken, maar ze deed aardig tegen hem.

'Je hebt erover nagedacht,' zei ze. 'Je hebt erover nagedacht, en je snapt het precies. Het feminisme is inderdaad belichaamd in de taaiheid die je beschreef – dat stoffige, binnenskamerse gevoel – en dat heb jij door.'

Dit gesprek leidde tot een atelierbezoek, waarna de mening van James over het werk van Flack honderdtachtig graden kantelde, en hij vertrok met een schilderij van haar onder zijn arm – er stond een soort schrijn op, met daarin een foto van Marilyn Monroe, een paar rijpe peren, een brandende kaars en een bokaal vol zilverige parels. Het schilderij, stevig vastgeklemd onder James' arm, rook naar alle kippen die zijn moeder nooit had gebraden.

De verzamelde werken van James dijden eerst langzaam en daarna steeds sneller uit: zowel zijn kunstverzameling als zijn geschriften. Net als Heilmann schonken veel andere kunstenaars hem een schilderij. Al het geld dat hij overhield ging op aan werk van kunstenaars die hij bijzonder bewonderde, van wie hij vond dat zij het meer verdienden dan hij. Zij waren de genieën, had hij altijd gevonden. Hij was maar een genieënvinder.

Gelijk met het gewicht van zijn opinie steeg het gewicht van de kunstwerken die hij begeerde en verzamelde. In de stad werd de privécollectie van James het onderwerp van afgunst en begeerte. Hoe had hij al die kunst verworven? Waar kwam zijn onkreukbare smaak vandaan? Wie was zijn kunsthandelaar? En waarom verkocht hij nooit iets? Handelaars klopten aan bij James om een vluchtige blik te kunnen werpen; hij werd door verzamelaars en veilinghuizen opgebeld.

'Ik heb gehoord dat je een Ruth Kligman in huis hebt,' zei een griezelig klinkende beller. 'Vind je het goed als ik langskom om die te bekijken?'

'O, ik verkoop geen kunst,' zei James verlegen. 'Sorry dat ik je tijd verdoe.'

'Ik heb inderdaad mijn tijd verdaan, verdomme,' zei de stem en aan de andere kant werd de hoorn hardhandig op de haak gesmeten.

Met betrekking tot de collectie hanteerde James de strenge, aan zichzelf opgelegde morele regels dat kunstwerken dienden om genot op te wekken, niet om inkomen te genereren, en dat kunst niet om roem draaide, maar om gevoel. Zijn aanpak was eenvoudig: dingen kopen die hij mooi vond en die hij zich (min of meer) kon veroorloven. Dat was alles. Als ze in waarde stegen (en dat deden er vele, vroeg of laat) was dat best. Maar dat hij niets verkocht was wezenlijk – James zag zijn verzameling als een kunstwerk; als je iets verkocht, kon je de hele compositie verpesten. Hij wilde niet bekendstaan als iemand die kunst alleen maar recenseerde of bezat, maar als iemand die haar begreep. Die kunst ademde.

Hij had altijd gemengde gevoelens gehad over die aandacht; het was niet zijn doel om op te vallen, hij deed het om trouw aan zichzelf te blijven en aan de kunstenaars die hij waardeerde, en om zijn heimelijke verlangen te bevredigen om iets op de wereld achter te laten. Hij had al snel gemerkt dat de New Yorkse kunstscene voor een groot deel klef van aard was – de handelaars die alleen maar op een percentage aasden; de smaakmakers die cultuur wilden omkneden tot kapitaal; de kunstenaarsvrienden die de kunstenaars overal achternaliepen, in een vergeefse poging om meer van hun beroemdheid of in elk geval van hun gratis champagne te genieten. Maar het hele gedoe had een kant waar James heimelijk plezier in schepte: het voelde goed om te worden opgemerkt, om begrepen te worden. Voor het eerst van zijn leven was hij niet de rare snuiter, de vreemde eend in de bijt, de gestoorde man in de hoek, die naar een schilderij staarde tot de galerie sloot. In plaats daarvan was hij onbedoeld toegetreden tot de incrowd. Nu was híj een smaakmaker. Hij, James Bennett, oefende daadwerkelijk invloed uit, waarvan hij wist dat die te maken had met datgene wat hem in zijn jeugd juist tot een paria had gemaakt: zijn aandoening. Zijn voormalige handicap stelde hem nu in staat om op zijn manier met kunst te communiceren, om de dingen te zien zoals andere mensen dat niet konden, de juiste schilderijen voor zijn huis te kiezen en daar onnavolgbaar over te schrijven.

Om nog te zwijgen, zag hij uit zijn ooghoek, van het plezier dat Marge beleefde aan zijn successen, hoe klein ook.

'Er komt vandaag een stuk van James in de krant!' hoorde hij haar via de telefoon tegen haar moeder zeggen. Dat was nieuw,

50

temeer omdat ze zijn naam jarenlang niet had laten vallen tegenover haar moeder, die alleen maar wilde weten wanneer die schoonzoon van haar een keer een echte baan vond.

'Voorpagina!' pochte Marge. 'Hou het in de gaten, hè, mam?'

Marge leek het niet erg te vinden dat zij doorgaans de rekeningen betaalde (de kunstjournalistiek betaalde redelijk maar het was geen vetpot, en James' verdiensten gingen hoogstwaarschijnlijk op aan de aanschaf van nog meer kunst). Ze geloofde in hem, zei ze, en ze wist dat doen wat hij het liefst deed uiteindelijk iets zou opleveren. Op een moment van grote trots (en misschien van dieper inzicht in hoe je jezelf moest presenteren) kocht Marge bij Bloomingdale's een wit pak voor hem, voor formele evenementen of vernissages. Dat begon hij met enige regelmaat te dragen, ook al deed de aanblik van het pak in de spiegel hem ammonia en overdadige eau de cologne ruiken.

Maar af en toe, bijvoorbeeld wanneer de huur betaald moest worden, zag Marge zich gedwongen hem aan te spreken op zijn kunstverslaving.

'We gaan zowat failliet, James,' zei ze dan. 'Snap je dat we bijna failliet zijn?'

'Ik weet het, Marge, ik weet het. Maar ja, is-ie niet verpletterend?'

De 'ie' in kwestie kon van alles zijn, van een minuscuul schetsje van Richard Diebenkorn dat James uit Californië had laten opsturen, tot een gigantisch met spuitbussen beschilderd stuk karton van een jonge straatkunstenaar dat een groot deel van de oostelijke muur in de huiskamer besloeg — James had erop gestaan om het joch daar duizend dollar voor te betalen.

'Natuurlijk is-ie verpletterend,' zei Marge. 'Maar we moeten ook leven, hè? Wat kopen we voor kunst als we niet kunnen leven om ervan te genieten?'

'Maar wat voor zin heeft een leven zonder kunst?' zei James, terwijl hij haar voor een omhelzing naar zich toe trok.

'Ik maak me gewoon ongerust,' zei ze en liet toe dat hij haar hoofd kuste. 'We zijn al dertigers.'

'Dus?'

'Dus we zijn dertigers!'

'Vertel me wat het inhoudt om dertiger te zijn,' zei James. 'In overweging nemend dat het bijna 1980 is en dat we in New York wonen; volgens mij geldt de voorstedelijke levensloop niet per se voor ons.'

'James!' zei Marge, en gaf hem een speelse tik. 'Ik wil een klein baby'tje!'

'Dan geef ik jou een klein baby'tje,' zei hij, maar op zo'n manier dat het eerder naar hun grapje verwees dan naar het echte leven.

Marge leunde achterover en keek hem aan. 'Ik meen het, James. Kun je dat zien aan m'n ogen?'

James legde zijn vinger op haar kin en kneep zijn ogen toe.

'Laat me eens kijken,' zei hij.

En dit was hun grootste echte-levensonderneming: Marge droeg nu een klein baby'tje ter waarde van vier maanden in haar buik – zo groot als een avocado, volgens de vrouw die 's ochtends de echo had gemaakt. Voor het feest bij Winona had Marge een wijnrode jurk aangetrokken, die haar vormen eerder accentueerde dan verhulde, en James merkte, alsof hij weer een kind was, dat hij geestelijk opgewonden raakte wanneer hij te lang naar haar keek. De buik van Marge was zacht en laag, als een bergje hellend zand. Haar borsten waren in omvang en zelfvertrouwen toegenomen, leken aan de nederige burgers (haar voeten, haar rug, haar billen) voor te schrijven hoe ze moesten staan en bewegen. Haar gezicht was iets breder en bleker geworden. Er had zich een laag duisternis onder haar ogen verzameld en het resultaat was nogal... nou ja, granaatappelig. Hoewel James haar vroeger aardbeiig had gevonden – wild, klein en afzonderlijk – voelde ze nu als een granaatappel: ze bevatte een miljoen zaadjes van jong, rood leven.

Tot vandaag had James het hele zwangerschapsgedoe als iets abstracts ervaren. Hij had zich niet kunnen onderdompelen in de pure blijdschap, en had zelfs de aandrang bespeurd om er niet aan te denken, omdat hij alleen maar leek te gaan piekeren als hij dat deed. Hij piekerde dat hij een slechte vader zou zijn, of erger, dat hij niet van zijn zoon of dochter zou houden zoals dat hoorde, dolverliefd en vol ontzag namelijk. Hij vroeg zich ook heel egoïstisch af of een baby zijn leven zou veranderen in iets waar hij nooit om had gevraagd, dat zijn bestaan volledig zou opschuiven naar luiercorvee en ritjes met de kinderwagen, en dat hij tijd noch drang zou hebben om te schrijven. Als hij helemaal eerlijk wilde zijn, wat hij tegenover Marge uiteraard niet was, moest hij zelfs toegeven dat hij zijn maanden en dagen in vrijheid aftelde, en mentaal ineenkromp terwijl ze verstreken.

Maar toen de technicus hun vandaag de korrelige echo liet zien, had James werkelijk gehuild van geluk. Het was de eerste echo die echt iets had onthuld wat James logisch vond – een hand, een neus, een kloppend hart – en het had zijn eigen hart fysiek pijn gedaan. Het was visueel verpletterend: een witte, streperige boon op een inktzwarte kegel, als een fotonegatief. De zwarte kegel deed hem zijn vaders gemene stem horen, maar de witte boon deed hem zout proeven, alsof hij net een marathon had gelopen en zijn eigen zweet van zijn lippen likte. Dit was verbondenheid met de natuur en een verplichting aan de toekomst. Dit was echt. De baby was het echte leven. En hij was een mirakel. Juist deze doorkruising van realiteit en mirakel zorgde ervoor dat James ontzag voor dit leven behield: een leven dat inderdaad uit gelijke delen biologie en schoonheid bestond.

'Zullen we?' zei Marge nu, terwijl ze met haar hoofd naar Winona's beslagen glazen deur wees. Haar stem was plakkerig en zacht.

'We zullen,' zei hij.

Hoewel het er ijskoud was, verzamelden Winona's gasten zich buiten op het kloosterbalkon, dat was versierd met vervaarlijk ogende sculpturen van smeedijzer. James herkende de kunstenaars van een kilometer afstand: daar stond David Salle in zijn op Picasso geënte streepjesoverhemd, terwijl beelden van lichamen erop en erboven werden geprojecteerd, net als op zijn schilderijen. Daar stond Baldessari, groot en met een witte bos haar, die zich niet op de kou wist te kleden; James voelde de lucht van Californië door zijn T-shirt heen stralen, zelfs van achter het glas. Daar stond Keith Haring, met een muizige gestalte die niets afdeed aan de grootsheid van zijn uitstraling; toen James naar hem keek, zag hij een hele kosmos.

Hoe zou het al deze mensen dit jaar vergaan? Hoe zou 1980 hen veranderen, omvormen, hun lot bepalen? Soms maakte James zich zorgen over hen, over de kunstenaars die hij zo waardeerde en bewonderde. De wereld, vooral de kunstwereld, was aan het veranderen; hij voelde het. De stad deelde beloftes uit, liet beroemdheid voor de neus van zelfs de radicaalste kunstenaars bungelen; in ruil daarvoor werd een scherpte afgestompt. De briljante bohème die hij had ontdekt toen hij naar de Village was verhuisd, was een tandje hoger gezet; popart had de weg geëffend voor commercie en plastic en glitter; er waren een nieuw air van potentieel en een nieuwe kapitaalgolf binnengekomen, waardoor de scene opnieuw onder hoogspanning stond. Nu leefde de gedachte dat je het kon maken; James had gezien hoe de kunstenaars met de grootste mazzel uit het puin werden geplukt en opgetild tot de wolk van het succes. De succesvollen lieten een residu van kansrijkheid achter: de onwezenlijke, giftige wolk van roem en rijkdom die de anderen zowel motiveerde als omverkegelde. Zelfs het cijfer 8 van 1980 voelde glossy en luchtig en glanzend in zijn gedachten, als een ondoorprikbare ballon, heel anders dan de 7, zijn knokige voorganger. Het jaar dat voor hen lag zou ofwel overlopen van de helderheid ofwel inzakken van de leegte, of misschien allebei. De tijd – om precies te zijn middernacht – zou het leren.

James volgde Marge naar de vestiaire – Winona had een hele nonnencel gewijd aan de jassen van anderen – en greep zijn jas. Pas nadat Marge al één arm in een mouw had gewurmd, kwam hij op het idee om haar in haar jas te helpen; hij trok hem over haar andere schouder. Onderweg naar de deur passeerden ze een kamer met blauwe muren, en iets trok James' aandacht. Een wit vuurwerk, de geur van rook. Het hoorbare, prachtige slaan van vlindervleugels. James ving een minieme glimp op van een jongeman die in de blauwe kamer achter een groot mahoniehouten bureau stond, met een zwarte moedervlek die uit zijn gezicht stak en zijn ogen vochtig van wat zo te zien tranen waren, voordat Marge hem aan zijn mouw trok en hem meenam naar de balkondeur.

Buiten riep iemand 'Vier minuten!', gevolgd door opgewonden gekwetter. Een man met een liniaalbrede rode stropdas liep rond met een fles Veuve Clicquot en vulde alle smalle glazen bij. Marge keek omhoog naar James. Ze rilde en glimlachte. James voelde de nachtelijke kou op zijn wangen, voelde het zachte lichaam van Marge tegen het zijne aan leunen.

'Ons jaar,' zei Marge.

'Ons jaar,' sprak James haar na, maar in gedachten was hij nog binnen. Wie was die man? En hoe kon James weer terug in Winona's klooster komen om dat te achterhalen? Hij zou zich voor een plaspauze losmaken van Marge, door de menigte heen, door de glazen deuren. Hij zou omhoogglijden naar de blauwe kamer, zijn hoofd door de deuropening steken. Er zou niemand zijn, alleen het residu nog: net als wanneer je je ogen sloot voor de schelle zon en je een nabeeld bleef zien. De man zou verdwenen zijn, maar James zou hem weer vinden. Hij zou het feest en de stad afschuimen tot hij hem gevonden had. Maar eerst moest hij zoenen met zijn mooie vrouw, op het moment dat de klok de wereld een nieuw decennium in duwde. Eerst moest er in de verte, op Times Square, een bal naar beneden vallen.

Al beroemd

Enkele uren voor middernacht stond Raúl Engales in het kraakpand aan East Seventh Street, in de hoek van de Grote Kamer, terwijl zijn biceps door twee schaars geklede vrouwen werden betast. Sommige mensen noemden hem een versierder, wat hij niet erg vond omdat het waar was. Alleen al zijn verschijning – warme huid, toegeknepen amberkleurige ogen, rusteloze wenkbrauwen en een golf gitzwart haar – gaf vrouwen de indruk dat hij net zo gevoelig als serieus was, dat zijn hartstocht zou opwegen tegen zijn valkuilen, en dat hij hen, met gebruikmaking van de dikke, tuffende trein van zijn kleiner dan gemiddeld maar op een of andere manier toch dominante lichaam, zou meevoeren naar een exotisch oord waar ze nog nooit van hadden gehoord. Dat wist hij, net zoals hij wist hoe groot de macht was van de moedervlek op zijn rechterwang, dat zinloze stukje zwart vlees dat hij vroeger had gehaat maar dat hij had leren waarderen; het leek de aantrekkingskracht van een planeet te bezitten. Het hield de vrouwen die ernaartoe vielen lang genoeg in een baan om hem heen dat hij genot aan ze kon beleven; voor iets anders dan genot had hij geen geduld. 'Vrouwen zijn net schilderijen,' riep hij wel eens als hij genoeg gedronken had. 'Zolang je met ze bezig bent, wil je in ze wonen. Daarna wil je ze waarschijnlijk nooit meer zien.'

Het was oudejaarsavond, het jaarlijkse knalfeest in het kraakpand. Nauwelijks de moeite om het zo te noemen, dacht Engales, want het was elke avond in het kraakpand feest, knal of anderszins. Hij was er niet omdat hij dat zo graag wilde, maar omdat hij er altijd was. Het kraakpand, met zijn zeven tot twaalf roulerende bewoners, was een tweede thuis voor Engales geworden. De voornaamste bewoners: niet-monogame conceptuele kunstenaars Toby en Regina, performancekunstenaar en kettingroker Horatio Caldas, beeldhouwer en keelzangeres en professioneel verbouwer van haar eigen kapsel Selma Saint Regis, de Zweedse tweeling Mans en Hans met hun smetteloze lichamen en een voorliefde om dingen in de hens te zetten, drie flamboyante papegaaien die vrij ongebruikelijke obsceniteiten naar nieuwkomers krasten ('Babyklootzak! Mongoes! Pruimenlikker! Mislukte kunstenaar!') – dat waren de mensen met wie hij zich omringde. Ze vormden een familie van onaangepasten en hij was wat zij een 'wees' noemden: een van de talloze kunstenaars die ze gezamenlijk hadden besloten toe te laten, dronken te voeren, om over te roddelen en kunst mee te maken, maar die niet in het pand woonden. De reden daarvoor was niet alleen dat hij een huurvrije flat cadeau had gekregen van een Franse kennis van een kennis, maar ook dat hij niet in relaties met collega's geloofde. Net als bij zijn vrouwen was hij op zoek naar genot, niet naar hoofdpijn, en bij elke verbintenis met een ander, ook samenwonen met tien mensen in een voormalige fabriek met betonnen vloeren en zonder ruiten, viel hoofdpijn niet te vermijden.

Hoewel het nog niet eens negen uur was, ervoer Engales al een energetische onrust in de kamer, de jachtige trillingen van mensen die zich voor twaalven probeerden te positioneren in de nabijheid van het juiste paar lippen, zodat wanneer het moment was gekomen om de toekomst binnen te treden ze dat niet alleen hoefden te doen. Maar lippen hielden hem nu even niet bezig; hij kon uit twee paar kiezen, die hem geen van beide aanlokten. De twee vrouwen, die al hun zinnen formuleerden in de vorm van een vraag, konden zijn aandacht niet vasthouden. Hij tuurde door de volgepakte kamer, op zoek naar iets wat dat wel zou kunnen, en hoewel veel dingen zijn aandacht trokken – Selma die haar tepels met fluorescerende verf beschilderde, een van de Zweden die een doorzichtige vloeistof in een glaasje aanstak – kon geen daarvan zijn aandacht vasthouden. Raúl had behoefte aan iets nieuws, een openbaring. Het hoefde niet per se een vrouw te zijn. Hij stond op de drempel van een nieuw jaar, en hij verlangde ernaar om die als een nieuwe man over te steken. Een man over wie de mensen gehoord hadden, aan wie ze aandacht besteedden. Niet alleen een vrouwenversierder maar een mensenversierder. Iemand die ertoe deed. Een echte kunstenaar.

Aan de rand van de kamer, vlak bij de deur, zag hij het puntje van een haag van haren de menigte binnenzweven. Dat kapsel herkende hij: gigantisch en bruisend, dominant. Het was Rumi Gibraltar, die hij de afgelopen zomer op een feestje had ontmoet; ze zat onderuit op de stoep buiten het gebouw alsof die een slaapbank was, in een bloes die van kanten servetten gemaakt leek te zijn. Rumi, de conservator die hem had beloofd zijn schilderijen op zijn atelier te komen bekijken. Rumi, die haar belofte niet was nagekomen. Rumi, in de nabijheid van wier lippen hij zich even voor twaalf uur zou positioneren, zo niet voor zijn plezier, dan wel voor zaken: hij moest regelen dat ze hem een expositie bezorgde. De vrouw aan zijn rechterkant hief haar gezicht omhoog naar het zijne, lippen voorop. Hij negeerde haar en schudde de twee vrouwen af alsof ze kledingstukken waren, baande zich een weg naar Rumi. Ze was langer dan hij en koninklijk. Haar kapsel was een meesterwerk.

'Wie hebben we daar, mevrouw Niet Komen Opdagen,' zei hij toen haar ogen de zijne vonden.

'Wie hebben we daar, meneer Delaroche,' zei ze. Dat was een verwijzing naar de avond waarop ze elkaar hadden ontmoet, toen Engales had verklaard dat hij schilder was en zij droog had geantwoord: 'Wist je dan niet dat de schilderkunst dood is?'

Toen dat hem schijnbaar in de war maakte, had ze vervolgd: Nooit van Delaroche gehoord? Nee? Nou, die moest hij maar eens opzoeken, want de schilderkunst is al sinds 1839 dood! Toen Engales dat de week daarop had gedaan, in een encyclopedie in de bibliotheek van de NYU, ontdekte hij dat Paul Delaroche na de uitvinding van een vroege vorm van fotografie had verklaard dat het schilderen als kunstvorm achterhaald was.

'Ik heb die ouwe zak in de encyclopedie gevonden,' zei Engales nu.

'Leergierig,' zei ze.

'Zijn betoog snijdt geen hout.'

'Echt niet?'

'Je hebt twee soorten schilders: schilders die decoratief schilderen en schilders die schilderen om het schilderen zelf. De fotografie zou alleen een probleem zijn voor het eerste soort schilder.'

'Leergierig en werkelijk slim. Goeie combinatie.'

'Waarom ben je nooit bij me komen kijken?'

'Ik ben een drukbezette vrouw,' zei ze, terwijl haar ogen zich in hem boorden, zo te zien gevuld met een belofte van wellust.

'Ik hou van drukbezette vrouwen,' zei hij.

'Ik ook,' zei ze.

'Ik heb een goed idee,' zei Engales impulsief.

'Kunstenaars denken voortdurend dat ze goeie ideeën hebben.'

'Kom nu naar m'n schilderijen kijken. Ga mee naar m'n atelier.'

'Het is oudejaarsavond,' zei ze.

'Opmerkzaam,' zei hij.

'We zijn hier op een feestje,' zei ze.

'Wist je niet dat feestjes dood zijn?' zei hij.

Rumi glimlachte met één helft van haar mond: haar eerste concessie.

Voor ze bezwaar kon maken, greep Engales haar dunne arm en voerde haar mee naar buiten, de ijskoude avond in. Ratten schoten opzij terwijl ze zich langs East Seventh een weg door de stad baanden. Politieagenten waren in groten getale verschenen, blikten arrogant om zich heen, maakten zich op voor het ergste vanwege de gebeurtenissen van vorig jaar: rellen op Times Square, een paar moorden zelfs. Een vrouw op Broadway riep tegen een man van wie ze met spijt afscheid nam: 'Twaalf uur! The Eagle! Vind me! Beloof je het?' Via Broadway naar Washington Place, waar die kruiste met Mercer, door de afgesloten deur en omhoog door het donkere trappenhuis naar het atelier dat Engales inmiddels als het zijne beschouwde.

Engales had over de NYU-ateliers gehoord via een vrouw met wie hij op zijn derde dag in New York naar bed was geweest, een kunstacademiestudente met een pruilmondje en vlechtjes waar ze te oud voor was, die hij in de 24-uurswasserette was te-gengekomen. Hij kon het begrip 'wasserette' maar niet begrij-pen en was aan het hannesen met de kwartjes, de sloten op de wasmachines, de bonte was, de kookwas, de pakjes waspoeder die ze in verkoopautomaten verkochten.

'Waarom ben je zo slecht in de was doen?' had het meisje ge-vraagd, terwijl ze een bloes opvouwde die zo te zien van een ba-by was.

'De was doen is saai,' had Engales geantwoord. En na één scherpe blik op haar – dunne ledematen, een minuscuul rokje, de lange donkere vlechtjes die een smal, jong gezicht omlijst-ten – wist hij dat ze het bed met elkaar zouden delen.

'Alles is saai,' had ze gezegd, op een toon die verried dat ze het misschien wel meende. Wanneer je zo jong was als zij – achttien of negentien, schatte hij, wanneer de tijd eindeloos en onbreekbaar en leeg lijkt – bezat je nog het vermogen om je zo te vervelen. Hoewel hij zelf pas drieëntwintig was, bezorg-de het meisje Engales het gevoel dat hij oud was. Hij was mis-schien al veel eerder oud geworden, in elk geval qua mentali-teit: als je ouders doodgaan, sterft het idee van onbeperkte tijd op aarde met hen. Je wordt gedwongen om op een rare manier wijs te worden, op te jonge leeftijd te ervaren dat het leven zo-wel kostbaar als volslagen zinloos is, waarbij geen van beide fi-losofieën veel ruimte voor verveling laat.

'Niet alles,' had hij gezegd, terwijl hij haar omhoogduwde tegen een rondtollende wasdroger. Ze lieten hun was liggen in de beschimmelde manden die dienden om ze van de wasma-chine naar de wasdroger te vervoeren en liepen de trap op naar zijn hotelkamer. De muren waren behangen met rozen en de lucht was bedompt, en terwijl ze haastig vreeën, zoals je dat doet met iemand voor wie je geen respect voelt, hoorden ze af en toe een schreeuw uit de kamer ernaast komen.

'En, hoe is het nou om een rijkeluiskind te zijn?' had hij het meisje gevraagd nadat ze waren uitgevreeën.

'Hoe bedoel je?' had ze gezegd.

'Nou, je studeert aan die chique universiteit, je hebt van die, hoe noem je die?' Hij zwaaide een van haar vlechtjes met zijn vingers heen en weer.

'Vlechtjes,' zei ze kalm.

'Vlechtjes!' lachte hij. 'Jezus.'

'Ik weet niet eens waarom mijn ouders ervoor betalen,' zei ze toen, met een soort verlegen opstandigheid, kwam op het bed overeind en trok de elastiekjes uit haar haar. 'Ik bedoel, je leert er nauwelijks iets. Als mijn ouders niet zulke eikels waren, zou ik mezelf die dingen leren. Gewoon bij de nyu naar binnen lopen en mezelf leren tekenen.'

Engales' ogen behielden afstand, keken naar de rozen op de muur, naar hun tweedimensionale bloemblaadjes waarop twee muggen elkaar spastisch het hof maakten. Hij duwde het meisje van zich af – ze probeerde zijn oorlelletje te liefkozen – en stond op. Hij had opeens een enorme hekel aan deze persoon met wie hij in bed lag, maar zou het kunnen dat hij iets op het spoor was? Hij had geen cent om verf en materialen te kopen. Hij had niets, en had niets te verliezen. Hij bekeek de borsten van het meisje, die groot waren en naar één kant opzij hingen, als een stel parende walrussen; hij wilde die walrussen schilderen, ze een snor geven. Kon hij zomaar bij een opleiding voor rijkeluiskinderen naar binnen wandelen en doen alsof hij die volgde? Daar een toko opzetten? Toen het meisje met de vlechtjes ging plassen, pikte hij de sleutel met het woord ATE-LIER op de bronzen kop uit haar broekzak. Hij kon het net zo goed proberen.

De volgende dag schoor hij zijn sjofele gezicht, jatte een rugzak uit een sportartikelenwinkel op Broadway en liep vervolgens zelfverzekerd langs een moddervette bewaker die druk in de weer was zijn eigen buik te inspecteren. Na enige omzwervingen – door slecht verlichte gangen die naar bejaarde boeken geurden, lege kamers die met groene kasten waren omzoomd – vond hij het schildersatelier, dat niet op slot zat en overliep van het zonlicht. Er waren maar twee, ongevaarlijk ogende studenten aan het werk en hij pikte de toplocatie in: een schildersezel in de hoek met het meeste licht, dat door twee grote ramen op de ezel stroomde.

Engales was onder de indruk van zijn vondst: deze plek was hoe hij zich de hemel voorstelde. Hij had nog nooit een ezel gezien en had zelfs nooit eerder op doek geschilderd. Al zijn schilderwerkzaamheden in eigen land hadden plaatsgevonden binnen plakkerige aantekeningenboeken of op slagerspapier, vastgeplakt aan de slaapkamermuren van zijn dode ouders. Hier had je schilderslinnen dat je zomaar kon pakken, van een enorme rol in de hoek, en ook grote rollen stevig papier, en blikken terpentijn, en scharen en stanleymesjes en houten modellen van mensenlichamen en handen waarvan je de vingers in elke gewenste positie kon zetten. Hij keek een van de studenten aan, die rustig in haar eigen hoekje stond te schilderen, voor een bevestiging dat dit inderdaad echt was, of om te zien of zij net zo opgetogen was over dit alles als hij, maar ze was druk bezig om heel dicht bij haar doek te komen en haar bril te doen beslaan met haar eigen adem, dezelfde adem die hij zou ruiken toen hij haar later die week mee naar bed nam. Wat het meisje met de vlechtjes betreft: dat heeft hij daarna maar één keer op de campus gezien; ze keek hem woedend aan op een manier die aangaf dat ze hem haatte omdat hij nooit had teruggebeld en verwrong haar mond op een manier die erop duidde dat ze zijn insluipersgeheim aan niemand zou verklappen.

Nu gebruikte Engales de vlechtjessleutel om Rumi, een uitzonderlijke conservator en een exquise schoonheid, op oudejaarsavond om bijna elf uur binnen te laten in het atelier. Uiteraard had Engales plannen voor een privé-ervaring — een kleine rondleiding langs zijn werk, een beetje kleren uittrekken. Maar tot zijn verbazing brandde het licht en hoorde hij de hippiemuziek van Arlene komen aanwaaien uit haar hoek achterin.

'Zit jij hier?' gilde hij terug naar haar.

'Waar moet ik godverdomme anders zitten?' zei Arlene op de manier waarop Arlene alles zei, met een schaamteloze botheid. Hij hield wel van Arlenes manier van praten, waarvan hij inmiddels wist dat het een sterk New Yorks accent was: zeurderige klinkers, ontbrekende r'en, woorden die zijdelings langs haar onderkaak naar buiten rolden.

'Op een feest? Bezig een normaal mens te zijn? Het is oudejaarsavond!'

'Het is doodzonde dat ik geen normaal mens ben,' zei ze, terwijl ze haar brede penseel in een blikken bus mikte. 'Echt dood- en doodzonde.'

Engales had Arlene op zijn tweede dag in het atelier leren kennen en ze waren dikke, zij het onverwachte maatjes geworden. Hij vermoedde dat ze achter in de veertig was, vanwege de ene grijze lok in haar rode haar en de ondiepe rimpels die rond haar ogen uiteenvorkten, en hij had gevreesd dat zij de baas van het atelier was, klaar om hem uit zijn vers gevonden kunstmekka te trappen.

'De baas?' had Arlene gegild. 'Godskolere nee, zeg! *Excusez le mot.* Ben jij Frans? Nee, jij kunt niet Frans zijn, te onbehouwen. Maar nee, ik ben de baas niet. Mijn naam is Arlene. Ik ben schilder.'

Ze had het gezegd met een trots uitspreiden van haar armen en een blik omlaag naar haar met verf bespatte jurk, die de vorm van een tent had en met wiebelige lijnen en abstracte vissen was opgesierd. Toen ze rondtolde om het doek te bekijken waar Engales aan had gewerkt, wervelde de jurk in een cirkel naar buiten.

'Ja, dat zie ik,' had Engales gezegd. 'Maar ben je niet een beetje... oud? Ik bedoel, om hier te studeren?'

'Oud? Val helemaal dood, jij,' had ze gezegd, en duwde een schouder naar hem toe. Daarna, met een klein opsteken van haar neus: 'Ik ben wat je noemt een gastkunstenaar. Dat is echt een giller, want technisch gesproken ben ik al dertien jaar te gast. Ze zouden mij er nooit uit schoppen. Ik ben als die lelijke beelden in parken waarvan je weet dat ze ooit belangrijk zijn geweest, maar die iedereen nu een doorn in het oog zijn. Hoe dan ook, ze hebben geleerd om mij te negeren.'

Engales trok zijn wenkbrauwen op en knikte haar goedkeurend toe. 'Dus je bespeelt het systeem,' zei hij.

'Nou, op dat punt ben ik niet de enige, hè?' zei ze. Ze gaf hem een moederlijke knipoog, waarvan hij niet wist of hij hem moest beantwoorden of negeren.

'Ze hebben me gevraagd in de tijd dat ik actueel was,' vervolgde ze. 'Ik was zo'n eendagsvlieg, weet je wel? Tien seconden beroemd. Nu zitten ze met mij opgescheept. Winst voor

hen, als je het mij vraagt! Ha! O. En trouwens? Dat je het weet:
dat schilderij waar je aan werkt, is een berg stront.'

Daarop duwde ze een boek tegen Engales' borst, met een
ezelsoor bij een schilderij van Lucian Freud.

'Kijk daar maar eens naar,' zei ze. 'Zo schilder je verdomme
een gezicht.'

Niemand had ooit de moeite genomen om Engales te zeggen
dat wat hij maakte een berg stront was, en hij vond het heerlijk. Voor de vorm had hij tegengesputterd, maar daarna had
hij het schilderij van Freud nauwlettend bestudeerd, zijn vinger over de gladde pagina bewogen, gezien hoe de onvoltooide
achtergrond het gezicht overvleugelde en hoe lukraak de schaduwen op de huid hingen. Het was onduidelijk of het schilderij af was, maar volgens Engales maakte juist de witte negatieve ruimte het schilderij zo prachtig. Dat was de omringende
wereld die de geportretteerde dreigde te verduisteren, de kosmos die aan het gezicht van het model likte, op het punt stond
hem met huid en haar te verslinden. Er snelde een inzicht door
Engales heen, en niet op een ongelukkige manier: hij was nog
niet groot, maar grootheid bestond; die was beschikbaar. Vervolgens had hij zijn eigen doek – het eerste echte doek waarop
hij ooit geschilderd had – in de grote vuilnisbak van het atelier
gemieterd en was opnieuw begonnen. Vanaf de andere kant
van de kamer had hij Arlene horen zeggen: 'Goed zo, jochie.'

Daarna werd Arlene al snel zo'n vriendin die je moest hebben in New York: de vriendin die je vertelde hoe alles werkte,
niet hoe je wilde dat het werkte, maar dat alleen deed uit wel-
gemeend respect voor jou – anders was je in haar ogen niet de
moeite waard geweest. (Engales leerde al snel dat in New York
tijd een valuta was die in potentie waardevoller was dan echt
geld; iedereen zei dat hij tijd tekortkwam.) Arlene hield hem
op de hoogte van de tijdstippen waarop het atelier niet voor onderwijs werd gebruikt ('Want god mag weten dat je je niet met
dat stelletje eikels moet inlaten,' zei ze). Ze vloekte uitbundig:
ze vloekte tegen haar doeken en ze vloekte tegen Engales en
ze zwoer dat ze met schilderen zou stoppen. Maar de volgende
dag verscheen ze altijd weer, met broodjes ham voor hen allebei, zodat ze hun werkzaamheden nooit hoefden te onderbre-

ken. Ze stonden idioot lang naast elkaar te schilderen, soms tot de rand van de dageraad.

Arlene had dat gratis appartement voor hem geritseld; haar vriend François, een Franse essayist die voor een onbekend aantal maanden naar zijn vaderland was teruggekeerd, was bereid zijn huis aan Engales toe te vertrouwen omdat hij een *je ne sais quoi... énergie positive* had. Arlene had hem geattendeerd op de graffiti in de metrotunnels en de Egyptische afdeling van het Metropolitan Museum, waar 'de hiëroglyfen hem godsamme versteld zouden doen staan', en wat de beste tent was waar je om twaalf uur 's nachts pizza met pesto kon krijgen ('Pesto is nu helemaal hot,' had ze gezegd), en hoe je gratis kon bellen uit een telefooncel met behulp van een geheim 800-nummer ('Zoek het blauwe doosje. Dat betekent dat de freaks hem hebben gehackt'). Ze had hem geleerd hoe je echte huidskleur mengt (een mespuntje blauw toevoegen), en hoe je 'doorgaat met schilderen, zelfs wanneer je er meer de pest aan hebt dan aan je ome Booth'. ('Wie is ome Booth?' had Engales gevraagd, en zij had alleen gezegd: 'Maakt niet uit, maar jij zou een gloeiende peshekel aan hem gehad hebben.') Ze gingen naar poëzievoordrachten in A's — een zolderatelier dat was opgezet door de Andere Arlene, zoals ze haar zeer productieve kunstvriendin noemde, die klankgedichten schreef en video's maakte met een 8mm-camera en in het MoMA optrad, wat Arlene Nummer Een 'tegelijkertijd deed ineenkrimpen en hoera roepen'. Ze frequenteerden Eileen's Reno Bar, waar mannen zich als vrouwen kleedden en de borrels net zo stevig waren als de bobbels in het damesondergoed; hij zou de manvrouwen de volgende dag schilderen, met hun harige dijen en mooie rode lippen, nippend aan hun vlammende gin-martini's. Arlene had hem meegenomen naar de plek die hem en zijn ervaring de komende zeven jaar zou bepalen: de cornflakesfabriek veranderd in leegstaand gebouw veranderd in feestlocatie veranderd in woonverblijf, door zijn bewoners liefhebbend gewoon 'het kraakpand' genoemd.

Portret van het kraakpand door een wees

OGEN: De ramen, uitgebroken, kunnen hun leden niet sluiten. Vandaar: blauwe dekzeilen met isolatietape, tot iemand een kunstwerk verkoopt en ze een glazen ruit kunnen betalen. Elektriciteit aangelegd door Tehching, eveneens een nietinwonende bewoner van het kraakpand, die stroom aan de overkant aftapte en draden over de straat trok: zo weinig mogelijk vonken, geen vuur stoken. Lang leve Tehching: een feest, met lampen (!), te zijner eer. Tehching, wiens projecten steeds een jaar duurden: een jaar lang in een houten cel wonen, een jaar in de openlucht wonen, en nu: dit jaar elk uur van elke dag een foto van zichzelf maken terwijl hij een prikklok indrukt. Tehching, wiens haren zullen uitgroeien terwijl de foto's vorderen, waardoor het verloop van het jaar in luttele minuten getoond wordt. Die uiteindelijk de kunst in zijn leven zal afzweren, omdat zijn leven in de kunst was opgegaan: de vage horizon die werkelijk elke kunstenaar hoopte te bereiken, wat alleen de gelukkigsten of trouwsten onder hen zouden doen.

NEUS: Hars, lijm, verf, drank, spaghettisaus van gisteren en schrale rook. Geuren die in het gebouw wonen zoals de bewoners dat doen: in de onwrikbare overtuiging dat ze er blijven. Niemand kan tegen de geuren van het kraakpand zeggen dat ze moeten oprotten. Ze maken net zo onlosmakelijk deel uit van de ruimte als de kunstenaars, die de hele nacht opblijven om banieren te vervaardigen om buiten te hangen met de tekst DIT LAND IS VAN ONS.

MOND: De mond van Laurie Anderson gloeit rood op wanneer ze zingt. 'Ah ah ah ah ah ah ah.' De mond van Laurie Anderson gloeit rood op wanneer ze zingt. Ze tikt het ritme zelf op haar microfoonstandaard. 'Ah ah ah ah ah.' Haar stem wordt via een of andere computermachine vervormd: zowel muziek als nietmuziek, zowel klank als sfeer. 'Whooooooop. Dooooooooah.' Het verlaten gebouw beweegt zijn verlaten ledematen op de klank uit die mond, de klank die zich via die computermachine naar buiten beweegt tot in de botten van de mensen die het verlaten gebouw huisvest. De lichamen behoren niet langer toe aan hun eigenaars, maar aan de gloeiende mond van Laurie Anderson.

HAAR: Selma Saint Regis knipt het hare af op de wc van het kraakpand, lijst het in, legt het op de stoep van Mary Boone, hoort er nooit meer iets van.

LICHAAM: Een projectie, op de westelijke muur van de grootste ruimte in het kraakpand, van een dansende man met een feestmuts op. Hij is naakt, zijn vadsige lichaam kletst tegen zichzelf. De kunstenares, die af en toe in beeld verschijnt om met de man te dansen, weigert naamsvermelding of erkenning. Haar gezicht is nooit te zien. De man beweegt zich kwetsbaar en agressief. De kunstenares is behoedzaam en voorzichtig jegens de camera, maar provocerend jegens de man: ze wiegt haar heupen. De video eindigt wanneer ze een stapel biljetten van de man aanneemt, die vanaf de rand van het bed vol verlangen naar haar omhoogkijkt, zijn gezicht opeens lief, verdrietig en schuldig tegelijk. Dan volgt een close-up van haar handen, die iets op een luciferboekje krabbelen. *Shake it baby, oh, shake it,* schrijft ze met trillende handen.

LEDEMATEN: 'Ik teken op de jouwe als jij op de mijne tekent.' Uit de mond van Jean-Michel Basquiat, die tijdens een van de betere kraakpandfeesten zijn gladde arm naar Raúl Engales uitsteekt. De twee schilders gaan *en garde* staan, kijken elkaar op gelijke hoogte aan. Jaloezie strijdt met verlangen strijdt met schooljongensduizeligheid: ze kijken beiden in een spiegel. De arm van een man wiens naam door alle ruigere plekken in het centrum heeft gedreven, maar nog niet tegen de wereld is geroepen. De arm van een man wiens aanwezigheid zowel vrouwen als mannen naar hem toe deed kronkelen, alsof hij warmte uitstraalde, wiens penseelstreken, zoals Engales had opgemerkt, 'uit het puntje van hun longen schreeuwden'. Een arm waarover Engales het gevoel heeft dat die ooit miljoenen waard zal zijn. Over zijn eigen arm heeft hij hetzelfde gevoel.

Een nieuw New York was verrezen zodra Engales de kraakpandwereld betrad, wervelde als een fabelachtige tornado om hem heen, zoog hem omhoog en naar binnen. Het kraakpand werd meer dan een fysieke ruimte – het was een gedachte, een beweging, een groep mensen die als een stel tentakels door de stad reisden, die de kunst en het leven overal waar ze neerstreken opslorpten. Engales danste op de B-52's in Studio 54, vree met mannequins in Max's, bietste cocaïne van een performancekunstenaar met een zilver geschilderd lijf, drong binnen bij maximalistische feesten op minimalistische zolders. Hij hing met een kater op banken van velours in clandestiene feestruimtes in wat binnenkort SoHo zou heten, maar toen nog gewoon het naamloze hellegat was waar de straten rebels tegen het stramien in gingen. Hij gaf een hand aan oude mannen in polyester pakken met zweetkringen wier tuinstoelen vast nooit een tuin hadden gezien. Hij aanschouwde het klassieke sproeien van brandkranen in de zomermaanden, waarbij kleine kinderen gilden door de kracht van het water. Hij rookte sigaretten met vrouwen die geen bloes droegen, want waarom zouden ze?; die nooit voor vier uur 's nachts naar bed gingen, want waarom zouden ze?; zich nooit boven Fourteenth Street waagden, want waarom zouden ze?; en die doorgaans trilden van de artistieke adrenaline die de fraaie downtownviezigheid produceerde.

Er school magie in de viezigheid, begon hij te beseffen. Het belang van vernietiging en verval die winst en groei verdrongen, hoe de kunstenaars zich tot de allerarmoedigste oorden en daarmee tot elkaar aangetrokken voelden – dat hun allemaal een gevoel van rijkdom bezorgde. Eigenlijk waren ze vooral onbekend en straatarm, maar om een of andere reden was armoede in New York minder erg of griezelig dan vroeger in Argentinië, waar de elektriciteit soms wekenlang werd afgesloten en hij en zijn zus regelmatig niet genoeg te eten hadden. Zelfs nadat de nieuwigheid was bezonken, leek dit nieuwe leven een onwezenlijk en onbeduidend portret van het echte leven. Het was haast een schilderij van een leven. Hij had vaak het gevoel dat hij uit zijn eigen lichaam trad, alsof dingen hem niet echt overkwamen en dat ze niet telden als ze wel echt waren. Tegelijk ervoor hij alles intenser: vreugde, opwinding, claustrofobie, woede, genot, inspiratie. Hij was hier geïnspireerder om kunst te maken dan hij zijn hele leven was geweest. Hoewel hij was gaan schilderen bij wijze van ontsnapping – een uitvlucht uit zijn echte leven, dat vrijwel ondraaglijk was geworden – schilderde hij nu als een weg die het leven ín voerde; hij wilde zo diep mogelijk in het leven doordringen. Helemaal.

Hij had nooit eerder enige beïnvloeding door een andere kunstenaar gevoeld, maar hier was dat onmogelijk te vermijden. Hij ambieerde de lijnvoering van Keith Haring, de expressiviteit van Clemente, het lef van Warhol, de vormentaal van Donald Sultan. Hij nam overal een schetsboek mee naartoe en merkte dat hij vaak in de hoek van een galerie iets zat te schetsen wat hem had ontroerd. Hij pakte wat hij wilde en verwerkte het in zijn eigen werk. Hij transformeerde mee met de stemming in de stad. Hij plukte gezichten van de straten, jatte schakeringen van verkeerslichten. Er doemde een chaotisch koor op: schilderijen waarin de geluiden van New York meetrilden, schilderijen die ondanks hun invloeden anders voelden, anders oogden en anders klonken dan alles wat hij daarvoor had gevoeld, gezien of gehoord.

Arlene merkte op hoezeer hij was gevorderd sinds ze hem had leren kennen.

'Het is godverdomme echt gestoord,' zei ze een keer laat op de avond, terwijl ze in het atelier bier dronken. 'Hoe iemand van jouw leeftijd überhaupt iets van wat dan ook begrijpt. Jammer dat je zo godsgruwelijk stinkt, anders zou ik je een aanzoek doen.'

'Dacht je dat ik met jou zou willen trouwen?' lachte hij.

'Ongetwijfeld,' zei ze bloedserieus, met een visschubachtige schittering in haar oog.

Hij bleef schilderen. Hij bleef beter worden. Hij voelde het in zijn lijf, in zijn handen: nieuwe vaardigheden, een nieuw elan. De aspecten die hij ooit lastig had gevonden – compositie, bepaalde schaduwen, handen – kosten hem nu geen enkele moeite meer: in die eerste jaren schiep hij honderden schilderijen, droeg ze door de stad naar de flat van François als ze af waren, zette ze tegen de muur en stapelde ze onder het bed.

Hij wijdde zich aan zijn vak, investeerde tijd en noeste arbeid, hield zichzelf voor dat het ooit zou lonen, dat iemand hem zou erkennen. Maar afgezien van de kunstenaars in het kraakpand, die vanwege hun nabijheid iedereen die in hun midden kwam wel moesten erkennen, deed niemand dat. Raúl Engales maakte het beste werk dat hij van zijn hele leven had gemaakt, beter dan veel schilderijen die hij in de galerieën zag hangen, wist hij, maar niemand had er oog voor.

Tot op dit moment, dat een echte galeriehoudster in zijn gekaapte atelierruimte stond, als een lichtend baken van mogelijkheden.

'Dit is Rumi,' zei Engales tegen Arlene. 'Ik zei toch dat ze zou komen?'

'Dat heeft maar zes maanden geduurd!' spuugde Arlene. 'Hallo, Rumi. Aangenaam kennis te maken. Je moet Engales niet naaien. Ik bedoel, je snapt wel wat ik bedoel.'

'Dat was ik niet van plan,' zei Rumi koeltjes. 'In iedere zin van het woord.'

'Wat zijn jullie ongezellig,' zei Engales en trok Rumi mee naar zijn deel van de ruimte, waar een stel schilderijen in hoekige stapels tegen de muur leunde. Engales trok ze achter elkaar vandaan en zette een stap naar achteren, gebaarde ernaar.

'Voilà,' zei hij. 'Mijn dode schilderijen.'

'Ik zie ze,' zei Rumi, terwijl ze haar ogen liet gaan over de doeken, die waren bedekt met chaotische composities vol dingen uit het leven van Raúl Engales: zeer gedetailleerde portretten van mensen die hij op straat had ontmoet en wier gezicht hij uit zijn hoofd had geleerd, de meeste omhooggedraaid in een eigenaardige uiting van pijn of euforie – en daarbij sigarettenpakjes, insecten, droomsequenties, hittegolven, zonnebloemen, een lelijke vrouwenvoet, een ontblote vrouwenborst, een roodgeverfde vrouwentepel, krantenkoppen, Spaanse gezegden, liefdesgedichten, snoeppapiertjes. Hoewel hij de onopgesmukte portretten uit zijn tienerjaren had losgelaten, waren het de mensen – de gezichten en de lichamen die ieder schilderij zijn stootkracht verleenden – die werkelijk troffen. Nu hij ze allemaal bij elkaar zag, begon het zelfs hém te duizelen:

de mensen die hij had gezien of gekend of had gemogen of gehaat. Zijn hart stond stil tot Rumi weer sprak.

'Het zijn niet alleen schilderíjen,' zei Rumi ten slotte, 'waarvan ik je zei dat die dóód zijn, het zijn portrétten.'

'Nou en?'

'Nou, portretten, díé zijn pas dood. De mensen vinden ze ge-
dateerd, saai – je weet dat ménsen volkomen passé zijn. Het
gaat om identitéíten. We hebben het realisme losgelaten en
zijn overgestapt op het metarealisme. We hebben het maxima-
lisme losgelaten – mag ik zo vrij zijn je ervan te verwittigen
dat dat precies is wat we hier voor ons zien? – en hebben zelfs
het minimalisme losgelaten! We zijn op het spoor van het níéts
als íéts. Het idee als product. Om het íéts geven we niet. En om
de íémand geven we al helemaal niet!'

De schouders van Engales zakten terwijl zijn ego leegliep.
Hij baalde dat hij zichzelf niet onder grotere druk had gezet –
waarom was hij niet boven de schilderkunst uitgerezen, net als
iedereen? Hij dacht aan David Salle, wiens expositie hij laatst
in de Mary Boone Gallery had gezien, samen met Selma, die
de stunt met haar haar nog moest uithalen en het lang en los
droeg. 'Slimme eikel,' had Selma bij het zien van zijn werk gezegd. De schilderijen van Salle waren bijna collages, torsten en
contrasteerden meerdere ideeën tegelijk; de schilderijen ston-
ken naar ideeën, wáren ideeën; Engales had zich afgevraagd
hoe dat werkte, hoe Salle het klaarspeelde om weer te geven
dat er achter zijn esthetische voortbrengsel een intelligent
brein schuilging, waardoor de verf op het doek kon samengaan
met diepzinnige gedachten over het wezen van de mens, de
samenleving, de kunst. Alles wat momenteel in de aandacht
stond, was op een of andere manier geïntellectualiseerd: een
deconstructie, een overdenking, een beproeving. Engales wist
nog niet eens helemaal zeker wat zijn eigen idee was; hij wist
alleen dat schilderen gelijkstond aan leven, en dat hij daarom
schilderde. Er leek helemaal niets te kloppen van alles wat hij
over kunst meende te weten.

'Maar schijt,' zei Rumi opeens. 'Ik vind ze prachtig.'

Ze pakte een schilderij op van een jong meisje dat een tu-
niek met borduursel droeg, met verdrietige ogen en in elke

hand een ei. Achter het meisje spatte een koeienschedel in de lucht uiteen in botsplinters, die zo vlekkeloos waren weergegeven dat het leek of ze je zouden snijden als je het doek aanraakte.

'Deze hier. Hij is prachtig. Die neem ik. Die ga ik op Times Square hangen.'

'Wat is er op Times Square?' zei hij.

'Wacht,' zei ze, terwijl ze met toegeknepen ogen naar de vloer vol schilderijen keek. 'Ik neem er drie. We trekken de hele kleine zaal voor jou uit.'

'Wat is de kleine zaal? Wat is Times Square?' zei hij nogmaals.

'Een expositie die ik help inrichten,' zei ze afwezig, verdwaald in de schilderijen. 'Klein en bizar, en de zaal die ik inricht zit in een voormalige massagesalon – er komen een paar punkers en mensen van wie niemand heeft gehoord, en het zal je carrière absoluut geen goed doen. Dus pies nog maar even niet in je onderbroek van opwinding.'

'Ik draag nooit ondergoed,' zei hij. Zijn hele lichaam grijnsde. Times Square! Een tentoonstelling! Zijn eigen zaal! In een massagesalon! En deze vrouw! Deze vrouw met een kleine zaal en een enorme berg haar en een grote, brede, mooie mond! Zijn hart zweefde ver boven het atelier, tussen de nachtvogels van de stad.

'Jullie tweeën zijn echt om te kotsen,' riep Arlene door het atelier heen. Engales lachte. Toen keek hij om naar Rumi en probeerde een moment te creëren waarop ze elkaar recht aankeken, en al kon hij haar ogen niet zien, hij dacht dat hij haar lippen zou kunnen treffen, en hij leunde vooroverr... maar Rumi stak haar arm uit (en ze had lánge armen) en zei tot zijn verbijstering dat ze in feite lesbisch was en een vriendin had die Susan heette en architect was.

'Nou, dan vind ik haar een kléín beetje leuker,' hoorde Engales Arlene uit haar hoek zeggen.

Engales maakte zich los en haalde zijn neus op. 'En, wat moet ik nu dan?' zei hij. 'Het is bijna middernacht en met Arlene ga ik niet zoenen.'

'Dat zou je wel willen!' zei Arlene.

'Weet je wat,' zei Rumi, 'zal ik jullie mee uit nemen? We gaan deze nacht samen doorhalen. Of een deel van de nacht, want het meeste ervan heb je ingepikt voor deze kleine rondleiding op je atelier.'

'Omvat deze nacht ook iemand tegenkomen met wie ik over precies tweeëndertig minuten kan zoenen?' Engales keek op zijn behaarde pols, waaromheen hij geen horloge droeg.

Rumi bekeek Engales op theatrale wijze van top tot teen, en bleef langer bij zijn grote, gladde lippen hangen dan strikt noodzakelijk. 'Ik weet zeker dat we iets kunnen vinden.' Ze knipoogde met beide ogen.

'Mag Arlene ook mee?'

'Natuurlijk mag Arlene ook mee.'

'Arlene is aan 't werk!' riep Arlene.

'Doe even normaal,' riep Engales terug. 'We gaan een vrijer voor je regelen.'

Arlene blafte een lach en gooide haar penseel in een koffieblik. 'Schijt,' zei ze. 'Waar gaan we heen?'

'Ik dacht erover om bij een rijkeluisfeestje binnen te vallen,' zei Rumi. Er lichtte een subversief sprankje op in haar tijgerogen, die Engales nog steeds aanlokkelijk vond, ook al had hij geen permissie meer om zich aangelokt te voelen.

'Ik heb de pest aan rijkelui!' zei Arlene. 'Ik doe mee.'

'Ik ook,' zei Engales met schouderophalen.

'Volgt u mij,' zei Rumi, terwijl in haar ogen veelbelovende gouden vlekken flitsten.

Toen ze er waren, stonden alle rijkelui buiten op het rijkeluisbalkon, waardoor Rumi, Arlene en Engales vrij spel hadden in de rest van de wilde, uitgestrekte verzameling kamers. Eerst gaf Rumi door de glazen deur heen uitleg over de aanwezigen – 'dat is Federico Rossi, bezit de helft van de vaste collectie in het MoMA; dat is James Bennett, schrijft voor de *Times*, als je mazzel hebt krijg je een recensie maar je weet het maar nooit met Bennett, het is een rare vogel; en dat daar is John Baldessari, zo te zien heeft-ie geen idee hoe hij zich op een New Yorkse winter moet kleden, hè?' Engales tuurde naar buiten, naar de rijkelui. Hij wilde ze stuk voor stuk schilderen: een vrouw met een wijnrode jurk en een openvallende grijze jekker, wier buik een eigenaardige vorm bevatte: een soort afhangende driehoek, nauwelijks zichtbaar, heerlijk vreemd; een mannetje met bretels wiens kuif op het punt van instorten stond. En dan was er de man van wie Rumi zei dat hij voor de *Times* schreef – de *Times*! – en wiens kalende achterhoofd uit zijn chique regenjas omhoogstak: een hoofd dat Engales zowel wilde weergeven (een streep wit, voor de glans) als binnendringen (wat zou een criticus van *The New York Times* in zijn schilderijen zien?). Ooit, zwoer hij ter plaatse. Mentaal stopte hij een kiekje van James Bennetts glimmende hoofd in een zak van zijn brein, voor ooit.

'Klok klok,' zei Rumi en trok Engales mee naar de rijkeluiskoelkast, die ze plunderden. Binnen een paar minuten maakten ze een fles champagne meester, proostten met hun glazen en werden al drinkend luidruchtiger. Daarna dwaalden ze door het doolhof van zwak verlichte, waanzinnig versierde, van kunst uitpuilende kamers, bejubelden de De Koonings in de eetkamer, haalden hun neus op voor de Stella achter de bank in de huiskamer, loerden naar een Claes Oldenburg-sculptuur van een ijshoorntje dat lief en knus in de open haard stond, met smeltende delen die speciaal voor het bakstenen nisje gemaakt leken te zijn. Het doolhof van een huis nodigde tot onderzoek en speurwerk uit, met zijn gedempte lichten en stoelen met zebrahuidbekleding en mahoniehouten deuren, en wat waren dat: houten banken? Kerkbanken? Uiteindelijk ging het drietal uiteen en betraden ze ieder een eigen kamer langs de lange gang, hun glazen champagne torsend als dronken rechercheurs.

Engales bevond zich in een soort studeerkamer, met een bureau dat door een notarislamp werd beschenen. Anders dan in de andere kamers hing hier geen kunst aan de muren; die waren leeg en diep koningsblauw geschilderd. Er was alleen het bureau, de lamp, en een lichtcirkel die een aureool rond een bandrecorder vormde. Engales liep om het bureau heen en nam erachter plaats in de grote leren fauteuil. Op de bandrecorder zat een klein wit kaartje met de tekst: 'Milan Knížák: Broken Music Composition, 1979'. Engales kende die naam;

Arlene had over Knížák verteld, een Tsjechische performance-kunstenaar die faam had verworven met zijn happenings en geëngageerde kunstprojecten in Praag. Uit nieuwsgierigheid drukte Engales op de play-knop. Er steeg grove, krassende muziek op, die haperde en schokte als een grammofoonplaat die werd tegengehouden en losgelaten. Maar toch behield het oorspronkelijke nummer iets van zijn vorm: een intense, oude melodie met flinters zang die Engales vlinders in zijn buik bezorgde.

Met haar kapotheid en triestheid en schoonheid deed de muziek hem scherp denken aan thuis, aan iets wat zijn vader had kunnen opzetten, een plaat met krassen die hij tijdens een reis naar Italië had gekocht, die hij waarschijnlijk achter in een winkeltje van honderd jaar oud had opgeduikeld, of anders een plaat van de Beatles die hij in Londen of New York van een straatverkoper had gekocht, zonder erom te malen dat het een tweedehands, aftands exemplaar was.

'Moet je dit eens horen!' zou zijn vader tegen hem en zijn zus Franca hebben gezegd. 'Moet je horen wat voor moois er door een mens is gemaakt!'

'Maar hij zit onder de krassen,' zou Engales of zijn zus dan gezegd hebben.

'Daar gaat het juist om,' zou zijn vader hebben geantwoord. 'De onvolkomenheden, de verstreken tijd, de hikken... dat is de slijtage van de wereld erop. Dat is het léven.'

Het verbaasde Engales hoe ontroerd hij was terwijl hij in deze blauwe rijkeluiskamer naar deze gescheurde muziek luisterde. De klank voelde religieus en krachtig, oprecht en kwetsbaar aan. Het was als de ontdekking van een lichaamsdeel dat zowel intens genot als diepgaande pijn verschafte, alsof er aan dat deel werd getrokken. Dit moment zou hem bijblijven, omdat het hem ergens toe aanzette: denken aan zijn ouderlijk huis, maar dan ook echt denken aan zijn ouderlijk huis, voor het eerst sinds hij het was ontvlucht.

Zijn zus, Franca, had hem verraden: ze was getrouwd. Met een man zonder ruggengraat die Pascal Morales heette, in de San Pedro González Telmo-kerk, op een regenachtige ochtend in juli 1973. Ze had Engales niet verteld dat ze het gedaan had, want ze wist dat hij het zou afkeuren. Ze was gewoon 's middags thuisgekomen met een gouden ring om haar vinger en een schuldbewuste blik in haar ogen, regelrecht naar de keuken gelopen en begonnen aan een van haar taarten. Later pas zou Engales beseffen dat zijn zus toen haar eigen trouwtaart had gebakken, een rond, besuikerd geval dat wekenlang op hun aanrecht bleef staan en waar niemand van wilde eten, terwijl niemand het over zijn hart kon verkrijgen om het weg te gooien.

Hij zou niet hebben toegegeven waarom hij die ochtend, en alle ochtenden daarna, zo kwaad was, maar hij en Franca wisten het allebei. Franca was van hém, en haar huwelijk met Pascal vormde een uitgesproken bedreiging voor de band tussen broer en zus. Sinds de dood van hun ouders was zij werkelijk de enige geweest die om hem gaf, en aangezien hij de gewoonte had om tot laat uit te gaan en zich de vergetelheid in te drinken, was haar bezorgdheid om hem het enige wat hen tot een soort gezin maakte. Zij was het die opbleef tot Engales om drie uur 's nachts stinkend naar de rook thuiskwam. Zij was het die hem te vaak vroeg wat hij had uitgevoerd en wat hij wilde eten, waarbij het antwoord op beide vragen altijd 'niets' was. Zij was het die door de muren luisterde wanneer hij vrouwen mee naar huis nam, wist welke wellustige misdrijven hij had begaan, wanneer hij een meisje haar maagdelijkheid had ontfutseld of koel tegen haar deed en haar aan het huilen maakte. Hij nam Franca die dingen zeer kwalijk, wilde soms tegen haar schreeuwen dat ze verdomme niet zijn moeder was, maar hij wist ook hoe makkelijk hij haar kon ontrafelen, hun band kon ontrafelen.

Hij wist dat Franca en Engales, om te overleven, het wankele evenwicht tussen zwijgen en begrip moesten bewaren, dat alleen bewaard kon worden door kinderen die samen zo'n groot verlies hadden geleden als zij hadden gedaan. Franca zag alles, al zijn duistere vlekken, al zijn tekortkomingen, al zijn pijnpunten. Omdat zij de enige was die dezelfde donkere vlekken had, andere maar gelijksoortige tekortkomingen, een ander maar gelijksoortig verdriet. Soms durfde hij haar nauwelijks aan te kijken uit angst dat hij zijn eigen wanhoop zou zien. Dan ontliep hij haar, ging naar een andere kamer in het huis, het huis dat te groot voor hen beiden was, waar ze als motten of katten of spoken om elkaar heen draaiden. Tegelijkertijd besefte hij dat ze er was; hij voelde haar zorgzaamheid door de muren heen, en daar ging het om. Er was een andere mens op de wereld die getuige was van zijn triestheid, die daar deel van was.

Hun ouders, Eva en Braulio Engales, waren omgekomen in oktober 1965, toen Braulio na een weekend in Mar del Plata in beschonken toestand naar huis reed en hun Di Tella Magnette tegen een boom te pletter reed. Raúl was veertien, Franca zeventien. Op dezelfde dag bereikten tien Argentijnse ontdekkingsreizigers de Zuidpool. Operatie 90 werd dat genoemd, omdat de Zuidpool op negentig graden zuiderbreedte ligt. Franca en Engales zaten op de harde bloemetjesbank in de woonkamer tv te kijken, en zagen hoe de ontdekkingsreizigers in hun oranje uniforms voor de vlag salueerden. De man die slechts een paar uur eerder langs was gekomen – blauw pak, gladgeschoren gezicht, handen die er als vrouwenhanden uitzagen – had hun verteld dat hun ouders op slag dood waren, op de snelweg vlak buiten Miramar. Op slag: als een vogel die tegen een glazen ruit vloog. Maar Raúl en Franca zouden een ander beeld van hun dood met zich meetorsen, een dood die ze gedurende de resterende tijd dat ze bij elkaar waren 'Operatie 90' noemden. Een langzame dooi, een Zuidpoolkoude, hun ouders die op negentig graden zuiderbreedte lagen, elkaars hand vasthielden onder de Argentijnse vlag.

Op een buitenstaander zouden Eva en Braulio de indruk hebben gemaakt van het soort mensen dat jong zou sterven, al was het maar omdat ze in een voortdurende, bijna roekeloze staat van beweging verkeerden. Ze stortten zich in vliegtuigen en treinen, vlogen impulsief naar Brussel of Córdoba voor een vergadering en reden dan, zoals ze op die noodlottige avond hadden gedaan, naar het strand voor een weekendje borrelen en kletsen over communisme met hun artistieke vrienden die het vreemd genoeg nooit druk hadden. Wat hun werk behelsde, werd Raúl en Franca nooit duidelijk: iets met internationale politiek en, zoals zij dat noemden, de langzame strijd voor sociale rechtvaardigheid. Hun onophoudelijk gereis had hun kinderen in elk geval het vermogen nagelaten om langdurig voor zichzelf te zorgen (iets wat van pas kwam toen ze definitief wegbleven) en een vaag residu van radicalisme ('Vertrouw nooit iemand die voor baas wil spelen,' had zijn vader vaak gezegd). En daarbovenop een Amerikaans paspoort voor Raúl; hij was geboren tijdens het halve jaar dat ze in New York woonden, een verhaal dat ze op feestjes met groot genoegen opdisten – 'our American boy' zeiden ze dan in het Engels – en iets wat hem verbond met het continent daarboven, wat Raúl in zijn tienerjaren aanspoorde om Engels te blijven leren, voor het geval hij ooit naar het noorden wilde. Franca, die toen drie jaar oud was, had slechts een tijdelijk visum gekregen.

De eerste jaren na de dood van hun ouders bleef Raúl verwachten dat ze thuis zouden komen, in hun nieuwe, buitenlandse kleren door het huis zouden wervelen, waarbij zijn moeders lange rokken en wijde mouwen over tafelbladen zouden zwiepen terwijl ze de op hun reis opgepikte snuisterijen uitstalde: een verzameling felgekleurde baboesjka's, een fraai bewerkt houten kistje met een voering van paars fluweel, een enorme koeienschedel, die boven de open haard zou hangen tot Raúl twee jaar na hun dood op een stoel klom, hem omlaagtrok en op zijn knie in stukken brak.

Toen hij hun afwezigheid serieuzer was gaan nemen, niet langer ontwaakte in de verwachting dat ze terug waren, begon hij het gemis fysiek te ervaren. Het was als een donkere, lethargische massa, een klonter woede en verdriet die er soms voor zorgde dat hij whiskey uit de fles lurkte, soms kruideniers bestal en soms lamlendig was, niet in staat zijn bed uit te komen. Het hartzeer weerhield hem ervan de meeste lessen op school bij te wonen, ten gunste van sigaretten roken in het steegje naast het schoolgebouw. De eerste keer dat Franca zijn schuilplaats ontdekte keek hij daar niet van op – ergens wist ze altijd waar hij zat, alsof ze een zesde zintuig bezat. Maar hij keek er wel van op dat ze in haar marineblauwe schooluniform naast hem neerhurkte en hem niet op zijn kop gaf of zei dat hij weer naar de les moest, maar de sigaret uit zijn hand pakte en in een langzame, zwijgende trek inhaleerde. Ze keek omhoog naar de lucht, waar twee wollige wolken dreven.

'Net tieten,' zei Franca.

Hij was in lachen uitgebarsten, en zij ook, het soort bête, broodnodige gelach dat alleen broers en zussen met elkaar delen. Ze lachten tot ze buikpijn kregen en toen ze waren uitgelachen had Engales zich doodsbenauwd gevoeld. Op dat moment, zo herinnerde hij zich later, geloofde hij dat dit misschien wel de enige keer zou zijn dat hij ooit lachte. Dat het lachen enkel een korte onderbreking was van nog meer nietaflatend verdriet, wat bijna erger was dan nooit opluchting te hebben ervaren.

Om genoeg te verdienen zodat ze in hun ouderlijk huis konden blijven wonen, moest zowel Franca als Raúl uit werken. Raúl was huisschilder voor rijke mensen – overwegend gezinnen van militairen – in Palermo en Recoleta; Franca werkte in de bakkerij die ze later zou overnemen. Ze ontwikkelden vaste gewoonten die uit nood waren geboren: samen in bad gaan – met hun ruggen tegen elkaar – zodat ze genoeg warm water hadden; kaarsen aansteken in plaats van lampen, elkaar beurtelings een verhaal vertellen, zodat de ander in slaap kon vallen. Zo leefden ze – ouderloos, maar samen – acht lange jaren lang, waarna Pascal Morales verscheen en hun wankele evenwicht precies doormidden brak.

Pascal was colporteur van tijdschriftabonnementen, en toen hij bij hen aanklopte en Franca zag, zei hij dat ze mooier was dan de vrouw op de omslag van het tijdschrift dat hij bij zich had, Brigitte Bardot namelijk. 'Niemand is mooier dan Brigitte Bardot,' had Franca verlegen geantwoord, maar Pascal had haar al overgehaald – met zowel het compliment als het abonnement – en diezelfde avond ging ze met hem uit eten.

'Heb je je verdomme een tijdschriftabonnement door die eikel laten aansmeren?' schreeuwde Engales tegen haar toen ze na haar afspraakje thuiskwam.

'Hij valt best mee,' had Franca gezegd. 'Hij heeft me meegenomen naar die nieuwe tent, Tia Andino. Hij kan zich Tia Andino permitteren, Raúl!'

'Wij kunnen ons anders geen tijdschriftabonnementen permitteren!' schreeuwde Raúl.

'Maar wel als hij ons zou helpen!' pleitte Franca. 'Stel nou dat hij voor ons kan zorgen?'

Raúl keek haar alleen maar aan en schudde zijn hoofd. Eigenlijk zei ze dat híj, Engales, niet voor hen kon zorgen. Dat hij niet genoeg was. Wat hem vooral pijn deed, was dat hij wist dat hij niet genoeg was. Dat hij niet mans genoeg was om voor zijn eigen zus te zorgen, of zelfs maar voor zichzelf.

Maar algauw ontdekte hij dat ook Pascal niet tegen die taak was opgewassen. De man had iets achterbaks over zich, iets lafhartigs, dat Engales het gevoel bezorgde dat als het huis in brand zou staan, Pascal naar buiten zou rennen om zijn vege lijf te redden zonder zich één seconde om Franca te bekommeren. Engales voerde een reeks proefjes uit – het scharnier van de achterdeur onklaar maken om te kijken of Pascal een reparatiepoging zou ondernemen (dat deed hij niet); tijdens het avondeten een walgelijk conservatieve politieke opinie verkondigen (iets positiefs over Perón, die in essentie een fascist was geworden) om te zien of Pascal bezwaar zou aantekenen (dat deed hij niet) – die aantoonden dat Pascal niet alleen een relatie met zijn zus onwaardig was, maar onwaardig was om überhaupt hun huis te betreden.

'Het is een slapjanus, Franca,' probeerde hij zijn zus te vertellen, toen ze een paar maanden een relatie hadden (al veel te lang, volgens Engales). 'Een conservatieve slapjanus. Niks voor jou!'

'Jammer dat je dat vindt,' zei Franca, 'want ik heb hem gevraagd om bij ons in te trekken.'

Tijdens de warmste dagen van januari 1973 verhuisde Pascal een vrachtwagenlading meubilair, dat in zijn streven om modern over te komen alleen maar afzichtelijk goedkoop oogde en onthutsend conflicteerde met hun moeders antieke glazen tafels en rijkelijk versierde bankkussens. Hij installeerde een gigantische bruine vierkanten stoel in de huiskamer en installeerde zichzelf daarbovenop, een plek die hij als zijn bezit zou gaan beschouwen en waar hij lang, schijnbaar eindeloos naar de allerconservatiefste nieuwszenders zou zitten kijken, met zijn knokige voeten op hun moeders glazen tafel alsof die niet een dierbaar aandenken aan hun dode ouders was maar een wegwerpvoetenbankje, dat speciaal voor hem en zijn knokige hielen was vervaardigd.

De aanwezigheid van Pascal dwong Engales om zowat te gaan wonen in El Federal, de kroeg om de hoek, waar hij kon drinken en zwijgen en Morales' vette adem niet hoefde te ruiken en Morales' nachtelijke ruften niet hoefde aan te horen en Morales' haren in het afvoerputje niet hoefde te zien. Alle gewoonten van hem en zijn zus werden doorbroken – Pascal betaalde zodat de lampen weer schenen; hij sliep bij Franca in bed, en Raúl sliep weer op zijn jongensslaapkamer, in zijn oude, krakende tweepersoonsbed. Er was zelden genoeg warm water voor hen alle drie, en Engales baadde bijna altijd in ijskoud water. De gedachte dat zijn zus het bed met Pascal deelde maakte hem bijna krankzinnig, en dat nam hij haar kwalijk.

'Hij zal je niet redden,' riep hij tegen haar, tijdens een nacht dat ze niet konden slapen en naar de donkere keuken waren gedwaald, wat ze in hun jeugd vaak hadden gedaan. 'Hij zal pappa en mamma niet terugbrengen!'

Hij had Franca die avond aan het huilen gemaakt, wat hij voor zijn vertrek nog vele malen zou doen.

'Je moet me mijn eigen leven laten leiden, Raúl,' zei ze. 'Ooit zul je weggaan en wat moet ik dan? Ik heb iemand nodig.'

'Nou, hij is niet de juiste iemand!' schreeuwde hij tegen haar.

Ze had haar warme hand op zijn schouder gelegd, hem de blik toegeworpen die 'niet doen' betekende.

Voor Raúl Engales werd Buenos Aires een reeks verbodsbepalingen, zag hij toen in. Kom niet tussen je zus en haar onbetrouwbare nieuwe vriend. Voel je niet prettig of welkom in je eigen huis. Ga niet naar bed met vrouwen die te lang in El Federal blijven plakken, die hun man proberen te verlaten (hun man zal je vinden, je door de Calle Defensa achtervolgen en je dwingen om je in het donker te verstoppen, achter de vuilniscontainer). Krijg geen erkenning voor je kunstschilderwerk, dat op dit moment maar een suffe hobby is die niemands aandacht verdient, niet dat er op dat moment iemand ook maar iets gaf om kunst in Buenos Aires, waar de toestand te erbarmelijk was om je druk te maken over zoiets frivools. En wanneer je zus je vertelt dat ze gisterochtend in de San Pedro González Telmo-kerk met Pascal Morales is getrouwd, probeer dan geen seconde langer je afschuw van hem, van hén, te verhullen, want Pascal Morales is een blijvertje in deze kast van een oud huis waarmee je ouders jullie hebben opgezadeld, dat zelfs met vier slaapkamers niet genoeg ruimte biedt voor drie personen.

Haal wél je Amerikaanse paspoort uit je vaders oude bureau, druk je handpalm tegen de vergulde preeg en denk terug aan je vader die zei: 'Het is een stad van pure poëzie, geloof me, kinderen.'

Je bent toe aan die poëzie. Je hebt het gehad met de verstikkende tekst die je leven in dit oude huis is geworden.

Op het laatst had Franca hem gesmeekt om niet te gaan. In de allervroegste ochtend van zaterdag 29 juni 1974, slechts twee dagen voor de dood van Perón het land zou opschudden en één dag voor Raúls drieëntwintigste verjaardag, terwijl hij met zijn rugzak wegliep van het huis, hoorde hij Franca vanaf hun veranda roepen: 'Ga niet weg, Raúl! Ga alsjeblieft niet weg!' Hij mocht niet naar haar omkijken. Als hij nu omkeek, zou hij nooit vooruit kunnen kijken. Hij zou haar zien staan met de onnozele taart die ze voor zijn verjaardag had gebakken, als laatste smeekbede om hem te laten blijven, in haar oude blauwe jas die nog van hun moeder was geweest. Hij was doodsbang om haar te verlaten: de enige persoon die om hem gaf en het enige thuis dat hij ooit had gekend. Hij verliet haar.

De deur naar de blauwe kamer ging open en van de schrik gooide Engales zijn champagneglas om. Gelukkig was het leeg, anders had hij alles over 'Broken Music Composition, 1979' gemorst. Bij de deur stond een vrouw — niet mooi, maar voornaam ogend — met een zwarte zijden jurk en een fontein grijzend zwart haar.

'Je hebt de Knížák gevonden,' zei ze met een rijkeluisstem:

een stem die zo nonchalant, zo slepend was dat hij uiteindelijk gespannen klonk.

'Het spijt me,' zei Engales, terwijl hij het glas oppakte. 'Ik was alleen aan het luisteren.'

'Luister zo veel je wilt,' zei ze, terwijl ze de kamer in liep en een gesoigneerde hand uitstak. 'Daar is-ie voor. Ik ben Winona.'

'Hallo, Winona.'

'Hij is mooi, hè? Volslagen nieuw. Volslagen vreemd.'

'Ja, heel erg,' zei Engales. Om een of andere reden maakte de vrouw hem zenuwachtig en hij wist niet of hij uit de leren stoel overeind moest komen of moest blijven zitten. Hij keek in de gebogen tunnel van zijn champagneglas.

'Ik heb hem in Praag gezien, weet je,' zei ze terloops, alsof Praag een wijk van New York was waar ze regelmatig kwam. 'Tijdens een uitvoering van zijn *Demonstration for All the Senses.* Wat was dat bijzonder, hè? Al die rare handelingen, absurde handelingen eigenlijk. Op een bepaald moment moesten de deelnemers wel vijf minuten stilzitten in een kamer waar parfum was gemorst. Ha! Kun je het je voorstellen?'

Engales glimlachte, maar gaf geen antwoord. Hij had de indruk dat ze iemand was die graag praatte, en die belangrijk was, en dat dit haar huis was, en dat hij haar dus moest laten begaan.

Ze bewoog zich naar hem toe, legde haar hand op zijn biceps.

'Hoe oud ben je, dertig?' zei ze.

'Negenentwintig,' zei hij en slikte; hij rondde het naar boven af.

'Te jong om rond middernacht alleen te zijn,' zei ze. 'En te knap.'

Maar juist toen Engales dacht dat ze zijn gezicht zou gaan strelen, greep ze het vast en gebruikte die greep om hem omhoog te trekken naar een staande positie, en vervolgens naar de deur.

'Dan moet je een vrouw vinden om te zoenen,' zei ze koel. 'Je hebt nog maar heel even!'

'Dat zal wel,' zei Engales.

'O, maar wacht!' zei Winona George, terwijl haar rijke ogen oplichtten. 'Ik ben vergeten om je toekomst te lezen. Iedereen krijgt een toekomst op basis van het kunstwerk waarbij hij is beland. Jij hebt "Broken Music".' Toen zweeg ze en haar gezicht werd bleek en ernstig.

'Ik wil niet zwaar op de hand doen,' zei ze traag en kneep haar ogen toe. 'Maar dit werk heeft iets sinisters over zich. Je zult moeten doen wat Milan Knížák gedaan heeft. Je zult alles moeten verliezen – het hele lied dat je vanbuiten kent en waarvan je dacht te houden – voor je iets werkelijk moois kunt maken.'

Engales zweeg; Winona's gezicht begon op dat van een krankzinnige te lijken; hij wilde alleen maar ontsnappen en de nachtelijke slemppartij met Arlene en Rumi hervatten.

'Je bent toch kunstenaar?' zei Winona.

'Hoe wist je dat?'

'Ik heb een maniertje om daarachter te komen,' zei ze en knikte met haar ogen naar Engales' hand. Engales keek omlaag naar zijn vingernagels, die met blauwe verf omrand waren.

'Ah.'

Hij staarde naar zijn handen en dacht aan het allereerste ogenblik dat hij wist dat hij kunst wilde maken: tijdens de les van Señor Romano, toen hij een dia had gezien van Yves Klein die van een gebouw af sprong, schijnbaar zijn dood tegemoet. Toen was de gedachte bij hem opgekomen die nu weer bij hem opkwam: dat kunst draaide om jezelf tegelijk zichtbaar en onzichtbaar te maken. Zichtbaar omdat je indruk maakte, onzichtbaar omdat de kunst zo veel groter was dan jij dat ze je opslokte. Jij was onbeduidend en de kunst was gigantisch. De kunst was een grote leegte waar je in kon springen, die je kon proberen te vullen en waarin je eeuwig kon rondzwemmen. Toen hij weer opkeek, was Winona weg. De klok in de hoek gaf aan dat 1979 ook weg was.

Toen Engales buitenkwam, was de menigte druk bezig met postmiddernachtelijk feestvieren, en extra zoenen, extra champagne, extra confetti daarbovenop. Hij zag dat Arlene een soort vrijer had gevonden: een korte man met een prominente snor, die haar had meegevoerd naar een hoek van het balkon en haar druiven aan een stokje voerde. Toen ze Engales zag, wees ze naar de druiven en zei geluidloos: Brengt geluk in Spanje!

Engales stak zijn duimen op en toonde haar een opgetrokken-wenkbrauwengezicht. Rumi was zoekgeraakt en hij was eens te meer ontevreden over zijn omgeving – er was alleen gezoem van hoogwaardige kletspraat, een zee van in smoking gestoken oude mannen, een paar jongere vrouwen die hem totaal niet interesseerden, in designerkleding waarvan het prijskaartje dienstdeed als substituut voor stijlgevoel. Hij keek of hij de criticus kon vinden, maar die was zeker al vertrokken, wat hem om een of andere reden treurig stemde. Ooit. In algemene zin vond Engales dat de nacht onvermijdelijk ten kwade keerde: de herinnering aan de muziek, of de herinnering aan de herinneringen die de muziek had opgeroepen, spookte door zijn hoofd, plus Winona's wonderlijke voorspelling. Het feest begon zowel onwezenlijk als onbenullig aan te voelen. Wat deed hij hier? Zo ver van huis, met al die rijkelui die hij niet kende, teut van de champagne?

De afgelopen paar jaar had hij zulke gedachten weten te mijden. De stad had hem zozeer in beslag genomen dat hij had geweigerd om meer dan incidenteel aan Franca te denken. Hij had haar één briefkaartje gestuurd om te melden dat hij was aangekomen, waarop ze een uitvoerige, overdreven sentimentele brief had teruggeschreven, die eindigde met een cryptisch: 'Ik heb groot nieuws, Raúl. Maar dat vertel ik je liever via de telefoon. Zou je me willen bellen? De jouwe. Altijd de jouwe. F.' Hij had niet teruggeschreven en niet gebeld. Haar brief had aangevoeld als haar in de ogen kijken: er zat daar gewoon te veel gevoel. De brief stonk naar zijn ouderlijk huis, en hij wilde niet aan thuis denken. Nu was hij hier thuis en Franca's grote nieuws – waarschijnlijk iets huishoudelijks, de bakkerij was verkocht, of anders was Franca zwanger geraakt van Pascal – kon wachten.

Maar nu het nieuwe jaar was gearriveerd en de muziek nog steeds door zijn hoofd spookte, kon hij het niet tegenhouden. Hij vroeg zich af wat Franca deed. Of ze aan de champagne zat, gesteld dat het leger die niet verboden had, of dat ze misschien lag te slapen. Maar eigenlijk hoefde hij het zich niet af te vragen. Hij wist het. Hij had het altijd geweten. Franca zat met een glas water bij het raam en keek naar buiten, omhoog naar de maan. Ze vroeg zich af waar haar broer was, wat hij op dit moment deed. Maar dat hoefde ze zich niet af te vragen. Ze wist het. Ze had het altijd geweten. Haar broer stond op een balkon met een stel rijkelui, naar buiten te kijken, omhoog naar de maan, en dacht aan haar.

Sigaret.

Engales ontsnapte door de glazen deuren en door het doolhof van kamers en omlaag door een donker trappenhuis en weer naar buiten op straat. Daar trof hij Rumi, net als op de avond dat hij haar had leren kennen, zittend op het stoepje van de buren alsof ze door een toverlantaarn werd geprojecteerd. Bij de aanblik van die vrouw, een trofee van de toekomst, vielen alle gedachten aan Franca weer weg. Hier was zijn leven, hier op dit stoepje, levend in Rumi's prachtige berg haar.

'En daar hebben we de schilder,' zei Rumi.

'En daar hebben we de lesbienne,' zei hij, terwijl hij naast haar op het koude stoepje plaatsnam en met zijn vlekkeloze procedé van sigaretten rollen begon.

'Waarom ben je weggegaan?' zei ze. 'Het klikte geweldig tussen jou en Winona.'

'Had je dat gezien?'

'Ja, dat heb ik gezien. En ik zal je precies zeggen wat er vanaf dit moment gaat gebeuren. Winona zal je weten te vinden. Je hebt haar aandacht getrokken, en als de interesse van Winona George eenmaal is gewekt, volgt ze je. Ze is een soort kunsthavik.'

'Hoe bedoel je?' Hij hoestte wat rook naar buiten in de koude lucht; het leek wel een bloem.

'Wacht maar,' zei Rumi. 'Je wordt binnenkort gebeld. Dat telefoontje leidt tot een etentje en dat leidt weer tot atelierbezoek. Je zult een tijdje haar protegé zijn. Je krijgt een expositie in een van haar galerieën. Ze is dikke maatjes met een paar van de beste critici, onder wie Bennett. Voor je het weet, word je gerecenseerd. Dan is het bekeken. Je lot is bezegeld. Je bent al beroemd, Raúl.'

Engales lachte. 'Volgens mij niet. Ze heeft m'n naam niet eens opgevangen.'

'Wacht maar af,' zei Rumi. 'Als ze klaar met je is, zal Times Square je helemaal koud laten. Maar in ieder geval kan ik zeggen dat ik je voor die tijd kende.' Ze knipoogde.

'En wat gaan we nu doen?' zei Engales, terwijl hij Rumi's plastic horloge naar zijn neus hief.

'We gaan naar de beste kroeg van New York om voorbarig op je succes te klinken,' zei Rumi. Ze duwde zichzelf omhoog van het stoepje met zo te zien een laatste puf van inspanning. 'Misschien kunnen we zelfs iemand voor je vinden om te zoenen.'

Ze kwamen overeind, stonden heel even stil om Keith te bekijken, die een enorm hart schilderde op een tijdelijke wegversperring aan de overkant van de straat; in het hart schreef hij met zijn bolvormige lettertype '1980'. Toen hij zich omdraaide en hen aan de overkant van de straat zag staan, gaf hij hun een vette grijns. 'Gaan jullie straks nog naar het kraakpand, of hoe zit dat?'

Vrouw zijn in New York is het ergste wat er bestaat

Op Nieuwjaarsdag, even na middernacht, in de eerste uren van het bruisende nieuwe decennium werd Lucy Marie Olliason halsoverkop verliefd. Ze had net een rondje Manhattans gemixt voor een roedel popperige mannequins, terwijl ze innerlijk de anticlimactische climax van de avond betreurde, toen haar liefde-op-het-eerste-gezicht de kroeg in kwam lopen, en haar met het opzijgooien van zijn zwarte haar en de onhandige maar charmante grijns die hij haar toewierp al snel deed inzien dat de nacht nog maar net begonnen was. Hij wurmde zich naar de bar, tussen twee grote mannen door aan wie ze Long Islands had geserveerd, en legde zijn onderarmen erop alsof hij op het punt stond een bord spaghetti te verorberen. De moedervlek op zijn wang zei: 'Vlekkie.'

'Wat?' zei ze. Had hij iets gezegd? Of had ze het gehallucineerd? Ze voelde hoe ze provinciale domheid uitstraalde en verlangde naar de uitmuntende koelbloedigheid van een echte stadsbewoner, al was het maar een scheutje. Maar die kon ze onmogelijk verwerven binnen de tijd die ze had, enkele seconden, nanoseconden zelfs, voordat deze man herhaalde wat hij had gezegd.

'Vlekkie! Zo noem ik je. Ik heb je die naam gegeven, op dit moment.'

Haar hart maakte een sprongetje. Dit was zoiets waar ze toen nog in geloofde, tijdens haar eerste winter in New York. Ze geloofde erin dat een knappe man haar kroeg in zou lopen, een soort downtownridder, een redder. Ze geloofde in het intieme van bijnamen. Ze geloofde in goed geluk en er goed uitzien. (En deze man – met haar dat donker genoeg was om exotisch te zijn maar golvend genoeg om vertrouwd aan te voelen, lippen die bij hun spleet een strikje vormden en makkelijk glimlachten, en driehoekige, bijna onheilspellende wenkbrauwen – zag er beslist goed uit.) Ze geloofde in de ogen van deze man (zo warm als sequoiabast) en in de moedervlek van deze man (een rubberachtige knobbel die wiebelde wanneer hij praatte), en ze geloofde dat ze zou kunnen houden van die moedervlek, die mooie moedervlek, die uit zijn gezicht naar haar toe sprong, toen hij haar oorlelletje over de bar heen aanraakte. Ze geloofde in het lot en voorbestemming, en dat zij op haar lot was gestuit toen hij, over de bar geleund en in haar oor fluisterend, vertelde dat hij schilder was. Na de maanden, die jaren hadden geleken, in de grote stad had ze in de eerste ogenblikken van het nieuwe decennium eindelijk haar eerste kunstenaar ontmoet. Een van de mannen uit haar gejatte bibliotheekboek. Een van de mannen van wie ze het leven zo dolgraag had willen leren kennen.

Lucy was maar vijf maanden eerder in New York aangekomen: in juli 1979, tijdens het hoogtepunt van een massieve hittegolf die zelfs de ratten had lamgeslagen. Ze was eenentwintig. Ze had de knoop doorgehakt om te verhuizen – uit Ketchum, Idaho, naar wat mensen in Ketchum, Idaho de 'Big City' of de 'Big Apple' en soms zelfs 'de hoofdstad van de wereld' noemden – vanwege een boek en een briefkaart die ze als voortekenen had opgevat.

Het boek dat ze had gevonden op de afdeling kunst in de bibliotheek van Ketchum, een zwart boek met glanzende bladzijden, heette simpelweg *Downtown*. Het stond vol foto's van schilderijen en beeldhouwwerken. Gigantische, dreigende beeldhouwwerken, groter dan een lichaam, en schilderijen waarvan Lucy de compositie helemaal niet logisch vond. Ze hield van het gevoel dat ze iets niet begreep, dat er dingen op de wereld waren waar ze tegen opkeek, die haar pet te boven gingen. Maar meer nog dan de kunstobjecten boeiden de kunstenaars haar: de zwart-witfoto's van deze mannen – het waren inderdaad overwegend mannen – van wie de ogen naast hun kunstwerken schitterden van de ideeën en stadse intelligentie. Ze wilde alles over hen weten: wat voor avondeten ze aten, met wie ze getrouwd waren, hoe ze hun rare creaties bedachten. Hadden die mannen dezelfde drijfveer als zij? Het ondraaglijke gevoel dat je zou ontploffen als je niets deed, als je niet de hele wereld met je verlangens vulde? Lucy leende het boek vele malen op rij, tot de bibliothecaresse zei dat ze een week tussen de leenperiodes moest laten vallen, en ze zich opgelaten voelde, omdat ze dacht dat de bibliothecaresse wist wat ze ermee deed, namelijk turen naar de foto's van mannen, over hen dromen, en af en toe omlaagreiken naar het kruis van haar spijkerbroek en haar hand daartegenaan drukken, terwijl ze een bijzonder mooi uitgevallen kunstenaar in de ogen keek.

De briefkaart had ze gevonden toen ze in haar vaders pick-up naar haar vriendin Karly reed – een witte flits, opgemerkt in het gras langs de weg, die haar om een of andere reden de aandrang bezorgde om te stoppen en te onderzoeken. Het was een verschoten foto van de skyline van New York tijdens een zwarte nacht, in al zijn gekartelde, sprankelende glorie. Op de achterkant stond: 'Tot gauw, meisjemeis.' Haar hart stond werkelijk even stil toen ze dat las. Meisjemeis. Hetzelfde absurde zelfstandig naamwoord dat haar moeder haar als koosnaam had toebedeeld: 'Slaap lekker, meisjemeis.' Hoewel ze geen idee had wie zo'n briefkaart zou versturen, van wiens dashboard hij was gewaaid om daarna op dit specifieke stuk onkruid te landen, of wie de echte meisjemeis was – ze wist dat hij voor haar was bestemd. Ze had de pick-up gekeerd en was teruggereden naar het huis van haar ouders, de keuken in gelopen, waar het avondeten gekookt werd, en had tegen hun ruggen gezegd: ze ging naar New York verhuizen en daarmee uit.

'Je weet dat je niet weg hoeft,' had haar moeder de avond voor haar vertrek gezegd. Ze zat op de rand van Lucy's bed, keek hoe ze de rest van haar kleren in de enorme, zwarte leegte stopte van een koffer die ze voor vijf dollar bij de kringloopwinkel in Ketchum had gekocht. 'Je hebt je hele leven voor je! Niemand dwingt je om weg te gaan.'

'Als iemand me zou dwingen,' zei Lucy met een restje sarcasme uit haar tienertijd, 'dan ging ik niet.'

Ze had sinds de middelbare school vastgezeten in Ketchum, met een hele club griezelige ploerten die geen aandrang hadden gehad om zich voor de universiteit in te schrijven, had gewerkt bij Mason & Mick's, de ijzerhandel waar ze letterlijk was geboren. Niemand dwong haar om te gaan; ze ging uit fysieke noodzaak.

'Ik weet het, ik weet het,' zei haar moeder, met een stem waarvoor Lucy wilde terugdeinzen en die ze nu al miste. 'Het is je eigen beslissing. Ik zeg het maar. Ik leg het je voor. Als optie.'

Lucy's moeder kende haar beter dan wie dan ook, omdat ze werkelijk uit hetzelfde hout gesneden waren: onvervulde verlangens, bleke Noorse huid, niet-verenigbare impulsen om gerieflijk en moedig, zoet en zuur te zijn. Het verschil was dat de oorlogen van haar moeder gestreden waren, haar verlangens overwegend reeds platgeslagen of anders vervuld, en dat ze hier was beland, in een huis in wat sommigen Nergenshuizen zouden noemen. Het licht in de slaapkamer was zwak, zoals alle licht zwak wordt in kamers die helemaal uit onbehandeld hout zijn opgetrokken. Het hout zoog het licht in zijn nerven en wat het niet verteerde, zette het om in gebrande siena. Het hele huis was zo, een huis als een schuur op een lap grond van vijf hectare, geflankeerd door twee smaragdgroene heuvels en genesteld in een rijzig sparrenbos; er was geen moment van de dag zonder schaduw.

Haar moeder speelde met een kwastje van een van de dekens, kneedde het tussen haar duim en wijsvinger.

'Randall zou hier iets voor je kunnen verzinnen,' zei ze. 'En niet alleen het allersimpelste werk. Schrijven kun je. Hij zou je hele pleidooien voor hem laten schrijven, lijkt me zo.'

Haar moeder had die avond gedaan wat iedereen in de stad al wekenlang deed: pogen haar te overtuigen van het feit dat de wereld ophield bij de bosrijke grenzen van Ketchum, Idaho. Hier had je alles wat je nodig had, zeiden ze allemaal. Maar haar boek, haar briefkaart en iets in haar binnenste zeiden wat anders. Ze geloofde dat de wereld groot en beschikbaar was en gevuld met potentieel voor gevoelens en subversiviteit en kunst en verwondering. Ze schiep er heimelijk genoegen in dat heel Ketchum, zelfs haar eigen moeder, haar voor gek verklaarde. Ze was slim genoeg om te beseffen dat 'gek' ook 'dapper' betekende.

'Maar je zult daar ook wel iets vinden,' zei haar moeder die avond. 'Je bent altijd zo mooi geweest. En ze hebben daar alle grote modellenbureaus.'

Uit de mond van haar moeder was dat een dubieus compliment, en ze beseften het allebei. Lucy wist dat haar moeder bedoelde dat ze waarschijnlijk geen werk zou kunnen vinden, hooguit zoiets onbenulligs als modellenwerk. Pleidooien schrijven kon ze, voor een middelmatige advocaat in Ketchum, maar in de hoofdstad van de wereld? Vergeet het maar. Haar moeder begreep ook dat Lucy zich geneerde wanneer mensen een opmerking maakten over haar schoonheid, die net zo onontkoombaar was als haar koffer, die zwart en te groot bij hen in de kamer lag. Ze had het soort schoonheid dat modellenscouts spotten bij meisjes van veertien in het winkelcentrum – wat haar had kunnen overkomen als ze een winkelcentrum had gehad om in rond te dwalen – onmiskenbaar, benaderbaar, degelijk en toch vagelijk triest. Als klein meisje had ze witblond haar gehad en nu waren haar lokken het taankleurige, kwetsbare bruin van postpuberale vlaskoppen overal ter wereld, en die fletse tint versterkte alleen maar de zeer opvallende gladheid, de zeer uitgesproken rozigheid, de zeer herkenbare symmetrie van haar gezicht.

'Modellen eten niet, mamma,' zei ze, terwijl ze een paar sportschoenen in de koffer gooide. 'Maar ik heb voortdurend honger.'

'Ik maak me alleen ongerust,' zei haar moeder, terwijl ze met al haar moederlijke gewicht op haar hand leunde. 'Je weet hoe ik soms ben.'

'Ik weet hoe je soms bent, en dat is belachelijk,' zei Lucy. 'Ik ben een volwassen vrouw, mamma. Ik verzin wel iets.'

Ze wist dat het niet zelfverzekerd klonk, omdat ze niet zelfverzekerd was. Was ze volwassen? Zou ze iets verzinnen? Ze had geen flauw idee wat ze in New York ging doen; ze wist alleen dat ze erheen ging. Ze fantaseerde dat ze in een kantoor op de tiende etage was. Ze stelde zich een plooirok voor, die ze nog niet had, omdat je die alleen daar kon krijgen. En toen stelde ze zich duisterder dingen voor, in vage bevliegingen die haar ontzettend opwonden: een nachtclub met een stroboscoop, een getatoeëerde mannenarm, een gepassioneerde nacht van ramen ingooien en stelen; op het nieuws had ze beelden van de blackout gezien.

'Nou, je bent altijd een aparte geweest, hè?' zei haar moeder. 'Jij had altijd... hoe noem je dat? Lef. Je had lef.' Haar blauwe ogen werden vochtig en Lucy wilde niet dat het kwam, hoewel ze wist dat het zou komen: het verhaal van haar geboorte.

'Ik weet nog precies hoe je geboren werd,' zei haar moeder. Daar had je het. Lucy wilde het verhaal niet horen omdat er geen verhaal was en ze het al te vaak gehoord had. Het verhaal over de ijzerwinkel – waar ze de afgelopen zes jaar had gewerkt, bouten en leertjes en ijzerdraad had geordend – op de dertiende oktober, vlak na de storm die heel Idaho had bedekt met een dik, wit tapijt dat maandenlang zou blijven liggen. De winter was vroeg gekomen en Lucy blijkbaar ook, ze perste zichzelf wel drie weken voor ze was uitgerekend uit haar moeder naar buiten, plompverloren in het gangpad van Mason & Mick's, tussen de gloeilampen en de fittingen. Mick, van Mason & Mick's, had de navelstreng met een tuinschaar doorgeknipt.

Lucy wilde meer dan één verhaal hebben. Ze wilde een heel leven dat uit verhalen was samengesteld: vaart, motivatie, personages, verandering. In een stadje als dit waren er maar een paar manieren om door verandering ontroerd te worden, en die waren te subtiel om te kunnen boeien – een sneeuwstorm zoals op de avond van haar geboorte; een nest puppy's dat in de stad was geboren; de hand van een jongen op haar borst in de cabine van zijn bedompte pick-up; de getrouwde tekenleraar die haar met zijn zachte lerarenstem toevertrouwde dat hij er niet langer tegen kon. Hoewel ze altijd gebeurtenissen probeerde uit te lokken – diep in de nacht de leraar thuis opbellen, zich bedrinken met de fles Johnnie Walker van haar ouders uit de drankkast, naar concerten met harde muziek gaan en met alcohol overgoten vreugdevuren op besneeuwde velden bijwonen – de verhalen hadden steeds dezelfde afloop. Wanneer de vreugdevuren of de kortstondige, hevige passies waren uitgedoofd, volgde alleen de zoveelste natte autorit naar het huis van vriendinnen, bleke middagen vol rivieren en wachten, parkeerplaatsen bij benzinestations, excuses. In Ketchum kroop de tijd als de schaduwen die haar huis insloten – zo traag dat je het niet zag.

'Goed verhaal, mam,' zei ze met datzelfde sarcasme, hoewel ze onwillekeurig glimlachte. Ze slaakte een diepe zucht en keek om zich heen in de schemerige slaapkamer, alsof ze de gymnastiektrofeeën kon opsnuiven uit de tijd dat je met een radslag een beeldje kon verdienen, de ingelijste foto's van vriendinnen die een vredesteken maken, de posters van popbands die Ketchum nooit hadden aangedaan maar waarvan ze elpees had gevonden in de bakken 'Gratis uitzoeken' in de kringloopwinkels in het centrum. Allemaal dingen die ze achter zich zou laten. Ze bekeek de honderden gezichten, dieren, monden en ogen die in de nerven van de houten wanden huisden. Hoewel ze in dit huis was opgegroeid en al zijn gekraak en barsten tussen de planken kende, had ze zich daardoor bang laten maken: de tweedimensionale houtnerfdieren, de kwetsbare, afgezonderde positie van het huis waardoor het ieder moment door brand of bliksminslag kon worden weggevaagd, de geluiden die het huis voortbracht, die volgens haar moeder 'inklinken' waren: het huis raakte steeds vertrouwder met zichzelf, terwijl zij dat juist minder werd. Zij had behoefte aan mensen. Potentiële redders, allemaal onder handbereik, zodat ze kon schreeuwen als het dier in de nerven uit het hout sprong en iemand dat zou horen.

'Het is bijna tijd om te gaan, meisjemeis,' zei haar moeder. Ze rook naar vochtinbrengende crème en klamme aarde.

'Ik ben zover,' had ze gezegd en toen ze *Downtown*, glimmend en bevredigend in zijn bibliotheekplastic, in haar koffer stopte, had ze daar nauwelijks enig schuldgevoel bij gehad.

Toen ze er later op terugkeek, zou ze zich de weken na haar aankomst herinneren als een zeer welwillende tijd, waarin hartzeer deel van de stad uitmaakte – bedelaars op Bond Street, hondsbrutale ratten, een hand die een mes vasthield en op station West Fourth Street uit een metroraampje hing. Haar aankomst: de nachtvlucht, de zware koffers, de lucht die stijf stond van lome, zomerse hoop. De gele taxi die naar urine, snoep en leer rook: de gele taxi, een ding dat het New York uit haar gedachten zo doeltreffend samenvatte, dat hij haar het gevoel gaf dat ze volwassen en modern was en bijna net zo snel als haar hart naar de skyline toe scheurde. Vervolgens de straat – Wooster, dat was de wrakkige, opwindende naam van de straat waar de taxi haar had afgezet – die rook naar vuilnis, rook en zoetigheid – de goddelijke, plakkerige broodjes van R&K, zoals ze later zou ontdekken, een bakker om de hoek van Prince Street, waarvan de muren waren betegeld met gele bakstenen, die plakten van de suiker en roetaanslag. Maar op die eerste dag, toen de griezelig hete zon omlaagscheen op de drukke straat, had ze geen weet gehad van R&K, net zoals ze niet wist wat er in het verschiet lag. Vooral niet waar ze op dat moment heen moest, zeulend met haar zware koffer, terwijl de mensen om haar heen zwermden, en ze verlamd op de straathoek stond en naar de lucht omhoogkeek alsof die haar een antwoord kon bieden.

Toch deed de lucht dat, alsof hij haar op magische wijze aanvoelde. De lucht presenteerde een vliegend velletje papier op een geringe maar veelbetekenende warme windvlaag. Op het vliegende velletje papier stond 'Kamer te huur. Alleen voor meisjes. Bel Jamie'. Onder de handgeschreven boodschap stond een rode, getuite lippenstiftafdruk – iemand had werkelijk het papier gekust – en daaronder een telefoonnummer dat hoofdzakelijk uit enen en tweeën bestond. Ze associeerde het woord 'meisje' onwillekeurig met meisjemeis, en met de briefkaart, en met het papieren spoor van het lot dat haar hierheen had gevoerd. Ze merkte dat de kus haar fascineerde, wilde hem gek genoeg terugzoenen. Op het papier stond een telefoonnummer, dat ze in een telefooncel belde met een van de kwartjes die haar moeder haar in haar zak had laten stoppen voor noodgevallen. Lucy wist niet goed welk noodgeval je met een kwartje kon bezweren, maar terwijl het muntje in zijn zilverkleurige gleuf ratelde bedankte ze haar moeder geluidloos en kneep haar ogen stijf dicht terwijl de telefoon zijn eerste luide rinkel deed.

Een raspende maar vrij jonge stem antwoordde – 'O, godsámme, eindelijk bélt er iemand, ik moet dit klotehol als de sodemieter verhuren' – en zei Lucy dat ze direct moest komen, niet dat ze iets kon garandéren, ze moesten eerst kennismaken voor ze zich verplichtte tot sámenwonen met iemand die ze niet eens kénde.

'Prima,' zei Lucy. 'Kun je me zeggen hoe ik er kom?'

'Ken je de Chinese wasserij met de grote kat in de etalage?'

Die kende ze niet, zei Lucy.

'Vlak bij Tompkins Square Park, de tent met de kat? Nog steeds niet? Jezus, ben je soms nieuw hier?'

'Ja,' zei Lucy verlegen. Ja, ze was nieuw hier.

'Weet je wat,' zei de stem. 'Ga gewoon naar de hoek van Avenue B en Seventh Street, dan kom ik wel naar beneden.'

Ondanks de bespottelijke hitte en de hinder van de koffers was het een opwindende wandeling naar Jamies flat. Het leek wel of de schoolbel net had gerinkeld en iedereen uit zijn klaslokaal de straat op was gerend, en nu buiten stond om deel te hebben aan alles wat de wereld te bieden had. Er waren ongelooflijk korte shorts en er waren ongelooflijk grote kapsels. Van één vrouw was het bovenlijf helemaal bloot afgezien van één strook van haar balletpakje die beide tepels bedekte; ze had ook een grote zwarte hoed op. Er was UNIEKE KLEDING en BINNENKORT HIER EAST VILLAGE VIDEO en BEST PORNO IN TOWN XXX. Alles – muren, telefooncellen, stoepen – was beschilderd of beschreven met onbekende, intrigerende krabbels, met cryptische teksten als DESTROY of LOVERS WANTED. Ze liep langs een tent die de Aztec Lounge heette, waar op een bord stond: VERFRISSEND! ECLECTISCH! ZALIGE COCKTAILS! EEUWENOUD AMULET VERJAAGT DEMONEN! Ze schrok ervan en het wond haar op, en ze vroeg zich af welke demonen hier huisden die een antiek amulet vereisten om weg te blijven.

Lucy zigzagde onopgemerkt door de nieuwe straten. Het gevoel niet herkend of bekeken te worden maakte haar duizelig en doodsbenauwd. Ze kon doen waar ze zin in had. Ze kon iedere afslag nemen. Als ze dat wilde, kon ze zelf iets op een muur kalken; wie zou haar tussen al deze onverschillige mensen zien? Er was geen Mick die haar zei dat ze de vloer moest vegen en geen moeder die vroeg hoe laat ze thuiskwam. Ze kon reageren op een advertentie die ze waaiend in de wind had gevonden. Alles wachtte op haar. De gebouwen schoten de lucht in. Kinderen speelden in hun ondergoed op straat. Ze was aan het arriveren. Dit was haar aankomst.

Jamie, die zo te zien in haar lingerie op de hoek stond, rookte de langste en dunste sigaret die Lucy ooit had gezien. Hoewel het pas tien uur 's ochtends was en Jamie nog haar slaaptenue droeg, waren haar lippen al felrood gestift, hetzelfde rood als de papieren kus. Lucy had haar koffer over wat wel honderd kruispunten leken gezeuld, en het zweet dat uit haar oksels neerdruppelde zocht zich een weg naar de tailleband van haar spijkerbroek, wat vis-à-vis Jamie heel amodieus aanvoelde. Jamie was een en al benen en lippenstift, droeg een intimiderend muskusparfum, en Lucy vroeg zich af of haar noodlotzwangere route haar in de steek had gelaten, of ze deze vrouw wel moest volgen. Aan de andere kant moest ze toch érgens wonen. En een hotel zou duur zijn; ze had alleen de kwartjes van haar moeder en een chequeboekje van een nieuwe bankrekening die ze had geopend met het geld dat ze bij Mason & Mick's had verdiend: 1214 dollar, wat veel geld leek, tot je uitrekende hoelang je het daarmee eigenlijk kon uitzingen. Ze glimlachte weifelachtig en volgde de rokende Jamie naar boven, terwijl ze keek hoe haar zwarte, minuscule onderjurk over de trap en langs haar smalle dijen omhoogkroop.

Het trappenhuis rook naar urine, verf en sigaretten: de New Yorkse trappenhuislucht. Niet de trappenhuislucht uit Idaho (oud hout, modder, grenen). Opeens bedacht ze: maar in Idaho heb je helemaal geen trappenhuizen! Was ze eigenlijk wel eens in een trappenhuis geweest? Dat wond haar op: een nieuwe tastbaarheid; een nieuwe blauwdruk voor haar leven. 'Ik hoop dat je te porren bent voor een portiekflat,' riep Jamie achterom tegen haar. Lucy glimlachte. Portiekflat. Dit was haar nieuwe taal. Deze treden waren haar nieuwe toegangspoort.

'Welkom in Kleindeutschland,' zei Jamie buiten adem toen ze boven arriveerden in een troosteloos appartement met witte muren en een oude oranje bank, waarvan de stof Lucy aan een clownspak deed denken, als enig meubel.

'Dank je,' zei Lucy nerveus, zonder dat ze Jamies verwijzing begreep, maar ze wilde niet dom overkomen door ernaar te informeren.

'Klein-Duitsland,' verhelderde Jamie. 'Deze straat? Heette vroeger German Broadway. De winkel beneden? Was vroeger een schoenlapper. Nu is het natuurlijk een pornoshop. Persoonlijk stel ik me graag voor dat de Duitsers geleidelijk overstappen op de nieuwe biz. Je weet wel, lullen lappen voor de kost.'

Jamie lachte hees en nam een trekje van haar sigaret. Lucy dwong zich om zwakjes mee te lachen. Ze zeulde haar koffer naar het piepkleine kamertje – kastgroot, zonder kast erin – en keek omhoog naar het plafond, dat – dat is vreemd, dacht ze – van blik gemaakt was, ingekeept met een bloemig patroon. Er liep een barst van de lampfitting in het midden omlaag naar de slaapkamerdeur, waar hij doodliep op een los stuk paneel. De barst maakte Lucy bloednerveus en toen ze hem volgde naar de vloer, waar een glinsterend zwart insect rond de plint dribbelde, raakte ze helemaal in paniek. Ze keek of Jamie een of andere verklaring zou bieden, maar haar nieuwe huisgenoot was onverstoorbaar.

'Het liefdesnestje,' zei Jamie droogjes. 'Genoeg plaats voor een bed en zeg nou zelf: meer heb je toch eigenlijk niet nodig?'

Liefdesnestje? Lullen lappen? Enorme, buitenlandse insecten? Lucy voelde het bloed wegstromen uit haar gezicht. Ze voelde zich net zo wit als de verf op de muren. Net zo gebarsten als de verf op de muren. Met haar dat net zo helder scheen als de maan buiten het raampje van het vliegtuig dat haar hierheen had gebracht. Het ene raam dat open kon. Ze maakte het open en imponeerde zichzelf met haar doortastende actie, hoe makkelijk het glas omhoogschoot. Warme lucht stroomde naar binnen. Houten vloeren onder de verfspetters. Ze stond in haar nieuwe woning.

Jamie trok een sigaret uit haar blauw-met-witte pakje en bood hem Lucy aan. Die pakte hem langzaam aan en stopte hem in haar mond. Ze had nog nooit een sigaret gerookt en er nooit behoefte aan gehad. Maar nu er niemand op haar lette, voelde het opwindend en nieuw en passend. De vlam van Jamies lucifer bewoog zich in haar richting; ze voelde de hitte op haar gezicht. Jamie stak het krijtwitte uiteinde van de sigaret aan en Lucy inhaleerde.

'Vertel me alles,' zei Jamie. Haar stem was bijna volkomen veranderd, van intimiderend in intiem, bijna sexy, en haar gezicht was vlak bij dat van Lucy terwijl ze de lucifer uitblies. Lucy voelde opnieuw de paniek — wat moest ze in godsnaam aan deze vrouw vertellen, deze vrouw die behalve haar lippenstift nauwelijks iets aanhad, die zeer waarschijnlijk ieder verhaal dat ooit verteld was had aangehoord, alles had gezien wat er te zien was? Maar Jamie glimlachte opeens, en er zat een spleetje tussen haar tanden, en dat spleetje maakte Lucy duidelijk dat alles goed zou komen.

'Wat wil je weten?' zei Lucy en nam nog een trek.

'Gewoon, alles,' zei Jamie. 'Alles wat je hebt.'

En zo begon New York. Een bereidheid, en daarna een stilte. Een houding, een ontboezeming, en nu dit: gebarsten muren en reuzeninsecten, je eerste sigaret, de smaak van je eigen angst. Geen angst voor wat misschien zou komen, maar voor wat níét zou gebeuren, angst dat je moed, die in je geboortedorp zo groot leek, niets zou voorstellen, dat New York zijn belofte niet zou waarmaken, angst voor iets wat grandioos en glamourachtig, onbekend en onkenbaar was. Opeens leek het of alles wat je tevoren wist over ruimte (de V-vorm van een snelweg die zich eindeloos uitstrekte, weidse houten vlonders, achtertuinen waar geen eind aan leek te komen, de vormen tussen de bladeren waar de zon doorheen gefilterd werd en die sterren maakten) is weggedaan, opgeborgen in een kist die je pas kunt ontsluiten als je weer teruggaat.

Maar hoe kun je teruggaan? Je bent er nog maar pas.

Terwijl Lucy om zich heen keek naar de armzalige badkamer (een ring van schimmel voer om de wc heen), het tweepitsfornuis ('Sinds mei kaduuk,' zei Jamie), de tralies voor de ramen (maar waarom, als ze zo veel verdiepingen hoog zaten?), kneep haar keel zich dicht. Wat had ze dan verwacht? Een pittoresk zolderatelier met enorme vierkanten van licht die naar binnen straalden? Een glanzende mok koffie op een wit bureau?

Een professionele plooirok? Een paar pumps in de hoek van een enorme kamer, die naast een stapel bijzonder interessante boeken mooi stonden te wezen? Nee, dat was niet haar New York. Haar New York was een paar vierkante meter hel en stof.

Opeens kreeg ze een hevige aandrang om zichzelf een gevoel van welbehagen te bezorgen.

'Jamie?'

'Zeg het 's, Idaho?'

'Waar kan ik aan verf komen?'

De verfwinkel: in Ketchum had ze er met de auto heen gemoeten. Hier: een eindje verderop langs een drukke straat. Zes of tien kerels aan het werk. New Yorkers in hart en nieren, maar dat slag kende Lucy nog niet.

'Wat kunnen we voor je doen, schoonheid?' zei er een met stekelend stekeltjeshaar.

'Geel,' zei ze. 'Ik ben op zoek naar geel.'

'We hebben zonnegeel en we hebben whiskeygeel,' zei de verfman. 'Dat zijn de beste.'

Ze bestudeerde de aantrekkelijke stalen. In Ketchum zou ze zonnegeel hebben genomen. Maar ze koos whiskeygeel (in haar kersverse New Yorkse leven zou ze nog vele malen een gelijkwaardig besluit nemen) en wees naar de donkerder tint geel, het geel dat bijna oranje was. Ze zou hier toch maar een jaar of zo blijven; de kleur hoefde niet van belang te zijn.

'Absoluut, geen punt; absoluut, geen punt,' zei de verfman terwijl hij een verfmixer in zijn dramatische draaistand zette. 'Helemaal geen punt.'

Geen punt. Dit kon ze. De muren schilderen en zich lichter voelen. Koffie kopen bij de delicatessenzaak beneden. Door de muren heen luisteren naar Jamies luide, chaotische muziek, haar hart laten bonken met die energie. Ze zou een klein oranje zonnetje van een kamer maken en het zou allemaal goed met haar komen. Het schilderen zou haar dag vullen. De zon zou zakken. Ze zou zonder een centje pijn haar allereerste dag in de grote stad overleven... tot ze zo uitgeput was dat ze haar ogen niet open kon houden en besefte – ze zou er later om lachen, maar op het moment zelf was het tragisch – dat ze geen bed had.

Juist toen ze dat besefte, verscheen het puntje van Jamies sigaret in de deuropening.

'Kom mee, Ida,' zei Jamie. 'We gaan uit.'

'Ik ben nogal afgepeigerd,' zei Lucy. Ze keek omlaag naar zichzelf: witte bloes en slechte spijkerbroek, allebei onder de whiskeygele verf.

'Dit is New York. Iedereen is afgepeigerd,' zei Jamie. 'Kom, doe je schoenen aan. We gaan naar de Paradise.'

Lucy kwam met tegenzin overeind, ritste haar koffer los en klapte hem open.

'Ik heb niet echt iets om aan te... ' zei ze, en keek achterom naar Jamie.

'O jezus,' zei Jamie, terwijl ze rook uitblies. 'Moet ik je aankleden? Kom hier.'

Jamie stak Lucy in een strakke, afgeknipte bloes met geometrische vormen van plastic die aan de stof waren vastgestikt en een verschoten zwarte spijkerbroek waarvan de taille tot ver boven haar navel reikte. Deze outfit kwam Lucy absurd voor, maar toen bedacht ze dat dit waarschijnlijk was wat mensen in de Paradise droegen, en daarom liet ze het toe, accepteerde ook een streep suikerspin – gekleurde lippenstift – nog een van Jamies kenmerkende tinten. Jamie gooide een heleboel vreemdsoortige vrouwenspulletjes – extra lippenstiften, harde rode snoepjes, condooms, sigaretten – in een glinsterend wit tasje dat een zeer bevredigende klik maakte wanneer je het dichtdeed, en Lucy vroeg zich af of zij ook zo'n tasje nodig had, maar dat had ze niet, en dus propte ze wat vijfdollarbiljetten in haar broekzak en volgde Jamie langs de trap omlaag en de deur uit en door de hele stad heen – die knetterde met de geluiden van een jonge, warme avond – naar de Paradise Garage; op het bord prijkte een neon krachtpatser.

Dit is een meisje op haar eerste avond in New York. Een meisje dat kleren van een ander draagt. Een meisje dat kan voelen dat de streep van haar buik zichtbaar is tussen iemand anders' bloes en iemand anders' spijkerbroek. Een meisje dat een drankje krijgt aangereikt waarin gin een rol speelt, dat smaakt als vergif en zonneschijn tegelijk. Een meisje in een kamer vol andere meisjes zoals zij, die hierheen zijn gekomen om diep te graven in hun duistere kanten en daar het licht te vinden. Een meisje dat wordt meegesleurd naar het midden van een botsing van dansende lijven, dat haar eigen lijf te midden daarvan laat kronkelen, dat het vuur van de gin haar reeds warme buik laat verwarmen, dat met haar ledematen begint te wiebelen, dat zich tussen twee knappe, met elkaar dansende jongens laat trekken, dat lacht terwijl ze zich tegen haar aan wrijven, dat de mooie rode en paarse lampen om zich heen en in zich laat rondtollen, en denkt:

Dit is het, dit is het, dit is het.

Lucy ontwaakte de volgende ochtend op het bed van Jamie met een gevoel van extreme leegte. Waar was ze? Wat had de afgelopen nacht betekend? Waar was dat gevoel – de energie van het nieuwe, de zalige verlokking van het gezamenlijk bewegen, de totale afwezigheid van gepieker – gebleven, en hoe kon ze het terugvinden? Nu was ze een en al hoofdpijn en uitgelopen make-up en angst. Jamies smalle rug lag naar haar toe: de rug van iemand die ze totaal niet kende, aan de andere kant van een onbekend bed. Een heksachtig wandkleed hing boven hen; daarop sproten sperma-achtige vormen voort en vermenigvuldigden zich rond een Indiase godin. Aan haar linkerkant prijkten aan de muur een gescheurde Blondie-poster en een rij spijkers waar Jamies overvloedige halskettingen aan hingen. Een deodorantstick op het dressoir. Een doosje tampons en een lippenstiftkus op de spiegel. Deze dingen troostten haar maar matig: dit waren de spullen van meisjes overal ter wereld. Maar de paniek keerde terug toen ze bedacht wat ze nu zou gaan doen, wakker en alleen in de stad waar ze nu heette te wonen. Ze overwoog te wachten tot Jamie wakker werd – misschien zouden ze ontbijt maken? – maar ze vermoedde dat het uren kon duren voor Jamie wakker werd, en dat iemand als Jamie waarschijnlijk helemaal geen ontbijt maakte of at. Bovendien was het fornuis stuk.

Ze gleed stilletjes het bed uit, verzamelde moed, plensde water in haar gezicht uit de roze, roestige gootsteen. Voor ze de trap af liep, de wereld in, sloop ze nog een keer Jamies kamer in om haar witte handtasje van gisteravond weg te grissen. Ze schudde het leeg en vulde het met haar eigen spulletjes: haar truttige groene portemonnee en haar kersenrode lippenbalsem en daarna, nu ze toch bezig was, een van Jamies sigaretten, die ze uit het pakje op het dressoir trok: een piepkleine, kostbare rol papier. Alleen maar geleend, hield ze zichzelf voor. Geleend van haar nieuwe vriendin.

Buiten was New York bezig New York te zijn. Het warme asfalt dampte, hondjes werden voortgesleept of achternagelopen door hun excentriek geklede baasjes, kleren waren kleurig en minuscuul, de geur was riool en gekaramelliseerde noten, kranten klapten open aan cafétafels, zonnebrillen waren enorm, muurtekeningen leken te vibreren. Lucy dwaalde over de avenue, op zoek naar niets en alles.

Wat ze vond: brandtrappen die als bliksemflitsen zigzagden langs de zijkant van elk gebouw, zo vaak overgeschilderd dat hun oppervlak op menselijke huid met blaren leek; een groep mannen in oranje-met-witte kleding in het park die keer op keer hetzelfde zachte lied zongen; een boerende zwarte koffer op Avenue A, die een knalrode bh onthulde; een autoradio die Mexicaanse trompetten blèrde, terwijl de eigenaar zijn tong uitstak en met goud bedekte tanden toonde; stoeproosters die zich openden en sloten als deksels van dozen, en glimpen toonden van een heel andere duistere wereld onder deze heel duistere wereld; een puntige, met spuitverf geschilderde kroon op een rode muur; een leeg veldje, de verblijfplaats van een roestige fiets, een grote vogel, een slapende man met een gescheurde geruite overall aan en wonderbaarlijk genoeg een veld dagbloemen die zojuist waren opengegaapt.

Lucy had geen referentiepunt voor dit landschap. Het was volslagen nieuw voor haar, en daarom kon ze het geen plaats in zichzelf geven. Het bewoog zich omhoog, niet opzij. Het bewoog zich naar buiten, niet naar binnen. De ochtend was pas op de helft en er was nu al een circus van naroepen en koffiegeuren en gestoorde geluiden. Vond ze het angstaanjagend? Walgelijk? Schrikbarend? Intrigerend? Allemaal. Ze wilde niets liever dan haar moeder bellen. Ze wilde alles liever dan haar moeder bellen. Ze was zowel wanhopig als open. Haar hoofd stroomde vol en leeg; ze wist het niet, maar ze zette zich al schrap, werd al immuun. Door haar platte schoenen heen voelde ze het warme beton van de stad. Haar warme beton. Ze kon overal lopen. Dat deed ze.

In New York wonen leverde problemen op die nergens anders ter wereld een probleem waren. Lucy had haar verhuizing hierheen opgevat als een uniek, grootschalig risico, een enorme sprong in het diepe die de moed vereiste waar iedereen in haar geboortestad aan had getwijfeld. Lucy had nooit stilgestaan bij het venijnige schuldgevoel van luieren in een stad die was gebouwd op altijd bezig zijn, of de beproeving van metrokaartjes, of het zeulen met vele, vele plastic tasjes die als een mes in je handen sneden, of de kleren die je moest kopen om je überhaupt een beetje op je gemak te voelen tussen de echte New Yorkers, die precies leken te weten wat je op welk moment moest dragen – wanneer je een paraplu moest meenemen, wanneer je op laarzen moest overstappen. De rok uit haar fantasie bestond niet, ontdekte ze, en zelfs als hij wel had bestaan was hij niet de goede geweest. In het New York van 1979 zou de juiste rok niet geplooid of formeel zijn. Hij zou waarschijnlijk zelfs helemaal geen rok zijn, maar een versie van de strakke leggings waar ze Jamie en de andere meiden in zag rondlopen, strakke leggings met daarboven grote bloezen, bijna tot aan de knie. Ze had sowieso veel meer dan nieuwe kleren nodig om een New Yorker te worden, zo merkte ze tijdens die eerste dagen en weken in de stad. Ze zou helemaal moeten veranderen, en niet op een van de manieren die ze had verwacht.

Ze liet Jamie haar haar in de gootsteen blonderen. 'Mooi, Idaho,' zei Jamie.

Bij een stalletje op St. Mark's Place liet ze een man met grote ronde stukken hout in zijn oorlellen haar neus met een zilveren ringetje piercen. 'Nog mooier.'

Naar aanleiding van een advertentie waarop een aantrekkelijk, degelijk ogend meisje een glas whiskey vasthield boven het onderschrift SINDS WANNEER DRINK JIJ JIM BEAM? SINDS IK HEB ONTDEKT DAT JE HET ZO GOED KUNT MIXEN, ging Lucy Jim Beam met ijs bestellen, omdat ze tegelijkertijd het degelijke meisje wilde zijn dat een mixdrankje dronk en zich verre van haar wilde houden.

Ze bleef in het rond spieden naar kunstenaars uit haar boek, maar blijkbaar deed Jamie niet dezelfde gelegenheden aan als zij; in plaats daarvan ontmoette ze een reeks minnaars met nette kleren en een slordige dronk, die op zoek waren naar een blondje zoals zij ter afleiding van hun werk. Jamie legde uit dat zij ook een hekel aan die eikels had, maar dat ze gewoon het zoveelste noodzakelijk kwaad waren in een stad die op noodzakelijke kwaden liep. 'Bovendien,' fluisterde Jamie, 'vind ik hun kleurloosheid buitengewoon interessant.' Lucy kreeg drankjes aangeboden – frambozenmartini's waren in de mode – maar ontglipte altijd aan het lompe, zweterige gegraai van de mannen, ging vaak liever buiten op de stoep omhoog- en wegkijken naar de gebouwen, een van haar nieuwe sigaretten roken en kijken hoe de stad zich naar de ochtend toe twinkelde.

Algauw had ze al haar opgespaarde geld uitgegeven en ze durfde haar ouders niet te bellen voor wat extra – niet dat ze geld hadden dat ze konden opsturen. Ze at nauwelijks – brood met boter, repen, een appel – maar zelfs met dat schamele dieet kon ze de huur die Jamie vroeg niet opbrengen: 206 dollar op de vijftiende van de maand.

Hoewel ze had beseft dat ze een baantje zou moeten zoeken, had ze er niet bij stilgestaan hoe ze er een moest vinden aangezien een baan, zoals ze na een paar ontmoedigende sollicitatiegesprekken begon te beseffen, niet uit de lucht kwam vallen zoals Jamies kameradvertentie had gedaan. Tijdens die eerste paar weken, terwijl ze uit de gloeiende onderwereld van de metrostations klom of een blaar tapete die ze had opgelopen tijdens een doelloze zwerftocht door de stad, of zich een kluns voelde op haar onnozele sneakers met hun neongele plastic strepen, die in Ketchum modern hadden geleken maar nu gruwelijk detoneerden, twijfelde ze dagelijks aan haar besluit om hierheen te verhuizen. Ze beleefde dagelijks talloze momenten dat ze geloofde dat ze het gewoon niet zou redden, dat ze terugverlangde naar de houten wanden van haar slaapkamer, de schone lucht van Ketchum, een middag met niets om haar heen en niets te beleven. Ze stond meerdere keren in tranen in een telefooncel of op een stoep, soms zelfs in het pashokje van een kledingwinkel waarvan ze de kleren niet kon betalen, altijd met de begerige ogen van anderen op haar gericht, gevuld met een voyeurisme dat verband hield met de diepgaande behoefte om jezelf weerspiegeld te zien in vergelijkbare situaties op andere momenten; iedereen wist dat er in New York nergens een plek was om te huilen.

Tijdens een van die tranenrijke voorvallen, in een metrostation in het centrum, toen ze onderweg naar huis was na een verknald sollicitatiegesprek (bij een onafhankelijke boekwinkel, waar je kennelijk op afroep de schrijvers en titels van elke klassieker die ooit was geschreven moest kennen), waarschijnlijk ongepast gekleed in een van Jamies kortere rokjes, spotte Lucy haar eerste New Yorkse kunstenaar.

Op het perron aan de overkant van het spoor hurkte tussen de roestende zuilen een man, explodeerde als een ster en hurkte dan weer. Een rode stroom verf volgde zijn hand op magische wijze overal waar hij ging. De man was klein; wat hij tekende was groot. Het was nog onduidelijk wat hij tekende; ze liep naar de rand van het perron om te kijken. Een soort figuur, een arm, een been. De zelfverzekerdste lijnen van de hele wereld, die als een lied uit zijn lichaam schoten. Lucy wilde eindeloos naar hem kijken, naar deze kleine, magische kunstenaar, maar ze voelde de drukwind van haar naderende trein, die haar uitzicht zou blokkeren en haar zou meevoeren. Maar wacht. Dit was het. Geel binnendringen van treinlicht. Maar wacht! De man was net klaar. De trein gierde en flitste voor haar langs. Ze sprong erin, haastte zich naar het raampje aan de andere kant. De man was zomaar opeens verdwenen. Op de muur bleef een gigantische lul achter, een lul met armen en benen en een eigen lul, die door weer een andere lul werd gepijpt. Lucy stootte één enorm geluid als een lach uit. Een lul die door een andere lul werd gepijpt?! Ze was helemaal alleen in de metrowagon, wat haar dankbaar stemde, want nu kon ze zichzelf toestaan de warmte te voelen van wat ze zojuist had gezien: warmte die van haar hart naar haar buik stoomde. Of die de kunstenaar of zijn vulgaire beeld betrof, hoefde ze niet te weten.

Toen ze Jamie het slechte nieuws over de sollicitatie vertelde – 'Is niet goed gegaan, Jame. Ik had beter moeten opletten tijdens Engelse les' – smaalde Jamie alleen maar.

'Ja, vreselijk, hè?' zei ze, terwijl ze in een glazen pot een zeer dirty ogende martini mixte. 'Vrouw zijn in New York? Dat is gewoon het ergste wat er bestaat.'

Maar Lucy wist het nog niet zeker. Ze wist niet zeker of dat het ergste was of het aller-, allerbeste.

Tijdens haar vierde week in de flat, in de stinkende nachtmerrie die de stad begin augustus was, nodigde Jamie wat mensen uit: een stel mannen met namen die allemaal met een R begonnen. Lucy vroeg zich meteen af of er soms kunstenaars tussen zaten; ontdekte meteen van niet. Ryan, met wie Jamie naar bed was geweest, al had ze Lucy toevertrouwd dat hij volgens haar 'een paar hersencellen mist', had forse armspieren en een kromme neus. ('Niet het enige aan hem wat krom is,' vertelde Jamie later.) Hij vertelde over een film die hij de avond ervoor had gezien terwijl hij behoorlijk high was, iets over haaien; hij kreeg de filmmuziek maar niet uit zijn kop. Rob, die was bedeeld met een mooier gezicht dan de anderen, maar deprimerend klein was, rolde zijn ogen in Ryans richting terwijl hij praatte, gaf vervolgens Lucy een high five. Randy, een zachtaardig type met een lange paardenstaart en een legerjas, zei heel traag, tussen de trekjes aan een bijna uitgebrande joint door: 'Zeg, Lucy, we hebben gehoord dat je op zoek naar werk bent.'

Lucy glimlachte.

'Mag ik daar een trekje van?' zei ze. Ze besefte dat ze voor het eerst sinds haar komst zelfverzekerd genoeg was om ergens om te vragen, niet te wachten tot iets haar ten deel viel. Terwijl ze de rook in haar longen zoog voelde ze zich lekker en vol leven, en zei tegen Randy: 'Wat voor baan?'

In een kroeg, vertelde hij haar. Een baan als barvrouw.

Lucy keek glazig naar Jamie, die haar een trieste glimlach toewierp.

'Doe niet zo stom, Ida,' zei Jamie. 'De stad barst van de mensen die dingen tegen hun zin doen.'

Jamie, zo had Lucy ontdekt, werkte als massagetherapeut in het financiële district. 'Die kerels hebben ontzettend veel stress,' had ze gezegd. 'Al dat geld, al die handel.' Ze had de woorden 'geld' en 'handel' uitgesproken alsof ze buiten adem was, en Lucy snapte dat de massages van Jamie soms, zo niet altijd, in meer dan een massage uitmondden. Jamie werkte doorgaans ook over in haar 'kantoor aan huis' en Lucy hoorde vaak de conversaties die daar plaatsvonden: de 'handel', nam ze aan, daarna het geld.

Lucy slikte. Ze voelde zich tegelijk gedeprimeerd en opgewonden. Ze zag al voor zich hoe ze op hoge hakken chique cocktails aan mensen serveerde. Het zou maar tijdelijk zijn. Ze kon het een poosje doen – zich een slag in de rondte werken tot ze haar draai had gevonden, zogezegd. Ze onderdrukte een opkomende gedachte aan haar moeder, wat haar moeder zou zeggen over werken in een kroeg, wat ongeveer als volgt klonk: 'Je verhuist helemaal daarheen, zo ver weg van je moeder, en dan ga je...'

Randy zuchtte. 'Jamie, waarom doe je zo negatief over m'n werkgever? Het is een nette tent. Ja toch, Rob? Rob komt er elke avond. Ja toch, Rob?'

'Ik doe het,' zei Lucy vlug, terwijl ze nipte aan een biertje dat Jamie haar had aangereikt. 'Ik bedoel, als Rob er elke avond komt...' Ze knipoogde naar Rob op een manier waarvan ze geloofde dat die charmant was.

'Er is een tent op Canal Street waar je levende slangen kunt kopen,' zei Randy plotsklaps. 'Ik neem er misschien een.'

Ze lachten allemaal, wat Lucy een goed gevoel over alles bezorgde. Ze dacht na over zich thuis voelen bij een groep mensen die samen zaten te lachen, en stelde zich voor hoe Randy met een slang om zijn hals iemand een frambozenmartini serveerde.

En daarom nam Random Randy, zoals Jamie en Lucy hem inmiddels noemden vanwege zijn neiging om op vreemde momenten totaal niet-relevante onderwerpen aan te roeren, haar mee naar de Eagle, een zowel letterlijk als figuurlijk ondergrondse kroeg in de West Village. Het was een kitscherige, klandestienige tent, waar de muren met imitatierots beplakt waren en het vage gevoel hing dat de hele kroeg in een blokhut was gepropt. Randy boog zich over een stekker, waarna een sliert spaansepeperrode lampjes rond de ramen oplichtte, hoewel je ze in het daglicht niet goed kon zien branden. De spaansepeperlampjes bezorgden Lucy de aandrang om een vlucht naar Idaho te boeken, waar ze niet bij barkeeper Randy, maar advocaat Randall in dienst zou zijn. Ze stemde in met haar moeders denkbeeldige kritiek: ze was niet naar New York verhuisd om in een kroeg te gaan werken. Aan de andere kant: waarvoor was ze dan wél naar New York verhuisd? En wat was het alternatief? Randy onderschepte haar met een arm om haar taille, loodste haar terug achter de bar voor wat hij de 'grote rondleiding' noemde.

'Dit is het ijs,' zei hij. 'En hier staat de goedkope sterkedrank om te mixen. En de glazen stapel je zo op. En denk erom dat je deze Coca-Cola-knop niet gebruikt, want daar komt Sprite uit.'

Lucy nam het schenkpistool ter hand. Ze probeerde de sproeier voorzichtig uit, liet zachtjes een beetje colaschuim uit zijn opening komen, dat in een roestvrijstalen spoelbak belandde.

'En dit zijn Jamies luciferboekjes,' zei Randy, terwijl hij een van de witte vierkantjes uit een snoeppot pakte en Lucy toewierp. Ze bevoelde het boekje zorgvuldig, en toen Randy haar zei dat ze het moest openklappen, deed ze dat. Aan de binnenkant stond een boodschap: DOE NIET GESTOORD. WEES WILD.

Lucy lachte één keer, maar wist vervolgens niet of ze hoorde te lachen en stopte. 'Wat zijn dit?'

'Een project van Jamie,' zei Randy. 'Ze schrijft op wat die kerels tegen haar zeggen, de kerels met wie ze naar bed gaat. Ze is zo'n creatieve geest, weet je wel? Niet zoals ik. Ik ben maar... gewoontjes.'

'Jij bent helemaal niet gewoontjes, Randy.'

'Het geeft niet,' zei Randy. 'Ik vind het niet erg. Ik hoef geen kunstenaar te zijn. Daarvan zijn er al genoeg in de stad, geloof me.'

'Dus Jamie maakt kunst?'

'Laten we zeggen dat ze niet voor het geld met die kerels naar bed gaat. Hoewel dat waarschijnlijk ook een beweegreden is. Ik kan het niet heel goed uitleggen, maar het is allemaal deel van een groot kunstproject. Ze filmt ze. Installeert een camera. En dan laat ze hen min of meer dingen doen. Trek mijn lingerie aan, doe een dansje, huil als een baby. Ze heeft op tape staan hoe die klojo's van Wall Street zichzelf voor schut zetten.'

'Is dat niet een beetje... gestoord?'

'Is het hele leven niet een beetje gestoord?'

Lucy glimlachte omlaag naar haar luciferboekje en stak het in haar zak. Dus Jamie was kunstenaar. Ze deelde een etage met een kunstenaar. Die gedachte deed haar hart sneller kloppen.

'Maar breng het niet met haar ter sprake,' zei Randy, die nu weifelend klonk en over het stukje huid tussen zijn neus en zijn mond wreef. 'Ze praat er niet graag over. Volgens mij heeft ze weinig behoefte om de kunstenaar uit te hangen, weet je wel? Ze is meer een einzelgänger. Zegt dat ze hoopt dat iemand die tapes na haar dood vindt.'

Lucy zweeg; ze keek hoe Randy een stapel bedompte lucht inademde en zijn armen ophief om zich uit te rekken.

'Dat is wel zo'n beetje de rondleiding!' zei Randy. 'En als je niet weet wat er in een drankje moet, vraag het dan aan je klant. Je klant weet het altijd.'

Maar om vier uur 's middags waren er nog geen klanten, en Lucy stond zich achter de bar af te vragen of dit haar lotsbestemming was: een lege kroeg met stof dat in het zonlicht glinsterde, een hol leven.

Maar dit holle leven stroomde algauw vol met stamgasten (Sandy de schoenmaker en Pat de mislukte schrijver en Gabby de met zuigzoenen pronkende hoer), en Jamies mannelijke vriendenclub, en lijntjes giftig wit poeder en schijfjes maan, die ze tegen vier uur 's ochtends na afloop van haar diensten in de valleien tussen de gebouwen observeerde. Ze begon de straten (Sullivan, Delancey, Mott) en de metro's (gier, ping, zwiep, knetter) en de uitdossingen (grote laarzen, grote bloezen, korte broeken of kleine laarsjes, kleine hemden, grote broeken) te herkennen. En met haar baantje in de Eagle kon ze uitzonderlijk makkelijk beschikken over iets wat in New York in nóg grotere overvloed aanwezig was dan pretzels: mannen.

Bret met één t. Grote zolderetage, kleine lul, te veel kaarsen, hij was lief, ze mocht hem wel. Met of zonder kleine lul belette het feit dat hij haar leuk vond hem niet om drie dagen na hun kennismaking naar Californië te verhuizen, waar hij ging werken bij een computerbedrijf dat iemand in een garage had opgestart.

Tom, die geen overhemd droeg, bood haar aan te helpen een matras omhoog naar haar flat te slepen. Liet zich op het matras neervallen en neukte haar; toen Lucy wakker werd, was hij naar Jamies bed verhuisd.

Een schrijnwerker wiens naam ze niet kende, die haar op pannenkoeken bij Pearl Diner trakteerde en haar in de metro zoende en 'getrouwd' zei toen ze hem aan het eind van de nacht vroeg hoe hij heette.

Enzovoort, enzovoort; de mannen aanbaden haar en lieten haar vallen. Met elk van hen voelde ze zich kortstondig strak aangelijnd, vol hoop dat ze haar zouden meevoeren naar de plek waarnaar ze hunkerde: de diepe, duistere grot van liefde en wellust, de plek waar een eind aan het verlangen kwam. Maar geen van hen deed dat, en tussen haar ontmoetingen met hen door, en doorgaans zelfs tijdens, voelde ze zich ten diepste alleen. Als ze er hard genoeg over nadacht, vanuit het deel van haar dat verlangde naar meer dan een lijf in bed, wist ze wel dat ze haar niet konden boeien. Een tijdlang probeerde ze haar ervaringen met hen te verwerken tot een kunstproject, net als Jamie, maar ze wist dat dat niks voor haar was. Wat was wel iets voor haar? Dat wist ze niet. Voorlopig was het de vier me-

ter mahoniehout die ze honderd keer per avond schoonveegde, waarachter ze zich inmiddels bijna, zo niet volkomen, thuis
voelde; in december stoorde de geur van oude limoenen haar
niet langer.

Toen de maanden kouder werden (kou was iets wat ze kende
van de eindeloze, koude winters in Ketchum) begon ze werkelijk een spoortje troost te voelen in de chaos van haar nieuwe
leven – de straatgevechten en het banjeren door de sneeuw en
de late avonden – en een soort jongemensentroost te putten
uit haar eenzaamheid, terwijl ze aangenaam ronddreef in haar
melancholie, die deed denken aan haar tienerjaren in Idaho,
de trieste bergen, het gemak waarmee ze verstrikt raakte in
haar eigen ingewikkelde lot. Dat hoorde bij het wachten, besefte ze. Ze wist dat er iets zou gebeuren als ze maar lang genoeg wachtte. De big bang, de kosmische botsing, de verrukkelijke verstoring die haar ware stadslot zou bepalen.

Uiteraard geloofde Lucy toen nog wel in het noodlot. Toen
ze nog bijgelovig was – als ze dingen hardop zei, dacht ze dat
ze niet zouden uitkomen, en als ze dingen hard genoeg wenste, geloofde ze dat ze dat misschien juist wel zouden doen. Vallende sterren, zorgenpoppetjes, gelukscenten, luciferboekjes
– had ze hier bij toerbeurten in geloofd als dingen die haar
levenspad konden veranderen. Die briefkaart in de berm was
zoiets. Jamies rode lippenstift was zoiets. En Randy, die haar
opeens uitnodigde om barvrouw te worden in de Eagle op
Bleecker Street, die was ook zoiets. Ze maakte zichzelf wijs dat
dit alles – naar deze stad komen, deze baan nemen – deel uitmaakte van een kosmisch plan voor iets bijzonders dat in haar
kleine leventje zou voorvallen. Ze moest gewoon wachten. Ze
moest wachten tot ze een miljoen cocktails had gemixt. Tot in
het luciferboekje dat ze uit de pot trok de tekst stond: ZOEN ME
HARDER. Tot het uur na middernacht kiepte en het technisch
gesproken dinsdag en officieel 1980 was. Ze moest gewoon
wachten tot de klandizie uitdunde en vertrok en het lawaai om
haar heen wegviel en de spaansepeperlampjes de laatste lichten op aarde waren – op iets wat, of iemand die haar leven zou
veranderen.

Should old acquaintance be forgot, and never brought to mind?
Het lied spookte nog steeds door Lucy's hoofd toen de zwarte
moedervlek – die overeind stond als een monument dat eer be-
toonde aan het idee van de schoonheid – zijn reis naar haar gezicht aanving. In dit opgeschorte ogenblik leefden alle vragen:
zou hij net als al die anderen zijn? Zou hij haar over de toog
heen zoenen en vervolgens van de aardbodem verdwijnen? Of
zou hij, zoals haar onderbuik haar vertelde, van haar houden?

Zijn lippen! Zijn lippen! Zijn lippen! Vanwege zijn lippen
wist ze dat dit níét zou gaan zoals met al die anderen. Vanwege
zijn lippen wist ze dat hij duisterder, dieper was: precies wat ze
had gezocht. Vanwege zijn lippen zouden haar oude kennissen
voor altijd vergeten zijn, en zou alleen hij er zijn.

Toen hij zich losmaakte, reikte ze in haar zak naar Jamies luciferboekje, schoof het over de toog naar de man toe. ZOEN ME
HARDER, stond erop. Dat deed hij.

Hij bleef bij haar terwijl ze de kroeg sloot, volgde haar als
een gretige hond terwijl ze de togen schoonboende, kuste haar
in toenemende mate terwijl ze de fooien telde, droeg haar vervolgens letterlijk op zijn rug door de stad heen naar het kraakpand, zoals hij dat noemde, waar de nazit van een gigantisch
feest nog in volle gang was. Hij stelde haar aan iedereen voor:
aan Boss, de Afrikaanse jazzmuzikant, en Horatio – '*Horatio,
get low!*' riep Engales naar hem – in zijn witte ondergoed, stevig bijeengehouden door gele bretels. En aan Selma, met haar
onlangs kortgeknipte, exotische bos stekeltjeshaar, een stem
als een cocon – 'ohhhhhh, Saint Selma' – en haar hangborstjes,
die als gipsen afgietsels overal in de kamer geëxposeerd werden. ('Zie je die?' had Selma gezegd, terwijl ze naar een van
de sculpturen wees. 'Dat zijn mijn tietjes. Je mag wel een stel
mee naar huis nemen.') Dus hier zaten ze nou, dacht Lucy. Alle
kunstenaars die ze had gezocht, die anders dan Jamie hun projecten niet versluierden maar ze uitventten in dit waanzinnige, bouwvallige, goddelijke paleis van rommelige, buitenissige
kunst.

Lucy ontdekte een klein mannetje dat zichzelf letterlijk in
een van de hoeken stond te beschilderen. Haar hart sprong op.
Ze kende hem! Dat was de man uit het metrostation! Dit wa-

ren zijn lijnen – zo zelfverzekerd, zo grafisch, zo magisch – ze rukte aan Engales' hand.

'Ik ken hem!' zei ze geestdriftig.

'Ken je Keith?' zei Engales.

'Ja!' zei Lucy, stuiterend. 'Ik heb hem in de metro zien schilderen. Hij was een lul aan het schilderen.'

Meteen nadat ze het gezegd had, geneerde ze zich, zowel vanwege het woord 'lul' als vanwege het feit dat ze had beweerd iemand te kennen die ze op het metroperron aan de overkant had gezien. Maar Engales vond het blijkbaar charmant en glimlachte erom, kuste haar op het voorhoofd.

'Je bent erg aanbiddelijk, Vlekkie, weet je dat?' zei hij. Toen leidde hij haar omlaag door een verduisterde gang naar een lege kamer met een betonnen vloer, waar hij haar omhoogduwde tegen de gipsplaatwand, haar in de ogen keek met een waanzinnige, bijna kapitalistische vastberadenheid en zei: 'Vlekkie, jij bent de American dream.' En het enige wat ze kon doen was het zeer specifieke lachje van een verliefde vrouw lachen. Opgeheven kin. Sprankelende, halfgeloken ogen. Flauw glimlachje, tandeloos. Daarna – daar was het – ogen helemaal opengesperd, pupillen naar boven drijvend terwijl ze omhoogkeek; ik ben de jouwe, zeiden ze, ze wist het, ik ben de jouwe.

Terwijl het feest in het kraakpand vervluchtigde, sleurde hij haar mee de straat op en noordelings langs de vijf zwarte huizenblokken naar zijn flat, die was volgepakt met niets dan zijn roekeloze, prachtige schilderijen. Hij zette haar neer op het bed en zei: 'Niet bewegen, ik ga je schilderen.'

Toen gebeurde het volgende: dat hij als een krankzinnige naar verf en penselen greep, een hele poos stilzitten terwijl haar lichaam hunkerde naar meer van hem, de kriebelende kraag van haar bloes met lovertjes, het resulterende schilderij – zijzelf als een reusachtig, mystiek wezen, een schitterend monster.

En toen gebeurde het volgende: dat hij het schilderij verliet en bij haar op bed klom en haar hoofd tussen zijn twee handen vastgreep.

Ze verslonden elkaar. En ja hoor (zijn tong in haar oor), zeer

114

zeker (zijn plakkerige lichaam boven op het hare), onmiskenbaar (zijn ogen alsof hij van haar hield) zou hij haar noodlot
wijzigen. Toen ze de volgende ochtend wakker werd, zag ze
haar nog natte portret en wist dat 'voorgoed' was aangevangen,
als voorgoed was hoe voorgoed voelde, namelijk als een jaar in
New York waarin je verliefd was.

Deel 2

Abnormale omstandigheden

Onder normale omstandigheden zouden James en Marge op dinsdagavond niet downtown zijn. En ze zouden al helemaal niet in veilinghuis Sotheby's zitten, een oord dat James persoonlijk had gezworen nooit te zullen betreden. Maar James functioneerde vanavond niet onder normale omstandigheden. Hij functioneerde onder de omstandigheden van de ergste dag van zijn leven, als hij een oordeel mocht vellen, een dag in een reeks dagen, omsloten door een reeks maanden waarin hij geen enkele kleur zag behalve de kleur die er werkelijk was, geen klank hoorde behalve het irritante lawaai van de werkelijkheid. En daarom was de avond niet geel, zoals hij had moeten zijn, en was Marge niet rood, zoals ze had moeten zijn, en had Marge geen klein baby'tje in haar armen, zoals ze had moeten doen, maar had ze in plaats daarvan haar armen om haar middel geslagen, net zo gedeprimeerd als hij dat ze hier was. Ze waren hier om James' geliefde doek van Richard Estes te verkopen, dat hij in de etalage op Thirty-Fourth Street had opgemerkt, een lievelingsschilderij uit zijn privécollectie waarvan hij met zichzelf had afgesproken het nooit te verkopen.

De veilingzaal was uitgestrekt, gevuld met de rinkelende klank van hypothese en bezorgdheid en opwinding. Wie zou wat gaan kopen? De zwarte gordijnen schulpten als eb en vloed. Hoeveel zou het opbrengen? Er viel licht op iemands jurk. Wie zou hen vanavond versteld doen staan, en hoe zou die dat doen? De zaal ging vakkundig om met het geroezemoes, ontleedde het en vouwde het in de architectuur van de ruimte, in de manchetten van mannenoverhemdsmouwen, de zachte krullen van vrouwenhaar; in de kroonluchters, die over het plafond tentakelden als met kristallen ingelegde octopussen, die vlekken angstvallig licht door de zaal heen vlochten.

James wachtte ongeduldig tot de grotere stilte neerdaalde op het geklets, de rust waarvan hij zich inbeeldde dat die de essentie vormde van een gebeurtenis als deze, een stilte die van verfijning en nerveus geduld sprak. Intussen keek hij om zich heen en vroeg zich af wie de Estes zou kopen. Een vrouw met een snavel in plaats van een neus. Een man met een benauwd makend strikje. Hij betwijfelde of iemand in zijn schilderij zou zien wat hij er ooit in gezien had: de geur van donuts; de smaak van regen; de kleur van de panty's van zijn vrouw.

Wat hij er ooit in had gezien. Wat hij had gezien en gevoeld en geroken, en waaromheen hij zijn hele volwassen leven had ingericht. Het was zoekgeraakt in iets wat als de flits van een camera had gevoeld: er knapt één witte peer, en een leven is gevangen en bevroren in zijn bestaan op dat moment.

Dat moment: middernacht op het balkon van Winona George, een koude zee van kapsels en diamanten. Een collectief scanderend aftellen – 'vijf, vier, drie' – en er begint sneeuw te vallen, en dan knapt het oude jaar open in het nieuwe en barst de hemel open met confetti, en wordt er vochtig gezoend en luidkeels 'hoera!' geroepen. En James en Marge zoenen en de wereld tolt van al zijn glinsterende bravoure. Een dronken man met een snor en zijn dronken roodgelokte partner draaien vrolijke rondjes, dansen de tango over het balkon. Glitter daalt neer. De roodharige partner in haar detonerende bohèmejurk valt om, vastgegrepen in de gekostumeerde armen van de snor. En ze vallen pal tegen en boven op Marge. 'Godsamme!' roept de bohèmeachtige vriendin lacherig, te oud om een vriendin te zijn, ziet James nu, en 'Oepsepoeps!' roept haar in kostuum gestoken vrijer. En dan gebeurt het – Marge op de grond zegt: 'Ik heb niets, ik heb niets', probeert te lachen, en James zegt als een bezetene: 'Het punt is alleen dat ze... zwanger is' – wanneer alles barst.

Marge, die bij thuiskomst weliswaar zei dat ze zich goed voelde, werd in de kleine uurtjes wakker te midden van een kring bloed die uit haar weg en op het bed lekte en zich snel verspreidde, als rode nachtvorst.

Toen was James in paniek geraakt. Hij had het gevoel dat hij geen adem meer kreeg. Hij had Marge de trap af gedragen en het bloed was overal op terechtgekomen. Zijn longen deden pijn en er kwamen tranen. Door zijn vochtige ogen heen wist hij op een of andere manier een taxi voor ze te vinden en de chauffeur te zeggen dat ze naar een ziekenhuis moesten, en te luisteren terwijl de arts hun neerbuigend vertelde wat ze voor het merendeel al wisten – dit gebeurt zelden in het tweede trimester, het is een heel klein percentage, maar het kán gebeuren. Geen van beiden kwam op het idee de arts te vertellen over het valincident op het balkon, ofwel omdat ze in hun paniek verstrikt zaten ofwel omdat ze niet wilden toegeven dat het was gebeurd – alsof ze daarmee zouden toegeven dat de miskraam in zekere zin hun eigen schuld was... waren ze maar niet naar dat feest gegaan... hadden ze zich maar gedragen als verantwoordelijke volwassenen met een kind op komst!

Van achter de woorden van de arts zag James een zwarte cirkel langzaam op hem afkomen. Hij voelde een zeurende pijn in zijn gewrichten, vooral in zijn voeten. In zijn beleving rook het ziekenhuis naar vuur en rook. Hij voelde hoe een onwezenlijke waas zich om hem heen vormde terwijl ze naar het appartement terugreisden en hij dacht: hoe was het mogelijk dat ze naar hun appartement teruggingen? Hoe zouden ze de huiskamer in lopen? Hoe zouden ze in slaap komen? Niet, nu er zo veel verloren was gegaan.

Maar toch sliepen ze, ze sliepen angstaanjagend diep, de slaap die mensen slapen als ze het wakende leven niet onder ogen willen zien. Ze sliepen door het venijnige ochtendlicht heen, dat door de kier tussen de gordijnen sneed. Ze sliepen door het middaguur heen. Wanneer een van beiden bewoog, hield de ander zich stil. Niet nu, zeiden ze met hun armen. Nog niet.

Maar toen James ten slotte zijn oogleden opende, lang genoeg om het licht helemaal binnen te laten, voelde hij op slag dat er iets was veranderd. Hoewel hij doorgaans ontwaakte met een melange van Marge-rood en de karakteristieke kleur van het jaargetijde – lichtgroen (voorjaar), elektrisch blauw (winter), marineblauw-tot-zwart (herfst) of warm, boterachtig geel (zomer) – zag hij deze ochtend niets. Dat wil zeggen, niets behalve het licht dat werkelijk door de ramen op zijn slapende echtgenote gleed, een licht zonder een van de kleuren die doorgaans zo actief waren in het prisma van zijn gedachten. Hij liep sullig naar Marge' kant van het bed en haalde zijn hand door de schijf licht die op haar viel, alsof die door zijn aanraking zou verschieten. Dat deed hij niet. Gewoon wit, schel, normaal januarilicht dat op het bleke gezicht van zijn vrouw viel. Hij zag niets. Voelde niets. Helemaal niets.

Hij rende naar de badkamer en staarde zichzelf aan in de spiegel, sloeg zich in het gezicht, besprenkelde het met water. Hij opende en sloot zijn ogen als een dolleman, denkend dat hij de kleuren weer in actie kon vonken als hij maar hard genoeg knipperde. Maar terwijl de spiegel doorgaans groen getint was (James zelf had de kleur van erwtensoep), zag hij alleen zijn bleke, ongeschoren gezicht, opgeblazen van de vermoeidheid, smal maar op een of andere manier nog steeds pafferig, terugglijdend in zijn kalende voorhoofd. Geen spliterwten: gewoon vlekkerige huid. Hij sloeg met zijn vlakke hand tegen zijn voorhoofd. Niets. Hij klemde zijn huid tussen een pincet: pijn werd gewoonlijk weergegeven door het geluid van de branding en die zwarte vlek tussen zijn ogen. Niets.

De laatste proef: James dwong zichzelf het schilderij van Ruth Kligman naast de spiegel te bekijken, dat hij voor Marge had gekocht toen ze pas getrouwd waren en dat heldere, flitsende oranje slangen achter zijn ogen had opgeroepen – maar het zag er modderig en leeg uit. Hoe was het mogelijk dat de Ruth Kligman er leeg uitzag?! Hij voelde hoe zijn adem naar binnen werd gezogen, de pijn van opwellende tranen. Hij kromp ineen op het toilet en legde zijn gezicht in zijn handen. Heldere, onzichtbare, lege tranen vielen neer – net zo betekenisloos als zijn spiegelbeeld. Maar ze vloeiden in een gestage, luide stroom uit hem weg. Het bloed op de trap. De lakens. Het balkon. De leegte in zijn hoofd. Hij huilde zo hard dat Marge ondanks haar verzwakte toestand van haar bed naar de badkamer hobbelde. Ze zag hem ineengedoken, als een waanzinnige wiegend op de toiletpot zitten, terwijl hij tranen met tuiten huilde, en liep naar hem toe om hem te omhelzen en te strelen.

'Het geeft niet,' fluisterde ze omlaag in zijn grote oor. 'We kunnen het nog een keer proberen, James. Zelfs de dokter zei dat we het nog een keer kunnen proberen.'

Maar Marge begon met hem mee te huilen en hun twee borstkassen gingen samen op en neer, als de slag van één gebroken hart.

Daarna werd alles alleen maar erger. James probeerde met spastische haast zijn gevoeligheid terug te vinden – hij bezocht talloze exposities, las gedichten die normaal gesproken zijn kleuren op tilt deden slaan (O'Hara's versregel *how terrible orange is, and life* maakte hem vroeger rolschaatsduizelig), stelde zich bloot aan extreme temperaturen en vreemde gerechten – maar niets hielp. O'Hara hielp niet. Koolraap hielp niet. Het ellendige Metropolitan Museum of Art hielp niet.

Hij merkte algauw dat schrijven ook niet hielp, niet zonder zijn gewaarwordingen. Hij tuurde naar blanco vellen papier en vervloekte zijn blanco brein. Voor de zeer nabije toekomst gaf het niet; hij had genoeg bijna-voltooide artikelen die alleen een beetje herschrijven en geen extra ideeën nodig hadden om zijn column in de *Times* een paar maanden gaande te houden. Daarna bood hij in zijn column ruimte aan een select groepje gastcolumnisten, om zijn tijd uit te zingen. Maar in april was dat trucje uitgewerkt en was alles op en begon hij zijn deadlines helemaal te missen.

Hij vroeg twee weken vrij van zijn column, daarna drie. Toen hij zich er eindelijk toe zette om een recensie in elkaar te knutselen, over de rameninstallatie van Jeff Koons in het New Museum, werd die meteen afgewezen omdat hij, zoals Seth, de piepende assistent van de chef Kunsten, het uitdrukte, inhoudsloos was.

'Hij móét ook inhoudsloos zijn!' gilde James tegen Seth. 'De installatie bestaat uit een stelletje stofzuigers! Vorm als inhoud, Seth! Heb je dan niets geleerd tijdens je opleiding journalistiek?'

Seth stamelde een halfslachtig excuus en hing op.

Dit was nog maar de eerste van de vele afwijzingen die zouden volgen, van de krant die hem jarenlang vol vertrouwen had gepubliceerd, hem zijn eigen krantenpapieren hoekje had

geschonken waar hij al zijn grillige gedachten mocht spui-
en. Elke afwijzing ging vergezeld van een nieuw bijvoeglijk
naamwoord van Seth: 'onpersoonlijk', 'onrealistisch', 'futloos'.
Toen Marge de zondagskrant doorbladerde tot aan het kunstkatern, zoals ze gewoonlijk deed, hing James de smoes op dat
hij research deed voor een artikel dat meer tijd kostte dan anders, en dat hij volgende week weer in de krant zou staan, niets
aan de hand. Hij bracht het niet op om haar over de afwijzingen te vertellen; hij wilde nog steeds bewijzen dat de *Times* en
hijzelf het mis hadden. Hij moest het blijven proberen.

Maar er verstreek nog een maand zonder dat de krant toe-
hapte. En toen twee. Uiteindelijk gaven ze in juni de column
helemaal weg. Aan iemand, zei Seth, 'wiens belangstelling beter aansluit op die van het blad'. Seth voegde er voorzichtig aan
toe: 'O, en Mr. Bennett? Hij heeft me gevraagd om u te zeggen
geen stukken meer in te zenden.'

'Pardon?' zei James.

'Hij zegt dat uw tijd bij de *Times* erop zit,' zei Seth. 'Oké?'

Niet oké. Boven aan James' Actuele Tob-10: dat hij door het
verlies van zijn onzichtbare vermogens volledig onzichtbaar
was geworden. Vlak daaronder: dat hij een inslecht mens was
omdat hij hierover niets aan Marge had verteld. Maar hij wilde haar niet ongerust maken; ze was zo'n ontzettende pieke-
raar! Hij wist donders goed hoe contraproductief en verlam-
mend piekeren kon zijn, en hij wilde haar niet belasten, zoals
hij voortdurend leek te doen.

Maar dat vertelde hij niet aan haar; dat kon hij niet. Niet in
juni, toen Marge' grootvader een attaque kreeg; niet in juli,
toen hij in zijn slaap overleed en ze drie weken vrij nam om bij
haar familie in Connecticut te kunnen zijn; niet in augustus,
toen het zo warm werd in hun appartement dat de geringste
verstoring ongetwijfeld schreeuwende ruzie zou hebben uitge-
lokt; het was scheidingenweer. Pas in september, toen hij zijn
college over metaforen op Columbia had zullen geven, en hij,
uit angst dat hij geen metaforen zou hebben om te bespreken
en sprakeloos voor al die hoopvolle gezichten zou staan, het
hoofd van de studierichting opbelde om af te zeggen, wist hij
dat het probleem te groot was om te verbergen. Nog afgezien

van het feit dat hun gezamenlijke spaarrekening in de rode cijfers wegzakte als nooit tevoren, en James' zelfvertrouwen en moed mee omlaagtrok. Hij zou het haar moeten vertellen. Dat hij niet een rechtschapen Amerikaans burger/weldenkend mens/echte man was, en dat hij dat het merendeel van het jaar voor haar verborgen had gehouden.

Hij nam haar mee naar een cafetaria op Sixth Avenue, waar ze gingen eten wanneer ze zich echte New Yorkers wilden voelen. Aan het eind van een weinig spraakzaam ontbijt drukte hij een van zijn handen op het gladde deel van zijn hoofd en zoog zo veel lucht naar binnen als in de bedompte ruimte vol speklucht beschikbaar was.

'Als ik je iets vertel,' zei hij, terwijl hij uit alle macht wenste dat het geen najaar was, dat er niet zo veel tijd was verstreken, 'beloof je dan dat je niet boos zult worden?'

'Waarom zou ik boos worden?' zei Marge.

Naast Marge aan de bar van de cafetaria zat een bejaarde vrouw met een ring met een parel en geföhnde krullen, en toen Marge dit zei, grinnikte de vrouw, schijnbaar om mee te delen dat ze uiteraard boos zou worden, een vrouw had altijd wel een reden om boos te zijn op haar echtgenoot. Eén tel lang stelde James zich voor dat zij Marge als oude vrouw was, en dat hij een oude man was, en dat ze hier onder deze cafetarialampen zaten als bejaarden die hun hele leven samen hadden doorgebracht, hadden geleefd in de zeepbel van alle onuitgesproken dingen die hoorden bij samen oud zijn. Opeens voelde James dat er geen aardse tijd meer was.

'Ze hebben m'n column van me afgepakt,' flapte hij eruit.

'Hoe bedoel je? Hoezo?'

Hij zag hoe Marge' hand zich in de toog van gespikkeld formica vast klauwde. De knokkels rezen op als een klein, bobbelig heuveltje. Dat deed Marge wanneer er dingen uit het echte leven op het spel stonden: een en al knokkel.

'Maar het komt doordat,' vervolgde hij, want hij zag dat ze zich geen houding wist te geven. 'Het komt doordat... Ga nou niet denken dat ik gek ben, maar... de aardbeien zijn weg.'

Hij keek weg van de hand en naar het gezicht van zijn vrouw. Het gezicht werd bleek.

'Míjn aardbeien?' zei ze. Haar gezicht schoot naar achteren, alsof ze een klap had gekregen.

'Ja,' zei hij. 'En al het andere ook.'

'En daarom hebben ze je column geschrapt?'

'Ik heb 't geprobeerd. Keihard. Ik heb 't keihard geprobeerd. Ik heb vijftien artikelen ingezonden. Misschien wel twintig. Niets daarvan viel goed. Niets valt goed. Het lijkt wel of m'n hersens uitgeschakeld zijn. Ze zijn gewoon... leeg.'

De oude vrouw kwam abrupt overeind om naar de wc te gaan, beklopte haar wolk haar met haar handen. James was dankbaar en geneerde zich.

'James, ik weet werkelijk niet wat ik moet zeggen.'

'Zeg dat 't terugkomt.'

'Hoe kan ik dat nou zeggen ? Hoe kan ik dat nou weten? Ik hoor het nu voor 't eerst, James. Voor 't eerst. Je zei dat je research deed voor een artikel.'

'Het was niet m'n bedoeling om 't geheim te houden of om te liegen of... wat dan ook. Ik wou je gewoon geen verdriet doen. Ik wou niet de tegenvallende man zijn die ik altijd ben. De last die ik altijd ben.'

'Je valt niet tegen.'

'Wel waar.'

'Je valt niet tegen, James. Maar me voorliegen, dat kan niet. Dat is deel van de afspraak. Dat is deel van de grotemensenafspraak. Het kan me niet schelen of je wel of geen geld verdient. Maar ik moet 't wel weten.'

'Dat weet ik, maar ik... Ik wou de moed gewoon niet opgeven. Ik wil de moed nog steeds niet opgeven.'

'Maar moet dat dan, denk je?' zei ze. Ze zei het kalm en zelfs vriendelijk, maar ze zei het.

'Wat?'

'Het spijt me,' zei ze. 'Ik heb gewoon het gevoel dat je – in ons beider belang – eens moet gaan nadenken over wat het beste bij je past. Voor ons allebei. Je maakt deel uit van een relatie, we zijn een stel, weet je nog? Er is iets vreselijks gebeurd, we zijn ons kindje kwijt, en ik snap het wel. Ik ken het gevoel. Ik zou het liefst in een holletje in de grond kruipen en er nooit meer uit komen. Maar het is nu alweer negen maanden geleden, James, en je moet de draad weer oppakken. Je moet als een echt mens in de wereld staan, zoals iedereen. Je moet mij steunen. Je moet werken. Zeker als we het nog 's willen proberen, met een ander kindje.'

James voelde een doffe pijn in zijn borst: een pijn die hij had verwacht maar desondanks zeer deed. Op zijn Actuele Tob-10: dat een ander kindje onmogelijk was omdat hij traag zaad had, haast onzichtbare kikkervisjes die het verraderlijke parcours naar de organen van zijn vrouw niet konden afleggen. Hoewel ze alle vereiste maatregelen troffen – Marge' temperatuur regelmatig opnemen, de timing van haar eisprong in een dagboek bijhouden, in de keuken vrijen wanneer haar wekker tijdens het avondeten ging – er was iets niet in de haak met het hele gedoe, en ze wisten het allebei. En dat iets, wisten ze ook allebei, was James. Het leek wel of Marge' eitjes aan James' zaadcellen konden voelen dat hun schepper van slag was. Vroeger, toen hij zijn kleuren nog had, had hij zijn sperma beschouwd als een spectaculaire vuurwerkshow, een compleet Onafhankelijkheidsdagfestijn inclusief volkslied en hotdogs en geurige barbecuerook, die in zijn vrouw werd afgeschoten. En nu: trage kikkervisjes.

'Je hebt gelijk,' zei James terwijl hij lucht naar binnen zoog. 'Je hebt helemaal gelijk, voor honderd procent. Ik ga er een kiezen. Vanavond kies ik er een.'

Nadat ze uit de cafetaria waren teruggekeerd, zouden ze samen in de huiskamer staan en om zich heen kijken, en hij zou zwijgend een van zijn schilderijen kiezen, dat hij zou verkopen ter vervanging van maanden vol salarisstrookjes. Terwijl hij de muren vol schilderijen overzag, zou hij verdrietig constateren dat ze er niet meer uitzagen zoals ze ooit hadden gedaan, alsof ze leefden in de wereld en de wereld konden veranderen. Maar dat maakte het niet minder pijnlijk om er een los te laten, waarmee hij ook zijn trots liet varen.

'De Estes,' zou hij weinig overtuigd zeggen. 'Het waardevolste.'

Maar eigenlijk zou hij de Estes kiezen namens Marge. Hij wist dat ze het schilderij niet echt mooi vond, vanwege zijn kille volmaaktheid. Zij gaf de voorkeur aan de Kligman, waarvan de penseelstreken haar deden denken aan haar eigen innerlijke gevoeligheid: warm en abstract, en toch vlekkeloos in zijn keuzes, weloverwogen en intelligent. Ze zou naar hem knipperen, op haar lippen bijten als om 'sorry' te zeggen. En toch sluimerde er op haar gezicht ook een glinstering van genoegen, alsof Marge' ene mondhoek zei: Dat komt er nou van. Hij zou hoorbaar slikken, op een krukje klimmen. Samen zouden ze het schilderij van de muur halen, het zachtjes bij de deur zetten.

Nu zat hij hier in Sotheby's officieel uitverkoop te houden. De lampen van het veilinghuis werden gedimd en de stemmen volgden; het collectieve geroezemoes verflauwde tot zwijgen: de gesprekken van alle rijkelui werden door de netten van de kroonluchters omhooggeplukt. James zette zich schrap. Voelde de zachte hand van Marge op zijn dij, wat troostrijk had moeten aanvoelen maar dat niet deed. Hij kon het haar niet kwalijk nemen, wist hij, maar al was het heel subtiel, hij voelde het. De tintelende maar bijna onvoelbare gewaarwording van wrok jegens degene die je het meest op aarde liefhebt. Een warme hand op een stugge dij.

'Welkom in Sotheby's,' zei een vrouw met achterovergeplakt haar, als een robot met een Engels accent – zo'n stem die je op een vliegveld hoorde, die je vertelde in welke terminal je zat. 'U vindt de titel en richtprijs van ieder kunstwerk in uw programma. U hoeft uw bod niet hardop uit te spreken; een opgestoken hand volstaat.'

Marge mompelde dat het maar een pretentieuze bedoening was. Het viel hem op dat ze het luchtig probeerde te houden, om de avond te laten aanvoelen als iets anders dan wat hij was: een symbool van zijn algehele falen. James hoorde haar sowieso nauwelijks, want in gedachten holde hij door zijn lijst heen. Bezorgdheid dat hij zijn schilderij op het hakblok op het podium zou aanschouwen. Bezorgdheid dat het verkocht zou worden. Bezorgdheid dat het niet verkocht zou worden. Bezorgdheid dat het onder zijn waarde zou worden verkocht. Bezorgdheid dat het hoe dan ook niets uitmaakte – dat niets er nog erg veel toe deed.

De schilderijen die het veilingpodium betraden en verlieten voelden en smaakten en roken nu nergens meer naar. De eerste paar stukken waren rechttoe rechtaan en puntgaaf: vergelijkbaar met het fotorealisme van zijn Estes. Ze verdwenen in de handen van grote verzamelaar zus-en-zo, en dan in die van grote verzamelaar zus-en-zo z'n vriend – een netwerk van zus-en-zo's van wie James had begrepen dat ze de invloedrijkste kopers in de stad of misschien op de hele wereld waren. Het was de bedoeling dat de spanning opliep naarmate de veiling voortduurde, dat de schilderijen duurder en intenser werden naarmate het later werd, een voor een over het podium rolden terwijl hun waarde er als een vlieger boven zweefde. De veilingassistenten met hun zwart-witte veilingassistentenpakken presenteerden schilderijen van Chuck Close, Frank Stella, Andy Warhol. Normaal gesproken zou James een Warhol verfoeien: de kleuren zouden zwemen naar plankenvrees en misselijkheid. En nu? Hij voelde niets van het ziekenhuisverdriet dat ze doorgaans opriepen. De schilderijen genereerden een samengebalde, verstilde energie in de zaal toen ze op het podium werden onthuld; iedereen had het programma gelezen, wist wat er kwam, maar de fysieke aanwezigheid van het kunstwerk projecteerde nog altijd de grootheid ervan op het publiek, creëerde de kinetische schok van nabijheid – net als je in één kamer bevinden met iemand op wie je verliefd was. Of werden de mensen in deze zaal ontroerd door het geld, het beeld van het geld, het zwevende prijskaartje? James wist het niet. Schilderijen gingen van de hand voor honderdduizenden, zevenhonderdduizend, tot in de miljoenen dollars(!); James voelde hoe Marge naast hem telkens brieste – van de opwinding of de zenuwen, dat wist hij niet – als de veilinghamer neerkwam en iemand een stapel onzichtbaar geld uitgaf. James zocht haar hand op de tast. Zijn Estes kwam al over drie schilderijen, op de rand van het crescendo van de stilte, het toppunt van het zwijgen. Hij beet op zijn lip en proefde huid, niets dan huid.

Later zou James zich afvragen of het noodlot hem die avond naar dat veilinghuis had gelokt, op de avond dat Sotheby's, na het doorlopen van de gebruikelijke schilderijen van grote namen, had besloten iets te doen wat niet eerder was vertoond: ruimte bieden aan een veilinkje van werken die waren verworven via een schenking van een anonieme verzamelaar – schilderijen van veelbelovende, relatief onbekende kunstenaars die niet eens in het programma vermeld stonden. De veilingmeester kondigde deze afwijking van de gebruikelijke gang van zaken met een soort subversieve onderkoeldheid aan. Het was toch zeker bepaald door het noodlot dat het eerste van deze werken, een enorm schilderij van een kunstenaar van wie James nooit had gehoord, uitgerekend het podium op werd gereden toen James op het punt stond te vertrekken? En dat, toen hij het zag, zelfs vanaf zijn stoeltje achter in het veilinghuis, hij heldere, koortsachtige, ongelooflijke, vreugdevolle, verschrikkelijke, onbeheersbare, volmaakte gele flitsen achter zijn ogen waarnam? Precies dezelfde heldere, koortsachtige, ongelooflijke, vreugdevolle, verschrikkelijke, onbeheersbare, volmaakte gele flitsen – die vlindervleugels! – die hij op oudejaarsavond de man in de blauwe kamer had zien uitstralen? Kon het zijn dat het noodlot ervoor zorgde dat zijn hart in zijn borst opsprong, dat zijn brein volstroomde met een lied – een soort symfonie, inclusief alle violen in de Village, alle songs van New York, de falsetstemmen van ieder kunstwerk dat hij ooit prachtig had gevonden – dat zijn ooghoeken vochtig werden van de tranen, en dat zijn rechterhand de lucht in vloog om een bod uit te brengen?

Marge striemde een blik in zijn richting; hij voelde het priemen van haar ogen.

'Wat doe je?' siste ze. 'James!'

Hij was zich bewust van de zwijgende gezichten die zich als geanimeerde bloemen naar hem toe draaiden, als vrolijke, stonede Warhol-bloemen, elektrische klaprozen, allemaal gericht op wat hij hier en nu met zijn hand deed, namelijk opsteken en opsteken alsof hij er niets aan kon doen, alsof het niet zijn hand was.

'Wat doe je!' siste Marge nogmaals, nog steeds tussen haar tanden door maar nu luider, en ze trok aan zijn arm.

'Ssst,' zei hij alleen maar. De zaal hield zijn adem in. De veloursgordijnen kraakten.

James ervoer een kleur die zo aangenaam was dat hij het gevoel had dat hij op zijn stoel kon smelten. Het schilderij was een gigantisch doek met daarop een meer dan levensgrote blonde vrouw, wier bloes glinsterde als een frisse oceaan, wier ogen vishaakjes waren, wier voeten hem met hun grootheid het metaalvijlsel van oude centen deden ruiken. Zijn gedachten vonkten en flitsten. Zigzagden en vlogen. Er verschenen takjes verse munt, een rebelse sigaret die hij op zijn twintigste had gerookt, een nacht onder de sterren met een meisje dat alleen vrienden met hem wilde zijn. Hij zakte onderuit op een achterbank in een drive-inbioscoop; hij bloosde; hij weende.

En toen was het voorbij; een collectief uitademen toen de hamer zijn doel trof. Hij had zojuist een schilderij gekocht — hij wist niet eens wie de schilder was! — en Marge ziedde, raasde, zweette; ze stuiterde met haar billen over de knieën van de New Yorkse elite en stormde de veilingzaal uit, zonder zelfs maar boos achterom te kijken naar James.

James zat daar maar op zijn stoel, met stomheid geslagen, zichzelf ervan overtuigend dat hij zojuist goed had gehandeld. Het moest toeval zijn dat het schilderij van de kunstenaar van wie niemand ooit had gehoord hem uiteindelijk net iets meer kostte dan wat hij minuten tevoren had verdiend aan het schilderij van Estes, dankzij het feit dat Winona George, vanuit ergens achter in de zaal, het gerucht had verspreid dat de grote toekomst van deze kunstenaar in haar handen lag. Het moest, het moest ábsoluut het noodlot zijn dat hij vanavond dezelfde gewaarwordingen had als op oudejaarsavond, de laatste goede gewaarwordingen die hij had gevoeld voor hij ze helemaal was kwijtgeraakt. Dit schilderij zou een sleutel zijn, wist hij. De sleutel die hem weer toegang bood tot het huis van zijn eigen geest.

Uiteraard was het noodlot geen excuus toen hij dat later allemaal aan Marge moest uitleggen. Marge, die haar kindje had verloren. Marge, die zich zo had uitgesloofd om hem te steunen. Marge, de vrouw die zich had opgewerkt van assistentartdirector tot echte artdirector terwijl hij zich omlaag had gewerkt van journalist tot niet-journalist. Marge, die alle rekeningen had betaald sinds ze de baby in januari, nu alweer negen maanden geleden, was kwijtgeraakt, en die alleen maar wilde dat hij zich een beetje verantwoordelijk gedroeg, dat hij haar dromen over een piepklein beetje stabiliteit deelde. Dat hij niet zoiets waanzinnig doms deed als een bespottelijk duur schilderij kopen terwijl ze nauwelijks de huur konden betalen.

Ze had het veilinghuis ziedend verlaten: een en al donker haar en snauwende lippen, het kuiltje in haar kin kolkte van rode woede – hij had het rood weer kunnen zien! Vlak nadat hij het schilderij had bekeken, kon hij het knalrood van Marge weer zien! Hierna zou ze dagen-, misschien wekenlang geen woord met hem wisselen. Ze zou hem afmaken. Maar daar wilde hij niet al te lang bij stilstaan. Terwijl hij langzaam naar huis liep, door de brede mouw van Eighth Avenue en onder de schaduwrijke kraag van de Village, waren zijn gedachten nog steeds op het schilderij gefixeerd. Zo gefixeerd zelfs dat hij op een bepaald moment had durven zweren dat hij zich erin bevond. Dat het meisje, de centrale figuur op het doek, aan de overkant over de stoep zweefde en ergens bij haar buik datzelfde gele licht uitstraalde.

Ze kon het onmogelijk zijn. Hij keek hoe het licht rustig voor haar uit zwiepte. Onmogelijk. Een sirene zong een slaapliedje voor de stad. Maar wat een krankzinnig toeval als het echt zo was! Een wiel reed een whiskeyfles aan gort. Moest hij de straat oversteken om het uit te zoeken? Nee, hij zou het zo laten: een prachtige, noodlotzwangere avond. Een kat besloot: naar het westen. Het meisje dat in zijn schilderij had kunnen zitten, zong een naam die de zijne had kunnen zijn de nacht in.

De schilderkunst is dood!

De dag van Raúl Engales' ongeluk begon met een droom. Zijn zus las hem een lijst voor uit het opschrijfboek uit haar jeugd: een lijst van alles wat hij in zijn leven verkeerd had gedaan. Het hart van Daisy Montez gebroken. Sigaretten gejat van de blinde met de tabakskar. Het huwelijk van Tina Camada doorkruist door met Tina Camada te neuken in het pashokje van de kledingwinkel waar ze werkte en betrapt te worden door de baas, een neef van Tina Camada's verloofde. Zijn school niet afgemaakt. Te veel gerookt. Een kat doodgemaakt. De lijst hield maar niet op. In de droom schudde Engales zijn zus bij haar schouders zodat ze zou ophouden. Hij schudde haar zo ruw dat haar ogen naar achteren rolden en ze stopte met ademhalen. Toen rende hij weg, holde door de lanen en steegjes van Buenos Aires als een ontsnapte vluchteling die wist dat zijn zus dood was en dat hij haar gedood had.

Uiteindelijk schokte de droom hem wakker. Hij was erin geslaagd om sinds de jaarwisseling helemaal niet meer aan Franca te denken, en daarna kwam Lucy, die – door extravagant gebruik van haar tong, tepels, stem, tenen en handen – afdoende was geweest om hem los te rukken van zijn gedachten over toen en hem te gidsen naar het pure handelen in het nu. Ze had hem door het voorjaar en de zomer heen geloodst met het voortdurend aanwezige gevoel dat alleen het nu bestond; in Lucy's gezelschap bestonden Argentinië en Franca en Pascal niet, was er geen zwarte veeg van triestheid bij herinneringen aan het grote lege huis. En daarom was het extra onthutsend om in zijn slaap zijn zus zo levensecht te aanschouwen, en haar te zien verdwijnen.

Met het idee dat genot zou kunnen helpen om het griezelige droomresidu uit te wissen, strekte hij een arm uit en trok

Lucy naar zich toe. Hij sloot zijn ogen voor het schelle septemberlicht, dat kil en fel door het raam naar binnen stroomde, en schurkte tegen haar aan. Algauw was ze wakker en lag ze onder hem te hijgen, terwijl haar kleine lijf reageerde op het duwen en trekken van het zijne. 'Wat ben jij vurig vandaag,' zei ze na afloop, maar Engales was het bed al uit en deed zijn schoenen aan.

De seks had geholpen, hield hij zichzelf voor terwijl hij zich naar buiten dwong, Avenue A op. Hij zou deze dag niet door zijn droom laten bezoedelen. Maar buiten waren er nieuwe stoorzenders: de fronsende, tandeloze vrouw met een in gaas gewikkeld been op het trappetje van zijn flatgebouw, die zei: 'Het doet pijn, meneer, alsjeblieft, meneer.' De vogel die tegen een glazen ruit was geknald en met een gebroken vleugel pardoes op de zebra op Second lag uitgestrekt, nauwelijks ademend. De geestelijk gehandicapte klaar-over, die bijna vijf minuten lang een groot rood stopteken omhooghield, Engales recht aankeek alsof hij hem uitdaagde om zonder zijn zegen over te steken. Op Mercer, vlak bij het atelier, de man met een blonde baard die Engales een flyer in de hand drukte: er was die ochtend een jongen vermist geraakt, onderweg naar de bus.

Sommige mensen zouden deze spookachtige voorvallen als een waarschuwing hebben opgevat, maar Engales geloofde niet in voortekenen. Voortekenen waren iets voor bijgelovige mensen, net zoals het begrip 'geluk' iets voor geluksvogels was. Als hij maar één seconde had geloofd dat de wonderlijke compositie van deze ochtend iets anders was dan het gebruikelijke geheugensteuntje van de stad aan het feit dat het leven walgelijk en vreemd was, was hij die dag niet naar het atelier gegaan. Maar hij deed wat elke rechtgeaarde New Yorker zou doen: alles wat walgelijk en vreemd was negeren, want in een stad als deze had je niets anders. Bovendien was er geen tijd voor voortekenen, dacht hij, terwijl hij de vermiste-jongenfolder dubbelvouwde en in de borstzak van zijn overhemd stak. Voor het eerst van zijn leven was hij de wereld iets verschuldigd.

De wereld in de zin van Winona George. Zoals Rumi had voorspeld, had Winona hem weten te vinden. Na vijf maanden stilte volgend op de jaarwisseling had Engales haar min of meer opgegeven, maar in juni verscheen ze op de tentoonstelling op Times Square (die in afwijking van Rumi's voorspelling uitstékend werd bezocht, en schijnbaar door de juiste mensen). De week erop werd de expositie in *The Village Voice* de 'eerste radicale kunsttentoonstelling van de jaren tachtig' genoemd en het leek wel of iedereen na afloop over niets anders praatte. De volgende ochtend belde Winona George hem opgewonden op.

'Kies mij, Raúl!' had ze gezegd, met een stem die net zo koninklijk en veranderlijk was als haar haar: het akoestische equivalent van commerciële veelbelovendheid. 'Ze zullen je allemaal vragen, maar luister niet naar ze want ze tellen niet mee. Kies mij als galeriehouder; ik zal je naar de top voeren, wacht maar af, hoofdprijsje van me.'

En dat had hij gedaan. En dat had ze gedaan. Of eigenlijk stond ze op het punt dat te doen: sinds dat telefoontje had er opwinding geheerst, en die opwinding betrof hem. Dankzij Winona had zijn naam van de ene dag op de andere betekenis gekregen, als je tenminste op het juiste feestje op de juiste zolderetage met de juiste mensen in het juiste deel van de stad was. En nu had hij zich vastgelegd op een openingsdatum voor zijn eerste echte tentoonstelling — 23 september, vandaag precies over een week — een expositie die, zoals Winona had onthuld, zou worden gerecenseerd in *The New York Times*. 'Bennett lijkt een zwak voor je te hebben,' had ze via de telefoon verteld. 'En dat kan ik hem moeilijk kwalijk nemen.' James Bennett van het balkon. James Bennett van de *Times*. Hij had Bennetts naam nu al een paar maanden niet in de krant gezien, maar nam aan dat daar een goede reden voor was; misschien had Bennett de laatste tijd niets gezien wat hem kon bekoren. Misschien zou Engales' tentoonstelling dat wel doen, wat het voor hen allebei extra spannend maakte als hij erover schreef. De datum van de expositie daalde echter op hem neer met de snelheid van een vallende baksteen, en Engales moest nog vier schilderijen voltooien. Bij die gedachte kneep zijn keel zich dicht.

Hij had geprobeerd het werk te voltooien in het appartement, waar hij de laatste tijd het merendeel van zijn schilderwerk deed. Het appartement van François was sinds Lucy bij hem was ingetrokken een hol van kunst en seks, die elkaar versterkten, elkaar verbeterden, van elkaar afhankelijk waren om hun maximale potentieel te bereiken. Mond op hals, penseel op doek, handen op borsten, kleur op papier – de zomer was qua schilderen een van de productiefste geweest die hij ooit had meegemaakt. Lucy zat bij hem in de slaapkamer terwijl hij schetste en rookte. Soms tekende zij ook, in een schetsboekje dat hij bij Pearl Paints voor haar had gekocht. Soms zat ze gewoon in de hoek met een groen waterijsje naar hem te kijken, wat hem gek genoeg helemaal niet stoorde. Doorgaans vond hij het ergerlijk als iemand hem bekeek, maar het leek of haar liefde voor de schilderijen, de manier waarop zij die bezag en bestudeerde en besprak, ze tot leven bracht. Als zij haar ogen op de schilderijen richtte, werden die opeens echt. Ze bestonden niet langer alleen in zijn hoofd of hart, maar ook in het hoofd en hart van iemand die hij liefhad.

Jawel, liefhad; Engales was nogal snel veranderd van een casanova in een verliefde man. In tegenstelling tot alle vrouwen met wie hij te maken had gehad, verminderde Lucy zijn kunst niet, maar voegde ze iets toe. Ze stond niet los van het schilderen, maar was er deel van. Dat er iemand bestond die hem kon inspireren om beter te worden in zijn lievelingsbezigheid, en daar nog meer van te houden, was misschien wel de uitnemendste van de vele uitnemende redenen om elke dag door te brengen in de nabijheid van Lucy, dat stralende schepsel. Op een trappetje met een sigaret, op een platgelegde autoband met een biertje, om twaalf uur 's nachts op Bleecker Street, zoenend in een donker portiek. Ze ging met hem mee naar exposities – dan zei ze onbevreesd tegen Jeff Koons dat de betekenis van zijn stofzuigers haar ontging, waarop Koons luchtig had geantwoord: 'Vind je ze saai? Ja? Dan snap je het' – en ging met hem mee naar het kraakpand, waar ze zich heel elegant verweefde met het tapijt van kunstenaars, intelligente vragen stelde over Toby's nieuwste project (zichzelf een week lang blinddoeken, om de volkomen duisternis te onderzoeken, waarover Lucy had gepolst: 'Hoe wil je zoiets ongrijpbaars aan het publiek presenteren?'). Ze werd net zo dronken en verrukkelijk als alle anderen, en was te porren voor iedere performance en elk experiment dat die avond werd uitgevoerd, of het nu ging om meezingen met een van Selma's melancholische gitaarmelodieën of een werksessie waarbij ze delen van het gebouw met gestolen hamers en geleende zagen en gerecyclede spijkers opknapten. Af en toe kreeg Engales het gevoel dat hij Lucy's leraar was, als hij uitlegde waarom een conceptuele kunstenaar gaten in de vloeren van onbewoonbaar verklaarde panden hakte of een typemachine verbouwde bij wijze van kritiek op de media, maar op andere momenten voelde hij zich háár leerling. Lucy was nog niet besmet door de scene, de hijgerige hang naar roem, de landerige gesprekken en de onophoudelijke kritische dialoog. Wat ze aan onschuld bezat (hoewel die makkelijk was ontfutseld) werd geëvenaard door haar (weliswaar naïeve) intelligentie en ze zag dingen vaak op een genuanceerde, verrassende en volgens Engales briljante manier. Dan stond ze voor een beeldhouwwerk en draaide haar hoofd en tuitte haar mond en zei bijvoorbeeld: 'Het is lelijk, maar daarom is het juist goed.'

Lucy verleende aan alles nieuwe energie, een nieuwe invalshoek. De zuur ruikende kruiden in Chinatown, het zweet in de metro, de nachtelijke sirenes: zelfs de walgelijkste gewaarwordingen werden voor hem aantrekkelijk als zij er was om ze betekenis te geven. De expedities naar de Mudd Club of Max's tot diep in de nacht raakten vervuld van vluchtige genotsmomenten; dan vonden ze elkaar in een menigte en op een of andere manier voelde het telkens nieuw, alsof ze elkaar voor het eerst ontmoetten. ('Ik vond een grasspriet die tegen de wc-muur was geplakt,' zei ze dan. 'Hij was zo mooi.') Ze vluchtten samen terug naar zijn appartement, waar ze in bed naar een enorme mot in de bovenhoek van de kamer lag te kijken – ze hadden hem Max gedoopt, naar de tent waar ze onlangs een hele avond de tafel van Andy Warhol hadden aangegaapt, om Andy Warhol daarna onbeduidend te vinden omdat ze elkaar hadden. En dan begon hij te schilderen. Het was vaak al middernacht of ochtend wanneer ze thuiskwamen, maar hij sloeg altijd aan het schilderen. 'Je bent een maniak,' zei ze dan. 'Jij bent een muis,' zei hij dan met een grijns. De schilderijen stapelden zich om hen heen op, hun eigen kleine fort.

Er ging iets met die schilderijen gebeuren, dat was wel duidelijk. Ze voelden het allebei: de druk die de schilderijen opbouwden, hun onvermijdelijke succes; het was gewoon een kwestie van tijd. Het idee van roem zweefde boven zijn hoofd. Lucy streelde dat idee, wiegde het en kuste het; ze geloofde helemaal in hem. En toen Winona George belde, waardoor het idee 'roem' een vaste massa kreeg, die vervolgens neerdaalde, sprongen ze als kinderen rond in het appartement, met hun handen om elkaars onderarmen gewikkeld, hun bloed zo bruisend dat ze zich dronken voelden.

Maar toen de expositie dichterbij kwam, was Engales afgepeigerd en paniekerig geworden, terwijl Lucy's aanwezigheid, haar blik op de schilderijen en haar lijf in de kamer, hem eraan herinnerde dat haar liefde voor de schilderijen misschien niet genoeg zou zijn. Er bestond een wijde wereld waarin hij kon mislukken, en als hij dat deed, zou zij die mislukking zien. Hij stelde zich voor hoe die rare James Bennett de expositie recenseerde, wat hij zou kunnen zeggen. Als hij hem afkraakte, kon Engales dat dan aan? En als hij hem ophemelde, kon hij dat dan ook aan? Schilderen was zijn redding in zware tijden geweest, en nu zou zijn schilderwerk beoordeeld en mogelijk gefileerd worden door een publiek dat hij niet helemaal vertrouwde. De flat vulde zich met dat soort zoemende twijfels. Vliegen zoemden rond en bleven plakken in bergen verf. Lucy zoemde ook rond en irriteerde hem nu. Onder druk van de wereld buiten hun zeepbel was haar aanwezigheid opeens een risico geworden.

'Ik zal je vreselijk missen,' had ze gezegd voor hij vanochtend naar het atelier was vertrokken, terwijl ze nog naakt op bed lag, gedrapeerd in de lakens van het eerste najaarslicht.

'Niet doen,' had hij gezegd.

Het atelier rook zoals het altijd rook, naar terpentijn en penseelreiniger, en naar Arlene: haar kenmerkende combinatie van lichaamsgeur, Egyptische muskus en *yerba maté*, die ze, aangestoken door het argentinisme van Engales, tegenwoordig uit een kalebas dronk. Arlene had zich sinds Nieuwjaar anders gedragen, wispelturig en prikkelbaar, en ze had een nieuwe vijandigheid jegens Engales ontwikkeld waarvan hij bijna zeker wist dat die met Lucy had te maken. Hij bracht te veel tijd door met dat meisje, had ze meer dan eens gezegd. En te weinig in het atelier.

'Ik schilder meer dan ooit,' had hij haar elke keer kalm gezegd, maar ze schudde haar hoofd.

'Ik bedoel alleen maar dat uit verliefdheid nog nooit een meesterwerk is geboren,' had ze gezegd.

Engales had haar een sceptische blik toegeworpen en ze had geroepen: 'Ik meen het! Noem me één geniaal voortbrengsel van iemand die zich helemaal suf neukte!'

'Het menselijk leven?' had hij gezegd, met evenveel ergernis als humor.

'Het menselijk leven stelt niks voor,' had ze gezegd en daarna iets onverstaanbaars gemompeld, en Engales had durven zweren dat het de toon had van een ontboezeming, hoewel hij dat niet zeker kon weten.

Nu stond Arlene wijdbeens op haar wankele ladder, met haar kalebas in de ene hand en haar penseel in de andere. Haar okselhaar stak in een pluk oranje naar buiten, en Engales beeldde zich in hoe hij dat haar zou schilderen — een stekelige oranje krabbel met een droge penseel. Hij had een zwak voor haar, hoewel hij haar negeerde; die zou hij waarschijnlijk altijd hebben. Hij trok een schilderij van een Chinese vrouw met een slap gezicht, die een stronk paksoi als een trofee vasthield, uit het achterste deel van zijn onvoltooide stapel.

Hij had de Chinese vrouw gezien tijdens zijn eerste week in New York, en al was dat inmiddels jaren geleden, haar gezicht stond nog steeds in zijn geheugen gegrift. Eén deel van het gezicht hing slap, alsof de bedekkende huid alle elasticiteit had verloren, en het vet van de wang omlaag was verhuisd, naar de hangmat van losse huid. Hij had haar waarschijnlijk te lang aangestaard, tot ze haar blik van haar paksoi losmaakte en hem recht aankeek. In haar ogen zag hij het soort pijn waarvan hij vermoedde dat die was voorbehouden aan mensen met een misvorming; de ogen leken te zeggen: dit is hoe het is, hoe het altijd zal zijn, en ik kan er niets aan doen behalve doorgaan met leven. Hij had medelijden met haar. Hij herinnerde zich zijn medelijden even goed als haar gezicht. Hij wist ook nog dat hij de aandrang had gehad om uit medelijden tegen haar te glimlachen, maar zich vervolgens had gedwongen om zowel het medelijden als de glimlach terug te fluiten, wat haar tevreden leek te stemmen: ze had met haar bladgroente een toost op hem uitgebracht. Op dat moment, op zijn allereerste dag, wist hij dat hij in New York zijn plek had gevonden, een plek voor de gestoorden, de gestranden en de waaghalzen, een plek waar medelijden onmogelijk kon bestaan omdat er te veel van nodig zou zijn. De vrouw was met haar linnen tasjes weggehobbeld, en terwijl ze dat deed, meende hij te horen dat ze begon te zingen.

Dergelijke momenten doken herhaaldelijk op in Engales' kunstwerken; dergelijke mensen met hun tekortkomingen bevolkten zijn leven. Hij hield van die tekortkomingen; ze waren steevast het boeiendste aspect van menselijke gezichten en lijven, de stukken met de vreemdste lijnen, de mooiste schaduwen. Wonden en misvormingen en rimpels en steenpuisten en buiken: die ontroerden Engales. Terwijl hij een gebroken neus uitwerkte of een puisterig lijf schetste, had hij doorgaans het gevoel dat hij inzoomde op wat het inhield om te leven. Hij hoorde zijn vader bijna zeggen: 'De krassen maken een leven tot wat het is.'

Hij was portretten gaan schilderen in het jaar dat zijn ouders overleden, dankzij een gezette en vriendelijke tekenleraar die Señor Romano heette. De tekenles was de enige les die hij nooit oversloeg, hoofdzakelijk omdat Romano genegenheid voor hem had opgevat die verder ging dan het medelijden dat de andere leraren hem toebedeelden — hetzelfde medelijden dat hij nu in geen enkele vorm meer wilde voelen. Als Romano medelijden met hem had, liet hij dat nooit merken; hij leek te begrijpen dat Raúl als een mens behandeld wilde worden, niet als een kind dat zijn ouders kwijt was. Tijdens de les deden ze saaie tekenopdrachten en maakten eenvoudige kleurenwielen, maar toen Señor Romano zag hoe Raúl de onderwerpen behandelde – zijn fruitstillevens werden gestoorde gezichten, hij sneed zijn kleurenwielen in stukken en maakte daarmee een collage van een geheel nieuwe regenboog – stuurde hij Raúl naar huis met een houten koffertje vol halfleeg geknepen tubes olieverf en gebruikte penselen. 'Dit kun je niet met water uitspoelen,' had Señor Romano hem verteld, de enige aanwijzing die hij hem gaf. Hij gaf hem ook een blik terpentijn en een nieuwe naam; hij sprak hem voortaan aan bij zijn achternaam, Engales. Dat zou zijn artiestennaam worden.

Engales had om papier gebedeld bij Maurizio, de slager om de hoek. Zoals iedereen in de wijk gaf Maurizio Raúl en Franca bijna alles wat ze vroegen; als wezen hoefden hij en zijn zus maar met hun ogen te knipperen. Ze kregen gratis biefstuk van Maurizio; smerige, maar gratis snoepjes van de kruidenier; gratis brood van de bakkerij waar Franca werkte. Toen Raúl thuiskwam, plakte hij met plakband een vel papier van de slager aan zijn slaapkamermuur en drukte een paar tubes verf leeg op een van zijn moeders porseleinen borden. Dat was een voordeel van dode ouders: je kon schilderen met het servies als palet en de muur als schildersezel. Het eerste onderwerp dat bij hem opkwam was Señor Romano zelf: zijn tomaatrode wangen, zijn zware oogleden, zijn grote lijf, dat het enorme vel slagerspapier vulde. Hij begon met Romano's contouren, en vervolgens merkte hij dat hij inzoomde op dingetjes die hem waren opgevallen: de diepe groeven rond Romano's ogen, de knappe lippen, de stropdas die op zijn enorme buik hing en was bedekt met een paisleypatroon dat Engales zich bijna fotografisch herinnerde. Het voelde zo volkomen vanzelfsprekend dat het haast leek of hij niet zelf zijn hand aanstuurde, alsof die helemaal zelfstandig Romano herschiep. Hij kon Romano in de kamer bij hem zien, en hij kon hem voelen. Voor het eerst sinds de dood van zijn ouders voelde hij zich niet moederziel alleen.

Daarna werd het schilderen een obsessie. Hij schilderde na schooltijd, tot diep in de nacht. Hij vroeg Romano om extra verfspullen, en van zijn eigen geld kocht Romano een hele set gloednieuwe verf en penselen voor hem, als aanvulling op het houten kistje. Engales bevolkte zijn slaapkamer met figuren: de dame met de rode hoed die hij op weg naar school op straat voorbij was gelopen; de oude man in Café Crocodile die hun glazen limonade inschonk en die ze El Jefe noemden; Maurizio, met zijn gezicht in de vorm van een lach; het meisje in de Engelse les dat hij mooi vond, met een bovenlip die op een halvemaan leek. Hij schilderde tientallen, misschien wel honderden portretten van zijn zus, de enige die bereid was om echt voor hem te poseren: Franca met een feestmuts op; Franca met een pak van hun vader aan; Franca als tangodanseres, met een bloem in haar mond; Franca met fronsend voorhoofd, want zo kende hij haar gezicht het best. Toen zijn slaapkamermuren te klein werden om alle grote vellen papier kwijt te kunnen, begon hij ze in hoge stapels onder zijn bed te leggen. Op een ochtend merkte hij bij het wakker worden dat Franca zijn geheime voorraad had ontdekt, en dat de schilderijen overal in huis aan elke onbedekte muur waren vastgeprikt. Hij trof Franca staand op de gang bij de slaapkamer van hun ouders, terwijl ze een weergave van haar eigen gezicht aanraakte.

Het schilderen deed ook iets anders: het wees hem een uitweg. Slechts een maand voor zijn dood was Engales' vader een week naar New York geweest en hij was thuisgekomen met een aanstekelijk enthousiasme over die stad. 'Het stikt er van de kunstenaars, muzikanten en schrijvers,' had Braulio tijdens het avondeten gerapporteerd. 'Ik bedoel, moet je dit maar horen!' Daarop legde Engales' vader een flamboyante jazzplaat op de platenspeler die door de rest van Braulio's exotische beschrijvingen van de verre stad heen piepte en knorde en hikte en scheurde: ondergrondse poëziezalen, fantastische mode, rook die als adem oprees uit gaten in de straat. Gecharmeerd van zijn vaders opwinding vroeg de veertienjarige Raúl zonder omhaal: 'Wanneer mag ik ernaartoe?' Braulio grinnikte, leunde achterover, veegde de jus van zijn grote gezicht. 'Wanneer je maar wilt, jongen. Dankzij jouw ongeduld als embryo kun je naar Amerika wanneer je maar wilt.' Raúl was een maand eerder geboren dan uitgerekend, tijdens het laatste eindje van het verblijf van zijn ouders in de stad, en het was een van hun familiegrapjes geworden: Raúl was voor New York geboren.

En nu was hij er: deel van de wereld die zijn vader had beschreven, of in elk geval op het punt er deel van te zijn, als hij erin zou slagen om de bolvormige wang van deze Chinese vrouw te voltooien. Hij besteedde extra aandacht aan de wang, voegde nauwlettend rimpels toe, gaf hem precies het goede hoogsel. Maar nadat hij er uren aan had gewerkt, klopte er iets niet helemaal. Dit was niet de vrouw die hij zich herinnerde. Het gezicht voelde niet als haar gezicht. In plaats van de toeschouwer met mildheid te bezien, leek ze hem met een wantrouwige blik te bekijken. Waar kwam die vandaan? Uit haar ogen? De rimpels bij haar mond? De wang zelf?

Hij deed een stap achteruit om te kijken. De fout voelde niet als een fout, hij voelde als opzet.

Het 'Winona George-complex', zo noemde Arlene het ongemak dat hij ervoer: de draaikolk van twijfel die op het atelier en in zijn hoofd was gaan wervelen. Hij had altijd verlangd naar wat hij nu had: een goede reden om te schilderen. Maar nu hij die had, bekroop hem het gevoel dat die reden willekeurig was, waardoor het schilderij ook willekeurig leek.

Er voer paniek door hem heen en hij voelde zijn zelfvertrouwen afglijden langs de heldhaftige helling van bijna-mislukking naar echte mislukking. De paniek vermengde zich snel met de angst die hij die ochtend tijdens zijn droom had gevoeld, en zo ontstond een spiraal van aanvullingen op Franca's lijstje: zijn zus alleen gelaten met een domme, slappe echtgenoot, in een land dat gebrand leek op zijn eigen ondergang. Vertrokken zonder naar haar om te kijken, zonder afscheid te nemen. Nooit haar brief beantwoord, nooit ontdekt wat haar grote nieuws was. Waarom moest hij nu aan haar denken?

Vanaf de andere kant van de kamer hoorde hij Arlene roepen: 'Ga iets anders doen, Raúl.'

Dat was geheimtaal voor een van de eerste atelierlessen van Arlene: zodra je begint te twijfelen, stop je met schilderen. Je eet een boterham, loopt een blokje om, doet een paar gymnastieksprongen, maakt wat schetsen. Alles om de twijfel te omzeilen, de stroom ervan te verleggen. De twijfel was de grootste vijand, zei Arlene. Van alle goede kunst.

Hoewel Engales niet in de stemming was om naar Arlene te luisteren, wist hij dat ze gelijk had; de twijfel voedde zich met deze vreemde ochtend, vulde hem snel, trok hem omlaag.

Maar hij kon niet gaan wandelen – hij had zo veel te doen. Hij moest schetsen maken voor zijn vier nieuwe schilderijen, en daarom besloot hij om papier te snijden. Op het atelier hadden ze alleen papier in bulkhoeveelheden, in de vorm van enorme vellen, die hij doormidden scheurde, en nog eens scheurde, en dan opstapelde, en dan allemaal tegelijk sneed tot hij een stel vierkanten overhad. Hij scheurde eerst de hele rol in stukken en stak daarna zijn boekgrote stapel in de guillotine, een papiersnijder die was bedoeld om hele boeken te snijden, in de donkerste hoek van het atelier. Hij schoof het papier met zijn hand naar de achterste rand van het snijapparaat.

Er was een flits. Hij was zilverkleurig en glad: een spiegel die brak; een raam dat dichtsloeg. Franca's lichaam verslapte in zijn armen. Zijn hart stond stil. Het hart van zijn zus stond stil. Ergens buiten klonk kapotte muziek. Toen hij opkeek, lag zijn hand op het werkblad achter het mes van de guillotine, volledig afgesneden van de rest van zijn lichaam.

Een hele minuut lang kijkt hij er ziedend naar. Het dikke, zilverkleurige mes, dat het ene deel van hem scheidt van het andere. De metalen muur tegen de haren en de huid van zijn arm. Arlenes rode haren vliegen als vuur naar hem toe. Haar lange rok met de olifanten. Een schreeuw van een van de andere studenten knettert door de zware lucht. De wasem op de ruiten dijt uit en krimpt met de collectieve ademhaling in de kamer. Zijn arm, vlak onder de elleboog afgesneden, is een dwarsdoorsnee van rood en wit, die nu op het werkblad en de vloer leegbloedt.

Arlene wikkelt de stomp van zijn onderarm in een schilderslap, terwijl haar mond openvalt van koortsachtige, ontzette vragen, maar Engales hoort en ziet haar niet. Door haar gezicht heen ziet hij Franca's gezicht: met verdriet besprenkeld omdat ze een doos eieren heeft laten vallen. De doek wordt snel oranje en de bloedvlek vloeit naar zijn randen. Franca kijkt hoe de oranje dooiers op de aderen van de stoep leeglopen. Alles wordt wit, dan rood, dan wit. Engales loopt voor haar uit. 'Schiet op, slimmerik. Het zijn maar eieren.' Hij kotst groenachtig in de roestvrijstalen gootsteen.

Arlene knoopt de hand in een andere doek en stopt het bundeltje in een blikken bus waarin ze haar penselen bewaart. Zijn dode vingers zien zwart van de terpentijn. Hij opent zijn mond om te schreeuwen, maar brengt geen geluid uit. Dat is zijn schilderhand in een blik vol penselen. Dat is het gapende gat van zijn mond.

Nooit meer Coca-Cola
om middernacht

Het is een droom. Dat hield Lucy zich voor toen ze in het St. Vincent-ziekenhuis verscheen, zonder jas, nog lichtelijk high van het lijntje cocaïne dat Random Randy haar in de kroeg had gegeven vlak voor ze het telefoontje van Arlene had aangenomen. De cocaïne had op dat moment nodig geleken, een duwtje om haar net boven haar omstandigheden uit te tillen: de aanvang van haar vaste dinsdagavonddienst, waarbij ze te maken kreeg met de vieruurklanten, mensen die depressief genoeg waren om 's middags al hun toevlucht tot whiskey en Lucy's tieten te nemen. Maar de drug versterkte alleen maar het gevoel dat de omgeving waarin ze zich bevond onmogelijk echt kon zijn. Alleen in dromen veranderden kamers zo snel en zonder overvloeier in andere kamers dat de blokhut van de Eagle kon veranderen in de kale, lichte hal van het St. Vincent-ziekenhuis, schijnbaar in één naadloos ogenblik. Alleen in dromen werd je door dunne, gekneusde mannen, geflankeerd door turquoise gordijnen en smoezelige nachtlampjes, beloerd vanuit hun kamer alsof hun ziekte jouw schuld was: de verdrietige bijna-doden van een epidemie waar je vrijwel niets over wist. En alleen in dromen – of misschien alleen in nachtmerries – zag je een beeld als wat Lucy op het papierachtige bed in kamer 1313 aanschouwde: haar minnaar, die lag te slapen naast de verbonden stomp van zijn eigen arm, met een rode punt van hardnekkig bloed.

'Eindelijk,' zei een stem. De New Yorkse stem van Arlene. Lucy slikte. Dat Arlene Lucy niet mocht was net zozeer een voldongen feit als de bebloede stomp, waar Lucy haar ogen niet van af kon houden terwijl ze naderbij kwam.

'Ik ben zo snel gekomen als ik kon,' zei ze tegen Arlene, alsof het iets uitmaakte wat ze tegen Arlene zei. 'Ik ben hierheen gerend.'

Vanaf het voeteneind van het bed keek Lucy over het bobbelige landschap naar het gezicht van haar minnaar: zo vredig in slaap, zijn diepe poriën vol verf of vuil, de mond die ze zo kort geleden nog zo achteloos had gekust, zoals je een zoen gaf wanneer je ervan uitging dat er eindeloos veel kussen bestonden, een heel leven gevuld met kussen zelfs. Haar ogen werden vochtig en sprongen vol tranen, die ze met haar mouw tevergeefs probeerde weg te slaan.

'O jezus,' zei Arlene vanaf haar stoel aan het bed. Lucy spande zich in om Arlene te negeren, maar Arlene had gelijk. O jezus. O jezus klopte.

Een heel tragische reactie op tragiek is te bedenken hoe kort geleden alles er niet tragisch voor stond. Dat je vorige week nog mandarijntjes zat te eten op een verlaten kerkbank die voor het kraakpand was geparkeerd, de schillen gooide op de berg nietopgehaalde vuilnis, die tijdens de meest recente staking hoger was opgerezen dan jij lang was. Hoe je nog maar vorige maand je kringloopkoffer, gevuld met al je T-shirts en bh's en dromen, de trap op zeulde naar de flat van je minnaar, en het bespottelijke gewicht ervan je niet afmatte maar blij maakte: een symbool van je leven delen met de man die je liefhad. Hoe je je nog maar een paar maanden geleden in de neon PEEP-O-RAMA's en LIVE NUDE REVUE's en XXX's op Times Square had gebaad alsof ze maneschijn in Idaho waren, aan de arm van je schilder door het doolhof van kamers en gangen van TIMES SQUARE: ART OF THE FUTURE was gelopen, een arm die zo stevig voelde als de tak van een dennenboom. Hoe je kort daarop had geluisterd naar Captain Beefheart and His Magic Band ('Ze zijn echt magisch!' had je schilder tegen je geschreeuwd), en hem op zijn geheel eigen manier had zien dansen: alles wat er al was trotserend, iets geheel nieuws makend met zijn lichaam. Ergens in zijn bewegingen: de tango. Ergens in zijn bewegingen: niets te verliezen hebben.

De geheel eigen manier waarop hij bleef stilstaan toen iets zijn aandacht trok en hij er niet heen durfde te lopen. Het was een man in de hoek, met een nest dreadlocks op zijn hoofd, een jongensachtig gezicht en een mooie grijns. Je schilder trok een merkstift uit de zak van zijn vieze spijkerbroek. De man met de dreadlocks had de pen gepakt, Engales' mouw opgestroopt en iets op zijn arm geschreven. SAMO ZEGT: NOOIT OPGEVEN, had hij geschreven. Toen tekende hij een sigaret achter die tekst, met een rooksliert die omlaagliep naar de rechterhand van je schilder. 'Dat is Jean-Michel,' had je schilder na afloop gesnord, waarbij de buitenlandse naam in zijn mond sprankelde. Daarna had er een bijna elektrische lading van zijn arm uitgestraald, een magie.

Dat moment was zo zwaar als een vrucht geweest. Het was een moment vol betekenis, dat wist je, zo'n moment waarover mensen later zouden praten, wanneer het allang voorbij was.

Maar het moment was voorbij, en niemand sprak erover. Het nieuwe moment was een afgesneden arm, een ziekenhuiskamer, turquoise gordijnen, zoete herinneringen die nu zuur leken. Lucy liep naar de zijkant van het bed en hurkte neer bij Arlene.

'Wat is er gebeurd?' vroeg ze zacht fluisterend aan Arlene, hoewel ze niet wist of ze het wilde weten, of ze Arlene wilde aanhoren.

'Een drama,' zei Arlene droog. 'Er is godsamme een drama gebeurd.'

Lucy slikte; ze wenste wanhopig dat Arlene er niet was. Ze wilde alleen zijn met Engales wanneer hij bijkwam, zodat hij haar gezicht zag en daar troost uit putte; ze wilde de pijn uit hem wegkussen. Ze stak een hand uit om zijn arm aan te raken, die vochtig en warm was, zoals hij werd wanneer hij te lang en te hard danste, of wanneer ze te lang en te hard zoenden.

Arlene kwam uit haar stoel overeind. 'Ik moet nu naar huis,' verklaarde ze, meer tegen de kamer dan tegen Lucy. 'Anders word ik helemaal gek.'

Maar toen verraste ze Lucy: ze sloeg haar dunne armen om haar heen, wreef haar muskusachtige rode haren in haar hals. Ze kneep, en Lucy voelde de kalmerende gewaarwording van vastgehouden worden in de stevige omhelzing van een ander mens.

'Ik zweer het je,' fluisterde Arlene in Lucy's hals. 'Anders word ik helemaal gek, ik zweer het je.'

Engales sliep urenlang, of het leek urenlang. Lucy wisselde Arlene af op de stoel met plastic bekleding naast het bed, die bij elke beweging piepte als een zieltogend beest. De ziekenhuiskamer verschoof en draaide. Verpleegkundigen zweefden als motten boven haar, maar wanneer Lucy een vraag stelde – 'Wanneer wordt hij wakker? Kan het worden gemaakt? Wat gebeurt hierna?' – fladderden ze weg. De tijd verstreek – het moest inmiddels heel laat zijn – maar het voelde allemaal als één langgerekte seconde, het moment vlak voor de wijzer van een klok genoeg energie heeft verzameld om verder te tikken. Lucy stond op, ging zitten, stond op, ging weer zitten. Kuste het voorhoofd van haar minnaar, dat zo plakkerig en warm als een overrijpe vrucht aanvoelde. Terwijl de uren verstreken, kreeg een specifieke bezorgdheid vaste vormen en zwaarte: hoe zou hij eraan toe zijn als hij bijkwam? Opeens wilde ze dat Arlene terugkwam, al was het maar om als buffer te dienen als hij gruwelijk kwaad werd.

Lucy had Engales één keer kwaad gezien sinds ze hem kende, en dat wilde ze nooit meer meemaken. Het gebeurde op een uitzonderlijk wilde avond in het kraakpand, toen ze tot laat waren gebleven, zoals wel vaker; ze wisten dat de na-uren de beste uren waren, wanneer iedereen die er niet toe deed vertrok, wanneer er Chinees werd besteld bij Kim's Lucky Good Food op First Avenue, wanneer er een joint uit iemand z'n borstzak verscheen en werd aangestoken, wanneer de dobro met het geschilderde Hawaï-landschap werd opgepakt en bespeeld, wanneer de gesprekken een golvende, fluïde, vaak existentiële wending namen. Die avond was Toby aan het oreren over een van zijn lievelingsonderwerpen van de afgelopen tijd, de vercommercialisering van de kunst, of, zoals hij het graag noemde, het anaal verkrachten van de kunstenaarsklasse. Hij had afwisselend (en behoorlijk dronken) verklaard dat voornoemde anale verkrachting de schuld van de kunstenaar was – ze moesten het niet zo makkelijk opgeven door op stel en sprong te verkopen aan die patsersgalerieën – en dat het de

schuld van voornoemde patsers was – vanwege hun eigen sma-
keloosheid moesten ze de kunstenaars afkammen voor die van
hen.

'Dan steken ze een keer hun lul in iets interessants,' had hij
geraaskald. 'Enkel om te weten hoe dat is. En als het lekker is,
lekkerder dan alles wat ze tot dan toe hebben gedaan, omdat
hun eigen leven stomvervelend is, dan kopen ze het, omdat ze
dat kúnnen.'

Lucy wist dat dit een heikel onderwerp voor Engales was;
hij had onlangs getekend bij Winona en had die beslissing ver-
dedigd, terwijl hij wist dat die zou worden opgevat als verraad
aan de kunstenaars in het kraakpand, aan haar en aan zichzelf, hoewel niemand openlijk zijn afkeuring had uitgesproken. Totdat Toby zei: 'Nou, waarom vragen we het niet gewoon
aan meneer de gebraden haan? Hoe voelt het, meneer de gebraden haan, om je artistieke integriteit te verpatsen aan een
vrouw die geen haar, maar een poedel op haar kop heeft?'

Engales was rustig begonnen. 'In welke wereld,' had hij te-
gengeworpen, terwijl de rook van zijn sigaret omhoogkringel-
de als een sjaal die uit de mouw van een goochelaar wordt getrokken, 'kun je iemand verwijten dat hij geld aanneemt voor
iets wat hij gemaakt heeft? En in dezelfde trant: waarom zou je
iemand verwijten dat hij z'n geld uitgeeft aan iets wat een ander heeft gemaakt? Dit is ons vak, Toby. Dit is wat wij doen in
plaats van op een bureaustoel zitten. Daar moeten we toch zeker van kunnen leven?'

'We leven er al van,' zei Toby. 'En op onze voorwaarden!'

'Maar noem je dat leven? Je woont in een lege fabriek, waar
je elke nacht crepeert van de kou en elk moment uit gegooid
kunt worden. Ik heb vandaag alleen BiFi-worstjes gegeten. Ik
zou m'n schilderijen dolgraag verkopen. Ik wil godverdomme
biefstuk eten met een salade ernaast. Van die luxe sla die naar
lucht smaakt.'

'Ga toch weg,' had Toby flamboyant gezegd. 'Die Winona
heeft je lul aan een touwtje! Maar wat zegt ze tegen jou? Dat
je nu een ster gaat worden? Het is allemaal bullshit. Ze zullen
je allemaal vergeten, zoals ze elke schlemiel vergeten die voor
goud geld een schilderij aan een rijke stinkerd verkoopt. Wij

zullen in de herinnering voortleven vanwege onze levensstijl, onze trouw aan onszelf. Dat zullen ze onthouden. Niet hoe we ons hebben laten naaien om een beetje geld te verdienen.'

Daarop had Engales een kille blik in zijn ogen gekregen, een blik die Lucy niet eerder had gezien. 'Mensen komen juist naar Amerika om zich te prostitueren, bevoorrecht stuk vreten dat je bent. Daar is Amerika voor.'

'Nou, Amerika kan m'n rug op,' zei Toby, terwijl hij opstond om een van zijn kunstobjecten te pakken (een tapijt dat hij had geweven van parkeerbonnen die hij met zijn Volkswagenbusje had gekregen) en een aansteker bij een hoek ervan hield. Het tapijt vatte onmiddellijk vlam, creëerde een gloed die ervoor zorgde dat zijn gezicht op dat van een duivel uit een tekenfilm leek. Toen volgden de Zweden hem na – als er met vuur gespeeld werd, konden zij niet achterblijven – en begingen een reeks pyrotechnische misdaden, waaronder het verbranden van een van Selma's borstsculpturen ('Niet een van mijn bustes!' riep Selma, maar lachte erbij). Toen Toby een lucifer hield bij een tekening die Engales de afgelopen zomer onder het toeziend oog van Lucy had gemaakt, stortte Engales zich op hem en drukte zijn schouders tegen de betonnen vloer.

'Dat is niet van jou,' zei hij met een stem die Lucy niet eerder had gehoord en die haar angst aanjoeg. Ze schrok niet zozeer omdat ze dacht dat Engales haar of iemand anders wat zou aandoen, maar omdat ze hem niet meer kon zien. Ze werd overvallen door het sterke gevoel dat ze de man van wie ze hield helemaal niet kende. En zelfs nadat Engales van Toby af was geklommen, en met een Budweiser en de helft van de gemeenschappelijke joint vrij snel weer was gekalmeerd, bleven er resten van dat gevoel achter; in Raúl Engales huisde een onkenbare schaduwzijde.

Zo voelde ze zich ook nu ze zat te wachten tot Engales zijn ogen opende; ze kon hem niet zien en had geen idee wat hij zou doen wanneer hij bijkwam. Als hij al zo kwaad werd als er een tekening van hem werd vernietigd, hoe zou hij dan reageren als hij was beroofd van zijn hele beroepspraktijk, zijn hele vermogen om kunst te maken? Ze wilde tegelijk dicht bij hem en ver weg zijn als hij bijkwam: zo ver als Idaho, in haar moeders armen. Op zoek naar iets vertrouwds klampte ze zich vast aan zijn geruite overhemd, dat over de rugleuning van de stoel hing, bracht het naar haar gezicht om eraan te ruiken, en ontdekte toen opeens dat het bedekt was met een harde korst geronnen bloed. Toen ze het neergooide, zag ze een stukje papier uit de borstzak steken en trok het eruit. Maar juist toen ze op het punt stond dat open te vouwen, voelde ze dat zijn ogen op haar gericht waren.

Zijn op haar gerichte ogen op de achterbank van een taxi terwijl ze om vijf uur 's ochtends door de stad scheurden: vol bewondering. Zijn op haar gerichte ogen terwijl ze in Eileen's Reno Bar dansten: vol geilheid. Zijn op haar gerichte ogen terwijl hij haar schilderde: vol nieuwsgierigheid. Zijn nu op haar gerichte ogen: vol haat.

Pure, onbeteugelde haat uit de ogen van de man in wiens appartement haar koffer nu verbleef, in wiens bed ze nu sliep, in wiens leven ze nu woonde.

'Wat moet jij verdomme hier?' zei hij, met een stem die van grind gemaakt leek, terwijl zijn ogen – metalig glanzend van de morfine – haar aan repen sneden. 'Waar is Arlene?'

Lucy's hart kneep zich als een vuist samen; hij hield van Arlene, niet van haar.

'Arlene heeft me gebeld,' zei ze, maar alles was weer een droom, en in een droom deed je eigen stem er niet toe en ze verslikte zich in haar woorden.

'Ga maar weg,' zei hij, en draaide zijn hoofd opeens naar de vuile ziekenhuismuur. 'En kom nooit meer terug. Ik wil je nooit meer zien.'

Vorige week had hij nog gezegd: 'Het leukste aan jou vind ik de manier waarop je jezelf in de spiegel bekijkt, als een tiener.' Zij had gezegd: 'Het mooiste aan jou vind ik je handen.'

Vorige maand nog hielden ze elkaar vast bij de schouders, maakten in het appartement een rondedansje als een stel krankzinnige apen. Zijn eigen solotentoonstelling! Zijn eigen solotentoonstelling!

En nu: 'Ik wil je nooit meer zien.'

In dromen herhalen mensen de vreselijkste dingen keer op

keer, in een cirkelbeweging. 'Ik wil je nooit meer zien.' Keer op keer op keer. 'Nooit meer.' In een droom kun je eindeloos huilen zonder te beseffen dat je huilt. Je kunt keihard huilen zonder te beseffen dat je huilt. Je kunt met je handen wapperen als gestoorde waaiers en een dromerige, motachtige verpleegkundige zal je begeleiden naar een gang. Ze zal je armen omlaaghouden en je zo stevig omhelzen dat je gedwongen wordt te stoppen met trillen, net als Arlene had gedaan. Misschien kan alleen dat je troosten: gedwongen worden om niet te bewegen. Uiteindelijk, nadat ze je lang genoeg heeft vastgehouden, zal ze je omlaaggidsen door de droomgang, je buiten op straat deponeren.

Er zal geen enorme parkeerplaats zijn met een auto waar je in kunt stappen, geen groene heggen of rijen dennenbomen, geen moeder. Geen fysieke afscheiding tussen de zieken en de stad, tussen het eind van de wereld en de rest ervan. Dat is een trauma in de stad: de opstapeling van de ene tragische ruimte op de andere, het ene bizarre beeld dat naast het andere opspringt. Het heeft maar geduurd zolang het duurde en toch weet je al, terwijl je de nacht betreedt, dat alles in de stad totaal is veranderd.

Het was laat. Lucy wist niet precies hoe laat, maar ze wist dat het laat was. Ze had geleerd de veelzeggende tekenen van laatheid te interpreteren tijdens haar bijna-ochtendwandelingen vanaf de Eagle naar huis: neergelaten rolluiken en zwerfkatten; cirkels van gloeiende ogen in de parken, de ogen van mensen die de hele dag geslapen hadden en de hele nacht high zouden zijn. Vuilniswagens – die mechanische gordeldieren van de nacht – zwalkten, kraakten en rammelden in de rondte. Dakloze mannen wankelden overeind van hun betonnen bed. Sirenes daalden neer door de straten en vlogen dan weer omhoog, het vergiet van de hemel in, door de gaten die sterren heetten. De maan was ergens, maar waar precies, dat wist ze niet.

Op dit uur moest je bang zijn op deze straten, maar dat was Lucy nooit geweest. De dingen die haar bang maakten – vergetelheid, bosbranden, eenzaamheid – waren hier geen gevaar zoals ze dat in de wilde bossen waren, en ze had het algehele gevoel dat als haar iets naars overkwam, iemand haar zou redden. De stad, met zijn miljoen armen en miljoen straatlantaarns, zou haar oppakken, haar tot zich nemen, haar met zijn waanzin in slaap wiegen. Maar nu voelde ze zich om een nieuwe reden bang: Raúl Engales ontbrak in de nachtwereld.

Hoe kon het laat zijn als hij niet bij haar was? Hij was de laatheid zelve; alle late dingen behoorden hem toe. De deuropening op Bleecker waar hij haar tegenaan had geduwd voor een zoen, om vervolgens een dakloze onder hen te horen grommen. De verkoopautomaat waar hij tegenaan had geschopt omdat hij daar zin in had, waarna er een blikje cola uit rolde: een van de talloze geschenken van de kosmos, speciaal voor hen. 'Coca-Cola om middernacht!' had hij geroepen. 'Coca-Cola om middernacht!' De tekening van een kip met een mensenhoofd die hij met zijn dikke markeerstift op de houten wegafzetting op Prince Street had getekend: die zat er nog steeds. Bakkerij R&K, waar ze elkaar hadden getroffen op de avond in juli dat er iemand was vermoord op het dak van het Metropolitan Opera House, waar ze elkaar hadden omhelsd, hun lichamen tegen elkaar hadden geperst, en elkaar vervolgens kaneelbroodjes hadden gevoerd tot het licht werd en ze met plakkerige vingers verschenen in de plakkerige stad.

Terwijl ze zich met dikke oogleden, versmaad en wanhopig voortbewoog door de laatheid, zag ze iets vreemds. Kegels wit licht die zich in halvemanen over de grond en om de hoeken van gebouwen heen bewogen. Toen ze dichterbij kwam, zag ze dat het licht afkomstig was uit gebogen, spookachtige gestalten die door de donkere straten schoten en zweefden. Ze waren aanvankelijk met weinigen, en vervolgens, toen ze naar Prince Street afsloeg, waren ze met velen.

Toen ze zo dichtbij was dat de lampen hun gezichten beschenen, snapte ze dat deze zombieachtige gestalten vrouwen waren, met ruimvallende broeken of huisjurken aan, met haar in knotjes op hun hoofd of neerhangend en lang, dun bij de punten. Toen ze genoeg van hen geobserveerd had, zag ze dat hun ogen op die van haar eigen moeder leken: diep van de kennis, moederlijk gejaagd, zwaar en oplettend. Ze riepen een naam.

'Jacob!' riepen ze met hese nachtmoederstemmen. 'Jacob! Jacob! Jacob!'

De naam weerklonk in de droom van de nacht alsof de droom een vallei was, werd weerkaatst door zijn wolkenkrabbende bergen.

Op de hoek van Prince en Broadway liep een van de vrouwen op haar af. Lucy trachtte haar ogen te ontwijken, maar raakte verstrikt in hun moederlijke netten. De vrouw, helemaal in perzikroze linnen kleren gestoken, duikelde een zaklantaarn op uit een enorme strooien mand en overhandigde die vriendelijk aan Lucy.

'Er is iemand zoek,' zei ze, meer dan lichtelijk wanhopig. 'We danken u voor uw hulp.'

Ze overhandigde Lucy een stapel witte flyers en een plastic doosje met punaises. Toen ze via Broome Street verdween, wilde Lucy haar wanhopig terugroepen. Die kraaienpootjes rond haar ogen. Die linnen kleren; dat lieve gezicht. Ze verlangde naar haar. Ze verlangde naar een moeder, welke moeder dan ook, meer dan al het andere op aarde.

Ze dacht aan haar eigen moeder op de rand van haar bed, die voorlas uit een boek met plaatjes. Haar moeder die het verhaal altijd bij het beste gedeelte afbrak, zei dat het tijd was om te gaan slapen. Dan schreeuwde en schopte ze altijd. Ze wilde weten hoe het afliep! Ze wilde weten hoe het de hoofdpersoon, een meisje zoals zij, zou vergaan. Ze kon niet wachten, en toch moest ze dat. Tevergeefs bleef ze de hele nacht op, in een poging zichzelf te leren de grote woorden op de bladzijde te lezen. Maar ze was te klein. En de wereld van het boek was te groot.

'VERMIST KIND' stond er met grote blokletters op de flyer. 'JACOB REY. Voor het laatst gesignaleerd op kruispunt Broadway en Lafayette om 8:00 uur. Mannelijk. Latijns-Amerikaans. Zes jaar oud. 1,01 meter. Donker haar, bruine ogen. Draagt een rood overhemd en zijn vliegeniersmuts, blauwe sportschoenen met fluorescerende strepen, draagt een blauw stoffen rugzakje met dinosauruspatroon. Als u informatie hebt, bel dan 212-333-4545. $ 10.000 beloning.'

Op de foto boven de tekst stond een klein donker jongetje

met wiebelige ogen en een weifelende halve glimlach. Een bos warrig haar en een zacht geronde neus: hij oogde zowel knap als sullig, als iemand die nooit bij gevaar had stilgestaan.

Ze stelde zich het jongetje voor, niet in staat zich te verweren tegen de grote wereld, dwalend door de straten die zo wreed konden lijken als je niet wist wat jouw plaats erin was. Ze dacht aan de gemene ogen van Engales. Aan zijn gruizige stem, die haar zei nooit terug te komen. Ze dacht aan het bebloede verband om zijn arm en zijn bebloede overhemd. Toen herinnerde ze zich het opgevouwen papiertje dat ze uit het overhemd had gepakt, in haar eigen broekzak had gepropt. Nu trok ze het uit haar zak, vouwde het open.

Dat was hem. Het was Jacob Rey. Raúl had met een foto van precies hetzelfde vermiste jongetje rondgelopen.

Lucy voelde haar hart brullen zoals dat alleen in dromen gebeurt. Dit was de hand van het noodlot, ze voelde het. Het verlies van de jongen en het verlies van de hand zouden nu in hetzelfde stuk van haar hersenen en haar hart aan elkaar worden vastgenaaid, met elkaar worden verbonden door het gegeven van hun tragiek en door de droom die deze omspande. Aan elkaar verbonden via een borstzak en een dinsdag in september: het lot van de jongen en de man, haar eigen lot er precies tussenin, gekleurd door de enge, felle blik van de maan.

Ze werd zich gewaar dat de lucht was veranderd. Hij bevatte de manische opwinding van tragiek, alsof luchtdeeltjes als noodklokken werden geluid. Het was dezelfde opwinding als op de avond van de moord op het operagebouw. Dezelfde opwinding die ze door het scherm van de tv van haar ouders had gevoeld toen ze in '77 naar beelden van de black-out had gekeken. Ze was zowel griezelig als spannend, hectischer en bruisender dan ooit. Alleen bij een tragisch ongeval, dacht Lucy, viel een vrouw die een hekel aan je had je om de hals. Ging een groep mensen die elkaar niet kenden een hele nacht zoeken. Schuimden moeders in horden de straten af, zwiepend met hun warme lampen. Bij een tragedie, probeerde ze zichzelf voor te houden, zou het noodlot ingrijpen in de vorm van liefde. Iets zou haar redden. En zij zou iets redden.

Impulsief knipte ze de zaklantaarn aan. Ze gilde Jacobs

naam door de nacht. Op dat moment kon ze onmogelijk weten wat ze zou doen als ze echt een verdwaald jongetje vond,
hoe hard haar hart zou bonzen, of haar bloed zou verkillen, of
ze hem kon redden of überhaupt helpen. Daar zou ze een paar
weken op moeten wachten, tot er een bij haar op de stoep verscheen.

Deel 3

De kunstenaar springt
in de leegte

Raúl Engales werd uit het ziekenhuis ontslagen met een reserverol verbandgaas en een flesje pijnstillers op de dinsdag waarop de expositie bij Winona George had zullen plaatsvinden. Ze hadden hem een week vastgehouden vanwege een infectie in de hechtingen die de flappen huid bij elkaar hielden die over de stomp van zijn arm heen waren getrokken. Hechtingen die als een treinspoor over zijn buitenlandse schiereiland liepen en dan abrupt stopten, afgebonden met haken van garen waar alles – zowel de wond als de arm – doodliep. Door de infectie werd de omringende huid zwart, daarna rood, daarna geel. Het geel lekte langs zijn onderarm omlaag, ging bij zijn elleboog buitengaats. Het hele ding was een fakkel van pijn en zinloosheid.

De ironie dat zijn ontslag uit het ziekenhuis samenviel met zijn gehoopte lancering in de kunstwereld was Engales niet ontgaan. Ze sneed als een verse scalpel door hem heen. Nog maar twee korte maanden geleden had Winona George in zijn schamele huiskamer een waarschijnlijk bespottelijk dure fles champagne laten knallen en de weckpotten – andere glazen had hij niet – van hem en Lucy volgeschonken, terwijl Winona zelf een lijst opsomde van Raúl Engales' onbegrijpelijke eigenschappen die de kunstwereld in katzwijm zouden doen vallen.

'Je hebt de ik-weet-niet-wats,' had ze gezegd. 'Je hebt de ik-ben-ermee-geborens en de zelf-aangeleerden en de dingesen. Je bent tegelijk insider én outsider, snap je wat ik bedoel? Begrijpen jullie mooie jonge mensen ook maar één woord van wat ik zeg?'

Engales had werkelijk niets van haar woorden begrepen – Winona was in staat om het Engels, dat hij tot zijn grote trots vloeiend sprak, volslagen onbegrijpelijk te maken – en het kon hem niet schelen ook. Hij wist alleen dat de meest bediscussieerde galeriehouder van New York, die zelfstandig de aandacht had gevestigd op een paar van de meest bewonderde (en nu bemiddelde) kunstenaars, die de kunstwereld hapklare maar stevige porties neo-expressionisme had voorgeschoteld, en die de grotere buitenwereld er soms op het waanzinnige af aan had herinnerd dat kunst waarde had en hoorde te hebben, in zijn slecht verlichte woonkamer stond en hem champagne inschonk, en hem een solotentoonstelling aanbood waarmee ze hem, zoals ze zei, als een aambeeld in het midden van alles zou laten vallen. Nu gruwde hij van die herinnering, terwijl hij het ziekenhuis uit werd geslingerd door een stel draaideuren die met een klets tot je-staat-er-nu-alleen-voor-stilstand kwamen zodra hij buiten stond. En hij vervloekte Winona George omdat ze haar aambeeld op precies de verkeerde plaats had laten vallen.

Hoewel ze hem strikt genomen hadden gezegd dat hij die ochtend naar huis mocht, had hij het niet kunnen opbrengen om de wereld in zulk fel daglicht te betreden — waardoor de mensen hem in zulk fel daglicht konden zien — en daarom had hij plaatsgenomen in een hoekje van de wachtkamer, waar hij deed alsof hij een tijdschrift las, tot hij zeker wist dat het donker was. Inmiddels was er buiten een stevige bries opgestoken. Naar de mening van Engales was wind de allerergste soort weer, met als enig doel om bladeren van de bomen te slaan en mensenogen te laten tranen. De wind kroop door de mouw van zijn jack omhoog, klopte aan bij de bol gaas die de artsen om zijn arm hadden gewikkeld alsof hij een mummie was en vroeg of hij mocht binnenkomen. Ja, natuurlijk, zei het gaas tegen de wind en opende zijn kleine gaatje net wijd genoeg om de kou aan zijn hechtingen te laten likken. Hartelijk welkom in het rariteitenkabinet.

Dat was hij nu, besefte hij. Een rariteit. Een mankepoot. Zo iemand die andere mensen aangaapten en dan dachten: arme ziel. Uit de ogen van iedereen met wie hij de afgelopen week was omgegaan — artsen, verpleegkundigen, medepatiënten die op de gang voorbijliepen — sprak onveranderlijk die vermaledijde emotie: medelijden. Die blikken kende hij al, maar al te goed. Het waren de blikken van de volwassenen in San Telmo die hem en Franca gratis boodschappen gaven, die hun hoofd schuin hielden met het gewicht van hun halfbakken verdriet. Alleen was zijn verlies dit keer zichtbaar. Dode ouders droeg je in je lijf. Maar een dode hand droeg je als een insigne, een insigne dat mensen erop attendeerde dat het tijd was om hun hoofd, hun wenkbrauwen, hun ogen en hun gedachten in de meelijstand te zetten. Houd alles schuin. Probeer niet te schrikken.

Lucy's ogen – toen ze die eerste avond in het ziekenhuis verscheen, high van de cocaïne, dat zag hij aan haar kaakbewegingen – waren de ergste van allemaal. Hij had het geweten zodra hij haar zag, angstig over hem heen gebogen, haar mascara uitgelopen als Oost-Indische inkt. In Lucy's ogen stond de ergste soort medelijden te lezen: medelijden vermengd met liefde. Het was onmogelijk om van iemand te houden – of van iemand te houden zoals ze eerder van hem had gehouden, met diep ontzag namelijk, alsof hij de koning van iets was – en tegelijk medelijden met hem te hebben. Medelijden hief het geloof op; je kon niet geloven in iemand met wie je medelijden had. 'Ach, mijn liefste,' had ze gezegd toen hij zijn ogen had opengeslagen. Het medelijden had meegeklonken in het woord 'ach' en bezorgde hem de aandrang om iets te slaan. 'Ga weg,' had hij gezegd. 'Ik wil je niet meer zien. Dus ga weg.'

Ze was gegaan, maar de volgende dag was ze teruggekomen en de dag daarop weer. Gescheurde panty's, verfomfaaide haren, een gezicht dat de hele nacht wakker had gelegen of had gehuild of allebei. Een gezicht dat hij zo vaak had geschilderd en gekust dat hij het vanbuiten kende: ogen waarin je een kamer weerspiegeld kon zien, pupillen als zwarte universums, een neus die een heel klein beetje omhoogkrulde en hem altijd deed denken aan de vingernagels van zijn zus, die niet omlaagkromden als die van een oude vrouw, maar zich vanaf haar handen omhoogkromden, als holle chips. Maar alles wat hij mooi aan Lucy had gevonden, veranderde toen hij haar in die ziekenhuiskamer zag. Haar ogen weerspiegelden alleen het afzichtelijke beeld van hem, liggend onder een deken die voor een kind gemaakt leek, met een motief van vliegende varkentjes. Haar rode neus wees omhoog naar het sponsachtige plafond, of naar de televisie, waarop één programma, dat vooral over schoudervullingen leek te gaan, eindeloos werd herhaald. Toen Lucy een van haar duffe luciferboekjes in zijn handpalm probeerde te drukken – iets wat ze deed om leuk of relevant of intiem te zijn, en waarvan hij ooit had geloofd dat het al die dingen was – smeet hij het luciferboekje tegen de ziekenhuismuur. Maar hij moest met zijn linkerhand gooien, en het ketste onhandig af op de leuning van de stoel waarop Lucy zat, wat hem nog razender maakte. Dat Lucy hem in deze toestand zag was een totale ramp. Om te voorkomen dat hij ging huilen, had hij zich voorgenomen haar aan het huilen te maken (hij was altijd erg goed geweest in anderen aan het huilen krijgen) door te zeggen: 'Die luciferboekjes zijn niet eens jouw project, Lucy. Je hebt geen project. Je bent geen kunstenaar, dus stop alsjeblieft met die probeersels.'

Dat was hard van hem geweest, dat wist hij, maar ja: het leven was hard. Het leven was één grote rotopmerking, een mes dat dwars door je heen sneed. Het leven was de rest van je leven elke ochtend wakker worden en tien mooie seconden lang denken dat je twee handen hebt, om dan geconfronteerd te worden met de tintelende, lege gruwel van een hand kwijt zijn, keer op keer op keer, telkens wanneer je je ogen opendeed. Het leven was de wind die door de mouw van je jas aan je wond likte terwijl je Greenwich Street op liep en de morfine van de afgelopen week uitkotste in een open mangat. Het leven was proberen te beslissen waar je nu in godsnaam heen moest terwijl je met je fladderende mouw je mond schoonveegde.

De enige plekken die Engales wist te verzinnen, de plekken waar zijn leven zich de afgelopen zes jaar had afgespeeld, kwamen hem nu afschuwelijk voor, zo niet absurd. Het kraakpand zou niet alleen ijskoud en lawaaiig zijn, maar zou wemelen van de valuta waar hij niet langer in kon handelen: kunst en kunstenaars, verf en lijm en ijzerdraad, ideeën die gerealiseerd konden worden en dromen die aan schoenveters hingen, als de kale peertjes aan de houten plafondbalken. De gedachte dat hij Toby of Selma of Regina zou zien, of het gore verhaal zou opdissen van de guillotine en het morfine-infuus en zijn bijtijdse ontslag – uitgerekend toen hij op het punt stond door te breken – maakte hem kotsmisselijk, en hij zwoer ter plekke dat hij nooit meer naar het kraakpand terug zou gaan.

Dan had je de flat van Arlene op Sullivan, volgepakt met honderden planten en de lucht van wierook en Egyptische muskus, haar zes katten die door de bladeren ritselden, terwijl een of ander Afrikaans of Frans of Siciliaans lied op de pick-up draaide. Engales had zich altijd erg op zijn gemak gevoeld in de flat van Arlene, die op een huiselijke manier excentriek en altijd warm was, en hij wist dat Arlene hem zou vragen binnen te komen, yerba maté voor hem zou maken en zijn hoofd tegen haar boezem zou drukken, hem in slaap zou zingen met een of ander New Yorks voodoolied. Maar dat zou hem niet troosten; het zou alles alleen maar erger maken. Iemand die hem zo goed kende als Arlene kon zijn pijn alleen maar weerspiegelen, alleen maar uitvergroten.

En natuurlijk zou hij niet terug durven naar zijn eigen appartement, waar zijn onvoltooide schilderijen lagen opgestapeld en waar Lucy ongetwijfeld pruilend op het bed in een van haar grote T-shirts op hem lag te wachten. Hou godverdomme op met op mij wachten, wilde hij van de andere kant van de stad tegen haar roepen, zoals hij dat zo vaak tegen Franca had willen roepen, van het ene Amerika naar het andere. Allemaal ophouden met wachten op mij.

Sigaret.

Het was nog vier avenues tot Telemondo, maar tabak was daar een dollar goedkoper dan waar dan ook en wat maalde hij om tijd? Hij had niet anders dan tijd. Hij liep en de tijd verstreek of verstreek niet, hoe moest hij dat weten? Hij liep en zijn lichaam bewoog zich of bewoog zich niet, hoe moest hij dat weten? Hij kon het niet weten omdat hij zich niet langer in zijn eigen lichaam bevond; hij zweefde boven zichzelf, was een toeschouwer, en wat hij zag was een loslopende zonderling in een stad waar hij zich niet langer thuis voelde.

Op de kruising van Broadway en Eighth Street: TELEMONDO'S / BIER / SIGARETTEN / TIJDSCHRIFTEN / EGG CREAM SODA / NU VERKRIJGBAAR. Felle lampen en de Telemondo-man, die altijd hetzelfde zei: 'Dat is dan honderdtweeëntwintig cent.' Engales verwachtte dat hij zijn flauwe centengrapje zou maken; dat zou bewijzen dat alles in zekere zin bij het oude was gebleven. Maar de Telemondo-man zei helemaal niets. Hij overhandigde het pakje shag nors aan Engales, en toen Engales probeerde te betalen, wuifde hij het geld weg.

Engales stormde de nacht weer in, opnieuw verbolgen. Was dit zijn voorland? Nog meer aalmoezen? Gratis sigaretten? Geen geintjes? Het enige wat hem nog woedender kon maken was wat vervolgens gebeurde, namelijk dat hij een sigaret trachtte te rollen en merkte dat het met één hand niet lukte. Tabak viel als sneeuw op de grond; het papier kreukelde en plakte. Hij moest opnieuw Telemondo's betreden, de verkoper zeggen dat hij de shag wilde omruilen voor reeds gerolde sigaretten, die hij niet lekker vond. 'Die zijn duurder,' zei de Telemondo-man. Engales keek hem woest aan, alsof hij hem uitdaagde om een mankepoot om geld te vragen, en nam het pakje aan zonder een cent te betalen.

Sigaret.

Van de slechte smaak ervan knapte hij maar een klein beetje op. Hij rookte met zijn linkerhand (wat het kleine beetje tenietdeed) en liep verder, nergens heen. Het was nu helemaal donker, het soort vroegdonker dat de herfstmaanden plaagde, een dunne deken die over het hoofd van de stad werd gegooid. Roze neonlicht zoemde boven hem, en daarna het ruisen van duivenvleugels, en daarna het onbehouwen gebrom van een vuilniswagen op zijn dinsdagavondronde. Hoe was het mogelijk dat de een vuilnis in de klauwen van een vuilniswagen gooide terwijl de ander schilderijen exposeerde in de Winona George Gallery? Een ander die toevallig mazzel had gehad; er was een soloplaats vrijgekomen toen de geplande kunstenaar zijn hand verloor. Engales keek hoe de vuilnisman uit de zijkant van de wagen sprong en vier enorme zwarte zakken tegelijk vastgreep. Hij wierp Engales een tandenrijke, hartelijke grijns toe.

De een grijnsde terwijl de kunstliefhebbers het glas op hem hieven. De ander zou nooit meer schilderen.

Zonder schilderen was er geen transformatie mogelijk. Zonder schilderen was de echte wereld enkel de echte wereld: een onmogelijk oord om te bestaan.

Waarom zou hij dan überhaupt nog bestaan? dacht hij, terwijl hij zich in zuidelijke richting begaf, langs de zwarte rivier van Broadway, naar een bord in de verte met het opschrift: LAAT JE VRIJKOPEN! Als het bestaan van nu af aan één lang, lelijk ogenblik zou zijn? Had het snijmes hem niet kunnen doden? Had Arlene niet kunnen doen wat een echte vriendin gedaan zou hebben: zijn nek breken? Had ze niet, terwijl ze tussen de stromen rioolwater en armbloed door de straat op renden, net als hij het straatnaambord kunnen zien: voorheen 'Mercer', dat om onduidelijke redenen in 'Mercy' was veranderd? En dat haar, of wie dan ook, smeekte om één laatste greintje van die genade te schenken? Om hem vrij te kopen? Had hij niet op het atelier kunnen leegbloeden tot hij niet meer bloeden kon, zodat hij nu niet zou hoeven bestaan, onderweg naar nergens, op de langzame weg naar doodgaan als een onbekende?

Op Bond Street bleef hij onwillekeurig stilstaan bij het straatnaambord.

BOND STREET: gedrukt in sobere Helvetica op de briefkaarten die hij een paar weken geleden had rondgestuurd, de uitnodigingen voor zijn eerste echte opening.

BOND STREET: waar een paar van de beste schilders van dit decennium hadden geëxposeerd, en waar hij vanavond had zullen exposeren.

BOND STREET: waar de Winona George Gallery nuffig halverwege het blok stond, een klein baken van wit licht in een tunnel van industriële duisternis.

Het was niet zijn bedoeling geweest hierheen te lopen. Het was zijn bedoeling geweest om nergens heen te lopen, nergens naartoe. Maar toch had hij het gedaan. En nu was hij nieuwsgierig, hij kon niet anders. Nieuwsgierig naar de man die zijn plek in de schijnwerpers had ingepikt, wiens schilderijen hingen waar de zijne hadden moeten hangen, wiens mooie vriendin of vrouw haar gezicht naar het zijne oprichtte voor een felicitatiezoen. En als de nieuwsgierigheid hem zou doden, dan moest dat maar. Hij zou ter plaatse aan de nieuwsgierigheid doodgaan. Ondanks zichzelf zou hij de scheve kinderhoofdjes van Bond Street betreden. Ondanks zichzelf zou hij worden aangetrokken door de stemmen die opklonken uit de halvemaan van licht die uit de deur van de galerie scheen. 'Kom vlug naar binnen, meisje!' 'Wat een gave expositie.' 'Het dieet van je moeder interesseert me geen reet, Selma.' 'Heb jij de droom hier waargemaakt of hoe zit dat?' 'Je bent nu gewoon zo'n trut van Art Basel, hè? Geef het maar toe.'

Ondanks zichzelf werd hij motachtig, ging hij op het licht af, denkend dat het de zon was. Ondanks zichzelf begon hij te geloven dat het licht de enige weg was die omhoogleidde, al zou het licht hem verschroeien.

Portret van een schilderijententoonstelling
door de afwezige schilder

OGEN: Een expositie die door een blinde is ingericht. Iemand die vorm niet van vorm kan onderscheiden, donker niet van licht; compositie gaat hem te boven. Er klopt niets van de schilderijen. Het zijn de verkeerde op de verkeerde plaats. Welke blinde had het appartement van Raúl Engales bezocht en had godverdomme de verkeerde schilderijen meegenomen en ze godverdomme verkeerd opgehangen? Het is deze aanblik – zijn eigen minne schilderijen, sommige nog onvoltooid, die het daglicht nooit hadden mogen aanschouwen, in elk geval niet in deze vorm – die hem doet wensen dat hij zijn ogen had verloren en niet zijn hand.

HART: Dat van hem. Fwup fwap. Schilderijen. Fwup fwap. Hier. Fwup fwap. Ophangen. Fwup fwap. Zonder. Fwup fwap. Hem.

HOOFDEN: Verdwaasd jaknikken wanneer ze een praatje maken, ze peinzend schuin houden wanneer ze naar de muren staren, als een waanzinnige naar achteren duwen wanneer ze hun blije monden openen om te lachen. De hoofden in de galerie bewegen zich met de nonchalance die bij leeghoofdigheid wordt meegeleverd. De hoofden in de galerie bewegen zich met de nonchalance die wordt meegeleverd bij heel-zijn.

HANDEN: Die van Selma op Toby's rug. Die van Toby op zijn eigen heupen. Die van Regina voor haar mond terwijl ze eet van de hummusdip die niemand ooit eet. Die van Horatio om een plastic bekertje rode wijn. Die van Winona in de lucht, onserieus gebarend naar de muren. 'O lieverds,' zegt ze waarschijnlijk, als een karikatuur van een kunstminnaar.

MOND: Sigaret.

LICHAAM: Een langzaam smelten van zijn eigen vlees, terwijl hij ziet hoe de zaal van zijn vorige leven zonder hem ademhaalt en lacht. Algauw zal zijn lichaam volledig verdwenen zijn, net als de rook die hij uitblaast en de schaduw waarin hij staat, die met het ochtendgloren zal verdwijnen.

HART: Maurizio, de slager uit Calle Brasil, heeft een lamshart in zijn handen. Hij hoort hier helemaal niet te zijn – Maurizio komt uit een andere tijd, een ander deel van zijn leven en een andere reeks schilderijen – en toch ziet Engales een klein rood stipje onder hem, wat aanduidt dat hij verkocht is. Het hart dat hij vasthoudt druppelt bloed op het knikkende hoofd van iemand die blond is.

HOOFD: De blonde iemand is de enige iemand die blond is. Het hoofd is Lucy's hoofd, doorschijnend van helderheid, onmiskenbaar van helderheid, gruwelijk van helderheid. Lucy's hoofd is een sirene en een schreeuw en een domme bal die Engales wil werpen. Wat heeft zij hier verdomme te zoeken? Ze staat te praten met Winona George, wier haar als een grijzende palmboom uit haar hoofd ontspruit. Winona George en nog iemand. Winona George en een man wiens gezicht Engales niet kan zien. Een man met een aartslelijk en vagelijk bekend wit colbertjasje aan.

NEUS: Engales drukt de zijne tegen de benedenhoek van het galerieraam. Door de wasem van zijn adem heen bekijkt hij een gedaantewisseling die zich voor zijn ogen voltrekt. Hij ziet Lucy's gezicht veranderen van onverschillig in geboeid (dat ziet hij aan haar voorhoofd, dat tussen de wenkbrauwen rimpelt als ze iets wil). Hij ziet hoe Winona zich uit dit gesprek losmaakt en een ander gesprek in wordt gezogen (Winona is als een spons, knijpt zichzelf uit op de een en loopt dan verder om een ander op te zuigen). Hij ziet hoe de man met het witte colbertje zijn hand op Lucy's schouder legt. Hij ziet een man zijn hand op Lucy's schouder leggen! En dan ziet hij, onmiskenbaar, het volgende:

Het opheffen van de kin. Sprankeling van halfgeloken oog. Flauwe glimlach, geen tanden. En ten slotte – daar is het – ogen helemaal geopend, pupillen die naar boven drijven wanneer ze omhoogkijkt. Ik ben de jouwe, zeggen ze, ze weet het, ik ben de jouwe.

Engales herinnerde zich die blik van Lucy van hun eerste avond in de Eagle: de blik die betekende dat ze van hem hield, en dat hij van haar zou houden. Hij herinnerde zich ook dat hij, toen ze lachte en haar lach net zo glinsterde als haar bloes, niet van haar had wíllen houden. Net als geluk was liefde iets voor gelukkige mensen. Liefde was voor mensen die het zich konden veroorloven de liefde te verliezen, voor mensen met ruimte in hun leven voor rouw, wier rouwquotum nog niet vol was. 'Wezen zouden niet verliefd moeten worden,' had Raúl ooit tegen Franca gezegd, zo wist hij nog, tijdens een van hun discussies over de rechtmatigheid van haar relatie met Pascal Morales. Franca had hem woedend aangekeken. 'Je hebt het mis,' had ze trillend gezegd. 'Wezen moeten juist wel verliefd worden.'

Blijkbaar had zijn zus gelijk gehad. Want hoewel Engales had geprobeerd om niet voor Lucy te vallen, hoewel hij in het begin van hun samenzijn had geprobeerd met andere vrouwen te slapen, en enkele maanden had geprobeerd haar niet zijn vriendin te noemen, leek het of er niets te kiezen viel. Hij was hij en zij was zij. Zij was zij, met haar zeer eigen verzameling intrigerende contradicties, haar specifieke combinatie van sluwheid en waandenkbeelden en vreugde, van halfbakken humor en volledig ontplooide verwondering, met de luciferboekjes die ze in zijn zak stopte, de warme adem die ze in haar slaap uitblies, haar onschuld en haar verlangen om die onschuld te vernietigen. Zij was zij en hij was hij. En zij waren zij en dit was liefde.

Maar nu speet het hem dat hij haar ooit had ontmoet, ooit voor haar dwaallicht was bezweken, terwijl hij zag hoe gemakkelijk ze hem ontrouw was. Ze was hierheen gekomen, naar deze expositie, terwijl ze wist wat hem was overkomen. Misschien had ze zelfs met de organisatie geholpen; niemand anders had de sleutel van de flat van François, waar al zijn schilderijen zich bevonden. Ze had diezelfde glinsterende bloes gedragen. En ze had haar hoofd op haar heel eigen manier schuin gehouden voor een ander, een ander die ze nu achternaliep door de menigte, door de deur heen en naar buiten, in de nachtschaduwen waarin ook Engales zich ophield.

Hij dook weer in zijn hoek. Zijn huid werd warm en zijn hoofd bonkte van de barbaarse gedachten: achter haar aan rennen; haar verrot slaan met de stomp van zijn arm; ergens een mes vinden en dat in de rug van het witte pak steken. Maar in plaats daarvan achtervolgde hij ze. Door het donker, als een griezelige, manke spion. Ze liepen synchroon en praatten en lachten. De man – Engales had zijn gezicht nog steeds niet gezien – vertelde een of ander verhaal, gebaarde met zijn bleke handen. Op de rug van het witte colbert zat een zwarte vlek, zag Engales, alsof de man in de verf was gaan zitten. Sloddervos, dacht Engales. En om de afkeuring nog wat verder op te schroeven: niemand draagt nog een wit pak. Inmiddels waren ze op Second Avenue. En nu waren ze op East Tenth Street. En toen stonden ze voor Engales' eigen flat. En toen gingen ze ALLEBEI. NAAR. BINNEN.

Terwijl de zware deur van zijn eigen flatgebouw achter hen dichtsloeg, hees Engales zich overeind uit zijn schaduw en maakte met zijn mond een klank die iedere toeschouwer een brul genoemd zou hebben, maar die in zijn beleving de enige beschikbare was, de laatste klank op de hele wereld. Hij probeerde op te roepen wat hij in het ziekenhuis had gevoeld: hij hield niet van haar. Hij hield niet van haar. Hij hield niet van haar. En toch voelde het niet zo. Opeens hield hij wanhopig van haar, vol haat, op een stupide manier, totaal. Hij wilde zich voelen zoals hij zich in haar gezelschap had gevoeld voordat dit alles was gebeurd: onoverwinnelijk, als een komeet die zich uitsluitend voorwaarts kon bewegen en nooit kon uitdoven. Hij wilde met haar dansen in Eileen's en met haar ontbijten bij Binibon, en hij wilde haar huid met twee handen aanraken, ze met volledige, bevredigende beheersing om haar kleine lijf heen vouwen. Hij wilde met haar over de Williamsburg Bridge lopen, zoals ze een paar weken geleden nog hadden gedaan, omhoog over die langzame, rode heuvel en zich begeven in een zee van mannen met zwarte hoeden en krullen die als veren aan hun hoofd bungelden, mannen die hij later op de avond zou schilderen. Hij wilde weer midden op de brug staan en haar vertellen over zijn droom. Hij zou de top bereiken, had hij midden op de brug gezegd, juist toen de nazomerbries was opgestoken. Als een goudklompje in een pan vol zand. Hij had het nog nooit hardop gezegd, tegen wie dan ook, maar zij had hem de behoefte gegeven om het te zeggen. Hij zou de top bereiken, zei hij nogmaals, dit keer tegen de East River, tegen de vijf districten, tegen de skyline, tegen de hemel. Als een goudklompje in een pan vol zand.

Maar dat was zijn lot niet, hè? Was er een gebeurtenis als deze voor nodig – een totale en volledige ineenstorting – om te leren accepteren dat het noodlot toch bestond, en dat hem een akelig lot was toegevallen? Een beeld van Lucy's oksel flitste door zijn gedachten. Die kleine holle ruimte: een grauwe, intieme schaduw. Hij beeldde zich in dat ze haar bloes optilde. Haar hoofd schuin hield. Aan een lul zoog. Hij sloeg zijn hand hard tegen de bakstenen muur van het gebouw. Hij voelde het bloed door zijn hechtingen heen sijpelen, het bloed dat zich niet liet tegenhouden door de meest onnutte prop verbandgaas ter wereld.

HET LEVEN IS MOMENTEEL VERWARREND – SAMO

Dat, geflankeerd door IK HOU VAN MAXINE en BEL JE MOEDER, op de wand van de telefooncel waarin je even later staat, terwijl je een poging doet een eind aan je eigen leven te maken, op de hoek van Tenth Street en Avenue A.

Tien opgewekte seconden lang vergeet je dat er een ongeluk is geweest. Denk je op SAMO's krabbel te kunnen reageren zoals je dat altijd doet, een traditie die jullie al jarenlang in ere houden: een veldslag – of was het een soort paringsdans? – van krabbels op muren en op armen.

Dan zou je schrijven: LUCY OLLIASON IS EEN HOER.

Maar helaas heb je geen hand om mee te schrijven: je tien opgewekte seconden zijn voorbij. Er zijn alleen vier smerige wanden, een telefoon zonder iemand aan het andere eind van de lijn, en pillen.

Het pillenflesje is, zoals vele dingen op aarde, gemaakt vanuit de gedachte dat degene die het opent twee handen zal hebben. Eén hand om zijn kleine oranje lichaam vast te houden en één om zijn dop in te drukken en eraf te rukken. Je slaat zijn dop stuk op de zilverkleurige telefoonkist tot het deksel afbreekt en de pillen als witte knikkertjes op de vloer van de telefooncel rondstuiteren.

Je pakt ze een voor een op. Je slikt ze door.

Je keel is met zand bekleed.

Wanneer het golvende gevoel van de pillen tegen je wang borstelt, valt je iets op. Een blauw doosje dat als een soort mechanische tumor op de telefoon zit. Dat is het blauwe doosje waarover Arlene je lang geleden heeft verteld. Je hoort haar gespierde stem: 'Dat betekent dat de freaks hem hebben gehackt. Als je eenmaal het geheime nummer hebt, kun je gratis bellen met wie je maar wilt.'

Je kunt gratis bellen met wie je maar wilt, en je hart krimpt ineen, en je gedachten zijn niet meer dan een gladde golf.

Je hart krimpt ineen en er klinkt een kiestoon en dan het rinkelen van een echte telefoon, en je bent bij je zus, onder de keukentafel, waar jullie de veters van je ouders aan elkaar knopen.

Neem op. Neem alsjeblieft op.

Je bent daar bij haar. Ze fluistert een geheim recept in je oor. Een recept dat kinderen in volwassenen verandert en volwassenen in kinderen.

Sigaret.

Neem alsjeblieft op.

Je bent daar bij haar, en ze doet of ze slaapt. Ook jij doet of je slaapt. Jullie weten allebei dat je de ander een gunst verleent. Door te doen of je slaapt terwijl je niet echt slaapt. Als jullie echt sliepen, zou dat als verraad gelden.
Neem alsjeblieft op. Jij bent het enige wat er nog is.

Wanneer ze opneemt zal ze naar adem happen, al voor ze jouw stem hoort. Ze zal weten dat jij het bent omdat ze altijd weet dat jij het bent. Eerst zullen jullie allebei zwijgen en dan zal het abrupt zijn, hoe ze naar jou terugkeert, jullie zullen kinderen zijn met dezelfde ribfluwelen broeken aan, met ouders, avondeten, het licht dat naar binnen schijnt, tekenfilms in zwart-wit, forten van beddenlakens, de verhalen die je moeder vertelt, urenlang rummy spelen, kleine schoentjes, stadsbloemen, prullaria die uit Italië of Rusland zijn meegebracht, de Beatles-elpee van jullie vader op de platenspeler, jullie moeder die danst in haar jurk met klokmouwen – ergens daarbinnen de tango, ergens daarbinnen het niets te verliezen hebben – jullie gelijkmatige ademhaling terwijl je elkaar voorwendt te slapen, het gewriemel met jullie tenen dat belooft dat je wakker bent.
Maar er klinkt alleen gerinkel, en je vervloekt het blauwe doosje, dat niet goed lijkt te werken, hè? En je rukt de kleine freakbox van de bovenkant van de telefoon en smijt hem op de

vloer en schreeuwt, tegen niemand: 'Godverdeklote!'

En waarom zou ze jou willen spreken als ze had opgenomen? Nadat je haar zo lang hebt laten barsten? Waarom zou je verwachten dat ze voor jouw tragiek zou opdraven nadat jij nooit voor de hare was komen opdraven, niet eens om haar grote nieuws te vernemen? En waarom belde je haar eigenlijk? Nu niets nog iets betekende? Nu alles niets betekende? Waarom richtte je je tot haar terwijl de wereld verging, als de wereld al aan het vergaan wás, of je nu wel of niet je zus aan de lijn kreeg?

De muntjes donderen terug in hun rinkelende vakje onder in de telefoon. De witte vorm van het colbertje van die man licht op onder je oogleden. Er zijn nog precies zes pillen – eerst waren het er vijfentwintig – en je neemt ze allemaal in, in één slok, zinkt neer op de natte vloer van de telefooncel op Tenth Street totdat je zus je instopt onder een deken van nietigheid. 'Ga maar, Raúl,' fluistert ze. 'Verdwijn van de aardbodem.'

Je bent daar bij haar, gebogen over haar doos met gebroken eieren, de restanten van het verschrikkelijke ongeluk.

Je bent daar bij haar, schuift een stuk van haar goede taart in je mond, neemt het haar kwalijk, dankt de hemel voor haar.

Maar je had haar niet bedankt. Je had haar nooit bedankt.

Je moet haar terugbellen, maar nu ligt de freakbox op de vloer, een kluwen blauwe en rode draden.

'Het komt goed,' zegt ze en streelt je met haar chipsnagels over je wang. 'Je bent veilig, je bent veilig, je bent veilig.'

Wit pak, maanlicht, gladde golf. Neem haar mee en laat zien wat je gemaakt hebt. Bewijs dat je iets gemaakt hebt. Laat zien waarvoor je haar verlaten hebt, laat zien hoezeer het de moeite waard is geweest.

Verlaat de telefooncel, wankel terug via Second Avenue, je ogen zo zwaar als broden. Weer op Bond Street, naar de goed verlichte zaal waar iedereen je naam in de mond neemt. Laat haar de hoofden zien van de mensen die je naam in de mond nemen. Laat haar zien hoe makkelijk die zich bewegen op de hals van de mensen die je naam in de mond nemen.

Toon haar je diavoorstelling, met Señor Romano's grote

buikschaduw die de projectie in de weg zit.

Eerste dia: helemaal blauw. Die prachtige, oeroude leegte.

Laat je lichaam oplossen in miljoenen deeltjes, laat die samen in een nevel zweven, zich dan verspreiden.

Een blauw vierkant. Een hard trappetje. Laat je ogen zich helemaal sluiten.

Volgende dia: zwart, dan wit, dan zwart.

Volgende dia: Yves die van de dakrand springt.

'Je bent veilig. Je bent veilig. Je bent veilig. Val nu maar in slaap, op het geluid van de sirenes en de honden en de vrachtwagens op de kinderhoofdjes, met hun kletterende metalen dak.'

Hoe is het mogelijk dat de een met vuilnis zeult, terwijl de ander...

'Je bent veilig.'

Sprenkel jezelf tussen de klanken van de stad, als stof met een welomschreven plaats om te vallen.

Dia's verwisselen: de kunstenaar valt naar de stoep onder hem, naar de dood uit naam der kunst.

The show must go on

'Iedereen die ertoe deed': zo zouden bepaalde mensen, waarschijnlijk zij die er niet toe deden, de bezoekers van Raúl Engales' expositie in de Winona George Gallery hebben beschreven. Vanaf haar zitplaats in de hoek had Lucy gezien hoe ze in ganzenpas binnenkwamen: de verzamelaars en de critici en de onafzienbare stroom intieme vrienden van Winona, die het klaarspeelden om Winona's bepoederde gezicht al voor de wijnflessen waren ontkurkt te overladen met lippenstiftafdrukken. Rumi was er, met haar weelderige haardos die uitdijde tot hij de zaal vulde, en een paar bekende gezichten van de expositie op Times Square – Lucy herkende een stel dat van top tot teen in rood gestoken was en een slungelige man met een honkbalpetje met een opschrift in blauw borduursel, ART IS MY HELL.

Al hun vrienden uit het kraakpand waren er ook: Toby en Regina darden rond als een tweekoppig insect, met één lange sjaal om hun halzen geknoopt; Horatio en Selma volgden in hun voetspoor. Horatio droeg een broek met een zelfgemaakt dambordpatroon van spuitverf en Selma een bloes die van cellofaan gemaakt leek en de vorm en schaduwen van haar kleine, alomtegenwoordige borsten toonde. Maar hoewel Lucy de hele zomer van hun onbehouwen genialiteit had genoten en hun nieuwsgierigheid en conversatiekunst had nagevolgd, zag ze nu in dat ze niet echt haar vrienden waren; ze behoorden toe aan Engales. Ze wist dat Engales niet zou willen dat ze hen over zijn ongeluk vertelde en daarom zou ze die gruwel eenzaam torsen terwijl ze de kunstenaars trachtte te ontlopen, zich bij de schilderijen vastklampte aan de buitenrand van het feestje, met haar rug naar de zaal de modellen van haar minnaar bekeek.

Maar ze vonden haar al snel en vuurden vragen af over Engales' huidige verblijfplaats. 'We hebben hem al een hele tijd niet gezien,' zei Toby. 'En hij is er áltijd,' zei Regina. Lucy haalde haar schouders op en sneed het probleem van commerciële galerieën aan, waarvan ze wist dat het Toby zou afleiden, in elk geval lang genoeg om een andere vermijdingstactiek te verzinnen. Toen hij kwam bij het gedeelte waar hij galeriekunstenaars met fabrieksarbeiders vergeleek, glipte ze weg in de menigte, waar ze merkte dat het gerucht over Engales' afwezigheid inmiddels officieel de ronde deed. 'Wellicht een dringende familieaangelegenheid,' opperde een stevige vrouw met een alligatorkop op haar handtas. 'Ik heb gehoord dat hij nu al een week door niemand is gezien,' riposteerde iemand anders. Nadat er genoeg tijd was verstreken en genoeg wijn was geconsumeerd, kreeg de afwezigheid van Raúl Engales nog meer dramatische allure. 'Hopelijk is hij niet vermist, zoals dat jongetje,' riep een oude vrouw met een smaragdgroene broche gepassioneerd uit. 'Is dat niet in- en intriest?' Horatio klampte Lucy aan bij een schilderij van een Chinese vrouw met een misvormde wang die een stronk paksoi vasthield. Lucy zag nu pas dat er een lacune in de trui van de vrouw zat: een plek die niet was afgeschilderd. Ze dacht aan de vloer van het atelier, waar ze het schilderij een paar dagen geleden had opgehaald – vol zwartachtige bloedspetters.

'Wanneer zal-ie weer opduiken, denk je?' zei Horatio met zijn hoekige accent.

'Vast heel gauw!' zei Lucy, in een poging opgewekt te doen, hoewel haar blik bij de lege plek bleef hangen en haar buik begon te gloeien van de angst dat ze alles verkeerd had gedaan.

Ze wist dat Engales niet gauw, waarschijnlijk nooit, zou komen opdagen. En als hij wel verscheen – als ze hem op magische wijze uit het ziekenhuis hadden ontslagen en hij toevallig had ontdekt dat de expositie niet was afgeblazen – zou hij hooguit woedend op haar zijn, nog woedender dan hij al was. Hij zou weten of te weten komen dat zij dit allemaal bekokstoofd had. Dat zij het nummer had gebeld dat Winona op het antwoordapparaat had ingesproken, een vergadering had belegd. Dat zij Random Randy uit de kroeg had geplukt om met de pick-up langs te komen en haar te helpen de schilderijen naar de galerie te verslepen. Hij zou te weten komen dat zij de papieren had getekend waarin met de verkoopvoorwaarden werd ingestemd, wier schuld het was als al zijn schilderijen verdwenen waren en er alleen een stapel bankbiljetten resteerde. Inmiddels wanhopig dacht ze, terwijl ze Winona een rode stip op het paksoischilderij zag plakken: waarom heb ik dit in vredesnaam gedaan?

Ze had het gedaan vanwege de cornflakes. Of eigenlijk vanwege de melk. Na de aanblik van het bloeddoorlopen verbandgaas om Engales' arm had ze twee dagen geen hap gegeten. En toen ze sigaretten en bier probeerde te kopen, vanuit het vage idee dat ze een of andere vorm van voedsel nodig had, had de Telemondo-man gezien in welke toestand ze verkeerde.

'Je ziet er niet uit,' zei hij tegen haar, maar ze schudde alleen haar hoofd, legde het blauwe pakje sigaretten op de toonbank.

'Je ziet er zelf niet uit,' antwoordde ze.

Hij negeerde haar en trok een doos cornflakes van een plank en greep een pak melk uit de koelkast achter hem.

'Voor niks,' zei hij, met zijn bruine ogen strak op de hare gericht. Ze trok de schamele boodschappen langzaam, voorzichtig van de toonbank, leek aan de ogen van de Telemondo-man te voelen dat ze die moest pakken, want anders. Want anders wat? wilde ze zeggen, maar in plaats daarvan vertrok ze gewoon, liep als een zombie door de East Village met de cornflakes in haar ene hand en de melk in haar andere.

Deze boodschappen zorgden ervoor dat ze de keuken in liep, het magere armpje van een kamer dat ze zelden bezocht; ze hield niet erg van koken, en de laatste tijd ook niet van eten. En omdat ze de keuken in wandelde en haar schamele maaltijd neerzette en zich daar stond af te vragen of ze wel of niet een beetje cornflakes moest eten, vielen haar twee dingen op. Ten eerste: op de achterkant van het melkpak prijkte het gezicht van Jacob Rey. Ten tweede: er knipperde een rood lampje op het logge zwarte antwoordapparaat.

Die dingen verrasten haar door hun gelijktijdigheid, maar ook door hun nieuwheid: het gezicht van Jacob Rey hoorde op telefoonpalen en prikborden, daar buiten in de serieuze, wijde wereld, niet in haar huiselijke domein. Lucy had nog nooit een advertentie van een vermiste persoon op een consumptieartikel gezien, en het gezicht van Jacob Rey, een mascotte van die afschuwelijke nacht, leek hier speciaal voor haar te zijn neergezet, alsof zijn geest haar tot in de keuken van Engales had achtervolgd. Zijn foto liet haar niet los en intrigeerde haar: het privéverdriet van een gezin dat tot openbaar beeld was gemaakt, en vervolgens via een alledaags melkproduct tot in het privéhuis van anderen verstuurd. Onwillekeurig stelde ze zich voor dat haar eigen gezicht op het melkpak stond, maar terwijl ze dat deed zag ze dat het antwoordapparaat – een reliek van de vorige huurder, had Engales haar gezegd, waar nog steeds de uitgaande boodschap van François op stond: 'Bonjour. Dit is François. Wie ben jij?' – om haar aandacht knipperde als de ogen van een verwachtingsvolle puppy die geaaid wil worden. Lucy drukte op de knop.

Eerst sprak het apparaat zoals machines gewoonlijk doen: met een menselijke stem die was veranderd in die van een robot, die niet met de woorden kon meebuigen en ze daarom bij de hoeken bij elkaar hield, als de cijfers van een digitale klok.

DIENSDAG, ZES-TIEN SEP-TEM-BER. VIJF-TIEN UUR NUL VIJF.

Afgelopen dinsdag. De dag van het ongeluk.

Daarna, in sterk contrast tot de robot, een zwoele vrouwenstem.

'Raúl. Sorry dat ik zo laat nog bel. Maar ik heb geweldig nieuws. Sotheby's was een eclatant succes. Meer dan een eclatant succes – je bent zo goed als binnen en we hebben de expositie nog niet eens gehad! En je zult niet geloven wie het gekocht heeft. Ik zal maar zeggen dat het iemand met een fantastische smaak is. Bel me terug, Raúl. Vijf vijf negen, nul negen vier zeven. Met Winona, trouwens, Raúl. O, en kom als de sodemieter de rest van de schilderijen brengen, mijn kleine ster. We staan op het punt jou aan de wereld te tonen.'

Op dat moment had Lucy begrepen dat het bericht voor haar was bestemd, net als het gezicht van Jacob Rey op de achterkant van haar melkpak. Zoals de moeder op Broadway haar had gevraagd om mee te zoeken naar Jacob, vroeg Winona haar nu om te zorgen dat de tentoonstelling van Raúl Engales volgende week doorging. Haar logica was misschien krom, dat besefte ze. Maar in de onscherpte van het ogenblik, dat wemelde van de boodschappen, redeneerde ze dat het haar plicht was om de schilderijen van Raúl Engales met de wereld te delen. Ze maakte zich zelfs wijs dat als de expositie net zo'n doorslaand succes werd als de veiling, Engales misschien weer tot zichzelf zou komen, dat hij zijn eigen succes zou meemaken en een toekomst vol mogelijkheden en vooruitzichten voor zich kon zien, in plaats van vol hopeloosheid. Als Engales kon zien dat de wereld zijn schilderijen omhelsde, dacht ze, kon hij misschien weer van zichzelf houden. En misschien zelfs van haar.

Daarom had ze Winona teruggebeld. En wat het melkpak betreft: ze had de inhoud in de gootsteen gegoten – en van de cornflakes afgezien – en het op de vensterbank gezet, boven het bed van Raúl Engales: een talisman, of een offerande aan niemand.

Terwijl ze in de galerie duizelig vragen ontweek, besefte Lucy wat een stommiteit ze had begaan door te denken dat dit een goed idee was; het was niet aan haar. Als Engales had kunnen zien hoe ze in haar glinsterende bloes bubbels dronk, zou hij haar gehaat hebben. Hij zou haar erger haten dan hij al leek te doen. (Ze beeldde zich in dat hij keer op keer 'Het is niet jouw project' tegen haar zei.) En nu wilde ze alleen maar weg. Maar Winona – die ontzettend opgewonden was, zo zag Lucy aan haar haar: de doorgaans smetteloze fontein was tot een keeshondachtige toef getoupeerd – wilde daar niets van hebben. Ze vond Lucy in de hoek, bij de wijn, en legde een van haar puntig genagelde handen op Lucy's schouder.

'Hoe zit het nou, Miss Lucy?' zei ze. 'Waar is onze held?'

Lucy kon eerst geen antwoord geven, en nam alleen grote slokken van haar wijn.

'Ik bedoel, echt,' vervolgde Winona. 'Zoiets mis je gewoon niet. Je mist je debuut niet. Niet in deze stad. Niet bij Winona George.'

Had hij plankenkoorts, wilde ze weten. Was hij bang voor

alle mensen die stapelverliefd op hem zouden worden? Was hij de stad uit gevlucht? Was hij ziek?

'Ik zou het niet weten,' zei Lucy en ontweek Winona's blik. Maar Lucy kon slecht liegen en Winona was geen goeie om tegen te liegen: ze pikte als een roofvogel in het vlees tot ze op bot stuitte.

'Een ongeluk,' ontboezemde Lucy ten slotte, toen het pikken pijn begon te doen en het woord als iets stekeligs in haar mond duwde. 'Er is een ongeluk gebeurd.'

'Wat voor ongeluk?' vlamde Winona. 'Is alles in orde?'

'Niet echt,' zei Lucy.

Lucy had zich ingebeeld dat Winona George woedend op haar zou worden omdat ze haar deze hele week voor het lapje had gehouden, maar ze was juist zichtbaar opgetogen. Het mysterie rond de verblijfplaats van de kunstenaar zou alles alleen maar interessanter maken. Kunst draaide juist om tragiek, hoorde Lucy Winona bijna zeggen met haar snobistische, donkere stem. Het vereiste sowieso tragiek om kunstenaar te zijn, of op zijn minst een tragisch hart, en alles wat daar à la Van Gogh bovenop kwam was mooi meegenomen, de bekende ouwe hap uit het oor, en uiteindelijk, wanneer ze dóódgingen, een postume melkkoe.

'Maar als hij dood is,' durfde Winona zowaar te zeggen, 'moet ik het weten. Want dan wordt het een heel ander verhaal. Dan moeten we de financiële zaken anders regelen. En moet ik het weten.'

'Hij is niet dood,' zei Lucy zachtjes en tuurde omlaag naar haar zwarte kistjes, die eerder zo belangrijk hadden geleken – ze had ze gekocht omdat ze had gezien dat Regina uit het kraakpand ook zulk agressief schoeisel droeg – en nu als een last aanvoelden.

'Maar wat dan?' zei Winona. 'Wat is er gebeurd? Lucy, je moet het vertellen. Dat snap je toch wel?'

Juist op dat moment kwam er een man tussen hen in staan, die zijn lange neus als een oogklep tussen Winona en Lucy boorde en Winona's kruisverhoor blokkeerde. Lucy zag Winona's gezicht omslaan van bezeten naar beheerst, en vervolgens naar lichtelijk opgelaten.

'En daar hebben we James Bennett,' zei ze. 'Wat énig dat je gekomen bent. En, wat vind je ervan? Is hij niet fabelachtig? Mag ik je een rondleiding geven? Ik zal je met alle plezier voorzien van citaten voor je artikel... Dit schilderij heet *Chinatown*, let op de juxtapositie van het fysieke en het metafysische, de misvormde wang en het onvoltooide gedeelte daar, dit gat in het werk...'

De man negeerde Winona en keek Lucy recht, strak en direct aan. Zijn blik was afschuwelijk en indringend, en Lucy keek weg, naar de muur naast haar, zoals je hoorde te doen als een man je zo aankeek.

'Jij bent het,' zei de man, die haar bleef aankijken. Zijn ogen waren een helder, chaotisch blauw: ogen waar je doorheen kon zien, het soort dat Lucy nooit had vertrouwd, hoewel ze besefte dat ze een directe weerspiegeling van haar eigen ogen waren.

'Ha! James!' zei Winona nogal luid. 'Altijd de vreemde eend, hè, James?' Nu stak zij op haar beurt haar neus tussen die van James en Lucy, een neuzenspel.

'Jij bent het!' zei hij nogmaals en zijn glimlach verbreedde zich en onthulde een stel vlekkerige, vriendelijke tanden. 'Jij bent 't meisje op mijn schilderij!'

Deze erkenning haalde een vreemd gevoel bij Lucy naar boven. Het was een dubbele erkenning, ten eerste door deze man (die haar 'meisje' noemde, dat verrukkelijke woordje dat van de mond tinkelde, de helft van het woord op de briefkaart die haar hierheen had gelokt), en ook door Engales, die op dit moment zo ver weg van haar leek. Ze dacht aan die eerste nacht, toen hij haar had geschilderd, wat een wonderlijke en opwindende ervaring het was geweest om zo lang door iemand bekeken te worden. De kriebelige kraag van haar bloes met lovertjes, dezelfde die ze nu aanhad. Zijn ogen gingen op en neer, en nog eens op en neer, terwijl hij haar lijnen en kleuren bestudeerde. Nu keek Lucy omhoog naar deze man, deze man die zij niet kende maar die haar wel kende, die uitgerekend met háár portret samenwoonde.

'Hoe kom je aan dat schilderij?' vroeg Lucy, hoewel ze het antwoord wist zodra ze de vraag gesteld had. ('En je zult niet geloven wie het gekocht heeft. Laten we maar zeggen dat het iemand met een fantastische smaak is.')

'Nou, dankzij mij!' ademde Winona. 'Het was zo'n gevalletje bij Sotheby's. Bespottelijk eigenlijk, hoeveel commissie die lui opstrijken. Als ik had geweten hoeveel James aan dat ding zou spenderen, had ik het rechtstreeks aan hem verkocht!'

Maar Winona's stem begon op te lossen in het lawaai van de zaal terwijl zij tweeën, Lucy en James, elkaar aankeken. En bij dat kijken merkte Lucy dat er iets in haar verschoof, hoewel ze er niet de vinger op kon leggen.

'Volgens mij heb ik jou al eens eerder 's avonds gezien,' zei de man met de schijnbaar fantastische smaak op dwalende toon. 'In het park.'

'In het park?' zei ze.

'Ja, in het park.'

'O,' zei ze. 'Ik kan me niet herinneren dat ik in het park geweest ben.'

Er gebeurde hier beslist iets: het was een evenement. Winona, die het scheen te beseffen, stak beide handen in de lucht, zei 'jezus christus' en sloop bij hen vandaan. Maar wat was het? Wat gebeurde er? Het was geen aantrekking, want deze James was niet knap op een manier die ze definiëren of begrijpen kon. En het was geen herkenning, niet in de zin dat ze hem kende, want ze had deze man nog nooit gezien. Maar ze herkende het gevoel, het kwam haar bekend voor, het gevoel dat het gehele landschap van haar leven op het punt stond te veranderen, en dat ze het misschien zelf veranderen kon.

Ze kon haar moeders turquoise kralen – die ze zo lang had bewonderd en in haar fantasie als kleine snoepjes had ingeslikt of in bad als een meermin had gedragen – uit haar dressoir stelen zonder dat haar moeder het ooit zou merken, want ze zou ze achter het huis begraven, met een berg dennenappels toedekken.

Ze kon haar tekenleraar van de middelbare school – de man met de ogen die onder de les recht in haar hart hadden gekeken – op het schoolbal, in de schel verlichte gang bij de toiletten tegenkomen. Ze kon hem meeslepen naar de wc, zijn broek omlaagtrekken.

Ze kon naar New York verhuizen, haar neus laten piercen,

haar haar blonderen, met een schilder naar bed gaan. Door met hem naar bed te gaan kon ze ervoor zorgen dat hij van haar hield.

Ze kon actief, desnoods meedogenloos, haar hart volgen en daarmee anderen in hun hart raken.

Ze kon toestaan dat haar buik warm werd terwijl de ogen van deze James Bennett doordrongen tot een speciaal, duister plekje in haar binnenste.

'Ik ben toen niet op je afgestapt omdat, nou ja, omdat ik niet zeker wist dat jij het was!' zei James toen. 'En ook omdat het raar geweest zou zijn.'

'En dit is zeker niet raar?' zei ze, verbaasd zichzelf te horen lachen zodra ze het gezegd had. Ze had al een week niet gelachen, niet sinds het ongeluk.

'Je hebt gelijk,' zei James. 'Dit is raar. Het spijt me. Het is niet mijn bedoeling om raar te zijn. Ik ben het gewoon. Ik bén raar. Dat probeer ik al m'n hele leven aan andere mensen duidelijk te maken. Ik bén gewoon raar.'

Lucy lachte nogmaals. Waarom lachte ze? Wie was deze kerel, met zijn dunne, steeds dunner wordende haar, met zijn doorschijnende, grote oren, met zijn gedateerde en gekreukelde en wítte pak? En waarom maakte hij haar aan het lachen, op een avond dat niemand hoorde te lachen, omdat een man, de man van wie ze hield, gewond was en nooit meer datgene zou doen waarvoor hij leefde, en hier waren ze desondanks met z'n allen aan het feestvieren. Het was allemaal een slecht idee. Ze moest dringend weg, dacht ze, en keek de zaal rond, op zoek naar een vrije route naar de deur. Maar toen zei James Bennett iets, en ze merkte dat ze daarin verstrikt raakte, onmachtig een voet te verzetten.

'Als ik je iets vertel,' zei hij, 'beloof je dan vol te houden dat ik alleen maar raar ben, en niet volslagen geschift?'

'Oké,' hoorde ze zichzelf zeggen. Ze merkte dat haar ogen, met hun knipperende wimpers, 'vertel op' zeiden. Dat kon ze wel, wist ze, met haar wimpers knipperen en 'vertel op' zeggen.

'Je bent erg geel,' zei hij. Hij had een kale plek, zag Lucy. Een glimmende, lelijke kale plek.

'Ben ik géél?' zei ze, en ze merkte dat haar stem op een onbedoelde manier speels werd. 'Ik ben geel. Hm. Ik geloof dat ik het deze keer op geschift hou.'

'Duidelijk,' zei James met een lichte glimlach. 'Maar ik vond dat ik het je toch moest zeggen. Het gebeurt uiterst zelden, in elk geval de laatste tijd, dat ik zo'n heldere kleur zie.'

Lucy had moeite om in gedachten bij Engales te blijven: ze was verdrietig, wist ze nog? En toch dwaalden haar gedachten steeds af naar het hier en nu, naar de aanwezige persoon, naar James. Haar pijn sloeg al snel om in hunkering, en de lagere delen van haar lichaam voelden warm en tintelend, tegen haar diepste wens in.

'Ik vind het hier niet prettig,' zei ze opeens.

'Hoezo?' vroeg James. 'Omdat een mafketel je zegt dat je de kleur van een courgettebloem hebt? Ja, dat is het precies – een courgettebloem!'

'Het maakt me verdrietig,' zei ze, met voorbijgaan aan James' rare grapje, als het een grapje mocht heten, 'om bij al deze schilderijen te zijn.'

'Ga je dan weg?' vroeg James, verrassend ernstig.

'Ga jij dan met me mee?' zei ze, verrassend ernstig.

Dit een-tweetje ging te snel en Lucy had er spijt van zodra ze het gezegd had. Ze zag James' gezicht betrekken van de besluiteloosheid.

'O,' zei hij en wriemelde met zijn handen.

'O, je hoeft niet mee, hoor,' zei ze. 'Laat maar. Ik bedoel. Ik bedoelde gewoon met me mee naar huis lopen. Dat was alles. Want ik ga ervandoor. Maar jij hoeft niet mee, hoor. Ik bedoel, ik ken je niet eens.'

'O, eh, best!' Hij keek opgewekter, dankbaar dat ze hem een uitweg bood. 'Een eindje meelopen klinkt goed. Het is erg koud.'

Om een of andere reden lachten ze daar allebei om, en opnieuw vroeg Lucy zich af waarom ze lachte zonder dat er een mop was verteld. Lachte ze hem uit? Lachte ze deze man, met zijn idiote pak en onhandige gedrag, uit? Of zichzelf, omdat ze door hem geïntrigeerd was, omdat ze überhaupt met hem praatte?

Maar nee, wist ze, terwijl ze door de menigte slalomden en

op straat verschenen, en daarna ontspannen en zwijgend over straat liepen, en iedereen die ertoe deed achter zich lieten, zonder erom te malen of erbij stil te staan dat de mensen uit het kraakpand hen samen zagen weggaan (en in dat enge, verboden deel van zichzelf misschien zelfs wilde dat ze dat zagen). Ze wilde weer lachen, dus dat deed ze. Ze wilde haar arm door de driehoek van James Bennetts arm steken, dus dat deed ze. Er was niets grappigs en niets leuks aan dat alles, aan wat dan ook. Maar ze lachte gewoon. Zoals een mens dat doet. Omdat ze niet anders kon. Ze moest meegevoerd, meegesleept worden. Ze moest verdwijnen. Ze moest in het hier en nu leven. Een hier en nu en een sfeer die precies goed voelden en vervolgens, toen ze het appartement van Raúl Engales in het zijstraatje van Avenue A naderden, precies fout genoeg om het hier en nu te doen ontvlammen.

Het geel van Lucy

Het was alleen maar zijn bedoeling geweest haar thuis te brengen.

Het was alleen maar zijn bedoeling geweest haar thuis te brengen.

Het was alleen maar zijn bedoeling geweest haar, het meisje uit zijn schilderij, thuis te brengen. Omdat het al laat was en meisjes als zij – jonge meisjes, blonde, mooie meisjes, meisjes naar wier evenbeeld schilderijen worden geschilderd – niet alleen door de gevaarlijke straten in downtown New York hoorden te lopen.

Ja, toch?

Ja, toch?

Het was alleen maar zijn bedoeling geweest haar thuis te brengen. Bij het betreden van zijn eigen huis was hij echter overdekt met de kleuren van een andere vrouw, de kleuren die alles hadden veranderd. Onder invloed van die kleuren – die hem als roofzuchtige katten hadden besprongen zodra hij de Winona George Gallery binnenwandelde – was de bedoeling vrijwel totaal veranderd. Onder invloed van zijn kleuren stond bedoelen iets te doen gelijk aan vrijwel niets doen, net zoals de bedoeling hebben om onopvallend binnen te komen terwijl je vrouw boven lag te slapen niet verhinderde dat de derde tree op de trap naar zijn slaapkamer nog altijd kraakte.

Het was niet mijn bedoeling, wilde hij tegen die tree zeggen. Maar je hebt het evengoed gedaan, zeurde de tree ten antwoord. Je hebt het gedaan. Dat was waar.

Hij was die avond met een opgeruimd gemoed naar de expositie van Raúl Engales gegaan; eindelijk was de langverwachte avond gekomen. De expositie had wekenlang zijn gedachten beheerst, vanaf het moment dat hij het schilderij van Engales had gekocht, het vierentwintig uur non-stop had aangestaard (tot verwarring en ergernis van Marge), en daarna prompt Winona had opgebeld om uit te vissen wat zij van deze Raúl Engales afwist, en hoe hij meer van zijn werk te zien kon krijgen.

'O, wist je dat niet?' had Winona gezegd. 'Dat heb ik aangeleverd! Als een soort testje eigenlijk, om te zien of het wat zou opbrengen. Dat doe ik soms, bij die dingetjes bij Sotheby's, waarbij ze aan het eind veelbelovend talent aanbieden. Uiteindelijk is hij voor behoorlijk veel verkocht, zoals je wel weet, James, maar ik had niet gedacht dat jij 'm zou kopen, ik bedoel, ik dacht dat jij boven veilingen verheven was!'

'Dat was ik ook. Ik bedoel, dat ben ik...'

'Hoe dan ook,' viel Winona hem in de rede, 'hij is mijn nieuwe held. Fabelachtig. Wat een talent. Wat een energie. Gewoon fabelachtig. Ik gooi hem in het diepe met een solo-expositie. Dat huftertje heeft uiteraard geen van mijn telefoontjes beantwoord, maar aan de andere kant weet ik zeker dat hij druk aan het schilderen is! Een productief type.'

Een solo-expositie. Een opwindende gedachte voor James. Hij zag een complete galerie vol schilderijen van Raúl Engales voor zich, een complete zee van gewaarwordingen. En hij beeldde zich in dat hij eindelijk Raúl Engales zou ontmoeten – de man die op oudejaarsavond de vlindervleugels en engelachtige muziek tevoorschijn had getoverd – en hem een hand gaf; hij zag voor zich hoe er letterlijk een vonk uit die hand vloog.

'Is het feit dat je een exorbitant bedrag voor zijn schilderij hebt neergeteld een indicatie dat je zijn expositie gaat bespreken?' zei Winona met haar manipulatieve/flirterige stem.

'Reken maar,' zei James stralend.

Ja, daar kon ze op rekenen. Dit kon hij. De man achter deze expositie was immers de man achter het schilderij dat nu zo mooi schuin op zijn schoorsteenmantel en op zijn hart leunde. Het schilderij dat zijn bewustzijn en zijn geest was binnengetreden en zich nu ergens in hem bevond, als een extra rib. Als het andere werk op de expositie ook maar enigszins in de buurt kwam van het schilderij in zijn bezit, zou hij geen moeite met schrijven hebben. Zijn artikel zou net zo veel magie bevatten als het schilderij, en dat zou de expositie vast ook doen. Hij markeerde de datum van de expositie op de keukenkalender van Marge – waarop ze vrij kort geleden dingen als 'eisprong' noteerde, maar nu alleen nog dingen als 'huur' – met een grote, dubbelzinnige ster. Hij zag de ster naderen terwijl Marge de dagen met haar kruisen afstreepte (de dagen afstrepen was zo'n tic van Marge, alsof ze een taak had volbracht door elke dag te overleven, door hem uit de tijd te verwijderen). Hij popelde. Zijn artikel over Raúl Engales zou het pièce de résistance van zijn carrière worden, de schriftuur die hem weer aan het schrijven kreeg.

'Ben je trots op mij?' zou hij Marge vragen wanneer het artikel verscheen en zijn statige kolommen tekst de voorpagina van het kunstkatern domineerden.

'Apetrots,' zou ze zeggen. Ze zou het zoals gewoonlijk aan hem voorlezen bij de zondagochtendeieren.

Maar gisteren, de maandag voor de dinsdag van de expositie, was James onverwacht door zenuwen bevangen geraakt. De dag had de zweterige stank van te hoge verwachtingen gekregen; hij had de kus des doods van overdreven voorpubliciteit gekregen. Zijn Actuele Tob-10 kwam op stoom: stel dat de andere schilderijen hem niet net zo raakten als dat eerste schilderij had gedaan? Stel dat hij helemaal niet over ze kon schrijven? Stel dat dit artikel gedoemd was te mislukken, net als alle andere die hij dit jaar had ingestuurd? Stel dat de kunstredacteur het überhaupt weigerde te lezen? Stel dat hij Marge opnieuw teleurstelde? Zou dit de laatste keer zijn dat ze dat pikte?

Marge maakte duidelijk, vooral met haar overmatig gebruik van de zucht, het officiële geluid van echtelijk misprijzen, dat hij haar bleef teleurstellen. Eerst had hij gelogen over zijn column, daarna had hij zonder overleg met haar het schilderij gekocht en nu zat hij de hele tijd alleen maar met bolle ogen voor het schilderij. Hij wist wat ze dacht terwijl ze hem door de lijst van de keukendeur bezag: als dit schilderij zo veel voor hem betekende, net zo veel als een jaar huur en het vertrouwen van zijn vrouw, moest hij erover schrijven.

'Vandaag nog iets kunnen schrijven?' vroeg ze steevast bij het avondeten, met een hogere stem dan ze van zichzelf had.

'Broeden,' moest James noodgedwongen zeggen. 'Opborrelen. Ideeën.'

'Zitten er goeie bij?' vroeg ze dan. Hij wist dat ze de passieve agressie minder agressief trachtte te maken, aan te lengen met iets vertrouwds, misschien wel met liefde. Maar hij wilde haar zeggen dat passieve agressie per definitie een dekmantel was, dat een dubbele dekmantel niet deugde. Hij zweeg echter, en dan slaakte Marge weer een zucht en zette ze iets in de ijskast. Daar waaide koude lucht uit: nog een zucht.

Haar zuchten bezorgden hem meestal het gevoel dat hij een waardeloos stuk vreten was; dan charmeerde hij Marge, maakte excuses. Maar nu het schilderij in zijn huis en in zijn brein huisde, begon hij zich eraan te ergeren — net als aan Marge' algehele houding — en te geloven dat de zuchten uit precies de verkeerde emotie voortkwamen. Marge leek te willen dat hij succes behaalde op een begrijpelijke manier, op een directe manier waarover ze haar vriendinnen en haar moeder kon vertellen, en waardoor ze zich geborgen en normaal kon voelen, terwijl hij juist het omgekeerde wilde. Hij wilde succes behalen op een manier die niet per se begrijpelijk was. Hoe kon dat ook, als die manier in hem huisde en in niemand anders? Marge' aanwezigheid begon op een beperking, een rem te lijken, juist nu hij zich weer vrij begon te voelen. Hij voelde veel afstand tot haar, alsof ze aan de andere oever van een meer stond, vol water dat te koud was om erin te willen duiken en naar haar toe te zwemmen. Omdat hij wist dat ze nog steeds woedend was over het schilderij waaraan hij al hun geld had gespendeerd, vertelde hij haar niet eens over zijn plan om over de expositie te schrijven. Hij vertelde haar helemaal niets over de expositie. In plaats daarvan bekeek hij zijn schilderij vanaf de bank, liet zich op de vleugels ervan meevoeren. Hij zou haar met zijn succes verrassen, in één grote, heerlijke beweging die hun wereld weer zou omkeren naar normaal. Tot die tijd zou hij met haar zuchten moeten leven.

Daarom verbaasde het hem dat Marge zijn bankverlamming die ochtend met een schokkend voorstel doorbrak.

'Neuk met me,' fluisterde ze, terwijl ze frontaal op zijn schoot neerstreek. Ze hadden het sinds de veiling niet meer 'geprobeerd', in de zin van kindjes maken, dus het voorstel was nog onverwachter dan het anders geweest zou zijn; Marge was niet zo'n vrouw die het woord 'neuken' in de mond nam als ze 'vrijen' bedoelde.

'Heb je een eisprong?' had hij heel suf gezegd, terwijl hij de krant die hij zogenaamd zat te lezen tussen hun lijven vandaan probeerde te wurmen.

'Dat maakt me niet uit,' zei ze, met ogen als ijzeren voetklemmen.

'Oké,' zei James. 'Sorry, je leek de laatste tijd geen zin te hebben. Ik dacht dat je boos op me was.'

'Ik ben ook boos op je, James. Je bent een stommeling. Maar ik wil nog steeds een kind van je. Of in elk geval een kind.' Ze glimlachte flauw met één mondhoekje.

James lachte moeizaam. 'Erg geestig,' zei hij. Hij legde zijn handen op haar billen, die in dit standje op een of andere manier nieuw leken: een nieuwe vrucht. Ze kuste hem in zijn hals en hij voelde een stroom bloed door zijn lichaam gaan. Met het schilderij achter haar gloeide ze rood op. Hij drong in haar en kuste haar wilde-aardbeiengezicht. Zijn zorgen smolten weg; opeens was hij subliem gelukkig. De gedachte aan de expositie van Raúl Engales — waar hij morgenavond om zes uur zou arriveren; hij zou zijn witte pak aandoen — deed hem hijgen van genot. Toen viel zijn blik op de ogen van het meisje op het schilderij, op de witte lichtjes in de zwarte olijven die haar pupillen waren, en — godskolere, dat voelde lekker — hij ejaculeerde zonder waarschuwing vooraf in Marge. Marge zuchtte en rolde van hem af, terwijl haar gezicht leek te zeggen: Kun je dan niets goed doen?

Nee, luidde het antwoord. Nee, hij kon niets goed doen, helemaal niets. Dat had hij zichzelf keer op keer duidelijk gemaakt, en deze avond in de Winona George Gallery opnieuw, op grandioze wijze. In de galerie, die vol hing met Engales' vlekkeloze, uitzinnige portretten, ervoer James alle heldere flitsen, alle waterspetters, alle muziek die hem welhaast in tranen deed uitbarsten, alle zintuiglijke verschijnselen uit de blauwe kamer, alles waarop hij gehoopt had. Maar pas toen hij het meisje in de hoek zag – het meisje uit zijn schilderij wier oogopslag hem de vorige dag ongewild had doen klaarkomen – met haar bos blond haar en haar amandelvormige, glinsterende ogen, voelde hij de kern van alle gewaarwordingen, de krachtigste aller kleuren. Het meisje straalde een spectaculaire hitte uit, alsof haar huid hem bij aanraking had kunnen verbranden, en ze was intens, prachtig geel.

Het trof hem als een vuist in zijn gezicht: dit was het meisje dat hij die nacht in het park had gezien, het meisje dat het park met haar lichtcirkel afkamde. En nu deed ze de kamer oplichten met haar wilde, open goud. Hij liep naar haar toe. Wat krijgen we nou, James?! Hij liep naar haar toe. Wat is dit voor gele, glinsterende bedoening?! Hij liep naar haar toe en had er meteen spijt van. Want zodra ze haar mond opendeed, was het alsof er een brandspuit in zijn binnenste werd opengedraaid; de kamer om hem heen verdween; de schilderijen deden er niet meer toe; de schilder deed er niet meer toe (James had niet eens opgemerkt dat Raúl Engales zich niet liet zien); het leek wel of dit meisje hem had opgeslokt en hij nu in haar rondzwom.

In haar. Het was alleen maar zijn bedoeling geweest om haar thuis te brengen, maar hij merkte dat hij zich ín haar bevond.

Nu, teruggekomen uit het appartement waar hij met haar had gevreeën, was hij van plan om dat uit zijn gedachten te verwijderen: haar bloes met lovertjes, die was uitgetrokken en haar kleine blanke lichaam had onthuld. Hij zou absoluut het beeld uitwissen van haar begerige ogen, de tranen die in hun hoeken glinsterden. Hij nam zich voor om het bestaan van haar tepels, de onvoltooide gezichten op de doeken rond het bed, de vonken en de felgekleurde slangen die door de kamer hadden gevlogen te ontkennen. Maar dat bleek lastig toen hij op de derde, krakende tree opnieuw een blik opving van haar gigantische portret, dat als een stralend vierkant van gele seks aan de schoorsteenmantel hing.

Hij deed een poging tot vermijding. Hij hield een hand voor ogen terwijl hij zijn route verlegde, liep weer de trap af naar de

badkamer, waar hij haar geur van zich af moest kunnen dou-
chen – kokosnoot en teer, versneden met goedkoop parfum uit
Chinatown. Hij schermde zijn gezicht opnieuw af toen hij de
open trap op liep naar zolder, waar Marge op haar zij lag te slapen: een berg witte goedheid. Hij schoof zo stil mogelijk het
bed in, liet haar instinctief op hem rollen. Zo hadden ze altijd
geslapen: James op zijn rug, als een plank, en Marge die als een
plooibare zitzak op hem neerzakte en zich voegde. Zelfs als ze
kwaad op hem was, verried haar stemming zich in haar slaap;
ze was vredig.

Maar hoewel hij haar lichaam tegen het zijne kon voelen,
leek Marge opnieuw oceanen en lichtjaren en kilometers van
hem verwijderd. Zijn verstand duizelde van de gebeurtenissen
van de afgelopen nacht. De stille straat, de ontspannen wandeling, de ervaring van Lucy's felgekleurdheid, de zwartheid van
het appartement waar zijn geslacht haar lichaam was binnen-
gedrongen.

Zijn geslacht. Het lichaam van een onbekende. Een kamer
zo zwart als zijn hart. Het geel.

Fuck.

Hij kon de slaap niet vatten. De ruzies en sirenes en het
dronken gestommel van de wereld verstomden. De nacht werd
sleets en de laatheid begon zijn brein af te matten. Hij werd
misselijk en bezorgd, en misselijk van bezorgdheid, en ziek in
zijn kop. De huid van Marge voelde plakkerig en verschrikkelijk verboden aan, alsof hij die niet mocht aanraken. Hij was
niet zo'n man die zulke dingen deed. Hij was niet zo'n man
die met andere vrouwen het bed in dook, die andere vrouwen überhaupt zag staan, en toch had hij dat gedaan. Hij had
Marge, die hij boven alles liefhad, die voor hem had gezorgd
en ondanks al zijn tekortkomingen van hem gehouden had,
bedrogen met een vrouw op wie hij niet verliefd was. Hij kon
nauwelijks bevatten hoe erg dat was. Hoe klote hij zich voelde.
Hoe erg dat was. Hoe klote hij zich voelde. Hoe erg dat was.

Hoe klote hij zich voelde.

Hoe erg dat was. Hoe klote hij zich voelde.

En toen: hoe nieuwsgierig hij was.

In het holst van de nacht glipte de nieuwsgierigheid langs

zijn gepieker naar binnen. In het deel van de nacht waarin hij had gemerkt dat zijn brein zich tegen hem keerde, alles wat fout was naar binnen liet. Nevens het gepieker knipperde een soort sexy schaamte. Hij kromp ineen en woelde en werd verblind door de maan op zijn gezicht, maar de onrust en de angst bevatten ook vurigheid en opwinding en de herinnering aan genot. Op het toppunt van dit gevoel, toen hij het gewicht van Marge niet langer op zich verdroeg, gleed hij onder haar vandaan en sloop hij weer de trap af. Hij knipte een lamp aan en ging op de bank zitten, recht tegenover het schilderij.

Onmiddellijk verscheen het geel, dat vanuit zijn ooghoeken zoemde en daarna zijn ogen vulde. Zijn gezicht plooide zich onwillekeurig tot een glimlach. Zijn lichaam tintelde en hij voelde goddelijke, verfrissende waterspetters op zijn gezicht. Hij voelde hoe het bloed zich naar zijn kruis spoedde, hoe zijn onderbroek werd aangespannen. Lucy keek hem precies zo aan als een paar uur geleden. Zij (geblondeerd) keek hém (akelig kaal) aan op een manier die aantrekking suggereerde. Haar ogen waren toegeknepen en haar huid oogde radioactief verhit. Haar schouders waren zo smal! Haar ogen deden iets! Hij had weg moeten gaan, maar was gebleven. Tijdens deze nieuwe ervaring, die hij beleefde terwijl hij in de intimiteit van zijn eigen huis naar Lucy's portret staarde, ervoer hij geen trilling van de zenuwen zoals eerder: alleen een felle, diepe kleur. Alleen geblondeerd. Alleen plotseling.

Opeens: ze dook voor hem. Ze was net een beroemde duiker. Ze had een lichaam dat zo verschillend was, zo anders dan het lichaam dat hij kende, zo dun, bijna jongensachtig. Zo borstenloos. Zo on-Marge. Moest hij proberen onder haar vandaan te komen? Moest hij haar wegduwen? Maar Marge was al verdwenen, nu Lucy's mond de zijne overal beroerde. Hij was zijn eigen vrouw vergeten. Deze nieuwe vrouw smolt in zijn armen en ze duwde. Ze was een limoen na een borrelglas sterke tequila. Ze was een gebrek aan zonnebril en zonnebrandcrème terwijl je die allebei nodig had. Ze was nat asfalt waar je voeten aan vastkleefden. Haar mond was een en al tong en tanden.

De seks was woest en warm. Ze watermeloende en heliumde boven op hem. Ze was vergevingsgezind, ze vergaf hem al-

les; ze was niemand, ze deed er totaal niet toe, ze was de afwezigheid van druk, een eenvoudige ballon die wegwaaide.
Maar ze waaide niet weg. Ze was hier. Ze was tepel, wit, roze, vlees. Ze was achterkant van arm, achterkant van been. Ze
was na middernacht, dromerig, niet-bestaand. Ze was het gevoel na lachen, dat hetzelfde was als opluchting, hetzelfde als
zwemmen. Ze had een zeesterrentong, een vleermuizenlijf,
een koninklijke bos haar. Ze was EEN EN AL HUID. Daaronder
had ze NIETS AAN. Ze was nooit eerder gebeurd. Ze was VOL-
SLAGEN NIEUW. Ze was een punaise die in zijn voetzool stak; ze
was een windgong en rimpelingen op het water, zachte bries-
jes; daarna was ze een windtunnel; ze brulde; ze hield van hem;
ze hield niet van hem, ze was een orgasme; ze stierf voor hem;
ze scheurde doormidden; ze sloeg haar benen als een spin om
hem heen; ze was een giftige spin; ze was een gemene slang;
hij explodeerde; hij hield van haar; hij hield niet van haar; hij
hield van Marge; hij had altijd van Marge gehouden, en Marge
kwam in haar T-shirt en slipje de trap af lopen, en hij keek
naar haar op, en uit haar gezicht sprak dat ze het wist, maar
ze wist het niet, hoe kon ze het weten? Hij keek op naar zijn
vrouw, zo stevig, zo rood, en hij besefte dat zijn ogen schitterden van zowel schuldgevoel als spijtbetuiging.

'Het is erg laat,' zei ze rustig.

'Sorry,' zei hij. 'Ik kom zo bij je terug.'

Maar zelfs wanneer hij terugkomt – naast zijn vrouw het bed
in schuift, haar gezicht beroert, de volgende ochtend koffie
voor haar zet, haar uit de krant voorleest – zal James niet terug zijn. Hij zal jeuk in zijn brein voelen, als een spin die over
en door zijn hersengroeven rent. Het zal kietelen en zoals ieder gekietel zal dat tot ondraaglijk lachen leiden: de wildste en
meest oprechte vorm van genot. Het zal hem terugvoeren naar
Lucy.

Ze zal als blonde rampspoed op bed liggen. Ze zal hem naar
zich toe en naar beneden trekken. Zij heeft de jeuk ook gevoeld, al is haar jeuk anders van aard. Haar jeuk is een jeuk die
kriebelt als een wondkorst: nieuwe huid die over een doorboorde plek heen groeit en de omringende huid oprekt. Ze weet dat

ze alleen bij de randen mag krabben, want als je aan een korst krabt vertraagt dat de genezing. En toch kan ze zich niet beheersen. De opluchting van het krabben lijkt het bloed van een opnieuw geopende wond waard.

Ze zullen opnieuw met elkaar vrijen en daarna nog eens. Ze zullen de hele week lang 's ochtends afspreken, en de week daarop, wanneer Marge naar haar werk gaat. Hun vrijpartijen zullen vol verwachting zijn. James zal rekenen op het vuurwerk, en in dat vuurwerk een fundamentele verschuiving; zij zal de toegangspoort zijn die hem weer tot zichzelf brengt, de lichtknop die de wereld weer kleur geeft. Lucy zal een verliezen van zichzelf verwachten, een vergeten, een respijt van de leegte die ze ervaart wanneer ze alleen is. Ze zal ook verwachten dat de deur van de flat openzwaait, dat Raúl Engales hen betrapt en woedend uiteenrukt. 'Alsjeblieft,' zal ze smeken, terwijl James zich nog in haar bevindt. 'Alsjeblieft alsjeblieft alsjeblieft.'

Ze zullen niet over Raúl Engales spreken: dat zal een ongeschreven wet zijn. Zijn naam uitspreken zou gelijkstaan aan erkennen wat ze doen: zich aan elkaar vastklampen, terwijl de man aan wie ze zich zouden moeten vastklampen onvindbaar is. Dit is je van het, zullen ze zichzelf en elkaar telkens proberen wijs te maken. Ze hijgen met genoeg puf om die andere gedachte te verzuipen: waar is de man voor wie ik gekomen ben?

Maar hoe stevig ze ook neuken, hoe blauw de bladeren buiten ook worden en hoe geel de kamer ook kleurt, hoe naakt ze ook worden en hoe gulzig ze elkaar ook verslinden, ze zullen niet van die jeuk af kunnen komen. Hoe harder ze proberen te krabben, hoe erger hij wordt, en de deur zal nooit openzwaaien, en ze zullen nooit betrapt worden, en ze zullen gedwongen zijn het steeds te proberen, om telkens holler te worden wanneer ze elkaar vullen: vele malen per ochtend in twee weken die veel langer lijken.

In de gele waas van deze twee weken zal James het artikel dat hij wordt geacht te schrijven, dat hij aan Winona George, aan zichzelf, aan zijn vrouw, aan de wereld had beloofd, helemaal uit het oog verliezen. Het is toch al te laat, weet hij. Deze stad blijft niet oneindig op je wachten. Deze stad maalt niet om de zonden die je pleegt om je werkelijkheid te ontvluchten. Maar in de gele waas van de affaire zal de stad wegvallen, zal de werkelijkheid wegvallen, zal de gedachte aan Raúl Engales wegvallen, tot hij op een koude ochtend – het is oktober en James zwerft weer doelloos rond – onverwacht Lucy ziet, daar buiten in de echte wereld, en het allemaal in een vloedgolf terugkeert.

Wanneer James haar ziet zitten – moederziel alleen, in een van de rode nissen van cafetaria Binibon op Second Avenue – zal hij ineens beseffen wat hij heeft gedaan. Want als hij haar daar achter het glas ziet zitten, zal er geen kleur verschijnen. Ze zal een gewoon meisje zijn, badend in gewoon restaurantlicht. En dan zal hij het weten: ze hadden elkaar tussen de schilderijen ontmoet. Ze hadden tussen de schilderijen geneukt. Het geel van Lucy had hem omwikkeld, hem doen denken dat hij alleen dát nodig had om in leven te blijven. Maar het was helemaal niet Lucy's geel geweest. Het was van Raúl Engales.

Het maakte niet uit hoeveel te laat hij was, het maakte niet uit dat er twee hele weken verspild waren – in artistieke tijd gemeten een eeuwigheid. Het maakte niet uit dat hij waarschijnlijk te ver over Lucy's pad gewandeld had om een elegante uitweg te vinden. Het maakte niet uit dat hij verdwaald was, de omweg van deze absurde, obscene affaire had genomen. Dat zou hij helder zien, terwijl hij van de cafetaria en van Lucy wegliep. Hij had al die tijd moeten proberen Raúl Engales te vinden.

Deel 4

Portret van het eind van een tijdperk

OGEN: Toby, Peruviaanse poncho aan, sjokt naar het kraakpand met een gigantische kroonluchter op zijn rug. Een kristal valt van een van de vele kroonluchterarmen, raakt de stoep, rinkelt, rolt. 'Schitterend!' zegt Regina, die in haar nachtpon naar buiten is gekomen om de kroonluchter te begroeten. Opknopen en aansteken dat ding, tot de ramen van het kraakpand twinkelen als de pupillen van een verliefde man. Ik ga doen waar ik zin in heb, zegt de twinkelende pupil van een verliefde man. En daar ga ik mee door tot mijn hart gebroken is. Tot iemand me een pistool in de rug duwt.

LEDEMATEN: Twee rode slingers, restanten van een feest van weken eerder, zijn door de mouwen van de ramen op de eerste verdieping geduwd. Ze zwaaien naar de kale lindes, naar de lucht, naar de politieagenten die zojuist aan de overkant hun auto stilzetten.

MOND: HIER HEBBEN WE WEER ZO'N GEVALLETJE, JIMBO. WAHEBBEWEDAN, CLEM? STEL VAN DIE ARTISTIEKE TYPES. DEZE KEER UIT DE BUURT VAN HUN LIJMPISTOLEN BLIJVEN, HÉ, JIMBO? HÉ? HOU JE BEK BIJ DIE LIJMPISTOLEN VANDAAN! STOP HEM IN JE HARIGE REET, CLEM. DOE GODVERDOMME JE WERK.

MAAG: Knort terwijl dingen worden omgegooid en verzameld. Leeggepompt.

BORST: 'Dat zijn mijn tieten!' roept Selma van achter het dikke, onmogelijk te openen raampje van de politiewagen tegen de smeris die met een gipsen beeld van een stel borsten het gebouw uit komt lopen. 'Dat kun je niet meenemen! Dat zijn godverdomme mijn tieten!' De smeris bestudeert de sculptuur, zet hem op een roestige vuilnisbak. Met zijn worstenvingers omvat hij de borsten, knijpt erin. 'Echt waar?' zegt de smeris. 'Echt waar?'

ROMP: Het is maar triplex en baksteen. Het is maar baksteen en cement. Het is maar spijkers en gipsplaat. Het is maar beton en metaal. Houd jezelf die dingen voor, als kleine gebedjes. Fluister ze op een gedempte toon, die klinkt als de ronde borstels onder de karretjes die 's nachts de straten schoonvegen. We kunnen meer triplex halen. Er is altijd meer baksteen. Cement schijnt ruim voorradig te zijn. Als we beton en metaal wilden, gingen we gewoon de bak in. Denk niet aan de straatveger met zijn bezem die over de stoep zoemt, een paar stappen verwijderd van de plek waar jij probeert te slapen. Zijn dienst zit er bijna op; straks parkeert hij zijn karretje in Queens, frommelt terug door de stad naar zijn flat in Chinatown. Dan knipt hij het licht aan en uit, kookt zonder reden water, zet een tv aan. Jij daarentegen bent nu dakloos, mompelt onder de dakrand van een deprimerende tandartspraktijk op Seventh Street over bouwmateriaal met je tien wetsovertredende maten, vraagt jezelf af waar jullie morgen heen zullen gaan, als jullie je moeten verspreiden, bedenkt hoe je het stuk triplex zult missen dat boven de wastafel in het toilet van het kraakpand vastgeschroefd zat, met je tandenborstel erop, altijd gereed voor gebruik wanneer je je schoon wilde voelen.

MOND: Hoewel ze dat nog nooit hebben gedaan, grijpen Toby en Selma elkaar bij het gezicht vast, zoenen elkaar. 'Wanneer de tragiek toeslaat,' fluistert Toby in Selma's oor, waar nog gips in zit van een mal die bij lange na niet is opgedroogd.

Rising Sun

Toen het kraakpand onverwacht werd geplunderd en gesloten, op een dinsdagochtend even na het ontbijt, zagen Raúl Engales en James Bennett dat allemaal gebeuren door het raam aan de zuidkant van Revalidatiecentrum Rising Sun, waar Raúl Engales drie weken geleden was opgenomen nadat zijn overlijden was mislukt. Hoog op de lijst van bedroevende zaken in Rising Sun, naast de knalroze muren en futloze verplegers, was de betreurenswaardige locatie ervan – op East Seventh Street en Avenue A, recht tegenover zijn voormalige hangplek. Hoog op de lijst van bedroevende zaken in het leven van Raúl Engales stond het feit dat hij leefde.

James had koffie meegebracht – sinds hij een week geleden met zijn dagelijkse bezoekjes was begonnen, hoefde Engales niet langer het bocht te drinken dat ze in de cafetaria van Rising Sun schonken; een kleine maar significante opluchting. Dat ze van het warme, verrukkelijke spul nipten terwijl ze keken hoe de politiewagens – drie stuks inmiddels – tot stilstand kwamen en gespierde, in marineblauw gestoken wetshandhavers uitspuugden, verleende het schouwspel enige afstand, alsof het een film of tv-programma was met acteurs die toevallig hadden meegespeeld in een eerder leven van Raúl Engales.

'Zijn dat je vrienden daarbinnen?' vroeg James zorgelijk. Hij was altijd zorgelijk, dacht Engales. Zo iemand die altijd zorgelijk was.

'Niet lang meer, lijkt me.'

Er klonk 'blip blip blip' van de sirene die halverwege werd uitgezet, daarna het hangende gerinkel van sleutelringen en het vette neerploffen van zware laarzen. Ze zagen de agenten met hun woedende handen bonzen op de blauwe deur van het kraakpand – de deur die Selma ooit om zeven uur 's ochtends had beschilderd omdat ze over een blauwe deur had gedroomd en die droom onmiddellijk moest verwerkelijken – en hem vervolgens intrappen. Met zijn linkerhand duwde Engales het raam moeizaam open; in Rising Sun was slechts een kier toegestaan, voor het geval je flipte en eruit probeerde te springen.

'SLECHTE DAG OM EEN KROONLUCHTER TE JATTEN, VRIEND.' Engales kon de ronkende stem van de agent, misschien genetisch gemodificeerd zodat hij 'eikelig' klonk, hier helemaal horen. 'ERG SLECHTE DAG.'

'Balen,' zei James Bennett. 'Gaan ze naar de gevangenis?'

'Jij bent zo'n type dat bang voor smerissen is, hè?' zei Engales. De koude lucht glibberde over hun lijf.

'Ik had een voorgevoel over deze dag,' zei James. 'Ik werd met paars wakker.'

'Wanneer je gestoorde taal uitslaat,' zei Engales, met zijn ogen op de ruggen van de politieagenten die in ganzenpas door de deuropening liepen, 'ben je geen makkelijk gezelschap. Echt niet.'

'Wist je dat ze een film met Jean-Michel aan het maken zijn?' zei James. Hij draaide zich om en keek Engales vragend aan.

'Waar slaat dat nou weer op?' zei Engales. Hij had geen bijzondere behoefte om na te denken over het filmdebuut van Jean-Michel Basquiat, of diens groeiende faam, of wat er nog meer op aarde gebeurde waar hij geen rol in speelde.

'Ik bedoel dat dit' – James opende zijn hand richting het raam – 'overal gaat gebeuren. Met alles. De gebouwen, de kunstenaars, alles wordt ingepikt of op z'n minst opgekocht. Het grote geld komt downtown, en dit zal telkens weer gebeuren. Alles wordt anders, bedoel ik. Let maar op.'

Ze letten op. De blauwe zeildoeken uit de ramen op de eerste verdieping van het kraakpand bolden op in de wind. De agenten waren inmiddels binnen en hadden de voordeur achter zich opengelaten. Engales stelde zich voor hoe de koude lucht de gemeenschappelijke ruimte van het kraakpand in waaide, kou die sterker was dan straalkachels en onder truien kroop, hoeveel lagen kleding je ook aantrok. In de periode dat Engales ieder vrij uur in het kraakpand doorbracht, mochten de Zweden als het zo ijskoud was graag een van hun laaiende vuren stoken op de betonplaat aan de achterkant; buiten met vuur was warmer dan binnen zonder. Niet dat ze warmte toen erg belangrijk vonden. Ze hadden elkaar, ze hadden hun projecten en ze hadden deze ruimte die ze zich konden toe-eigenen – dat alles voorkwam dat ze vernikkelden.

Engales besefte dat deze inval verlichting zou kunnen bieden: eindelijk zou het kraakpand ermee ophouden hem vanaf de overkant te sarren. Eindelijk zou hij kunnen slapen zonder zich in te beelden wat daar allemaal gebeurde, zonder zich af te vragen wat hij misliep. Drie weken had hij geluisterd naar de geluiden van zijn oude leven, die door de kier van het raam heen sijpelden – Selma's kosmische gehuil, feesten die woedden tot in de pijnlijke uren van de nacht, een experimentele-poëzievoordracht waarbij iedereen unisono had gejoeld: HEEL ONTREGELEND. HEEL ONTREGELEND. HEEL ERG ONTREGELEND! En nu was hij daarvan verlost; als het geen gemoedsrust opleverde, zou het in elk geval stil zijn.

Maar hij ervoer geen opluchting terwijl hij wachtte tot zijn vrienden werden afgevoerd uit het pand dat ze de afgelopen jaren hadden verbouwd tot een manifestatie van hun dromen. Hij voelde alleen maar intens, onvoorzien verdriet, niet zozeer om hun verlies als wel omdat hij er geen deel aan had. In de tijd die hij er had doorgebracht, had hij geholpen het kraakpand te verbouwen – de keukenplanken, de handgevlochten hangmat, de muren van de ateliers – en daarom had hij erbij moeten zijn toen het gesloopt werd. Hij had erbij moeten zijn om samen met Toby een grote bek op te zetten tegen de agenten, om voor Selma te gaan staan zodat ze haar geen handboeien om konden doen. Maar nee, hij zat hier, in zijn eigen hel aan de overkant, opgesloten met een stel zuipschuiten en krankzinnigen en mensen die ontiegelijk met hun been trokken of een been misten, terwijl hij met een geobsedeerde, mislukte schrijver zijn vorige leven bekeek, als een voyeur. Hoe was hij zo geworden? Hoe was het mogelijk dat dit zijn leven was? Waarom, en hoe, was hij hier gekomen?

Door toedoen van Winona George.

Door toedoen van Winona George was Raúl Engales drie

weken geleden, op de avond van de expositie die zijn debuut als schilder had moeten markeren, niet bezweken aan een overdosis pijnstillers. In plaats daarvan had Winona, terwijl ze hooggehakt naar een gele taxi beende, hem bewusteloos en kwijlend aangetroffen voor een huis op Bond Street. Ze had hem zelf de auto in gesleept en de taxichauffeur gezegd met supersonische snelheid naar het St. Vincent te rijden.

'Die taxichauffeur had geen idee wat "supersonisch" betekende,' vertelde Winona nadat Engales' maag met geweld was leeggepompt, in hetzelfde ziekenhuis waar ze zijn arm hadden dichtgenaaid. ('Bijna een stamgast hier,' zei een verpleegkundige in een poging tot humor.) 'Maar toch reed hij met een noodgang,' vervolgde Winona. 'En gelukkig maar, want anders was je dood geweest.'

'Was dat maar waar,' had Engales gezegd.

'Ach, zeg dat toch niet,' had Winona gezegd. 'Je had het eventjes moeilijk, dat snap ik best, lieverd. Maar je hebt nog een leven te leiden. En je bent nu in goeie handen.'

Wie z'n goeie handen? wilde Engales zeggen. De handen van de knappe ziekenhuisartsen, met hun bekwaamheid die Engales' levenskracht bedreigde? Die van Winona, met haar lichtpaarse nagels die hem letterlijk onpasselijk maakten? Die van een of andere godheid, die al had bewezen dat hij niet bestond óf een sadist was? Goeie handen, dacht Engales, terwijl hij vanaf het ziekenhuisbed omhoogkeek naar de holle grotten van Winona's jukbeenderen, die bestonden niet meer.

Maar dat was Winona niet met hem eens geweest. Er was hoop voor Raúl Engales – er kon meer geleefd worden en meer roem vergaard, als hij maar wat hulp kreeg. Ze was onvermurwbaar: hij zou ergens worden opgenomen waar hij kon bijkomen en revalideren; zij zou de rekening fourneren.

En zo was het door toedoen van Winona George dat Engales niet naar huis gestuurd werd, naar de flat van François, maar naar Rising Sun (of, zoals de kraakpandbewoners het hadden genoemd, het Latexgesticht, zowel omdat de grootste gekken van de wijk er woonden als omdat de kliniek op de begane grond gratis condooms verstrekte). Hier moest hij het deprimerende esthetische mengsel van volkse gastvrijheid en medische steriliteit verduren waarvan hij vermoedde dat die gebruikelijk was in New Yorkse instellingen van gezondheidszorg: opgewekte bewegwijzering van gekleurd karton (IF IT'S YELLOW LET IT MELLOW, stond er op eentje op de gezamenlijke wc), ziekenhuisblauwe lakens, gevangenisdunne matrassen, glazen mobiles die 's ochtends kleurrijk licht op zijn gezicht weerspiegelden. Hij zou een kamertje delen met een voormalige alcoholist die Darcy heette, elke avond voor het slapengaan gospels zong en zijn schoenen poetste na elke keer dat hij ze gedragen had. Hij zou opdrachten en pillen accepteren van een fabuleus botte verpleegster die Lupa heette, die een Mexicaans Spaans sprak dat zowel slepend als onbeschoft was en die een neus had die bijna net zo breed was als haar gezicht. En hij zou allerlei therapieën volgen: gesprekstherapie met een man die Germond Germond heette en 'zeg maar Germond' tegen Engales zei; creatieve therapie (het toppunt van ironie) met Carmen Rose, die nooit iets zei, maar ongelooflijk veel knikte en tempera mengde; en fysiotherapie met Debbie, een opgewekte blonde sportcoach die zijn linkerhand tot een onemanshow trachtte op te leiden door hem aan de knoppen van een Etch a Sketch-tekenbord te laten draaien. 'Het is voor iedereen weer anders,' zei Debbie lieflijk toen Engales haar vroeg hoelang dit godsamme zou duren. 'We moeten je hersenen omscholen zodat ze je nieuwe lichaam snappen. Het is een proces.'

Maar Engales wilde zijn nieuwe lichaam en zijn nieuwe leven niet leren snappen of een of ander proces doormaken. Hij wilde geen feestgeluiden uit het kraakpand aanhoren terwijl hij in slaap trachtte te komen. Hij had geen behoefte aan welke therapie dan ook. En hij wilde zeker niet urenlang in een kamertje opgesloten zitten met de afschuwelijke beelden die in zijn hoofd rondzongen: de gruwel van het witte colbertje dat Lucy meeneemt, de nacht in; het huis uit zijn kindertijd, uitgestorven aan het andere eind van een door freaks gehackte telefoonlijn; de zilverkleurige bijl van de guillotine die op zijn arm neerdaalde; Franca's eieren, hun uitlopende dooiers. En daarom kneep hij zijn ogen krachtig toe, maar onder zijn oogleden zag hij alleen maar een nóg verwardere versie van de beelden die door zijn hoofd spookten. Colbertje, rinkelen, dooier/bloed. Germond, Germond, dooier, colbertje. Lupa's neus, colbertje, Etch a Sketch, bloed. Ik zie je straks in het kraakpand, om middernacht in het kraakpand, om vier uur 's ochtends in het kraakpand, nooit meer in het kraakpand. Halleluja, witte dooier, rode dooier, DIT IS ONTREGELEND, de geur van Lupa's sigaretten, galmen, galmen, galmen, foetsie.

Maar toen, op de dinsdag van zijn tweede week, werd het helse ritme van zijn revalidatie doorbroken door een met regen overdekte man die tegen het eind van het bezoekuur verscheen. Hij had iets bekends, maar Engales kon hem aanvankelijk niet plaatsen. In de omslagen van de man z'n broek vormden zich slotgrachtjes.

'Excuses hiervoor,' zei de man en gebaarde naar het gedruppel. 'Ik ben m'n paraplu kwijt. Misschien heb ik er nooit een gehad? Ik weet het nooit met paraplu's.'

Lupa stak haar hoofd de kamer in. 'Diet ies Miester James Bennett,' zei ze met haar ik-ben-een-harde-bikkel-stem. 'Dame Miss George heb hem gestuurd. Aardig doen.'

Het hart van Engales haperde even. James Bennett. Daarom kwam die man hem zo bekend voor: opeens zag Engales weer flitsen voor zich van het oud-en-nieuwfeest, toen Rumi de belangrijke mensen op het balkon had opgesomd. Hij herinnerde zich Bennetts kromme silhouet, zijn glimmende schedel. Hij dacht aan Winona's belofte: een stuk in de *Times* van de zeer bewonderde kunstcriticus, helemaal over zijn tentoonstelling. Engales' haren kwamen overeind, eerst van de hoop zoals wanneer hij 's ochtends wakker werd: tien stralende seconden waarin een journalist van *The New York Times* was verschenen om een stuk over hem te schrijven.

Engales reikte met zijn hand naar een handdoek die aan de knop van de kastdeur hing, wierp hem de man toe. Die ving hem, wreef de handdoek over zijn schouders, omlaag over zijn benen. Toen verschoten de tien stralende seconden even snel als ze gekomen waren. James Bennett kon hier alleen maar zijn om over één ding te schrijven: het ongeluk, de hand. Hij zag de krantenkoppen al voor zich – 'Mislukte schilder in gekkengesticht', 'Verminkte kunstenaar zal nooit meer schilderen', 'Hand en carrière afgekapt', 'Extra editie'. Toen beeldde hij zich in dat Lucy de krant oppakte en zijn zielige verhaal op de voorpagina las. Er zou een close-up van zijn gerimpelde arm bij staan, met de ontstellende, onmiskenbare, frankensteinachtig zwarte kerven van de hechtingen. Hij voelde zich opeens aangerand – precies zoals hij zich gevoeld had toen de Telemondo-man zijn centengrapje niet maakte. De wereld zou hem voor eeuwig anders behandelen, anders naar hem kijken; voortaan zou de hand bepalen wie hij was. De hand zou zijn enige verhaal zijn.

'Ik doe geen interviews,' zei Engales vlug, terwijl hij de blik van James Bennett ontweek.

'Ik ook niet,' zei James, terwijl hij zijn bril met piepkleine ronde glazen afdeed om het water uit zijn gezicht te wrijven.

'Waarvoor ben je hier dan?' zei Engales.

'Nou,' zei James Bennett buiten adem, alsof hij zojuist een heleboel trappen had beklommen, 'eerlijk gezegd probeer ik de zin van mijn leven te begrijpen.'

En precies toen James Bennett zijn bril weer opzette, zag Engales het: het onmiskenbare registreren van de ontbrekende hand aan de arm die als een roze lul op de leuning van Engales' stoel lag opgebaard. Dat was het patroon: normale blik, geschrokken blik met opengesperde ogen, gerecupereerde, quasinormale blik, dan trieste blik. James Bennett had niet over het ongeluk gehoord. Hij was hier niet om over het ongeluk te schrijven.

Gewoonlijk volgde er een laatste ruststadium: de wenkbrauwschuinte van het medelijden. Maar het gezicht van James Bennett ging niet door tot dat laatste stadium. In plaats daarvan verschoof het naar een gezichtsuitdrukking met grote ogen en een slappe mond die enkel als ontzag kon worden opgevat.

'Shit,' zei James.

Engales keek sceptisch toe terwijl James Bennetts bleke gezicht zich verwrong tot een euforische puinzooi: een en al uitpuilende ogen en trillende neusvleugels en geplooide wangen.

'Het gebeurt,' zei James.

'Wat gebeurt er?' vroeg Engales, te nieuwsgierig om zijn mond te houden.

'Eh,' bracht James uit en schraapte een stoel over de vloer tot naast de stoel van Engales. Al zittend peddelde hij met zijn natte loafers over het linoleum en hield intussen zijn uitpuilende ogen onophoudelijk gericht op Raúl Engales' gezicht. Engales voelde de hechtingen in zijn arm trekken, alsof ze op barsten stonden.

'Het lijkt wel een kroon,' zei James met een schuin hoofd. 'Of een soort halo. Het heeft een goudachtige tint. Het is mooi. Net als in de blauwe kamer. Ik wist het!'

Engales schoof zijn stoel een eindje achteruit; het linoleum krijste.

'Je bezorgt me officieel de rillingen,' zei hij. 'Dus als je niet gauw uitlegt wat je bedoelt, roep ik Lupa er weer bij.'

'O, neem me niet kwalijk,' zei James, terwijl hij zijn bril weer afdeed om in zijn ogen te wrijven. 'Ik doe raar, hè? Daar kan ik niets aan doen. Ik ervaar gewoon zo veel. Je bezorgt me zo veel gevoelens.'

'Lupa!' riep Engales naar de deur, maar Lupa kwam niet.

James barstte uit in een verklaring: hij had een soort handicap, legde hij uit. Of eigenlijk een gave. Hij bezat de gave om dingen te zien die er niet waren, om dingen te horen en dingen te voelen en dingen te ruiken die in de echte wereld niet bestonden. Zijn zenuwbanen lagen gekruist, legde hij uit. Alsof een telefoniste twee verkeerde mensen met elkaar verbonden had, en die twee vervolgens prima overweg konden.

Engales bekeek hem nog steeds zeer sceptisch. Rumi had James Bennett op oudejaarsavond terecht een rare vogel genoemd. Toch voelde Engales iets wat hij al een hele tijd niet gevoeld had. Hij kreeg het warm. Sedert het ongeluk had hij het voortdurend koud gehad, alsof zijn wond een open raam was waardoor al zijn lichaamswarmte wegvloog. In het gezelschap van James Bennett voelde hij zijn bloed warmer worden.

Juist op dat moment kwam Lupa met wijde neusvleugels binnenstormen en verkondigde dat het bezoekuur om precies één uur was afgelopen en dat het nu vijf over één was en dat Mary Spinoza haar op d'r lazer zou geven als die *chicharrón* van een Bennett niet als de sodemieter oprotte. James kwam overeind, liet een plasje regen achter op de plek waar zijn achterwerk had gezeten en stak zijn arm uit om Engales een hand te geven.

'Leuk geprobeerd,' zei Engales. James Bennett keek omlaag naar zijn hand – in een reflex had hij zijn rechter uitgestoken – en werd overvallen door zo te zien echte schaamte.

'Shit,' zei James.

'Weet je niks beters?' zei Engales. 'Shit?' Hij voelde dat de warmte hem verliet.

'Als dat mag, zou ik hier iets willen achterlaten,' zei James en zocht in een lijvige schoudertas die Engales niet eerder was opgevallen. Hij trok een zwaar bruinleren boekwerk uit de tas en legde dat bij Engales op schoot.

'Wat moet dat godverdomme wezen?' zei Engales.

'Dit was ooit de zin van mijn leven,' zei James Bennett. 'Ik hoor graag wat je ervan vindt.'

Toen Darcy vertrok om in de recreatieruimte te gaan pokeren, had Engales uit nieuwsgierigheid de leren map ingekeken. Op de rug zat een sticker waarop met cryptische hanenpoten geschreven stond: HONGER / ZONNEGEEL / RAÚL ENGALES. Wat voor geschift etiketteringssysteem was dit? En waarom werd Engales erbij gesleept? Toen hij de map openklapte, bleek hij vol te zitten met kleine witte diavierkantjes voor in een projector. Engales liet zijn linkerhand over het bevredigend gladde plastic glijden, trok toen een van de dia's uit zijn hoesje. Hij hield hem voor het raam. Hij zag een gezicht in het vierkantje. Hij kantelde de dia zodanig dat het licht door het gezicht heen stroomde: het was Francis Bacon, het portret dat Lucian Freud van hem had geschilderd. Hetzelfde portret dat Arlene hem op die eerste dag in het atelier had laten zien, als contrapunt van zijn eigen prutswerk.

Het toeval was griezelig, net als de map. Net als James Bennett, die uit het niets was verschenen om een reden die Engales niet begreep, buitenissige dingen zei en hem vervolgens opzadelde met een berg dia's zonder projector. Of was er wel een projector? Hij wist nog dat hij er in de fysiotherapieruimte een had gezien, die Debbie had gebruikt voor haar lezingen over lichaam en ziel: een foto van een slanke vrouw op een strand, een foto van een kom havermout, een afbeelding van alle spieren die in een hand zaten. Gelukkig had Debbie een zwak voor Engales — hoe ze zijn arm tijdens hun sessies masseerde was uitermate erotisch — dus toen hij haar vroeg of hij de projector en de kamer mocht lenen, stemde ze flirterig toe, met als voorwaarde: 'Alleen als ik mag blijven kijken.'

'Best,' zei Engales, sleepte twee stoelen tevoorschijn en sloot de deur van de fysiotherapieruimte. Hij laadde een slee met de dia's van één pagina en deed de projector aan. Op de muur achter de robotachtige schaduwen van de fysioapparaten verscheen een flamboyant plaatje. Nog een schilderij dat Engales kende: een werk zonder titel van Francesco Clemente, met een vrouw die door twee naakte mannen werd geflankeerd. De vrouw had een brede rode mond en een dikke vlecht die over een van haar schouders viel. De mannen stonden in afzonderlijke poelen blauw, hielden hun handen boven hun hoofd, poseerden voor haar.

'Ik voel een ménage à trois opkomen,' zei Debbie, alsof het schilderij een televisieprogramma was van het type waar ze vast naar keek, met meiden die net als zij spijkerjasjes droegen en kauwgom kauwden.

Engales negeerde haar en liet het beeld bezinken. Hij had het schilderij mooi gevonden vanaf de eerste keer dat hij het zag, een paar jaar geleden op een expositie in een van de grotere galerieën; hij vond het nog steeds prachtig. Hij hield van de rauwe angst die op het gezicht van de vrouw te lezen viel, en van de vraag die het schilderij stelde: was het mogelijk om van twee mensen te houden? Of zou zo veel liefde hen doen verdrinken, zoals het gepijnigde gezicht van de vrouw suggereerde? Hij dacht aan Lucy, die in zijn flat een andere man beminde. In zijn binnenste luidde een klok: misschien was ze aan het verdrinken. Al hield ze van die man met het witte pak, misschien hield ze ook nog steeds van hem. De genialiteit van het schilderij troostte hem, het feit dat het hem op zo veel niveaus deed denken. Twee om twee.

Engales klikte door de pagina met dia's heen, en toen die

was afgelopen, door de volgende pagina, en tijdens de derde pagina werd duidelijk dat het allemaal alleen maar griezeliger werd. De werken in de map HONGER / ZONNEGEEL / RAÚL ENGALES van James Bennett waren bijna allemaal kunstwerken waar hij zelf op verschillende momenten in zijn leven voor was gevallen. Je had de winterbomen van Hockney, de monsterlijke gestalten van Jean-Michel Basquiat, de knipsels van Matisse en de graffiti van AVANT. Er was zelfs een actionpainting van Horatio, die Engales hem had zien schilderen tijdens een performance om middernacht in een leeg gebouw in de slachthuisbuurt, een van zijn bokshandschoenstukken. Zelfs de schilderijen die Engales nog niet kende ontroerden hem, weerklonken in hem, en het hele gedoe perste de ruimte achter zijn oogbollen vol ingehouden tranen.

'We kunnen je weer op weg helpen,' zei Debbie plotseling, toen de muur zwart werd. 'Je maakt goede vorderingen met je linkerhandflexoren. Aan de interossei palmares moet je nog werken, maar dat kan goedkomen.'

'Bedankt, Debbie,' zei hij en hees zichzelf met enige moeite overeind uit zijn stoel. Hij was uitgeput. 'Maar nee, bedankt, Debbie.'

Hij was met zijn gedachten sowieso niet bij zijn eigen hand of zijn eigen schilderwerk, of bij Debbie, maar bij de dia's en bij James Bennett. Zijn hart trilde van de dynamiek en liefde en kleur die uit de dia's sprak. Hij had die dynamiek of liefde of kleur niet meer ervaren sinds het ongeluk, en het bekijken van deze diaverzameling bevestigde alleen maar een vermoeden dat Engales had gehad toen James Bennett bij hem in de kamer zat: James Bennett had troeven in handen die Engales wilde zien en kennen. Daarna verdwenen al zijn gedachten, want Debbie was bezig met de knoop van zijn spijkerbroek.

'Fysiotherapie?' zei ze van onderen, met knipperende wimpers.

James keerde de volgende dag rond dezelfde tijd terug, en de dag daarop weer, en al snel werd hij het type bezoeker dat een revalidatiecentrum kan gebruiken: het type dat steeds terugkomt. In ruil voor zijn opname in Rising Sun had Engales

Winona laten beloven dat ze niemand van zijn vrienden – vooral Lucy niet, had hij met opeengeklemde kaken gezegd – zou vertellen waar hij zat. Uiteindelijk had ze daarmee ingestemd, maar tevens geredeneerd dat Bennett geen vriend van Engales was en dus niet telde; Winona was dol op ontsnappingsclausules. Maar Engales nam haar niet kwalijk dat ze James gestuurd had. In een oord waar behalve de film op zondagavond of de pizza op vrijdagavond of de havermoutreep op dinsdag niets was om naar uit te kijken, vormde James' aanwezigheid een weliswaar vreemde, maar welkome afleiding.

Op de dag van James' tweede bezoek was Engales, misschien omdat de schilderijen uit de diamap hem ontroerd hadden, openhartig en bereid om te praten. En ze praatten volop, zoals Engales van zijn hele leven nog nooit met iemand had gepraat, over gemeenschappelijke kennissen (Jean-Michel Basquiat, Selma Saint Regis) en kunstenaars met een opgeblazen ego (Toby) en kunstwerken die ze hadden gezien waar ze warm voor liepen (de licht- en ruimte-installaties van James Turrell) en kunstwerken die hen koud lieten (de stofzuigers van Jeff Koons). Engales' rotsvaste overtuiging dat hij het had gehad met de kunst, er niet eens meer over nadacht, verdween naar de achtergrond tijdens deze gesprekken, die soms onvoorziene wendingen namen (zo vertelde James over de erectie die een Matisse hem had bezorgd) of onverwacht de diepte in gingen (over zijn ouders vertelde Engales: 'Ik schilderde mensen omdat ik geen mensen had'). Ze spraken uitvoerig over de dia's in de ringband, en vooral uitvoerig over de Freud.

'Het mooie is dat niet duidelijk is of het voltooid is,' had James gezegd. 'Die witte achtergrond! Daarin voel je alle spanning van het dilemma van de schilder. Zijn hele innerlijke drama: moet hij doorgaan? Of moet hij het zo volmaakt ontredderd laten? Is hij gestopt omdat hij aan zichzelf twijfelde of omdat hij tevreden was over zijn werk? Het is er allemaal, het hele verhaal en de hele grote vraag!'

Engales knikte bijna onzichtbaar. Hij wist nog dat hij ook zoiets gedacht had toen Arlene hem dat schilderij voor het eerst liet zien. James stak een bevlogen verhaal af over Bacon en Freud, over hun vriendschap en de dagen dat ze samen op het atelier zaten te roken, te eten, te praten en elkaar te portretteren. Daarna over hun gokverslaving, hoe ze hun auto's of schilderijen verpandden om hun stijgende schulden te betalen. Dat gokken welbeschouwd hetzelfde was als schilderen; kunst was altijd een vermoeden, een aanwijzing die je volgde tot in het duister, waarvan je de uitkomst pas kende wanneer alles achter de rug was, een spel dat je verliezen kon.

'Ik heb altijd het gevoel gehad dat de beste kunstenaars wisten wat hun resultaat zou zijn,' zei Engales. 'Dat ze eerst een idee hadden, en dat hun werk uit dat idee voortkwam. Zelf heb ik helemaal geen ideeën. Ik heb altijd gewoon geschilderd tot er een schilderij was. Ik heb altijd gedacht dat ik het vast verkeerd deed.'

'Welnee,' zei James enthousiast en sperde zijn ogen verder open. 'Je onderschat de kracht van het associatief denken! Dat is een kunstenaar ten voeten uit: iemand wiens kijk op de wereld – enkel zijn kijk – op zichzelf al een idee is!'

Engales zweeg en herkauwde dat. Hij stelde zich Bacon en Freud voor, hun gerimpelde gezichten, de geur van terpentijn, de mespuntjes blauw die ze toevoegden voor elkaars schaduwen. Gek genoeg voelde hij zich minder ellendig door dit gesprek met James Bennett over twee oude kerels en ideeën en kunst, ook al kon hij zelf geen kunst meer maken. Hij voelde dat er iets gebeurde, misschien tegen zijn zin, of misschien erdoor, zo snel en zo naadloos dat hij het niet had zien aankomen en het verloop ervan niet in woorden kon vatten: James Bennett was een vriend aan het worden. Wat had hij trouwens te verliezen? Hij zou zijn vermoeden tot in het duister volgen. Misschien zou hij er zelfs op gokken.

Een spel: Raúl Engales houdt een dia uit de map voor het raam. James Bennett flapt eruit wat hij voelt wanneer hij hem ziet. 'Wasmiddel!' zegt James wanneer Engales een dia van Walter Robinson omhoogsteekt. 'Verbaasd grijs!' zegt hij over 'Men in the Cities' van Robert Longo. 'Wat is "verbaasd grijs" in godsnaam?' zegt Engales; ze lachen. 'De hals van mijn vrouw,' zegt James over een werk van Ross Bleckner, met golvende lijnen die als haarlokken door het kleine raampje omlaagtuimelen.

Een verkondiging van Engales: 'Weg met de abstractie en weg met het surrealisme en weg met zonsondergangen. Vooral weg met zonsondergangen. Geef mij maar neusvleugels, weet je? Hele grote lelijke. Met bellen snot.'

Een vraag van James: 'Wat is er met je hand gebeurd?'
Een antwoord van Engales: 'Domme pech gehad.'

Een verkondiging van James: 'Misschien komt het terug. Je weet maar nooit. Op een dag word je wakker en is het terug. De kleur van de wereld, de schoonheid ervan. Geloof me, ik weet er alles van.'
Een afwijzing van Engales: 'Je weet geen zak.'

Een vraag van Engales: 'Wat doe je hier ook alweer?'
Een antwoord van James: 'Met jou praten.'

'Een galerie, gok ik,' zei James Bennett nu vanaf zijn uitkijk-post bij het raam, terwijl ze keken hoe de politieagenten de kunstenaars een voor een op de achterbank van hun patrouil-lewagens zetten. 'En dat, dames en heren, is de grote ironie van het kapitalisme. Zullen we de kunstenaars eruit trappen om ruimte te scheppen voor kunst?'

'Daar is Regina,' zei Engales. Regina, met haar muisblonde haar vastgeplakt aan haar betraande gezicht, had er in Enga-les' ogen nooit kwetsbaar uitgezien. Nu leek ze met haar tril-lende benen en lippen wel een verschrikt hertenjong. De an-deren liepen achter haar aan – Selma met haar lange zwarte piratenjas; Toby met zijn Peruviaanse poncho die in het dag-licht zowel culturele als visuele aanstoot gaf; Horatio, die al-leen zijn met verf besmeurde bokshandschoenen bij zich had. Opnieuw voelde Engales de stevige por van de buitensluiting; hij wilde bij hen in die rij staan. Maar waarom? Waarom zou hij deel willen zijn van dat afzichtelijke tafereel? Waarom ver-langde hij opeens terug naar zijn oude leven, juist toen het door de war werd gegooid?

Hij zag een herinnering voor zich, zo levensecht dat hij haar geschilderd had kunnen hebben, en voor hij het wist vertelde hij die hardop.

'Het flatgebouw tegenover het onze is afgebrand,' zei Engales. Eenmaal uitgesproken won de herinnering aan fysiek trekvermogen; hij voelde de hitte van de vlammen op zijn gezicht. 'Op mijn vijftiende, in het jaar na de dood van mijn ouders. We waren nog maar tieners, helemaal alleen in dat gigantische huis, ik en mijn zus. Ik werd wakker omdat het zo warm was geworden, de brand was aan de overkant van de straat, maar de hitte sloeg door ons raam heen. Feloranje vlammen, alsof ze nep waren, iets uit een film. Ik maakte m'n zus wakker en we renden de trap af, de straat op, waar de hele buurt buiten stond te kijken hoe het gebouw door brand werd verteerd. We stonden er een tijdje naar te kijken, en ik wist precies wat mijn zus dacht, want ik dacht hetzelfde.'

'En dat was?'

'We wilden de kinderen met het afgebrande huis zijn,' zei hij.

James zweeg. Zo te zien was zijn koffie uit de bodega afgekoeld, de melk lag plat op de oppervlakte.

'Alle gezinnen uit het flatgebouw verhuisden naar een tijdelijk paviljoen in het park, allemaal bij elkaar,' vervolgde Engales, met vochtige ogen terwijl zijn gedachten zich naar het verleden spoedden, weg van het heden. 'Wij hadden geen paviljoen. Wij hadden alleen dat enorme, ijskoude huis.'

Ze zagen hoe Selma beneden op straat begon te schreeuwen en zich los probeerde te wurmen van de agent die haar vasthield: een forse man met een rood gezicht, een blonde snor en varkenslippen. Hij kreeg haar zo te zien vrij moeiteloos rustig.

'We wilden bij de groep mensen van de brand gaan staan,' vervolgde Engales. 'Ze huilden allemaal, en wij wilden met ze meehuilen, maar dat konden we niet. We wisten dat het niet ons verdriet was; het was niet onze tragiek. En opeens keken we elkaar aan en zonder zelfs maar te overleggen schoten we weg over de straat. We wisten allebei dat de ander ging rennen, en waarheen. We gingen naar de begraafplaats en vlijden ons neer op de graven van onze ouders. Ik op dat van pappa en Franca op dat van mamma. We hadden die graven nog nooit bezocht – we waren te bang geweest om ze te bekijken, of om ons in te beelden dat de lijken van onze ouders daar echt in lagen. Maar die avond gingen we. We wisten allebei dat het moest, precies tegelijk. We wisten waar onze tragiek zich bevond, en die moesten we op dat moment ervaren.'

Waarom hij dit nu aan James Bennett vertelde wist hij niet precies, maar Engales kon niet ophouden met praten. Voor het eerst sinds zijn aankomst in New York gaf hij iets prijs over Franca; zelfs Lucy had hij niet over haar verteld. Het leek wel of Franca een gekooid dier in zijn binnenste was geweest, dat nu woest tekeerging, probeerde uit te breken.

'Een van de problemen met Franca,' vervolgde hij, 'was dat we te hecht met elkaar waren. We snapten elkaar te goed. We zagen te veel dingen. Het was haast pijnlijk om bij haar te zijn.'

'Ben je daarom hierheen verhuisd?'

'Het is mijn schuld,' zei Engales. Zijn stem was zacht en donker geworden, net zo zwart als de koffie in zijn hand.

'Wat is jouw schuld?'

'Ik heb haar daar achtergelaten. Terwijl ik verdomme wist wat er zou gebeuren.'

'Wat dan?'

'Ik heb op de ochtend van m'n ongeluk over haar gedroomd. Toen heb ik haar gezien, precies toen het gebeurde. Toen 't mes in mijn arm zat, zag ik haar.'

'Dus je weet niet écht of er iets gebeurd is. Heb je haar opgebeld?'

'Je snapt echt niet wat ik zeg, hè? Je hebt geen idee wat ik bedoel. Ik heb haar achtergelaten bij een man die niet voor haar kon zorgen. Er is iets gebeurd. Het land is naar de kloten en er is iets gebeurd, ik weet het gewoon.'

'Maar je hebt nog niemand gesproken en...'

'Hou toch je bek,' zei Engales en zijn gezicht vlamde opeens op. 'Ga me geen dingen vertellen waar je niks van snapt. En bovendien, zodat je het weet: ik ga nooit meer schilderen. Godverdomme nooit meer. Hoor je me? Kan jouw associatieve brein dat bevatten? Doe maar niet alsof je ook maar iets over mijn leven weet. Alsof je het allemaal helemaal snapt.'

'Het spijt me, ik... ik had m'n mond moeten houden,' zei James, geschrokken van Engales' plotse vijandige uitval. 'Ik raak gewoon in de war. Want het lijkt duidelijk. Als ik bij jou ben, lijkt alles duidelijk.'

'Nou, dat is 't niet,' zei Engales, terwijl zijn hart nog steeds in zijn borst zijn longen vertrapte. Hij wilde Franca op dat moment zijn arm laten zien. Zij was de enige die het litteken zou begrijpen.

De twee mannen vielen stil en keken weer naar buiten, waar een witte plastic zak in de dichtstbijzijnde boom was blijven hangen. Toen de wind hem bevrijdde, werd zijn boodschap geopenbaard: I ♥ NEW YORK. Hij zweefde omhoog, de witte hemel in, tot die hem opslokte. In de diepte werden schakelaars omgezet en sloegen sirenes aan. Toen waren de kunstenaars weg.

De vermiste jongen en het verdwaalde meisje

Lucy werd uit een van whiskey doortrokken slaap gewekt door het ontregelende geluid van sirenes en een luid kloppen op de deur van het appartement. Een sirene in de ochtend was als drinken voor het middaguur: een signaal dat het niet goed ging. Het geluid van kloppen was echter een opluchting. James was terug.

Ze wiebelde overeind tot een zittende positie, liet haar benen van het bed rollen. Haar hoofd hing scheef als dat van een pop met een porseleinen kop die te zwaar is voor haar nek. De vloer van het appartement verried haar, kantelde deze en gene kant op, en ze had sterk de indruk dat ze in de tijd was verdwaald. Was het werkelijk oktober? Had de laatste maand van haar leven echt plaatsgevonden? Was Engales echt zijn hand kwijtgeraakt? En verdwenen? En had James Bennett na de expositie werkelijk twee volle weken lang zijn plaats in bed ingenomen, om op zijn beurt ook abrupt te verdwijnen, zonder zelfs maar te bellen? Bovendien: gisteravond. Was ze echt drieëntwintig, was dat mogelijk?

Ze stommelde naar de deur, terwijl de gedachte aan James' warme lichaam onder zijn lelijke trenchcoat haar naar voren zoog. Ze zou in hem wegzinken. Ze zou hem vragen waar hij de hele week had gezeten, en dan zeggen dat ze het wel begreep. Ze wist dat hij een eigen leven had. Ze wist dat hij niet elke dag kon komen. Toch, zou ze zeggen, heb ik je gemist. Wat alleen waar was binnen de omlijning van het 'iets' wat ze samen gemaakt hadden, dat natuurlijk één grote rotleugen was. Maar toch: een verzachtende leugen. Een leugen die ze nu niet erg zou vinden; er was tenminste een ander mens in het spel.

Nee, zei de wrede, bonkende wereld van de ergste kater aller tijden. Gij zult vandaag geen huwelijken ontwrichten. Het was niet James die voor de deur stond. Voor de deur, toen Lucy het roestige lipsslot opendraaide en hem opentrok, stond een lange blonde vrouw met een grijze overjas en een heel klein jongetje aan de hand.

De vermiste jongen, dacht Lucy, vlak voordat ze voelde hoe een hand haar ingewanden vastgreep en eraan draaide. Ze rende naar de wc en kotste de afgelopen nacht eruit.

De afgelopen nacht was een chaos van lippenstift en whiskey geweest: zo'n nacht die een vrouw doormaakt wanneer de mannen op wier reddingswerk ze rekent het laten afweten. Ze was drieëntwintig geworden en er was niemand geweest om dat mee te vieren, en niets wat het vieren waard was. Er was geen Engales − ze had vergeefs getracht hem op te sporen, maar níéts − en er was geen James; hij was een week geleden gestopt met bij het appartement verschijnen, zonder enige uitleg. Ze had die hele ochtend medelijden met zichzelf en dacht terug aan haar vorige verjaardag, toen Jamie en de jongens met een R een klonterige taart voor haar hadden gebakken en haar, toen die oneetbaar bleek, hadden meegenomen naar de Mudd Club, waar ze eindeloos op de dansvloer hadden gewerveld en drankjes hadden gemorst, als een van de ontelbare vriendenclubjes in New York die uitgingen om zich gezamenlijk aan de stad te laven. Nu was er geen samenzijn, er was niemand, en toen ze haar eenzame verjaardag niet langer kon bevatten, had ze ten slotte besloten zelf actie te ondernemen; ze zou James thuis bellen, vragen waar hij had gezeten, hem overhalen om langs te komen, hem zoenen tot hij weer zielsveel van haar hield.

Dat telefoontje vergde stalen zenuwen die alleen met alcohol haalbaar waren, en daarom was ze naar Telemondo gegaan om een heupflesje te kopen. Ze koos Jim Beam, drukte de fles tegen de borst als een troostrijke teddybeer, bescheiden in zijn bruine papieren zakje. Bij het weggaan was ze even gestopt om een tijdschrift uit het rek bij de deur door te bladeren. Het viel open bij een lippenstiftadvertentie met het onderschrift: IS ER ÉÉN MAN DIE JOU WERKELIJK BEGRIJPT?

Nee, had ze gedacht terwijl ze de foto bestudeerde van een

rondborstige brunette, met lippen die met riskante veelkleurigheid waren omzoomd. Het was een advertentie voor Cherries in the Snow van Revlon, ook zo'n kleur lippenstift waar Jamie bij zwoer. Eigenlijk begrijpt niemand mij.

Niemand wist dat ze altijd een plat zilverkleurig ringetje van Mason & Mick's in haar broekzak had zitten; ze namen waarschijnlijk aan dat het de uitdagende contour van een ongebruikt condoom was. Niemand wist hoe ze echt rook, naar aarde en mest en kamperfoelie uit de tuin; ze kenden haar geur als schrale sigaretten, imitatieparfum uit Chinatown, kersenrode lippenstift, seks. Niemand wist hoe haar moeder haar noemde: meisjemeis; hier heette ze 'Raúl z'n vriendin' of 'Ida' of 'barjuffrouw'. Niemand wist dat ze na het donker met een zaklantaarn de stad in liep om een vermist kind te zoeken, of dat ze sliep in een kring van melkpakken met zijn kindergezicht erop; en als ze dat wisten, zouden ze denken dat het een kunstproject was, een uitstapje in hun artistieke wereld, en niet wat het werkelijk was: een meisjesbijgeloof, een eenzame uitgestoken hand. In New York wilde niemand over bijgeloof praten. Koude, harde feiten wilden ze: zoals of je wel of niet met een getrouwde man neukt in het bed van je onlangs verminkte vriend.

REVLON SNAPT JOU ZOALS JE WERKELIJK BENT... O-ZO-WARM EN EEN TIKKELTJE ROEKELOOS.

Vooruit dan, Revlon. Vooruit dan, New York. Eén stift Cherries in the Snow van de drogist aan de overkant, stiekem weggestopt in de zak van haar houthakkersjas, die nog van haar vader was geweest. Eén streep van het spul op haar gesprongen lippen, met het vettige zilverkleurige oppervlak van de telefoon in de telefooncel als spiegel. Eén, nee, twee slokken Jim Beam, om haar zenuwen van staal te maken. Eén vlugge blik op de zachte, flinterdunne pagina's van het telefoonboek in de telefooncel, op zoek naar het nummer van ene James Bennett. Maar kijk, dit is nog beter. James Bennetts adres.

Ze kon het turquoise van haar moeder stelen; ze kon haar eigen lot bepalen; ze kon door de stad naar Jane Street 24 lopen en door James Bennetts kleiner-dan-gemiddelde raam naar binnen kijken.

Hier woonde hij, hier woonde hij écht, met zijn vrouw, die in de keuken aan het aanrecht iets met een mes stond te doen. Daar stond Lucy, wankelend van de whiskey, naar deze vrouw te gluren. Een vrouw met zacht, bruin haar en een paarse bloes. Een vrouw met een stoofpan. Een vrouw die vast op de universiteit had gezeten. Met andere woorden, het volkomen tegendeel van Lucy. Daar was James, die naar de keuken liep en zijn armen om haar heen sloeg. De armen zeiden: Ik weet al mijn hele leven lang hoe ik mijn armen om deze vrouw moet slaan. De armen zeiden: Jij, Lucy Marie Olliason, bent een vreselijk kutwijf.

Ze was in Jim Beam-tranen uitgebarsten. Sinds wanneer drink jij Jim Beam? Sinds ik weet dat die me ieder moment in tranen kan doen uitbarsten. James hield niet van haar; Engales hield niet van haar; geen van beiden kende haar überhaupt; niemand kende haar, verdomme. Met haar pols wreef ze de iriserende lippenstift van haar mond. Ze vluchtte weg over Jane Street en terug door de stad, maar niet zonder elke kroeg die ze onderweg tegenkwam aan te doen. In elke tent acteerde ze een variant op dezelfde sentimentele scène. In de Eagle draaide ze Blondie op de jukebox en danste in haar eentje (als je het dansen kon noemen; het waren vooral armbewegingen); Random Randy zag het met leedwezen aan. In de Aztec Lounge trok ze aan de stropdas van een dikke man en zoende hem op zijn roze, vettige gezicht. In Eileen's Reno Bar, waar plastic planten aan het plafond hingen en de mannen blauwe, glinsterende oogschaduw droegen, sloeg ze met haar vuist op de bar en probeerde de barman over haar ellende te vertellen.

'We waren hier laatst nog,' jankte ze, 'Raúl en ik. We dansten, want Winona had net gebeld. Hij was zo gelukkig. "Winona George houdt van me," zei hij. Ik zei hem dat iedereen van hem hield. "Wie dan?" zei hij. "Ik dan," zei ik. Het was voor het eerst dat ik dat tegen hem zei. Dat ik van 'm hield, bedoel ik.'

De barman maalde niet om dat verhaal, of de verhalen die ze daarna afstak, over zijn hand, over James, over de vrouw van James achter het raam. Niemand maalde erom. Uiteindelijk had Devereux, een travestiet die vaak in het kraakpand kwam, haar naar huis gebracht, terwijl ze met haar lieve, opzettelijk hoge stem keer op keer 'Lief narcisje, lieve roos' fluisterde, totdat Lucy kotste op de glinsterende schoenen van Devereux.

Mannelijk. Latijns-Amerikaan. Zes jaar. Eén meter één. Donker haar, bruine ogen.

Dat is hem, dacht Lucy terwijl ze water in haar gezicht plensde in de wc, waar een waterkakkerlak die maar niet wilde verzuipen in het fonteintje woonde. De jongen voor de deur moest wel Jacob Rey zijn. Hij voldeed aan het signalement op de melkpakken, en droeg hij geen rugzakje? Jacob Rey had ook een rugzak. Ze dacht aan de avond van het ongeluk, de zoekende, spookachtige gezichten van de moeders. Op dat moment had ze geweten dat ze het lot van de jongen was binnengetreden, en nu was hij hier. Hier was de vermiste jongen, plompverloren aan de deur. Hier was het noodlot, dat haar kwam halen.

Nee, zei de wrede, bonzende wereld van de ergste kater aller tijden, toen ze terugliep en hem voor de deur aantrof. Gij zult heden geen vermiste jongens redden.

Het was Jacob Rey niet, zag ze nu. Zijn ogen stonden anders. Het waren niet de ogen van Jacob Rey, en toch kwamen ze haar bekend voor. Ze kende de jongen ergens anders van. Van iets wat met zijn ogen te maken had.

'Ben jij de echtgenote?' zei de blonde vrouw, in haperend Engels, voordat Lucy de ogen van de jongen kon plaatsen in de bibliotheek van bekende ogen.

'Pardon?' zei Lucy, terwijl ze zich heroriënteerde op de vrouw, wier wangen op twee roze kersen leken. Cherries in the Snow. De gedachte aan de lippenstift maakte haar opnieuw kotsmisselijk. Ze zoog haar adem naar binnen.

'De echtgenote van Raúl Engales?' zei de vrouw.

Of het nu kwam doordat ze wilde dat het waar was of doordat ze niet helder kon denken wist Lucy niet, maar ze knikte.

'Goed dan,' zei de lange vrouw. Ze extraheerde een oranje envelop uit haar brede handtas, trok daar een wit vel papier uit en drukte dat in Lucy's handen. Het was een brief, geschreven in een mooi, ongevlekt handschrift. De tekst was in het Spaans.

'O, ik begrijp geen Spaans,' zei Lucy verontschuldigend. De vrouw tikte op het papier, bij een ingesprongen gedeelte.

Raúl Engales (hermano)
265 Avenue A, Apartment 6
New York, New York 10009

Lucy keek omhoog naar de vrouw, wier bleke gezicht geen antwoorden bevatte. Lucy was ernstig in de war. *Hermano.* Zo ver reikte haar Spaans nog wel. Maar Engales had nooit iets over een broer of zus gezegd. Hij zei altijd dat hij geen familie had – dat ze allemaal dood waren.

'Sorry,' zei Lucy, met een hand op haar voorhoofd, dat warm aanvoelde. 'Ik begrijp het even niet. Wie bent u?'

'Ik ben Sofie,' zei de blonde vrouw, in haperend, mechanisch Engels. 'De buurvrouw van Raúl z'n zus, Franca.'

'Volgens mij heeft Raúl geen zus,' zei ze. Om een of andere reden dacht Lucy aan de waterkakkerlak die ze daarnet in het fonteintje had gezien, met zijn misselijkmakende glanzende kop, die vanuit de afvoer naar lucht hapte.

Een ander, kleiner stukje papier werd door Sofie uit de envelop getrokken en op het eerste gelegd. Het was een briefkaart van de skyline van New York, in al zijn gekartelde, zwart-witte glorie. Hij vertoonde een opmerkelijke gelijkenis met de briefkaart die Lucy in het gras in Ketchum had gevonden en haar hart stond stil toen ze hem zag. Alle lijnen van het noodlot kruisten elkaar, hoewel ze niet begreep hoe of waarom. Toen ze de briefkaart omdraaide, zag ze een paar Spaanse woorden in Engales' handschrift, met daaronder zijn kloeke, mooie initialen, 'R.E.'

'Wat is dit?' vroeg Lucy.

'Bewijs,' zei de vrouw. Haar stem was als een straalvliegtuig: glimmend en puntig, met een woesj van resonantie in zijn zog.

Lucy keek haar niet-begrijpend aan, en vroeg zich af of Sofie haar wilde schofferen of dat er iets in de vertaling verloren ging; Engels was duidelijk niet de moedertaal van deze vrouw. Diende haar bewijs om Lucy's ongelijk aan te tonen, om te laten zien dat Engales wel degelijk een zus had, een zus aan wie hij briefkaarten stuurde? Om haar te laten zien dat haar eigen echtgenoot dingen voor haar verzwegen had? Wezenlijke dingen, zoals het hebben van een zus? Lucy voelde een steek in haar borst, die ze opvatte als bewijs dat ze Raúl Engales minder goed kende dan ze had gedacht. Dat ze hem misschien helemaal niet kende.

'Hebt u thee?' zei Sofie om de stilte die Lucy liet vallen op te vullen. 'Wij hebben het tamelijk koud. Een kop thee zou fijn zijn.'

'Tuurlijk,' zei Lucy in een reflex, zonder erbij stil te staan dat ze geen type was dat thee schonk, en dat er in Raúl Engales' flat geen thee was en nooit was geweest. De afwezigheid van thee, een teken van grove huishoudelijke nalatigheid, bezorgde haar opeens een schuldgevoel, alsof ze iets helemaal verkeerd had gedaan. Evengoed liep ze naar de keuken, legde haar handen op de rand van het aanrecht, probeerde te ademen. Het lampje op het antwoordapparaat knipperde niet. Geen berichten.

'Sorry,' zei Lucy toen ze terugkwam, en ze schudde haar hoofd verontschuldigend. 'Het spijt me, maar we hebben geen thee in huis. We hebben eigenlijk helemaal niets meer in huis.'

Het woord 'we' voelde als een leugen. Het troostte haar.

'Zullen we dan ergens thee gaan drinken?' zei de vrouw. 'Misschien is Raúl terug wanneer wij klaar zijn?'

Lucy keek omlaag naar zichzelf, en besefte nu pas dat ze de hele tijd alleen maar een overhemd van Engales aan had gehad. Het overhemd van haar echtgenoot, zou Sofie denken, wat haar opvrolijkte. 'Ik kleed me even aan,' zei ze. 'Ik kleed me even aan voor het theedrinken.'

Buiten was de hemel hoog en grauw. De zware storm die de afgelopen nacht had geraasd was verdwenen en had een spoor van natte straten en afgerukte takken achtergelaten. Lucy leidde de vrouw en de jongen door Avenue A en over Seventh Street. Hoewel ze vol vragen zat — Wat deed deze vrouw eigenlijk in New York? Waar was eigenlijk de moeder van de jongen, die blijkbaar Engales' zus was? Waarom had Engales haar eigenlijk niet verteld dat hij een zus had? Waar zou ze eigenlijk met de vrouw en de jongen thee moeten gaan drinken?

– durfde ze geen daarvan te stellen. Ze liepen in stilte, terwijl haar hoofd tolde van de kater en de verwarring. Ze verlangde naar Engales, naar de stelligheid die ze in hem had bevroed toen ze elkaar ontmoetten. Misschien konden alleen mannen die vorm van stelligheid bereiken, dacht ze. Of misschien maar één man. Misschien alleen hij. Ze vroeg zich af of die stelligheid in wezen hoogmoed was geweest. En of hij dat allemaal was kwijtgeraakt met het verlies van zijn hand. Of dat de reden was dat hij haar meed, dat hij niet naar huis gekomen was.

Met z'n drieën liepen ze over Second Avenue naar Binibon, de enige gelegenheid die ze kon bedenken. Ze had er regelmatig gebruncht met Engales na een lange, met drank overgoten nacht in het kraakpand. Ze ging er tegenwoordig vaak heen wanneer ze het gevoel wilde hebben dat hij dicht bij haar was. Op Eighth Street passeerden ze een man in een rolstoel die helemaal in het geel was gestoken, met een bord met de tekst BANANA MAN: DE OUDSTE BLOTEVOETENSKIËR TER WERELD. Ze keek hoe het jongetje de bananenman aangaapte, zijn hoofd omdraaide om hem te volgen toen ze hem inhaalden. De bananenman stak een van zijn gerimpelde handen op en gilde: 'Welkom in New York! Waar iedereen z'n huis uit wordt getrapt!' In een verlaten perceel aan hun linkerzijde deed een stuk rasterhek dienst als kapstok voor daklozen; Lucy zag de stropdas van een man klapperen tegen een vuile wollen jas, waarvan de eigenaar, zo stelde Lucy zich verdrietig voor, de baan vast niet gekregen had.

Bij Binibon rinkelde er een bel toen ze binnenkwamen en een vlaag warme lucht begroette hen. De zaak was leeg, afgezien van twee oudere mannen, die hand in hand aan het tafeltje achterin zaten, en Devereux – wier aanwezigheid, een erkenning van de afgelopen nacht en een eerder leven, Lucy de aandrang bezorgde om rechtsomkeert te maken en naar buiten te lopen. Gelukkig was Devereux vergevingsgezind, en toen ze zich omdraaide en Lucy's wonderlijke driemanschap zag staan, glimlachte ze alleen en zei: 'Hallo, narcisje', alsof er de afgelopen nacht niets was voorgevallen en niets van dit alles – een dame uit het buitenland, een klein jongetje, een enorm mannenoverhemd boven gescheurde zwarte panty's – vreemd was.

Lucy glimlachte vlug tegen haar – ze had altijd een zwak gehad voor Devereux, wier kloeke zelfvertrouwen alle ongerijmdheid in haar verschijning overtroefde: haar platte borst, de baardstoppels die door haar make-up heen groeiden. Je had het gevoel dat Devereux gewoon Devereux was, dat ze vanbuiten precies hetzelfde was als vanbinnen, en dat ze geen zin had om voor wie dan ook te veranderen – een eigenschap die Lucy benijdde. Vandaag droeg Devereux paarse oogschaduw met glittertjes en strenge zwarte laarzen die tot haar knie reikten. Lucy leidde Sofie en de jongen naar een nis bij het raam: daar had het rode leer de minste barsten, wist ze.

Sofie keek erg verward terwijl ze het menu doorlas en dus trachtte Lucy het uit te leggen door de opties gewoon voor te lezen. Kippenlevertjesomelet met champignons. Ratatouilleomelet. Provençaalse omelet. Biefstuk met gebakken ei. Sofie wees weifelend op Provençaals voor haar, biefstuk met ei voor de jongen. Voor zichzelf bestelde Lucy alleen koffie en ze legde haar handen rond de hete mok toen ze die brachten, keek hoe de meisjes achter de toonbank taartpunten op schoteltjes legden, over niets kwebbelden, hun haar losschudden uit hun haarbandjes. O, dacht ze, was ik maar zo'n meisje.

Buiten het doornemen van het menu had ze sinds het vertrek uit de flat geen woord met Sofie gewisseld en Sofies gezicht oogde gesloten. Lucy maakte zich grote zorgen. Wat moest ze tegen deze vrouw zeggen? Dat ze geen idee had waar Engales zat? Dat ze helemaal hierheen was gereisd voor iemand die spoorloos was? Maar ze had al gezegd dat ze zijn vrouw was! Een vrouw wist toch zeker waar haar man zat? Ze had zich te diep ingegraven.

In de zilveren servethouder ontwaarde Lucy de hoek van een luciferboekje, ingestopt bij het servetjeskussen. Langzaam en stiekem trok ze het luciferboekje eruit, klapte het onder de tafel open. JE BENT EEN ARM LAM stond er in Jamies hoofdletterhanenpoten. Jamie was hier geweest, en Lucy bad tot de hemel dat ze nu terug zou komen, met haar lippenstift en haar zelfvertrouwen zou binnenstormen en Lucy zou redden uit deze puinhoop, wat die ook inhield. Ze zag voor zich hoe Jamies afzichtelijke minnaar haar een arm lam noemde. Maar Jamie was geen arm lam. Lucy was het arme lam. Het schaap dat een herder nodig had. Ze was net zozeer een arm lam als het jongetje, dat zijn blik had neergeslagen op het gemarmerde tafelblad.

Het eten arriveerde op de armen van María José, de serveerster met wie Engales altijd flirtte en aan wie hij zei dat ze zijn favoriete serveerster was, maar Ssst, niet tegen je vriendinnen achter de toonbank zeggen, hè? Lucy glimlachte aarzelend omhoog naar María José, wier borsten als hammen uit haar bloes puilden. Ze was in alle opzichten Lucy's tegenpool: exotisch donker, voluptueus, met de sensuele aantrekkingskracht van iemand die eten verschaft.

'Lucy,' zei María José, lief maar met een zweem van wrok, terwijl ze het enorme bord met biefstuk en ei voor het jongetje neerzette. 'Wie is deze mooie jongen?'

De tafel zweeg. Ze keek naar Sofie voor bijstand.

María José, die enige taalintuïtie leek te bezitten, stelde de vraag in het Spaans, en Sofie antwoordde snel: 'Julian.'

Niet Jacob Rey. Julian.

Vervolgens voerden María José en Sofie een heel gesprek in het Spaans dat Lucy niet kon volgen. María José sprak snel en teder, Sofie eerder langzaam en hoekig. María José had haar handen op de heupen en Sofie had haar handen plat voor zich op tafel gedrukt. Op een bepaald moment verknoopten de wenkbrauwen van María José zich met iets wat wel bezorgdheid moest zijn, en ze maakte een tss-tss-geluid met haar tong. Terwijl ze spraken, keek Lucy naar de jongen. Hij keek bedeesd naar zijn enorme bord eten. Zijn biefstuk zag eruit als een enorme steenplaat, en ze besefte dat hij moeite zou hebben om hem op te eten. Lucy leunde over de tafel heen en begon de biefstuk in kleinere, beetgrote stukjes te snijden. Maar de jongen trok aan de mouw van Sofies bloes en wees naar een glazen vitrine bij de toonbank, vol gebak en donuts.

María José glimlachte. Sofie keek schuldbewust. 'Hij houdt van zoetigheid, hebben we ontdekt,' zei ze in haar lomp geaccentueerde Engels.

Lucy stopte met biefstuk snijden. Ze zag dat Devereux had meegeluisterd, en nu deinde ze naar hun tafeltje met een schaal donuts die ze uit de vitrine had gegrepen.

'Zoek maar iets uit, lief kind,' zei Devereux, over het jongetje heen gebogen. De jongen keek omhoog naar de glitterende ogen en het lange, krullende nephaar van Devereux. Hij keek naar Sofie voor goedkeuring; ze knikte.

'Toe maar,' zei Devereux met haar liefste stem. 'De donuts van Binibon? Die zijn gloeiend heet met een laagje suiker, net als je tante Devereux.' Ze giechelde tegen niemand in het bijzonder.

'Bedankt, Dev,' zei Lucy tegen haar. 'Voor alles.'

'Alles voor het vriendje van een vriendin als jij,' zei Devereux en trippelde in haar hotpants terug naar haar kruk, met de donutschaal op haar vingertoppen boven haar brede schouder, als een cocktailserveerster. María José botste zachtjes tegen Devereux op en zei: 'Probeer je mij werkloos te maken, Miss Devereux?' Ze lachten en Devereux zei: 'Meid, gezien de sloten koffie die ik drink zul jij áltijd werk hebben.'

De jongen was druk zijn donut in stukjes aan het scheuren, legde ze op zijn tong, liet ze daar even liggen en slikte dan. Zijn biefstuk werd koud en hard, en Lucy pakte met haar vingers een stukje vlees op, knipoogde tegen de jongen toen ze het in haar mond stopte. Maar ze had er direct spijt van en keek door het raam naar buiten terwijl ze slikte.

Na het eten wist Lucy zich geen raad met hen. Ze wist dat Engales niet thuis zou zijn als ze teruggingen, dat hij waarschijnlijk nooit thuis zou zijn, maar waar moesten ze anders heen? Ze wilde de verantwoordelijkheid schuwen die haar was toegevallen, in haar eentje over straat lopen, bij een winkel naar binnen gaan als ze daar zin in had, de blonde vrouw en de jongen zelf de weg laten zoeken. Ze wilde net als vroeger met Engales naar de platenwinkel, snuffelen in de tiencentbakken. Of samen met James in de flat zitten, hem op zijn rare manier tegen haar laten praten over haar specifieke smaak, haar geur, haar unieke lichaam. In plaats daarvan stond ze hier met deze vrouw en dit kind bij het restaurant voor de deur, in de kou naar de straat te kijken.

'Ik weet niet zeker of Raúl zo meteen al thuis is,' zei Lucy langzaam. 'Hij zou de hele dag wegblijven.' Stilletjes bad Lucy dat Sofie niet van plan was om bij Engales te logeren. Er was geen logeerbed, niet eens een bank. 'Waar zitten jullie ergens?' viste ze.

'Een hotel. Midden van de stad.'

Lucy knikte, schoof haar handen in de zakken van haar te dunne houthakkersjas. Onder hen schopte de jongen een steentje in kringetjes.

'Sofie,' zei ze langzaam, 'waarom zijn jullie hier? Waar is Julians moeder? Kun je me vertellen wat er aan de hand is?'

Sofies ogen verschoven van Lucy naar de straat, alsof ze probeerden te ontsnappen. Opeens voelde ze Sofies grote handen op haar schouders. Er zat een nerveus soort kracht in die handen, een energie die paniek zou kunnen zijn. Sofie keek haar recht aan en haar blauwe ogen werden groot en breed.

'Het spijt me dat ik dit moet doen,' zei ze, terwijl haar mooie, strenge gezicht van klei werd, in pijn of spijt veranderde. Ze drukte Julians rode rugzakje tegen Lucy's borst, samen met de oranje envelop. 'Ik kan niet anders,' zei ze. 'Voor Franca.'

Daarna schoot Sofie ervandoor over Second Avenue, liep in ferme pas met haar grijze overjas aan, zo'n jas die cultuurbewuste, rijke vrouwen droegen, zoals Lucy nu zag: hoekige schouders, waarschijnlijk een zijden voering. Ze was al een kruispunt verder toen Lucy de hand van de jongen vastgreep en hem achter zich aan trok.

'Waar ga je heen?' riep ze, maar Sofie keerde niet om. Lucy begon te rennen en trok de jongen mee. 'Je kunt niet zomaar weglopen!' gilde Lucy. Haar passen verlengden zich wanhopig; de jongen kon haar nauwelijks bijbenen. Sofie, die inmiddels nog maar enkele stappen voorsprong had, liep de straat op en hield met opgestoken arm een taxi aan. 'Nee!' jammerde Lucy, wetend dat ze als een kind klonk. 'Waar ga je heen?! Nee!!'

Sofie stapte in de gele auto en verdween over de avenue.

Lucy riep de taxi na. 'Je kunt me niet zomaar opzadelen met een kind!' zei ze. 'Raúl is er niet! Ik ben tweeëntwintig!' Maar haar stem brak, en de auto was weg, en ze had zich versproken, want ze was geen tweeëntwintig meer. Maar dat maakte alle-

maal niet uit, want de klank van haar schreeuwen werd meegevoerd door de wind, net als de klank van de moederstemmen
op de avond van de vermiste jongen.

Mooi zijn is niet genoeg

Na zijn bezoek aan Rising Sun trof James bij thuiskomst de lucht van spruitjes en een ongenadig koud huis. Het was een mooie dag geweest, hield hij zichzelf voor terwijl hij zich in de vestibule ontsjaalde, ontjaste en ontschoende. Ook al had hij daarnet het zeer deprimerende spektakel aanschouwd van tien kunstenaars die door een stel lummels van politiemannen uit hun geïmproviseerde huis werden getrapt, vandaag was één dag geweest uit een reeks dagen waarop alles er rooskleuriger uit ging zien. Raúl Engales begon hem te vertrouwen en – beter nog – vertrouwen in zichzelf te krijgen. James was al bijna een week niet meer bij Lucy geweest en dat voelde goed. Er was een nieuwe weg ingeslagen. Daaromheen was het kalme en kleurrijke leven dat voor hem bedoeld was. De herfst frunnikte met zijn waaiende vingers aan de stad en alles zou goed komen.

Marge stond bij de openstaande oven toen hij de keuken in liep, hield haar jurk naar voren zodat de warme lucht eronder kroop. Het licht dat haar omringde was een prachtig, bezield, warm rood. Het rood van Marge was sinds zijn kennismaking met Raúl uit de dood herrezen.

'De verwarmingsketel is weer eens stuk,' zei ze tegen James, met haar rug nog steeds naar hem toe.

'Alweer?' zei hij. Hij naderde haar van achteren en schoof zijn koude handen onder haar oksels. Zulke gebaren – handen onder de oksels, kus op de wang – waren James de afgelopen paar weken zwaar gevallen: uitingen van intimiteit die eigenlijk leugentjes waren. Maar hij had er nu een beter gevoel bij, als een roker die al een week geen sigaret meer heeft gerookt: hij had zijn verslaving officieel overwonnen, en hij mocht dit nu doen, hij mocht zijn koude handen onder de warme oksels van zijn vrouw steken. Yes!

'Ik ruik koolhersenen,' zei James.

'Pring pring,' zei Marge.

'Heerlijk,' zei James.

'Ze zijn goed voor je,' zei Marge. Toen draaide ze zich om en pakte zijn gezicht vast en kuste het.

Om onduidelijke redenen was Marge nu blijer met hem dan ze in tijden was geweest: een ander, nog groter succes. Vanaf zijn eerste bezoekje aan Raúl Engales – pas een week geleden, maar het leek inmiddels of hij hem een eeuwigheid kende – was alles omgeslagen. Hij was weer gaan schrijven, in lange, geïnspireerde spurten die tot diep in de nacht aanhielden, en daarover leek Marge opgelucht, zo niet opgetogen te zijn. Misschien waren haar verwachtingen gedaald nu ze hem zo somber had meegemaakt – ze leek het niet zorgwekkend te vinden dat hij geen poging had ondernomen om iets van die schrijfsels gepubliceerd te krijgen – of misschien was ze het gewoon zat om boos te zijn. 'Zo zie ik je graag,' zei ze op een avond, met haar kin tegen de deurlijst van zijn studeerkamer voordat ze de trap op liep, naar bed. 'Zo zie ik jou graag,' had hij teruggezegd, in ontzag voor haar aardbeienrode mond. 'Ik ben blij dat je terug bent,' zei ze voordat ze naar boven ging, haar zachte, vertrouwde stappen zo troostrijk als regen op een zinken dak.

Ook hij was blij. Zijn schrijfwerk voelde op een heel nieuwe manier goed: afgezien van het ontsteken van de kleuren (Engales, in levenden lijve, was een diepzwart Yves Klein-blauw) was er iets met het wezen van Raúl Engales, de manier waarop hij zich in de wereld bevond, dat James' gevoel over schrijven in het algemeen, het doel, de functie en de beleving ervan, had veranderd. Die man had zijn scheppend vermogen, dat tot dan zijn enige bestaansreden was geweest, verloren. Die man was beroofd van dat wat hem maakte tot wie hij was. Als James niet vanwege Engales schreef, dan schreef hij vóór hem. Het gaf niet als het prutswerk was – en het meeste was prutswerk, hij had het afgeschaafd tot een paar zinnen die hij echt mooi vond – het voornaamste was dat hij schreef. Omdat hij het kon. Hij schreef over, nou ja, alles waarover hij schrijven wilde – zijn bezoekjes aan Engales, zijn pogingen om het contact met zijn moeder en vader te herstellen, het verlies van de baby, en over zijn kleuren verliezen en ze op de meest onwaarschijnlijke plekken terugvinden. Hij had over Lucy geschreven, wat een soort bevrijding was geweest, zo zuiverend als een biecht in de kerk, wat het gevoel versterkte dat hij er goed aan had gedaan om hun affaire te beëindigen, en hij had over Marge geschreven, dat hij nog steeds intens van haar hield, en maar niet snapte waarom hij zo ver van haar was afgedreven. Hij had in een week tijd ruim honderd pagina's geschreven, en als hij dit tempo volhield had hij er nog honderden in zich, wist hij.

Ja, het was fijn om weer thuis te zijn. Maar ook beangstigend. Want in het venndiagram van zijn leven zaten tussen de cirkels van Lucy's geel en Engales' blauw en Marge' rood – de kleuren hadden weer aan kracht gewonnen sinds hij Raúl kende, zelfs als die niet in zijn nabijheid was – gearceerde velden waar de cirkels elkaar overlapten, gearceerde velden vol zorgen en leugens.

GEEL: Hij had Lucy niet verteld dat hij wist waar Engales was. Ook al wist hij dat ze naar hem had gezocht en de wanhoop nabij was, en ook al had hij zijn eigen relatie met haar verbroken, de gedachte van dat stel bij elkaar verdroeg hij niet. Hij nam zich steeds voor om haar te bellen en over Rising Sun te vertellen, maar stelde zich dan voor dat ze Engales daar bezocht, met haar lippen op de zijne, haar tong in zijn oor, en zag ervan af. Ja, dat was deels uit jaloezie, maar ook uit angst. Stel dat ze Engales vertelde dat ze iets met hem gehad had? Dat zou alles stukmaken wat hij met Engales had opgebouwd, wat op dit moment zijn laatste kans was.

BLAUW: Om voor de hand liggende redenen had hij Engales niet over zijn affaire met Lucy verteld. Hij wilde in hem baden, over hem schrijven, zijn kleur opdrinken, en als Engales over Lucy hoorde zou dat allemaal stoppen. Maar intussen begon hij gesteld te raken op Engales, om hem te geven zoals hij zelden om een ander mens gaf. Als zijn leugens uitkwamen was hij niet alleen zijn kleuren kwijt, maar ook een echte vriend. Maar hij kon niet ophouden. Hij bleef hem dagelijks om twaalf uur bezoeken. Hij bleef graven. Hij bleef rijker aan kleuren worden. Zoog die uit Engales alsof ze een uitermate verslavend elixer waren.

ROOD: Het ergste en voornaamste verraad was uiteraard liegen, herhaaldelijk, tegen Marge. Hij had haar niets verteld over zijn bezoekjes aan Rising Sun – zowel omdat dat te dicht bij de gevoelssfeer van zijn affaire kwam als omdat Marge de naam 'Raúl Engales' niet meer kon horen vanwege het schilderij, dat zinnebeeld van James' teloorgang. Daarom verzon hij een kunstenaar met een naam die hij op de deurbel van Lucy's appartement had gelezen: François Bellamy. Hij schreef aan een artikel over François Bellamy. Dat was wat hij tot diep in de nacht op zijn studeerkamer uitvoerde. En Marge tuinde erin, want waarom zou ze dat niet doen? Haar geloof in François Bellamy gaf Marge een reden om in James te geloven.

Kortom, de leugens hadden effect. En James at van twee gekleurde walletjes. Hij bad de hemel dat de cirkels zouden doorgaan met van elkaar af drijven, als continenten die uiteindelijk van elkaar losbraken. Hij bad dat er geen rottigheid van zou komen. Maar voorlopig hadden de leugens effect en was hij veilig. Hier stond hij met zijn rode vrouw in hun koude huis, met zijn handen knus onder haar oksels gestoken.

'Helaas moet ik hem uiteindelijk dichtdoen,' zei Marge terwijl ze de ovendeur omhoogtrok. 'Maar niet omdat ik het wil.'

'Ik hou je wel warm,' zei James. Hij draaide haar om en omhelsde haar krachtig. Terwijl hij dat deed, zag hij een prachtig beeld voor zijn geestesoog: Marge die tijdens hun huwelijksreis op Sicilië, boven op de Etna, met een lelijke, kaki korte broek en een flaphoed vanaf haar hogere positie op het pad omlaagschreeuwt, naar hem. Op dat moment besefte hij dat ze fundamenteel beter dan hij was. Zij stond hoger op de berg. Zij was echt en geweldig en hij was haar onwaardig. En moest je hem nu zien: hij had gelijk gehad.

'Laten we een fles wijn opentrekken,' zei Marge. Ze maakte zich los uit de omhelzing en pakte een fles uit de kast.

'Laten we dat doen,' zei James.

'En laten we dan eten,' zei Marge.

'Laten we dat doen,' zei James.

'En laten we dan een kindje maken,' zei Marge met haar kinderstemmetje dat ze opzette als ze over seks praatte.

'Laten we dat doen,' zei James, hoewel de gedachte hem de zenuwen bezorgde. Hij was bang dat Lucy's stank nog aan hem kleefde. Hij wist dat Marge gekwetst zou zijn als hij zei dat hij geen zin had om te vrijen, of dat het iets zou betekenen wat het niet zou moeten betekenen, en ze waren zo kort geleden op zulk glad ijs geweest, en hij moest zich aan haar babyklok houden. Hij mocht deze avond niet verpesten, het was zo genoeglijk geweest, en daarom liet hij haar zijn riem losmaken, en daarna zijn gulp openritsen, intussen biddend voor een kosmische onderbreking die hem zou behoeden voor de bijslaap met zijn eigen vrouw.

De kosmische onderbreking verscheen in de vorm van het lage walvissenlied van de deurbel. Hij werd door opluchting overspoeld.

'Ik ga wel!' zei hij, waarschijnlijk iets te gretig, ritste zijn broek dicht terwijl hij zich naar de deur spoedde.

'Wie kan dat nou zijn?' zei Marge, haar stem van ergernis doordesemd.

'Geen idee!' riep James. Op dat moment besefte hij dat hij wel een idee had, want door het glas in lood verscheen een gele wolk.

James voelde zich als een schilderij van Richard Hambleton dat hij een paar dagen geleden op Bleecker Street had gezien: een zwarte schaduw, halverwege een sprong bevroren, in de borst geschoten met een rode bloedspetter. Waarom was ze hier? En waarom was ze geel? Hij had zo zeker geweten dat hij van haar af was, was zo trots geweest op zijn ontdekking dat hij dezelfde gewaarwordingen — betere gewaarwordingen — kon krijgen door gewoon elke dag Raúl Engales op te zoeken. Hij had haar niet nodig. Maar nu was ze hier en ze straalde fel en hij was verlamd. Hij kon niet met goed fatsoen de deur opendoen en Lucy binnenlaten, en hij kon niet met goed fatsoen de deur dichtlaten en Marge laten vragen wie het was. Hij kon liegen dat het een colporteur was, maar bestonden colporteurs eigenlijk nog wel? En Lucy kennende, en hij leerde haar steeds beter kennen, zou ze niet opgeven; ze liet zich weinig gelegen liggen aan de buitenwereld en zou nog een keer aanbellen.

Niet wetend wat anders te doen, deed hij vlug de voordeur open, liet een woesj koude lucht het huis binnen, trok de deur achter zich dicht. Nerveus bloed, dat door al zijn aderen pompte. Lucy. Lucy met haar neusje. Lucy, hier, hoewel hij haar voorgoed had afgezworen. Lucy, die daar met een jongetje stond.

'Wat moet je hier?' fluister-gilde James.

'Het spijt me,' zei Lucy. Haar gezicht zag bleek van de angst en de kou, en er liep snot uit haar neus, dat de straatlantaarns op haar bovenlip deden glinsteren. 'Maar jij was de enige... oudere persoon die ik kende.'

'Oudere persoon?' zei James. 'Zie je me zo? Hoe heb je mijn huis gevonden? Ik zit met mijn vrouw te eten. Hoe heb je mij gevonden?'

'Er bestaat zoiets als een telefoonboek,' zei ze. 'Daar sta je in.'

'Dat wil nog niet zeggen dat je hier mag komen! Wat denk je wel?'

'Ik weet niet wat ik denk! Hoe moet ik nou denken?' zei Lucy te luid, wat James ertoe aanzette zich om te draaien en door het gekleurde glas te turen. 'Ik kan nergens anders terecht!'

'En waarom heb je een kind bij je?!'

Lucy rilde, droeg een jas die niet geschikt was voor het late najaar. Haar lippen waren wonderlijk veelkleurig: of was dat alleen in zijn hoofd zo? Een deel van James wilde haar vragen om binnen te komen, koffie voor haar zetten, haar omhelzen. Maar wat dacht hij wel niet? Ze moest weg. Hij moest haar zeggen onmiddellijk te gaan, voordat alles onherroepelijk fout ging. Hij had zijn leven net weer een beetje op orde, had het pas bijgelegd met Marge, zijn continentale leugens zouden binnenkort door oceanen van elkaar worden gescheiden. En nu stond de ergste leugen bij hem op de stoep, met een kind op sleeptouw.

'Luister,' zei hij tegen haar. 'Mijn vrouw zit binnen. Je moet weg.' Hij keek naar de jongen, wiens ogen van angst waren opengesperd, en wiens haar deed wat kleinejongetjeshaar doet: als een draaikolk deinen op zijn kruin.

'Ik ben hier heus niet voor m'n lol,' spoog Lucy terug. 'Ik kom niet vragen of je wilt neuken.'

James schreeuwde bijkans: 'Sssssst!'

'Ik ben hier niet om je huwelijk kapot te maken, bedoel ik,' vervolgde ze. 'Ik ben hier omdat ik niemand anders ken bij wie ik terechtkan. Ik ken in de hele stad niet één mens met verantwoordelijkheidsbesef. En die dame... die dame die ik nog nooit ontmoet had! Zij heeft deze jongen bij me achtergelaten...'

'En wie is het?' zei James.

'Het neefje van Raúl Engales,' fluisterde Lucy.

O jemig, dacht James, terwijl zijn hoofd inmiddels bonkte van de kou. Lucy's ogen veranderden in enorme kuilen geel en blauw; zijn eigen blikveld raakte bewolkt.

'Een of andere dame heeft hem gedropt,' vervolgde ze. 'Helemaal overgevlogen uit Argentinië – en ik weet niet wat ik moet. Ik kan Raúl nergens vinden, ik heb niemand, ik heb geen verstand van kinderen verzorgen... Ik kan nergens terecht! Ik ben bij Jamie langs geweest, maar die lag met een vent op haar kamer. Ik ben naar het kraakpand geweest en daar was niemand – het hele pand was ontruimd, alles was weg, zelfs de papegaaien! Ik wist niet wat ik moest!'

Lucy ging bijna hyperventileren terwijl ze over haar lotgevallen uitweidde. Intussen begon het jongetje, zoals elk jongetje zou doen wanneer zijn verzorger zich als doodsbang en daardoor onbetrouwbaar liet kennen, op zijn beurt zacht te huilen, en de hele scène escaleerde tot een zenuwtoestand van tranen en adem.

James stapte omlaag tot de tree boven die van Lucy. Hij sloeg zijn armen om haar heen en hield haar kleine, koude lichaam vast. Tijdens zijn bezoekjes in haar appartement was haar jeugdigheid steeds verschenen in de vorm van lawaaiig zelfvertrouwen en roofzuchtige zinnelijkheid. Nu legde die haar angst en behoefte aan aandacht bloot.

Het neefje van Raúl Engales. Helemaal uit Argentinië.

Hij dacht aan wat Engales die ochtend had gezegd over zijn zus, zijn angst dat ze niet veilig was. Het kon toch niet waar zijn dat Engales' voorgevoel had geklopt? Maar ja, nu stond dit jongetje hier, en nergens een moeder te bekennen.

Hij moest helpen, maar wat zou hij tegen Marge zeggen? Waarom had hij haar voorgelogen, terwijl hij wist dat betrapt worden de enige uitkomst was? Waarom leidden leugens altijd tot nog meer leugens? Hoe had die eerste leugen hem tot leugenaar gemaakt? Hij kreeg het gevoel dat hij vervaagde. Kon hij maar helemaal verdwijnen. Lucy stond daar te grienen, die ging nergens naartoe. Het jochie huilde. Zijn eigen lichaam vervaagde.

'Het komt goed,' zei hij zachtjes, afwezig, tegen zichzelf of tegen Lucy, dat wist hij niet. 'Het komt goed.' Hij boog zich voorover en pakte de jongen bij zijn schouders, aaide hem over zijn bol. Toen kwam hij overeind en omhelsde Lucy nog een keer. Tijdens die omhelzing besefte hij dat hij nooit iemand was geweest die anderen om troost vroeg. Nu begreep hij waarom. Terwijl hij haar omhelsde, verdween hij. Hij was niet werkelijk aanwezig. Het verbaasde hem dat het überhaupt iets leek uit te richten, dat Lucy tegen hem aan leunde, zijn overhemd vastgreep. Dat hij iemand er middels een omhelzing van kon overtuigen dat alles goed zou komen, al geloofde hij het zelf niet. Nog minder toen Marge de deur achter hem opendeed en hem daar zag staan, omstrengeld door een jonge blonde vrouw die ze nog nooit gezien had.

'Wat is hier aan de hand?' zei ze. Ze wierp haar lokken achterover, zoals altijd. 'Wie is dit?'

James draaide zich om om haar te bekijken, wetend dat zijn blik hem verried, zoals altijd.

'Ik zal het uitleggen,' zei James tegen haar. Toen keek hij naar Lucy, met haar gezicht dat nog steeds door tranen bestreept was. Hoewel hij dat niet wilde, voelde hij een golf van liefde voor haar, voor haar verfomfaaide geblondeerde haar, voor haar wanhoop. 'Nou, zullen we allemaal maar naar binnen gaan?'

Lucy op de bank, Marge op de grote stoel, de jongen bij Lucy op schoot, Lucy's portret op de schoorsteenmantel. James' ogen en gedachten vlogen heen en weer tussen de ene en de andere gruwel. Hij had alles verpest, hij was te ver gegaan; zijn hoofd tolde ervan. Er zoefde geel langs hem heen, en het rood van Marge was als aquarelverf, en het oranje dat uit hun vermenging voortkwam was zo duizelingwekkend dat hij dacht te zullen flauwvallen. Hoe moest hij dit rechtzetten?

'Kan iemand mij vertellen wat er aan de hand is?' Marge, tegen de anderen. Hij was iemand. Hij was de iemand die haar moest vertellen wat er aan de hand was. Maar hij was sprakeloos.

Tot zijn afschuw en verbazing viel Lucy in.

'Ik ben Lucy,' zei ze en stak haar hand uit naar Marge, als de kop van een schildpad uit haar geruite jas.

Ophouden met praten, wilde James tegen haar sissen. Maar zijn stem zat opgesloten achter lagen van gewaarwordingen, die tot een glazen muur om hem heen waren gestold.

Tot zijn afschuw en verbazing viel Marge in.

'Ik ben Marge,' zei ze. 'Aangenaam. Ik hoef je zeker niet te vertellen dat je me bekend voorkomt?' Ze knikte achteruit naar het schilderij achter haar. Hoe kon hij dat vergeten van zijn eigen vrouw, dat haar behoefte aan decorum ieder wantrouwen zou overstemmen, alle ergernis zou uitwissen, alle nieuwsgierigheid zou beteugelen, en dat ze beleefd zou doen tegen de vrouw die hij een week geleden in de flat van Raúl Engales tegen de muur had staan neuken? Bijna alle paniek die hij bij Lucy op de stoep had waargenomen was verdampt, nu ze praatte met zijn hoffelijke, volmaakte echtgenote en het gezicht van Marge zich opeens had ontdaan van ergernis, en nu moederlijk en open was.

Lucy glimlachte terug. Lucy glimlachte terug! Wat gebeurde er? Wat was dit voor alternatieve werkelijkheid? Bestond er soms een geheimtaal voor vrouwen waar hij niet van wist, met een basisstand die bestond uit... áárdig doen? Waarom gebeurde dit in zijn huiskamer? Waarom gebeurde dit in zijn leven?

'En wie is dit?' vroeg Marge met een gebaar naar de jongen.

'Dit is Julian. Hij is de reden voor mijn komst. Ik ken hem pas sinds vandaag. En je man ken ik nauwelijks, ik heb hem alleen een keer in een galerie ontmoet, toen hij me van het schilderij herkende, dus toen hebben we een praatje gemaakt, en het was niet mijn bedoeling om naar jullie toe te gaan, ik kan alleen nergens anders terecht... Ik woon nog maar kort in de stad... Ik weet niet hoe je voor kinderen moet zorgen, en een vrouw, ene Sofie, heeft Julian bij me achtergelaten, en daarom ben ik hierheen gekomen, omdat, nou ja...'

'Dus je zit in de penarie?' Marge knikte zoals een leraar knikt tegen een leerling die een onvoldoende voor een proefwerk heeft gehaald: vol medelijden en verwijt, maar vooral vanuit de behoefte om te helpen.

'Ja, dat kan je wel zeggen, geloof ik.'

James was nog steeds confuus, zat met zijn rug tegen de rugleuning van de bank gedrukt, zijn handen klauwden in de kussens langs zijn dijen. Opeens hoorde hij zichzelf spreken.

'Nee, ze zit niet in de penarie,' zei hij star. 'Ze staat namelijk op het punt om weg te gaan.'

Marge keek James met toegeknepen ogen aan. Hij kende die blik. Zo keek ze hem aan als hij op een feestje een tactloze opmerking maakte, wanneer hij onbedoeld een gast aan tafel schoffeerde, wanneer hij, zoals zo vaak in de jaren dat ze bij elkaar waren, het niet opbracht om een normale, rechtschapen man te zijn. Hij besloot niet meer te zeggen dan strikt noodzakelijk. Hou godsamme je bek, James.

'Maar laten we beginnen bij het begin,' zei Marge tegen Lucy. Ze leek James alweer helemaal vergeten. 'Je zei dat een vrouw dit jongetje bij je had gedropt.'

'Ja. Ze was lang en blond en sprak Spaans en zei dat ze bevriend was met de zus van Raúl, maar volgens mij kwam ze zelf niet uit Argentinië.'

'En heeft ze je gezegd in welk hotel ze zat?'

'In het midden van de stad, zei ze alleen, dus ze bedoelde waarschijnlijk Midtown, maar daarna ging ze meteen weg – zomaar opeens. Ze stapte in een taxi en liet mij op straat achter met die jongen, en ik heb geen idee hoe ik haar moet terugvinden.'

'En was ze familie van de jongen?'

'Een buurvrouw, zei ze.'

Marge dacht na. James kon niet aanzien hoe kalm ze zich

inspande om Lucy's probleem op te lossen. Maar daarom was Marge zo'n kei. Daarom hield hij van haar! Ze stond zo stevig in de echte wereld dat ze echte problemen kon bekijken en analyseren en oplossen. En intussen vriendelijk en hoffelijk blijven. Ze kon geduldig en vergevingsgezind zijn.

Maar zou ze dit kunnen vergeven? Als ze wist wat dít werkelijk was?

'Wat wij gaan doen,' concludeerde Marge, 'is naar jeugdzorg gaan. Ik zoek het adres op, dan ga ik met je mee en beginnen we daar.'

James voelde het oranje in de kamer op zijn ogen drukken. Het scheen zo sterk als een verkeerslicht. Hij wist wat hem te doen stond. Hij sloot zijn ogen tegen het licht. Kneep ze krachtig dicht.

'Nee,' zei hij met een pijnlijk rillen en hoofdschudden. 'Je mag niet naar jeugdzorg. Er gaat niemand naar jeugdzorg.'

'En waarom niet, als ik vragen mag?' zei Marge, nog steeds kalm, maar merkbaar geprikkeld.

'Omdat ik weet wie verantwoordelijk is voor deze jongen, en als hij naar jeugdzorg gaat komt hij daar misschien nooit meer uit. Dus nee, we kunnen hem echt niet naar jeugdzorg brengen. Niks ervan.'

'Wat?' zei Marge. 'Waar heb je het over? Hoe bedoel je, je weet wie verantwoordelijk voor hem is?'

James hield zijn ogen nog steeds gesloten; hij kon zich er niet toe brengen om ze te openen en te aanschouwen wat hij tegenover zich had: Marge, Lucy, de jongen, het schilderij.

'Omdat Raúl Engales verantwoordelijk voor hem is. Ik heb Raúl Engales bezocht in het revalidatiecentrum waar hij sinds zijn ongeluk zit. Hij heeft me vandaag over z'n zus verteld. Vandaag pas, hij was ongerust over haar.'

Eén seconde bleef het stil in de kamer. Toen James zijn ogen opende, zag hij dat Marge en Lucy hem ziedend aankeken: Marge' grijze ogen, Lucy's blauwe ogen, beide ogenparen strak op zijn gezicht gericht. Beide mooie monden opengevallen. De tongen van allebei.

'Weet jij waar hij zit?' stootte Lucy opeens uit. 'Zonder dat aan mij te zeggen?'

'Sinds wanneer bezoek jij iemand in een revalidatiecentrum?' vroeg Marge luid.

Lucy en Marge spraken precies tegelijk en hun opgestapelde stemmen vormden samen een dubbele helix van brullend geluid in James' oren, ongeveer als een sirene. Fuck.

'Wacht,' zei Marge en keek James, die haar blik ontweek, recht aan. 'Waarom had je haar dat moeten zeggen, James?' Ze keek Lucy aan. 'Waarom moest hij jou iets zeggen?'

Lucy keek op met ogen als bevroren noordpoolmeren. James zag er spijt in, maar dat maakte niet uit. Hij wist wat hem te doen stond. Hij sloot zijn ogen weer, zwom traag het geluid in.

'Ik had het kunnen zeggen toen ik voor het laatst bij haar was,' zei hij. 'Afgelopen dinsdag, 7 oktober. Ik heb vijftien dagen op rij met haar afgesproken, en we hebben tweeëntwintig keer gevreeën. Ik heb een affaire gehad, Marge. Hij is nu voorbij; het is afgelopen, maar dat is geen excuus. Ik ben een onmens. En het spijt me heel erg. Het spijt me heel, heel erg.'

Het geschreeuw in zijn hersenpan hield op. Er was alleen nog oranje ruis van de twee vrouwen die hij liefhad, die in één kamer zaten. Er was alleen nog de stem van Marge, zo gespannen als een ballon, die zei: 'Dus zij is François Bellamy. Jij liegende zak stront.'

James had grotendeels verwacht dat Marge meteen zou vertrekken, zou opstaan en de deur uit lopen en linea recta naar haar moeder of haar vriendin Delilah gaan, of ergens anders waar hij niet was. Maar hij had beter moeten weten; ze ging niet, om dezelfde redenen waarom ze graag zou gaan, omdat James een eersteklas stoethaspel was die ze nu officieel kon weigeren te vertrouwen, en omdat zonder haar alles uiteen zou vallen.

Marge had een hekel aan dingen die uiteenvielen: taartranden, gelegde puzzels, levens. Als ergens chaos heerste, al was het maar een beetje, kwam ze in actie. Ze deed wat gedaan moest worden en brak niet opeens met die gewoonte omdat ze kwaad was, omdat het moeilijk was, of omdat het gênant was. Ze was een puinhopenruimer, een allesrechtbreier. Ze kon en wilde James niet alleen laten met een kind, want James zou zich geen raad weten. Daarom zou ze blijven. Zij zou de lijm zijn.

Maar pas nadat ze Lucy had gezegd te vertrekken, met een korte en betraande preek over het bewaren van je waardigheid, zeker als mooie vrouw. 'Mooi zijn is niet genoeg,' meende James haar te horen zeggen, hoewel hij dat door het rondzingen in zijn oren niet helemaal zeker wist. 'Mooi zijn doe je voor de buitenwereld. Je moet iets voor jezelf betekenen.'

Maar pas toen Lucy in zijn huiskamer tegenover zijn vrouw in snikken uitbarstte, begon het James te dagen dat Marge niet werkelijk boos op Lucy was, en Lucy niet op Marge. Al waren het volslagen verschillende vrouwen, al was het enige wat ze gemeen hadden dat ze met James naar bed waren geweest, wat ze jaloers, of wantrouwig, of boos op elkaar had moeten maken, ze waren lid van dezelfde club. Het waren gekrenkte vrouwen en hij was de man die hen gekrenkt had. Toen Marge tegen Lucy zei dat ze moest opstappen en Julian bij hen laten, in elk geval voor deze nacht, klonk de ernst in haar stem ook zacht, alsof ze vroeger zelf Lucy was geweest.

Wanneer was Marge Lucy geweest? James kon het zich nauwelijks voorstellen: Marge als zeer jonge vrouw, onbekend met tegenslag in het leven, erdoorheen mazzelend met haar marihuana en haar pentekeningen. Hij miste haar. Hij miste elke versie van haar, hoewel technisch gesproken alle versies nog steeds ergens in haar zaten, en zij hier bij hem in huis was, bijna onder handbereik.

En toch was ze mijlenver weg. Lucy was vertrokken en Marge was mijlenver weg.

En toen kwam Marge in beweging. Want als ze stilstond, al was het maar één tel, zou het uiteenvallen beginnen. Ze zette een pan water op en kookte pasta uit een pak. Ze droeg de jongen naar de tafel, zette hem op een groot kussen van de bank en voerde hem kleine hapjes met een vork. Ze improviseerde een bed op de bank – pal naast James, en toch zo ver bij James vandaan! – met de zachtste dekens die ze kon vinden, de dekens die haar moeder had meegenomen uit Connecticut en die ze nooit gebruikt hadden, omdat James de zware, afgekloven lappendekens verkoos boven de chique, frivool wollige dekens – stopte hun randen liefdevol in de kieren, schudde een kussen op. Had de jongen iets nodig? Wilde hij tv-kijken? Hij mocht één programma kijken, als hij wilde. De jongen gaf geen antwoord, begreep haar waarschijnlijk niet of was misschien doodsbang om zijn mond open te doen, maar ze stelde hem voortdurend vragen terwijl ze hem installeerde. Hoe was het mogelijk dat ze dat allemaal deed? James zat er als verlamd naast, met zijn handen aan zijn zij vastgeplakt. Aan de andere kant was dat het verschil tussen hem en Marge: Marge was de lijm en zijn handen zaten aan zijn zij vastgeplakt. Marge deed dingen. Hij zat op één plek en dácht ze alleen.

Voor Marge naar boven ging, naar bed, wierp ze James een blik toe die zei: Jij blijft beneden. En: Ik blijf vanwege de jongen.

Midden in de nacht plaste Julian. James voelde warme vloeistof onder zijn been door lopen. Hij schoot overeind, bracht zijn vuisten met nachtelijk instinct naar zijn ogen. Hij knipte de lamp aan en zag de natte deken, Julians vochtige ogen. 'Oooo, nee. Julian? Wat is er gebeurd, jochie? Hebben wij een ongelukje gehad?' Zo praatten volwassenen toch tegen kinderen? Zeiden ze 'wij'? En zeiden ze 'ongelukje'?

James had opeens een scherpe herinnering aan de tijd dat hij zelf vier of vijf was, en tijdens een kerkdienst zo bang was om zijn vader te vragen of hij naar de wc mocht dat hij in zijn broek had geplast. De angst voor zijn vader was groter dan de angst voor warme vloeistof langs zijn been. Hij had het gevoel gehad dat hij opgesloten zat in een lichaam dat niet het zijne was, dingen nodig had die hij niet nodig wilde hebben en dat hij alleen op de wereld was.

Voelde Julian zich ook zo, terwijl hij met grote, schuldige, bange ogen naar hem opkeek? Was hij te bang geweest om James wakker te maken en te vragen of hij naar de wc mocht? Of was dit iets wat kleine kinderen nu eenmaal deden, iets doodgewoons? Hoe dan ook wilde James er dolgraag voor zorgen dat Julian zich geborgen voelde. Maar hoe zorgde je ervoor dat een kind zich geborgen voelde? Vooral een kind dat jou niet kon verstaan?

'Maak je maar niet druk, jochie,' zei hij. Hij tilde Julian bij zijn oksels op. Hij liep met hem naar de badkamer, knipte het licht met zijn elleboog aan, zette hem neer op de tegels en deed zijn broekje stukje bij beetje omlaag. 'Eén been eruit,' zei hij, in een poging iets te zeggen wat klonk als een uitspraak die Marge had kunnen doen. 'Oké, twee benen eruit.' De broek was een piepklein katoenen kaki broekje, dat nu voor de helft donker was geworden van de plas. James legde het op een stapel in de hoek, net als Julians onderbroek met groenekikkermotief. 'Vooruit, armen omhoog,' zei James. Julians armen gingen omhoog. Hij trok zijn streepjesoverhemdje uit. Zijn armpjes waren koud en dun, en James wist niet goed wat hij daaraan moest doen.

Moest hij Marge erbij halen? Vergeet het maar. Dit was niet ingewikkeld. En hij kon haar nergens om vragen, niet nu.

'Laten we de kraan maar opendraaien,' zei hij, alsof het benoemen van al zijn bewegingen de jongen er ontvankelijker voor zou maken. 'We brengen het water op de ideale temperatuur. Niet te warm, oké? Kijk, Julian, blijf jij heel eventjes hier staan, dan draai ik de kraan open en maken we een lekker warm bad, goed?'

Julians gezicht leek ieder moment in huilen te kunnen uitbarsten, maar hij hield zijn lippen op elkaar en zijn gezicht gesloten en hij knikte. Hij rilde, en James besefte tegelijk hoe piepklein en kwetsbaar hij was en hoe sprekend hij op Raúl leek.

Toen het water warm genoeg was, deed James de stop in de afvoer en tilde hij Julian in bad. Hij voelde zich nerveus en onhandig, als iemand op zijn eerste werkdag bij een nieuwe werkgever. Hij probeerde routineuze handelingen te verrichten die hij nog nooit verricht had, met behendigheid of kennis die hij niet bezat. Hij beeldde zich in dat Marge hem observeerde, als zijn chef, en al zijn bewegingen beoordeelde.

'Daar gaan we,' zei hij. Hij wreef over Julians lijfje. Hij zei hem zijn ogen dicht te doen toen hij de shampoo op deed. Hij herinnerde zich hoe erg het prikte als je zeep in je ogen kreeg. Hij wist nog dat hij als klein jochie bij een vriendje in bad ging en dat de moeder van zijn vriendje hem moest zeggen om zijn ogen dicht te doen. Niemand had hem ooit gezegd zijn ogen dicht te doen. Zijn moeder had hem nooit gezegd zijn ogen dicht te doen. Hij had gewoon zijn ogen laten prikken en er daarna met zijn knuisten in gewreven. Hij waste Julians zachte bos donker haar zachtjes met de lavendelshampoo van Marge.

James had zich altijd afgevraagd, vooral tijdens de zwangerschap van Marge, of hij een kind zou kunnen troosten zoals hij vroeger zelf getroost had willen worden. Hij twijfelde aan zijn vermogen tot onbaatzuchtigheid en het gevoel van zijn eigen aanraking. Zou hij een klein mensje zorgzaam en zacht kunnen aanraken? Zou hij een kinderhoofd kunnen kussen? Zou hij deze daden, die hij nooit van zijn ouders ontvangen had, uit het niets tevoorschijn kunnen toveren? Zou hij de taal van de liefde voor een kind kunnen ontwikkelen? Viel zoiets te leren?

James trok de stop uit het afkoelende bad, hees Julian er bij zijn oksels uit, wikkelde hem in een handdoek die Marge net had gewassen. In de deuropening tussen de slaapkamer en de badkamer, in het stroompje licht dat door het gebrandschilderde raam de deur bereikte, knakte Julians hoofd in de kleine ruimte tussen zijn schouder en zijn hals, de ruimte waar het hoofd van Marge altijd heen ging als ze in bed lagen. Dat plekje was als een toegangspoortje tot genegenheid, een weg naar intimiteit. Het was de ruimte op het lichaam die het hoofd van een ander mens het best kon vasthouden. Hij had het er zelfs met Marge over gehad: 'Ik vind het fijn om m'n hoofd in jouw kuiltje te leggen,' had ze gezegd toen ze jonger waren. Wanneer was ze opgehouden dat te zeggen? Zou ze het ooit weer zeggen? James trok de natte lakens van de bank en legde er een schone handdoek overheen, en ze gingen weer liggen, deze keer met Julians hoofd op James' dij. Ze hadden het warm gekregen van de stoom in de badkamer en de jongen viel vrijwel onmiddellijk in slaap. James' ogen daarentegen bleven open, vastgeplakt aan het schilderij met de kleuren die zijn leven hadden verwoest.

Marge werd om precies halfzeven wakker, zoals altijd. James' ogen, die op een onchristelijk tijdstip in de ochtend eindelijk waren dichtgevallen, schoten open zodra hij haar voeten op de trap hoorde. Moet je haar nou zien. Terwijl haar lieve bruine rechte pony wappert. Was die rechte pony hem niet eerder opgevallen? Was hij zo door Lucy verblind geweest dat hij niet had opgemerkt dat zijn vrouw een andere coupe had?

Hij tilde Julians hoofd op van zijn been en kwam overeind voor een treffen met Marge in de keuken. Ze negeerde hem, richtte zich op haar agressieve ontbijtwerkzaamheden, maakte een lunchpakket voor zichzelf en vulde toen tupperwarebakjes met eten voor Julian. James bekeek haar zorgvuldigheid zorgvuldig. Moest hij iets zeggen? Moest hij naar haar toe lopen?

'Heeft hij geslapen?' zei Marge. Rug naar hem toe.

'Ja.'

Ze opende een kastje, deed het dicht.

'Heb jij geslapen?' zei ze.

'Nauwelijks,' zei hij.

'Mooi zo,' zei ze.

'Hij is naar de wc geweest,' zei James en voelde een golf van schaamte door zich heen trekken.

'Wat bedoel je?' zei Marge. Ze sneed in het plastic van een pak chipolataworstjes; haar mes pauzeerde als een schuin streepje in de lucht.

'Ik bedoel dat hij geplast heeft. In z'n broek. Ik heb een handdoek op de bank gelegd.'

Opeens bulderde Marge van het lachen. James schrok er bijna van, zozeer overviel dat lachen hem. Het bulderen sloeg om in een gutturaal geloei. Haar hoofd schoot naar achteren terwijl de lach toenam in omvang en grootte, een gemeende, diepe, hartelijke lach.

'Wat?' zei James afwerend. Maar hij zag dat ze niet met lachen zou stoppen, dat ze zou doorgaan tot ze buikpijn kreeg, en op zulke momenten hield hij het meest van haar, wanneer ze lachte tot ze buikpijn kreeg, en zei: 'Laat me niet zo lachen, echt waar, laat me niet zo lachen!' Het was aanstekelijk, en James begon het ook te voelen, het idiote van deze toestand, van het leven, van handdoeken op banken leggen. Hij wilde zorgen dat Marge bleef lachen, dat ze samen bleven lachen, maar juist toen hij meende nog iets geestigs te kunnen zeggen, zag hij dat Marge boven de gootsteen instortte, en dat haar la-

chen geen lachen meer was. Marge was direct van lachen over-
gegaan op huilen, en haar lichaam schokte nu, haar handen
bedekten haar gezicht.

James liep naar haar toe en legde zijn handen op haar rug.
Hij wou dat het de handen waren die Marge ooit gekend en
liefgehad had, handen die haar konden genezen, zei ze vroeger,
maar ze schudde ze af.

'Waarom heb je 't gedaan, James?'

James keek haar alleen maar aan, schudde zijn hoofd. Hij
was zich er nauwelijks van bewust dat zijn mond openhing,
met zwabberende lippen.

'Nee,' zei ze. 'Ik weet 't al. Ik weet precies hoe 't werkt. Vrouw
wordt ouder, minder aantrekkelijk, wordt zwanger en verliest
haar kind, heeft er nog striae van, en m'n haar wordt futloos,
James! M'n borsten hangen slap! En ik zanik! O fuck.'

James schudde zijn hoofd nog steeds, nu harder. 'Nee, Marge.
Daar gaat 't niet om. Daar gaat 't allemaal niet om. Helemaal
niet.'

Ze keek naar hem op met grijze, vochtige ogen die hard waren en glansden als knikkers.

'Waarom mag jij het genie zijn?' zei ze.

'Wat?' vroeg hij ongelovig.

'Jij mag op je speciale genieënplaneet wonen,' zei ze. 'Jij mag
in die compleet andere wereld je gang gaan. Terwijl ik vastzit
op deze wereld, met deze klote... worst! In z'n kloterige plastic!' Ze wiebelde met het piepschuimbakje dat ze vasthield; het
morste een beetje.

Hij probeerde haar arm aan te raken, maar opnieuw wees ze
hem af, trok haar schouder weg van zijn hand.

'Ik ben hier bij je,' opperde James. 'Echt waar. Ik ben hier.
Heel gewoon en voor altijd, weet je nog?'

'Je bent al jaren niet meer hier,' zei Marge. 'Zelfs hiervoor al.
Voor dat... meisje. Je ging de hort op om kunst te bekijken terwijl ik in een kantoortuin zat te werken. De plek waar ik werk?
Waar ik straks naartoe ga om geld te verdienen om onze huur
te betalen? Die heeft paneelwanden. Wist je dat? Wist je dat
mijn werkplek paneelwanden heeft? En dat ik dingen gebruik
die ze Post-its noemen? En dat er vloerbedekking ligt? Nee,

want je bent er nooit geweest. Jij hoefde er nooit naartoe. En ik ben gelukkig en met mij gaat het goed en ik ga er elke dag weer heen, want zo werkt dat, James. Zo hebben we dat geregeld. Jij schrijft wanneer je inspiratie hebt. Jij neukt een meisje wanneer je inspiratie hebt. En ik ga terug naar de paneelwanden en pik het allemaal.'

Nu begon ze vol overgave te huilen, met een loopneus en het wegvegen van snot met haar pols.

'Weet je wat het allerergste is?' zei ze, terwijl het mes in haar hand op en neer bewoog. 'Ik heb alles wat jij leuk aan me vond opgegeven om bij elkaar te kunnen blijven – m'n kunst, m'n avontuurlijke instelling, alles. Ik dacht dat ik al het puin kon ruimen, dat ik jou kon redden, dat ik onze relatie kon redden. En wat heeft het mij opgeleverd? Dat je niet langer van me houdt.'

'Ik heb je nooit gevraagd om wat dan ook op te geven, Marge, en je bent me niet kwijt, ik sta hier...'

'Maar dat heb je wel gedaan! Je hebt het wel gevraagd. Je vroeg het met elk schilderij dat je kocht. Je vroeg het met elke onbetaalde rekening. Je hebt me buitengesloten, James. Er was niet genoeg ruimte om allebei onze grillen bot te vieren.'

'Nee, Marge. Ik hou nog steeds van je. Daar ben ik nooit mee gestopt en dat zal ik nooit doen ook. Je bent de allerbeste mens die ik ken.' Hij huilde zelf inmiddels ook. Hij wilde haar zo stevig vasthouden dat al haar verdriet in hem zou stromen, maar hij wist dat zij dat niet zou toelaten.

Daarna vermande ze zich met een paar snelle bewegingen, zoals ze zo goed kon. Ze trok haar haar uit de haarband en trok het weer omhoog. Ze zoog haar adem naar binnen. Ze trok haar trui omlaag. En toen wees ze met haar mes naar de woonkamer.

'Die jongen is alleen op de wereld,' zei ze kortaf.

'Weet ik,' zei James.

'Wij kunnen hem niet houden,' zei ze.

'We moeten wel,' zei hij.

'Sinds wanneer weet je dat zo zeker?' zei Marge hoofdschuddend.

'Het is maar tot Engales ontslagen wordt,' zei James.

'Je hebt je hele leven nog nooit iets zeker geweten,' zei Marge, met haar tanden op elkaar. Met wanhopige abruptheid keerde ze zich van hem af, naar haar worstjes. Ze doorsneed de vellen die hun eindjes met elkaar verbonden en met een zucht gleden ze de pan in.

Deel 5

Klotezonsondergangen

Lupa Consuelo loopt vlak voor zonsondergang Rising Sun uit. Ze kijkt niet om naar het gebouw; beter van niet. Ze steekt de straat over, slaat een kruisje. Ze denkt aan Tia Consuelo en Baby Consuelo en Mama Consuelo: alle mensen die haar leven buiten dat oord bepalen, de mensen – de vrouwen – die zorgen dat haar leven iets is wat leeft, ademhaalt en überhaupt zin heeft. Ze gaat soepingrediënten kopen, dan naar de wasserette om Baby C bij Tia C op te pikken, daarna terug naar huis om voor hen allemaal te koken. Het is een van Gods geschenken, denkt ze, dat zij vanavond aan de beurt is om soep te koken: een doel waarop ze zich kan richten. Een doel buiten Rising Sun. Een geschenk van God, of anders de gezegende opdracht van Mama Consuelo.

Want Lupa voelt zich schuldig. Ze voelt zich schuldig tegenover iedereen die ze in de steek laat, alle treurige zielen die in dat oord zijn aangespoeld – God, sta ze bij – een oord dat ze nooit meer zal hoeven betreden, maar waar de patiënten moeten blijven, in tweepersoonsbedden waarvan ze toevallig weet dat ze keihard zijn. En hoewel het haar laatste strohalm was – of hoe noemden ze dat, haar achilleshiel? – voelt ze zich vooral schuldig over hoe het met Raúl Engales is gelopen.

Tuurlijk, ze had het kunnen zien aankomen. Vanwege die irritant slimme Bennett en die arme, verminkte ziel van een Raúl, die helemaal geen bezoek wou. Ze had het niet moeten goedvinden, laat staan aanmoedigen. Op die dingen moest je alert zijn, had ze geleerd, je moest ze in de kiem smoren. Maar hoe zeiden ze dat ook weer? Achteraf heb je makkelijk praten? Ja, achteraf heb je makkelijk praten. Hoe had ze het in de kiem moeten smoren? Zelfs als ze op haar post was gebleven, volgens de regels, en niet stiekem een sigaretje was gaan paffen in het trappenhuis, waar ze altijd stiekem sigaretjes pafte, hooguit drie per dag, hoe had ze het incident dan kunnen voorkomen? Het incident dat haar chef, Mary Spinoza, aanleiding bood om te doen waar Mary Spinoza goed in was: toegewijde werknemers van Rising Sun ontslaan – ze had er al vier de laan uit gestuurd sinds ze in januari als directeur was aangesteld – als een geweer dat afging, PANG! Zomaar opeens zat Lupa zonder werk. PANG! Baby C kreeg geen nieuw schooluniform. PANG! Raúl Engales zou een maand langer vastzitten en overgeplaatst worden naar de Etage voor Potentieel Gewelddadigen, waarvan Lupa had gehoord dat een patiënt er in '78 een andere patiënt met een ballpoint had vermoord. Als iemand had willen luisteren, had Lupa verteld dat Raúl Engales zo clean was als een stuk zeep, zo gewelddadig als een kuttige kolibrie, en dat het allemaal James Bennett z'n schuld was. Ze had die man graag gemogen, eerlijk waar, maar dankzij de informatie die ze na afloop van Darcy Phillips had gekregen, wist ze dat het James z'n schuld was: James had op de verkeerde dag het verkeerde pak gedragen en de verkeerde man tegen de haren in gestreken.

Soms droeg je op de verkeerde dag het verkeerde pak. Soms rookte je op het verkeerde moment een sigaret in het trappenhuis. Soms is dat het noodlot, en gaan de dingen zoals ze gaan, en ziet God met een glimlach op je neer en zegt: 'Lupa C? Met jou komt het allemaal dik voor elkaar.'

Lupa is op de valreep ongehoorzaam aan zichzelf, kijkt achterom naar het meest oostelijke raam op de tweede verdieping. Ze denkt dat ze Engales' verminkte schaduw ziet, maar weet het niet zeker. Ze had een zwak voor Raúl Engales gekregen. Zijn mengsel van gemenigheid en kwetsbaarheid stond haar wel aan. Ze had hem willen helpen. Ze voelt een steek van schuldgevoel dat het niet gelukt is. Maar ze voelt zich ook vrij, vrijer dan ze zich in lange tijd heeft gevoeld. Ze trekt een van haar sigaretten tevoorschijn, slaat nog een kruisje. Vergeef me, God, ik zou niet moeten roken. Dank u, God, dat u mij uit dat oord vol dwalende zielen hebt gered. Dank u voor de soep, en voor Tia Consuelo en Baby Consuelo en Mama Consuelo. Dank je, James Bennett, dat je dat godsgruwelijke – vergeeft u mij, God – witte pak droeg.

Marge gaat een kwartier eerder van haar werk naar huis, vlak voor zonsondergang, hoewel ze weet dat Evan Aarons, haar chef, die vorig jaar tijdens de kerstborrel zijn hand in haar bloes probeerde te steken en die ze sindsdien simultaan ter wille is geweest en heeft ontlopen, niet graag ziet dat ze eerder weggaat. Ze voelt zich schuldig. Ze voelt zich voortdurend schuldig. Maar Evan Aarons – moet dat trouwens niet Aaron Evans zijn? – kan doodvallen. Evan Aarons mag dat kwartier in zijn reet stoppen. Voor haar part ontslaat Evan Aarons haar. Sterker nog, doe dat alsjeblieft, Evan Aarons. Ze heeft momenteel wel iets belangrijkers aan haar hoofd.

Ze wil snel naar huis om te zien wat er is gebeurd aangaande Julian ('aangaande': een kantoorwoord, voor gebruik in memo's, dat ze nu tot haar schaamte tijdens gesprekken bezigt), of hij een fijne dag heeft gehad met Delilah, de vriendin van Marge die ze als oppas heeft gevraagd voor de eerste dag dat ze weer ging werken; ze had de afgelopen week vrij genomen om zelf voor de jongen te zorgen. Nu wil ze snel weer bij hem zijn en alles op haar mentale lijstje afgevinkt hebben: boodschappen voor het avondeten bij de supermarkt – iets wat er lekker uitziet – plus kindertandpasta voor Julian, want hij weigerde zijn tanden met die van hen te poetsen, plus wc-papier, plus tampons, want het zal haar godverdomme niet overkomen dat ze deze maand zwanger wordt, plus wijn uit de slijterij, want die heeft ze vanavond nodig zoals ze die al de hele week nodig heeft: de fles naast het bed waarin ze de laatste tijd in haar eentje slaapt; en eerlijk gezegd poetst ze de laatste tijd haar tanden ook niet.

Ze loopt gehaast en doelgericht. Het weer is omgeslagen, het is nu officieel herfst en ze draagt een panty terwijl ze een hekel aan panty's heeft. Ze snijden in lichaamsdelen waar ze liever niet aan denkt. Tijdens de afgelopen jaarwisseling had ze een panty aangehad – een zwangerschapspanty, extra ruim bij de taille. Gedachten aan de afgelopen jaarwisseling mijdt ze uit alle macht. Door de panty moet ze er nu aan denken. Klerepanty. Ze weet de gedachten die er doorgaans achteraan komen te mijden: hoe haar leven er zonder de afgelopen jaarwisseling uit had gezien, enzovoort, enzovoort. Ze gunt zichzelf één vrolijk stemmend detail: inmiddels zou ze al haar baby-gewicht kwijt zijn geweest.

In de supermarkt wordt Marge het vacuüm van kou en lampen in gezogen. Alles is helder, luchtig, op orde. Kleurrijke verpakkingen verlopen als regenbogen op de plank. Alles staat waar het hoort. Ze is dol op kruideniers en drogisten. Ieder gangpad bevat zo veel potentieel. Alles kan je vullen, je mooier maken, iets corrigeren. Elk gekocht product definieert je in zekere zin. Koop je de duurdere pot rode bietjes in het zuur? Je doet het.

Ze loopt naar buiten, gestrest door het nieuwe gewicht van haar rijkdom en het besef dat het al zeventien over zes is, en dat ze om halfzeven thuis moet zijn, en haalt ze dat? Hoewel, waarom zou het erg zijn als ze het niet haalde? Inmiddels is James vast thuis en heeft hij Delilah gezegd dat ze naar huis mag. Daarom heeft ze zo'n haast, beseft ze nu. Ze wil James niet met het kind alleen laten. Als ze dat toelaat, zal zich onvermijdelijk een ramp van James-achtige omvang voltrekken die herstelwerkzaamheden van Marge-achtige proporties zal vergen. Schiet op, Marge. Er komt wind geblazen door de avenue, maar daar kun je je doorheen duwen.

Op Bank Street repeteert een man op een bovenetage voor een musicaloptreden. *You make me feel so young!* zingt hij. Hij is waarschijnlijk de understudy van een understudy op Broadway, denkt Marge vol minachting. *Bells will be rung!* Het lied doet haar denken aan de tijd dat James nog James was, of dat zij nog zichzelf was. Ze denkt aan het gouden licht van hun flat op het verre Columbia, aan hoe ze aan de keukentafel tegenover elkaar bezig waren met hun werkstukken. Ze denkt aan de lucht van de lijm waarmee ze haar collages maakte: metalig en opwindend, als werken en spelen tegelijk. Ze mist zichzelf.

Op Bethune Street, onder de bomen, vraagt Marge zich af waarom ze diep vanbinnen een tinteling van opwinding voelt, ergens op een niet-gereserveerd plekje. Het komt niet door het zingen, dat vals is. Het komt niet door de herinneringen, die haar eerder pijn doen dan inspireren. Het komt door de lichtval. Het is haar lievelingsmoment van de dag, altijd geweest. De momenten die naar het avondeten leiden, als het werk gedaan is, als er een fles rode wijn in je zware tas zit. Net als de slijterij is het diner een belofte. Het is stabiel en tastbaar, kenbaar en mooi. Er wacht een jongen op je die je te eten moet geven, en een man. En ze laat zich niet weerhouden door het feit dat de man is vreemdgegaan en de jongen ieder moment van haar kan worden afgepakt. Het gevoel zit zo diep in haar lichaam dat de logica er geen vat op heeft.

Ze is bijna thuis – op Jane Street, vlak voor de wasserette waar Mrs. Consuelo de brief die ze in Julians rugzak had gevonden voor haar had vertaald en voorgelezen en met zo'n verdrietige stem zei: 'In geval van dood of verdwijnen...' – wanneer een vrouw tegen haar op botst. Boodschappen bonzen en rollen over de grond, bospeen spreidt zich uit als het haar van een dode vrouw. De vrouw hijgt verontschuldigingen. Marge mompelt dat het niet geeft en bukt zich om de tassen weer vol te stoppen. De dure pot bieten is gebroken en loopt op de stoep leeg. 'Het spijt me zo, het spijt me zo,' zegt de vrouw. 'Laat mij maar. Laat mij maar. Nee, laat mij maar.'

Ze komen tegelijk overeind, vinden elkaars ogen. De vrouw is iets ouder dan zij – is ze zelf oud genoeg om zich middelbaar te noemen, vraag ze zich af. Nee, niet echt, nog niet, ze is niet zo oud als deze vrouw, oef! De vrouw heeft rode manen. Ze draagt een beweeglijke jurk met een uitzinnig patroon: geen panty. In plaats daarvan draagt ze excentrieke cowboylaarzen en een soort trenchcoat, met veel, heel veel zakken.

'Ken ik u soms?' vraagt de vrouw, die haar onderzoekend aankijkt.

Marge kijkt vlug omlaag, als om te controleren of er in de consternatie boodschappen zijn gestolen. Ze voelt haar gezicht rood aanlopen aangaande deze vrouw.

'Nee,' zegt ze. 'Nee, ik geloof 't niet. Neem me niet kwalijk.'

Maar het gezicht van de vrouw heeft haar kippenvel bezorgd.

Ze duwt zich langs de vrouw en naar haar huisje, het huisje waar ze het merendeel van haar zogeheten volwassen leven heeft gewoond. Het huis waar ze ooit zwanger is geweest. Het huis waar James haar heeft verteld over zijn vreemdgaan en waar ze had gehuild en had gezegd dat ze hem nooit vergeven zou. Het huis waar ze hem vergeven zou. Het huis waar ze met deze boodschappen een avondmaal zou bereiden en waar ze de jongen zover zou krijgen dat hij zijn tanden poetste met zijn nieuwe tandpasta en waar ze hem in bed zou stoppen en een zoen op zijn voorhoofd zou geven. Daar heeft ze tijd voor, dankzij haar extra kwartier. Waar ze geen tijd voor heeft, is de vrouw die haar nu al tweemaal omver heeft gekegeld, waardoor ze haar baby en haar bieten is kwijtgeraakt. Waar ze geen tijd voor heeft, zijn de schuldige blikken en het opgeblazen gezicht van haar man wanneer hij de deur opendoet en het gezicht trekt waar ze het minst van houdt, dat er als 'oeps' uitziet.

Arlene Arlene Arlene! Verman je. Die vrouw maakt het goed, Raúl maakt het goed, jij maakt het goed. Je hebt niets verkeerds gedaan. Toen niet, nu niet. Niet op die dag in het atelier, toen je die afgesneden hand in dat grote blik terpentijn stopte. Niet toen je die hand er weer uit trok, bang dat je hem vernacheld had, in een doek wikkelde, in je handtas stopte. Ze hadden hem sowieso niet meer kunnen aanzetten, zelfs de dokter zei dat alle pezen onherstelbaar waren doorgesneden. Doorgesneden! Terpentijn sneed niet door. Terpentijn maakte kennelijk zwart. De hand die je aan de dokter had gegeven was zwart. Jezusmina, Arlene. Echt waar?

Echt waar. Het was haar echt, die vrouw van oud en nieuw. Ze had die nacht een wijnrode jurk gedragen. Dat heb je onthouden omdat je wijnrood altijd onthoudt; het is de enige kleur die precies even lelijk als mooi is.

Die avond: je had iemand ontmoet die Claude heette en je had je laten inpakken door zijn Spaansheid. Met zijn accent maakte Claude je schouders slap, en dat zorgde ervoor, of je het wilde of niet, dat je met hem naar bed zou gaan. Of je schouders opzettelijk slap werden en of je officiële afwijzing door Raúl Engales eerder die avond daarmee verband hield, is dubieus. Jezus christus hell fuck bitch. Raúl was een kind! Claude was een man van een zekere rijpheid, net als jij. Bij wie je past! Bij een oud, buitenlands type als Claude. Claude had je een of andere zelfgerolde sigaret gegeven, waar geheid iets in zat; wat zou het, wat maakte het uit? Je was duizelig geworden en je was een godvergeten mongool geworden. Je had '1980, eikels!' geroepen. En je had, om redenen die je vergeten bent, druiven gegeten.

En toen had je door het glas van de glazen deur Raúl Engales gezien, die met Winona George een kamer in liep. Vuile teef! Ze was net zo oud als jij! Wat moest Raúl godverdomme alleen in een kamer met Winona George?! Je had een beetje overgeheld, om beter te kunnen kijken: gingen ze zoenen? Zou hij haar tegen een van die blauwe muren aan drukken? Je was overgeheld en toen had je te ver geheld en was je gevallen. Je val werd door een welkome vleesbal gebroken. De vrouw die je daarnet op straat hebt gezien. Zij was het geweest, haar vlees. Haar zachte buik waarop je met je volle gewicht was geland. Haar wijnrode jurk waarop je champagne had gemorst, vocht- continenten op de wereld van haar buik had gecreëerd. Haar man – niet zo aantrekkelijk als zij – die tot je grote schrik had gezegd: 'Het punt is alleen dat ze... zwanger is.'

De volgende ochtend, in bed met Claude, aan wie je opeens de pest had, had je je de details van het tafereel abstract maar indringend herinnerd. Hoe haar buik meebewoog. Haar gille- tje. Je dacht dat je de baby misschien verwond had. Je piekerde er maandenlang over. Lag ervan wakker. Vanwege die vrouw ben je nota bene in therapie gegaan. En nu zie je haar god- verdomme op straat en wat doe je? Haar bieten vermoorden. Haar bospeen doden. Haar omverkegelen en jezelf met haar meesleuren: met z'n tweeën onhandig graaien naar blikken en dozen cornflakes en tampons. Je wist het nog steeds niet. Hoe moest je het ook weten? Of je de baby van die vrouw had ver- wond, zoals je zozeer vreesde? Haar leven zwart gemaakt zoals je de hand van Engales zwart had gemaakt? Fuck, Arlene, je hebt zo veel in je leven verknald dat het bijna griezelig is.

Je therapeut zou stellig 'nee' zeggen. Maar je therapeut is een eikel met een sikje en dit is je enige kans. Om een eind te maken aan die eeuwige onzekerheid. Om rechtsomkeert te maken. Om rechtsomkeert te maken en de vrouw van oud en nieuw achterna te lopen, te kijken welk trapje ze op loopt. Om aan te kloppen, je rustig, koelbloedig, beheerst te gedragen, ge- woon een gewone vrouw met een gewone legerjas en gewone cowboylaarzen aan. Om jezelf toe te staan om diepe, ontroerende opluchting te voelen wanneer je dat kleine jongetje ziet. Ze hadden al een kind; dus je had niet hun enige kans verknald. Ze hebben een gezond kindje met mooi haar en geinige schoenen, met ogen die – godsamme – sprekend op die van Raúl lijken.

Engales is overgeplaatst naar een etage waar de muren niet roze zijn maar een treurig, klinisch blauw. Er zijn geen oranje bekertjes en er is geen Darcy en er is geen Lupa. Engales had een hekel aan Lupa, ze was een ouderwetse teef, zoals Darcy dat zo welbespraakt zei, maar nu ze weg is merkt Engales dat hij haar mist. Hij heeft gehoord hoe Spinoza haar uitfoeterde. Hij ving het Spaanse woord voor 'ontslagen' op. Hij weet dat het zijn schuld was. Maar hij heeft van zo veel dingen spijt en Lupa is er maar een van.

Vanuit zijn nieuwe kamer heeft hij inkijk in het uitgestorven kraakpand, in de donkere gang die leidt naar de kamer waar hij voor het eerst met Lucy flikflooide; de kamer ernaast, waar hij Selma had geholpen gips te mengen; de doe-het-zelfdouche, gemaakt van een tapkraan en een tuinslang, waar Mans en Hans hun vuurwerkshows ontwikkelden, met vrije toegang tot de enige waterbron. Hij herinnert zich een van de eerste avonden waarop hij met Arlene het kraakpand bezocht, toen er een brunette in een zwart balletpakje verscheen die tussen de mensen begon te dansen. Uiteindelijk maakten ze plaats voor haar, keken hoe ze haar gracieuze lichaam klein maakte, het liet golven en buigen. Ze had in elke hand een stuk houtskool en begon met haar bewegingen op platte oppervlakken te tekenen: enorme zwaaien van haar armen, brede, uitgestrekte strepen. 'Dat is Trisha,' had Arlene gezegd, maar haar naam had Engales niet geboeid. Hij was geboeid door de wijze waarop ze de ruimte vulde en gebruikte, alsof ze die zich volledig mocht toe-eigenen. Hij was geboeid door de strepen die ze tekende: bogen als bijna-vollemanen, arceringen als treden van een ladder. Aan het eind van haar performance klom Trisha door een raam naar buiten, de straat op, en verdween net zo snel als ze verschenen was. Haar bewegingen trilden na in de houtskoolstrepen. Ze was weg, maar ze was er nog steeds.

Nu zijn de blauwe zeildoeken en plexiglasramen die Teh-ching had geïnstalleerd verdwenen en zijn de gapende wonden van ramen zwarte putten van leegte, waaruit het lef en de ziel en de kunst van het pand zijn weggerukt door mensen zonder benul van lef en ziel en kunst. Engales vraagt zich af of Trisha's strepen nog steeds op de muren en vloeren staan, al denkt hij van niet. Hij ziet het trieste uitvegen van houtskool voor zich, hoe het vervaagt als je het niet fixeert met zo'n giftige spuitbus. Voor het gebouw, aan de overkant van de straat, mimet een dronkenman vulgaire namaakseks met een brandweerkraan. Engales' linkervuist pulseert als een knipperlicht met geweldige, bevattelijke pijn.

De pijn die hij nog meer ervaart is onbevattelijk. Het lege kraakpand. Wat Lucy hem had geflikt. Wat James Bennett hem had verteld. Wat hij met James Bennetts gezicht had gedaan.

Hij had James aanvankelijk niet geloofd toen hij vorige week langskwam en stotterde over 'een paar dingen die Engales moest weten'. Hij had zich door de feiten die James presenteerde laten raken als door kogeltjes van een onmogelijke werkelijkheid, die keihard naar zijn hoofd werden geslingerd. 'Je zus. Zoon. Veilig. Sofie.' Dat bestaat niet, had hij gedacht. Franca had geen zoon. Hij had zijn hoofd geschud. Maar diep vanbinnen wist hij het. Hij wist dat dit Franca's grote nieuws was, groot nieuws dat James Bennett hem bracht omdat hijzelf te trots geweest was om het te achterhalen. Maar hoe dan? had hij gedacht in de korte tijd voor hij James Bennett knockout sloeg. Hoe had James Bennett het grote nieuws van Franca vernomen?

Op dat moment zag hij, gedrapeerd over de leuning van de plastic stoel waar James Bennett op zat, het witte colbertje.

Het beeld dat die avond in zijn geheugen was gegrift kwam weer terug: het witte, rechthoekige pak met de zwarte vlek op de rug van het jasje, als een klein gaatje, terwijl het Lucy op de duistere avenue met zich meevoerde. Hij zag voor zich hoe Lucy's flirterige hoofd knikte, voelde de schaduwen waarin hij zich had verborgen en de druk van het koude beton. Hij voelde de heetgebakerde razernij die hij die avond had gevoeld, de razernij die het colbertje had opgewekt, die nu in hem sijpelde.

Het bestond niet.

Het bestond niet dat James, de enige met wie hij van zichzelf had mogen praten sinds het ongeluk, de enige die hij mocht vertrouwen, dezelfde man was die Lucy die avond naar huis had gebracht, die hij in zijn eigen flatgebouw had zien verdwijnen. Het bestond niet dat James – die kale, lelijke, irritante James – de man was met wie Lucy een affaire had gehad. En tot wie Lucy zich had gewend toen Franca's grote nieuws – een zoon; Franca had een zoon – was verschenen bij het appartement, het appartement waarvan Franca het adres zou hebben bewaard en overgeschreven in haar zwarte boekje van die ene briefkaart die hij haar lang geleden had gestuurd. Nee. Dat was te vergezocht. Maar de ogen van Engales lieten het colbertje niet los.

'Geef hier,' had Engales opeens gezegd.

'Geef wat hier?' zei James.

'Dat colbertje.'

'Wat wil je met m'n colbertje?'

'Geef me godverdomme dat colbertje.'

Juist toen Engales de zwarte vlek op de rug van het jasje ontdekte, de zwarte vlek die James Bennett als een trouweloze, harteloze hufter ontmaskerde, viel er iets uit de zak van het colbertje wat de vlek nog overtroefde. Het was een luciferboekje: klein, wit, met zijn rode streepje van 'hier afstrijken'. Engales keek omhoog naar James, wiens gezicht opeens zo wit en gespannen was als schilderslinnen. Engales had het luciferboekje van de vloer opgeraapt, de flap met zijn linkerduim opengeklapt. Aan de binnenzijde van het luciferboekje stond: DIT IS GRUWELIJK.

O ja, James. Dat is het zeker.

Engales nam James binnen één hartslag te grazen. Zijn goede hand boorde zich in de liegende smoel van James Bennett. Nog eens: het gezicht van James Bennett als het gezicht van Pascal Morales. Nog eens: het gezicht van James Bennett als het gezicht van zijn roekeloze dode vader, omgekomen bij een botsing tegen een boom langs de snelweg. Nog eens: het gezicht van James Bennett als wie de hufter ook was die Franca wat dan ook had aangedaan. Toen Lupa eindelijk tussenbeide kwam, duwde Engales haar opzij. Nog eens. James Bennett zakte in elkaar als een bebloed wrak dat 'Het spijt me' verklaarde. Nog eens. Nog eens nog eens nog eens.

Na afloop had Mary Spinoza Engales persoonlijk begeleid naar een kamer waar hij niemand anders kwaad kon doen, waar bezoekers niet welkom waren en de muren blauw. Zijn rechten werden voorgelezen – niet dat ze als rechten aanvoelden – en zijn vonnis werd uitgesproken. Vanwege dit incident: een extra maand in Rising Sun.

Nu zit hij een hele week later op die kamer en kookt nog steeds van woede, en het zonlicht verdwijnt, waardoor de blauwe muren bruin worden. Hij zit onderuitgezakt op een harde stoel, kijkt hoe een vrouw achter een raam op de tweede verdieping aan de overkant ontspannen door haar flat loopt, zonder kleren aan. Haar voeten ploppen plat voor haar neer. Haar lichaam is tenger en onopmerkelijk. Een driehoek van schaamhaar markeert haar als doelwit. Ze werpt een blik uit het raam, als om te controleren wie haar bespiedt. Engales, die in schaduwen gehuld is, ziet ze niet. Ze ziet niemand, en niemand heeft haar kleine voorstelling aanschouwd. Ze pruilt naar buiten, de avond in, trekt een jaloezie naar beneden, verdwijnt. Engales vergeet haar meteen. In gedachten is hij aan de andere kant van de stad, bij een jongen die hij nog nooit heeft ontmoet. Zijn hand ligt op de brief van zijn zus, die James Bennett slapjes tegen Engales' borst had gedrukt voor hij, onder het bloed uit zijn eigen neus, werd weggesleept.

Raúl,

Wist je dat ik jou in alle tijd dat wij tweeën broer en zus geweest zijn nooit om iets gevraagd heb? Ik weet wat je denkt: mijn zus zwamt maar wat. Maar het is echt zo. Ik heb er speciaal op gelet. Ik heb je nooit gevraagd om iets voor mij te doen. Ik wilde juist alles voor jou doen.

Het heeft verkeerd uitgepakt, dat snap ik nu. Ik had je wel iets moeten vragen. Ik had je moeten vragen om te blijven. Echt vra-

gen, niet alleen op de veranda zitten grienen als een klein kind.
Na je vertrek liep alles mis. Pascal kon me niet redden – daar-
over had je gelijk. Ik heb me aangesteld als een klein kind – je
weet hoe ik kan doen als ik verdrietig ben, dan lijkt het wel of ik
weer zes ben – en uiteindelijk is hij vertrokken. De mensen ge-
loven dat hij ontvoerd is – dat gebeurt hier momenteel overal. Ik
geloof dat hij bij zijn moeder woont.

Als je dit ontvangt, is er iets misgegaan. Ik weet niet wat jul-
lie daar via het nieuws horen, maar het is hier verschrikkelijk.
Iedereen wordt ontvoerd, zelfs mensen die nergens bij betrokken
zijn. Mensen worden vermist, verdwijnen zomaar van straat. Ik
ben bang, Raúl. Ik kan me niet afzijdig houden. Maar ik moet
weten dat Julian veilig zal zijn.

Ja, ik weet het. Ik wilde je over hem vertellen, dat zweer ik.
Maar ik kon geen brief sturen; ze maken tegenwoordig alle post
open. En ik wist niet welk nummer ik moest bellen. Hij is het eni-
ge wat ik goed heb gedaan in mijn leven, en alleen omdat ik mijn
geestelijke gezondheid en mijn geluk uitsluitend aan hem heb te
danken, ga ik je nu iets vragen.

Raúl, zorg alsjeblieft voor mijn zoon.

Hij is vijf – inmiddels waarschijnlijk bijna zes – geboren op
16 februari, in het jaar na jouw vertrek. Hij is intelligent – waar-
schijnlijk te intelligent – volgens mij lijkt hij op Braulio. Hij eet
zijn biefstuk bijna zwart verbrand, zoals Pascal. Hij houdt van
zoetigheid, zoals ik. Hij houdt van tekenen, zoals jij. Hou alsje-
blieft namens ons allebei van hem.

De jouwe. Altijd de jouwe.
F

Julian Morales weet twee dingen zeker in dit leven: dat de
nacht gewoon de dag is met een ooglid eroverheen, en dat zijn
moeder, als hij alles goed doet, hem vanavond komt ophalen
als de klok een achteruit staande L maakt. Het eerste weet hij
omdat zijn moeder dat heeft verteld. Het tweede weet hij ook
omdat zijn moeder dat heeft verteld.

Zijn moeder weet alles. Ze weet hoeveel kopjes bloem er in
beslag moeten en hoe de lucht tegen de vleugels van vogels

duwt zodat ze kunnen vliegen. Ze heeft verstand van verme-
nigvuldigen en voodoo. Ze weet voor elke situatie het juiste
verhaal en ze weet dat dinsdag Julians minst geliefde dag is,
omdat hij dan naar Lars moet. Ze weet alles wat hij denkt omdat ze aan telepathie doet, dat betekent dat ze kan zien wat er
in het hoofd van andere mensen gebeurt. Maar het werkt alleen bij mensen van wie ze veel houdt, zoals Julian, en zoals de
Broer. Vroeger, de tijd waarover ze het liefst vertelt, had ze de
Broer in gedachten gezegd dat hij zijn haar moest laten knippen. De Broer was toen meteen de badkamer in gelopen en had
zelf zijn dikke haar afgeknipt, zodat het een plant met pieken
werd. Zijn moeder moest het goedmaken. Zijn moeder maakte
alles goed.

Julian kijkt naar de klok, die als een oog boven de koelkast
van Marge en James hangt, zoals hij vroeger keek naar zijn vis,
Delmar, in zijn kom. De klok tuft en bubbelt en kijkt hem aan.
Hij is te langzaam, net als Delmar vroeger. Waar is ze? Vlugger
zwemmen. Ze is te laat, te laat, te laat. Maar wacht, trouwens:
waar is Delmar?

Hij bidt: 'Lieve Heer, stuur mamma een telepathiebericht.
Zeg haar dat ik alle tekeningen in mijn hoofd heb getekend en
alle taarten in mijn hoofd heb gebakken. Zeg haar dat ze ook
in het echt zou maken als dat kon, maar ik zit hier in een huis
met mensen die raar praten. Hun ovens zijn ook raar en ik kan
nergens papier vinden. Zeg haar alstublieft dat ze snel komt.
En Delmar. Zeg haar dat ze Delmar moet voeren, want dat vergeet ze soms. Amen.'

Hij heeft de laatste tijd heel veel telepathieberichten verstuurd – hij heeft vele dinsdagen achter elkaar bij Lars thuis
vastgezeten, terwijl zijn moeder nergens te bekennen was – en
geen enkel bericht heeft geholpen. Maar nu is alles anders. Hij
zit niet langer in het huis van Lars, met muren van dik, grauw
cement die vast geen berichten doorlieten. Nu zit hij in een
huis met schilderijen aan de muren, waar zijn moeder hem zal
ontmoeten. Waarom had de moeder van Lars hem anders helemaal hierheen gebracht, in een vliegtuig en een trein en op
de achterbank van een gele auto, als dit niet de plek is waar zijn
moeder hem zal ontmoeten? Het is de enige logische verklaring.

Bovendien is het dinsdag, de dag dat zijn mamma hem altijd ophaalt. Hij weet dat het dinsdag is, want dat heeft hij de vrouw van de wasserette horen zeggen toen hij vanochtend met Marge bij haar langsging. 'Het is pas dinsdag en ik ben nu al doodop,' had de vrouw gezegd, eindelijk Spaanse woorden die hij verstond. Dank u wel, God, had hij gedacht. Want dinsdag was zijn minst geliefde dag omdat zijn moeder hem dan een tijdje alleen liet. Maar het was ook zijn lievelingsdag, want als zijn moeder hem ophaalde voelde hij zich gelukkiger dan ooit, het soort geluk dat hem letterlijk deed springen. Alsof de grond zijn geluk niet aankon. Alsof hij de grond even rust moest gunnen.

De mevrouw die op hem past terwijl James en Marge weg zijn is haar vingernagels roze en dan doorzichtig aan het lakken en het ruikt naar gif. Julian vindt haar niet echt lief, net zoals hij Sofie, de moeder van Lars, niet echt lief vond. Hij vindt niemand echt lief die niet zijn moeder is. Waarom zou hij? Hij kijkt naar de langzame klok. Ergens gaat de zon als een grote bol onder, maar Julian kan dat niet zien, alleen voelen. Eindelijk hoort hij een sleutelbos; James is thuis, met een gemeen gezicht op. Julians minst geliefde ding is wanneer een gezicht er gemeen uitziet. Dat kan komen door het gezicht (rimpels op de verkeerde plek, een mond als een gat), of door iets wat met het gezicht is gebeurd (James' opgeblazen wangen en roodachtige zwartachtige ogen). Soms zag zijn vaders gezicht er gemeen uit zonder dat er iets mee gebeurde. Maar alleen soms.

James zegt iets tegen de mevrouw, die nu roze vingernagels heeft, en ze staat op om weg te gaan, wat Julian bang maakt want hij wil niet alleen met het gemene gezicht van James in huis zijn. In gedachten tekent hij met zijn fantasiepen: een gezicht dat er niet gemeen uitziet, een gezicht dat er niet gemeen uitziet, een gezicht dat er niet gemeen uitziet. James zegt niets, aait Julian over zijn bol, legt een zak diepvrieserwten op zijn ogen, bloedt uit zijn mond.

Wanneer Marge even later thuiskomt zit er midden op haar voorhoofd een rimpel, alsof ze bezorgd is. Ze draagt veel tassen en haar haar zit door de war. Julian heeft zijn moeder ook een keer zo gezien. Dat vond hij niet fijn, dat degene die voor hem moest zorgen de kluts kwijt was. Nu vindt hij het ook niet fijn.

Maar het geeft niet dat James en Marge er gemeen en bezorgd uitzien, houdt hij zichzelf voor. Of dat ze in de kamer hiernaast tegen elkaar schreeuwen, of dat de ogen van Marge bijna op huilen staan. Het is niet erg, want hij gaat toch weg. Zijn moeder komt hem halen. Gewoon naar de klok kijken en net zo veel geduld hebben als een alligator.

Net zo veel geduld als een alligator. Hij wil zijn moeder vragen waarom ze dat steeds zegt. Waarom heeft een alligator geduld? Hij zal het haar vragen als ze komt. Als ze aanklopt. Drie keer als een pieuw pieuw pieuw. Drie keer als een lief gezicht. Drie keer als een voodoobezwering die moeders direct naar hun zoon brengt, als een cadeautje. Ze is er.

Hij holt naar de deur. Hij zweeft als een vogel met lucht onder zijn vleugels naar het kloppen.

Marge buigt zich over hem heen, trekt aan de deurknop. Sloten piepen en scharnieren zingen voor zijn moeder. Ze is er. Ze is precies zoals hij zich haar herinnert: voeten, benen, jurk. Hij grijpt de benen, die met de voeten een L achteruit maken. De benen lachen. Het is niet de lach van zijn moeder.

Hij kijkt omhoog.

Het is niet de jurk van zijn moeder: die heeft geen jurk met vissen erop.

Hij voelt een huilbui opkomen, als een trein door zijn lijf. Als hij zijn mond opendoet, komt die brullend naar buiten, zo luid dat zijn moeder, waar ze ook is, hem kan horen, naar hem toe kan rennen. Hij krijgt het gevoel dat het huilen niet zal ophouden, nooit, pas als ze hier is. Hij ziet dat James naar hem toe loopt: het gemeenste, kapotste gezicht op de hele wereld.

Nieuw in James' Actuele Tob-10: dat zijn gezicht in puin ligt; dat Raúl Engales' enige resterende hand in puin ligt; dat zijn huwelijk in puin ligt; en dat binnenkort, als het huilen van dit kind niet ophoudt, het gezamenlijke oor van de wijk in puin zal liggen. Hij wil het goedmaken. Hij wil één keer de lijm zijn. Hij wil de brokstukken van zijn huwelijk en zijn gezicht en het gezicht van Marge en de hand van Raúl Engales bij elkaar rapen en alles goedmaken.

Marge: Julian opscheppen en hem tot stilte wiegen. Tegelijkertijd met deze vrouw omgaan – wie is ze? – 'Maak je niet ongerust,' zegt Marge herhaaldelijk, maar de vrouw blijft plakken. Moet James ingrijpen? Maar hoe zou hij dat kunnen? De ruimte rondom Marge is verboden terrein, dat heeft ze duidelijk gemaakt. Hij staat als verlamd in de woonkamer terwijl de roodharige vrouw hun huis binnendringt. Ze staat met gespreide, gelaarsde benen tegenover de schoorsteenmantel.

'Krijg nou wat!' zegt ze, met een onvervalst New Yorks accent. 'Hebben jullie er hier eentje van Raúl hangen? Zomaar tussen al die grote jongens?'

'Pardon, wie bent u?' zegt James.

'Arlene is de naam,' zegt ze. 'Ik liep je vrouw tegen het lijf. Vandaag. Maar ook eerder. Met oud en nieuw. Ik was altijd van plan om te vragen hoe het ging, moet je weten. Wist nooit welk nummer ik moest bellen.' Haar ogen vallen op Julian, terwijl haar ogen opzwellen met de manische opengesperdheid die kinderlozen inzetten bij kinderen, om ongevaarlijk over te komen of te verhullen hoe bedreigd ze zich voelen. 'Moet je dat beeldige kind zien. Waarom kijk je zo sip? Hè, beeldig kind? Ja, ik ben nieuw. Je moet aan mensen wennen, hè?' De mevrouw knijpt Julians natte, betraande gezicht met haar hand fijn.

James werpt een snelle blik naar Marge, schat haar in. Ze houdt Julian vast alsof hij een baby is en terwijl ze hem strak aankijkt zeggen haar ogen: Het is de moeite niet. Ook hij vindt het de moeite niet. Hij knikt haar troostend toe, hoopt hij.

Hij bekijkt het tafereel door de ogen van Arlene. Hij is een vader met zijn gezin. Met zijn vrouw, haar rechte pony, hun zoontje. Ze zijn niet rijk genoeg voor vliegvakanties maar kunnen een auto huren en naar Maine rijden. Ze eten eens per week buiten de deur, waarschijnlijk op dinsdag. Ze gaan met z'n drieën in bad, samengeperst in de kleine stadstobbe. Ze gaan in het park naar de rolschaatsers kijken. Ze ontdekken schoonheid in de kleine genoegens des levens. Ze ontdekken schoonheid in elkaar. Meer hebben ze niet nodig.

Hij bekijkt het leven door zijn eigen ogen: een huilend jongetje dat hij niet zelf verwekt heeft, een vrouw voor wie hij liefde voelt maar die haar beantwoording heeft opgeschort, een kamer vol schilderijen die hij niet heeft verdiend. Zijn gezicht is zo te voelen opgezwollen tot één reusachtige klomp. Er zijn geen gewaarwordingen, geen kleuren, geen geuren – misschien had Engales die allemaal uit hem geramd, net zo snel teruggestolen als hij ze hem geschonken had. Er is alleen een kamer vol dingen waar hij van houdt, die zijn liefde niet willen beantwoorden. Hij voelt zich opeens totaal uitgeput.

'Ik ga het verkopen,' zegt hij, misschien te zacht om hoorbaar te zijn.

De kamer wordt blanco en stil. Dan, op hetzelfde moment, zegt zowel Marge als Arlene: 'Wát ga je doen?'

'Ik ga het verkopen. Ik ga dat schilderij waar je naar staat te kijken verkopen, Arlene, omdat het een ellendig rotding is dat m'n leven heeft verwoest. En het schilderij daarnaast ga ik verkopen omdat iemand dat op een rommelmarkt aan me heeft gegeven terwijl het vijftienduizend dollar waard is en ik een te grote eikel was om dat te zeggen, al wist ik precies hoe erg ik hem afzette. En dat daar verkoop ik, het schilderij van Nan Goldin, want al ben ik degene die Nan Goldin heeft ontdekt, ik heb dat schilderij godverdomme gevonden in een vuilnisbak bij haar atelier. Dat daar heb ik helemaal betaald met geld van Marge, en dat heb ik gekocht met wat mijn aandeel van de huur had moeten zijn. Ik heb dit allemaal niet verdiend. Ik verdien het niet. Ik verdien jou niet, Marge. Maar je verdient wel mijn hulp. Als jullie me willen excuseren,' zegt hij geëmotioneerd en duizelig, 'dan ga ik nu Winona bellen.'

James loopt de keuken in, waar een rood telefoontoestel aan hun witte muur hangt. Een telefoon die weliswaar niet alles goed kan maken, maar hem wel van alles kan bevrijden. Hij stelt zich de lege muren voor, een schone lei. Vanuit de woonkamer hoort hij de beduusde stem van Arlene. 'Heeft hij het over Winona George?' Hij weet dat Marge niet zal reageren. Hij kent Marge als zijn eigen broekzak. Hij kent Marge even goed als zijn Hockney en zijn Kligman, en zijn Engales. Ze zal rustig blijven, de leugen dat de jongen hun eigen kind is laten inzinken, zacht worden, lief worden, stoppen... nee, doorgaan. Arlene dringt aan: 'Winona de rijke dame? Die met dat haar?' James draait een nummer dat hij inmiddels uit zijn hoofd kent.

Winona is in de wolken. Heeft al jarenlang haar klauw op deze collectie willen leggen. Heeft het allemaal gepland: het gaat gebeuren op haar nieuwe locatie, de eerste expositie in de nieuwe ruimte, in december, ja, het ideale kersthapje voor al die andere kersthapjes. Alles door Warren laten ophangen, wat olijven erbij, lekker chardonnaytje. Ze zal haar leren broek aandoen. O FUCK YES, HAAR LEREN BROEK. Fenomenaal. Het wordt fenomenaal, James, wacht maar af. Iedereen die ertoe doet zal er zijn. We gaan echt ieder doek verkopen, daar durf ik m'n borstvergroting om te verwedden. Alles is weg voor je drie keer 'surrealisme' kunt zeggen, James. Maak je maar geen zorgen.

O! De zonsondergang is te gek vanavond, James. Ben je buiten geweest? Ik zit op m'n dak, James. Met de draadloze telefoon. Heb je daarvan gehoord? GEEN DRAAD. De verbinding valt soms weg – hoor je me, James? Ja? Kun jij hem niet zien? O, hij is helemaal top. Oranje met roze, helemaal over de rivier uitgesmeerd als een godvergeten schilderij. Maar dat is altijd de ellende met zonsondergangen, hè? Je kunt ze niet bewaren. Zucht. Maar misschien is dat wel de reden dat ze zo mooi zijn, hè? Ben je daar nog, James? Draadloos. Omdat je ze niet kunt bewaren?

'Klotezonsondergangen,' zegt James expressieloos, precies wanneer Winona die felbegeerde groene flits ziet. Ze weet dat het een luchtspiegeling is – 'breking' noemen ze dat – maar zij neemt er genoegen mee. Van niets op deze aarde houdt ze zo veel als van vluchtige schoonheid.

De liefde, daar doe je niks tegen

November heeft de kleur van een aubergineschil. Hij ruikt als de binnenkant van het juwelenkistje van een oude vrouw. Kom je bed uit, zou je tegen november willen zeggen als je hem tegenkwam. Doe iets. De winter port de stad met zijn verkilling. Raamkozijnen worden kusten van vrieskou. Kasjmier verschijnt. Wol nog niet. De maand sjokt alsof hij nog half slaapt. Hij wacht. Hij weet het. November is een maand die het wéét. Hij weet dat overal harten op het punt staan te breken; gebeurt elk jaar rond deze tijd.

Marge en James draaien in hun kleine huisje om elkaar heen, als dieren die elkaar niet kennen. James kwispelt om aandacht, is toeschietelijk; Marge snuift. Hun stemmen beven als ze bepaalde woorden zeggen: 'Julian', 'aardbei', 'thuis'. Marge kan ieder moment weggaan. Ze doet het niet. Marge zal gaan als Julian weg is. En anders niet. Ze kussen elkaar één keer, na het avondeten, wanneer ze allebei de tranen nabij zijn. Ze slapen apart. Julian huilt elke nacht, als een ritueel. Om dat te verhelpen, pen en papier aan Julian geven; dan kalmeert hij, dan tekent hij eindeloos. James prikt Julians tekeningen aan de muur ter vervanging van zijn schilderijen, die zijn neergehaald, in plastic gewikkeld, bij de deur tegen de muur gezet. In sommige opzichten, maar niet alle, helpt dat.

Het tekenen is maar een van de dingen die ze over Julian hebben ontdekt dankzij de brief die ze Mrs. Consuelo van de stomerij hebben laten vertalen. Andere dingen: hij is bijna zes, zijn verjaardag is in februari. Pienter voor zijn leeftijd; spreekt geen Engels. Zijn moeder zit in de problemen. Raúl Engales is zijn enige hoop.

Ze hebben precies vier weken tot Engales uit Rising Sun

wordt ontslagen. James wilde geen aanklacht indienen, maar Spinoza had toch maar de politie gebeld; die zou er geen werk van maken, wegens goed gedrag, mits hij een maand extra in Rising Sun bleef. Die informatie was verkregen via Lupa, die zo attent was om James op zijn huisadres op te bellen vanaf het hare, waar ze, zoals ze haast verdrietig zegt, voor iedereen soep kookt. Maar deze vier weken is Julian van hen.

Filmvertoning op zondagavond om acht uur. Engales kijkt naar romantische komedies, gewone komedies, horrorfilms. In zijn hoofd wordt een andere film geprojecteerd: zijn zus die boven een jongen uittorent. Terugspoelen. Zijn zus die boven een jongen uittorent. Terugspoelen. Zijn zus die boven een jongen uittorent. Teruggekomen op zijn kamer ziet hij het meisje aan de overkant haar bloes weer uittrekken, hem recht aankijken. Ze heeft hem gevonden. Hij drukt zijn lichaam tegen het glas: zijn hand, zijn spijkerbroek, zijn tong.

Een groep moeders komt in een flauw verlichte kamer bijeen. Er ligt een gerimpelde ballon in de hoek met de tekst HOERA, TIEN JAAR. Iemand heeft koffie in een dikke thermoskan meegebracht, maar niemand drinkt ervan. Ze slaan hun handen als kleine persoonlijke knopen voor zich op tafel ineen. 'We moeten nog steeds alles ten oosten van A doen,' zegt de moeder met de rode baret. 'We zoeken nu al maanden,' zegt de moeder met het grote jack met de brede schouders. 'Wat bedoel je daarmee?' vraagt de moeder met de smaragdgroene badstoffen kamerjas. Ze heeft de kamerjas sinds juli niet uitgedaan. Ze doet hem pas uit als de jongen een jaar en zeventien dagen later wordt ontdekt, in een dressoir in een kelder in SoHo gepropt, samen met zijn rugzak, waar meer leven in zit dan in hem.

In het Museum of Natural History wijst Julian omhoog naar de grote blauwe vinvis. Marge houdt zijn hand vast; James kan de stevigheid van haar greep vanaf de andere kant van de zaal zien. Het licht in de kamer is net zo blauw als de walvis, niet omdat James' gedachten daarvoor zorgen, maar omdat het museum hem zo heeft verlicht: namaakoceaandiepte.

James denkt aan Leonardo da Vinci, die met luchtperspectief schilderde, op grond van de gedachte dat de atmosfeer bepaalde kleuren absorbeert. Voorwerpen die dichter bij de schilder waren, bevatten altijd meer blauw. Voorwerpen die verder weg waren, minder blauw.

Het maakt niet uit, denkt hij, of hij dicht bij de dingen staat die hem het dierbaarst op aarde zijn of er ver vanaf. Hij is de lul. Dat zijn ze allemaal. Marge is verliefd op de jongen. Hij ziet het aan haar armgebaren. Het is net zo onmiskenbaar als het enorme zoogdier dat boven hen hangt. Zo gaat dat met de liefde, denkt hij. Je doet er niks tegen.

In Part Deux, de verlaten Chinese markt op Grand Street waar de leden van het kraakpand zijn neergestreken, is een grens getrokken. Letterlijk: Selma Saint Regis heeft op de knoestige vloerplanken een krijtcirkel rond haar lichaam getekend. 'Ik blijf in deze cirkel zitten tot ze me wegslepen,' zegt ze. 'En als Reagan wint, stop ik met eten.' Ze is bijna hysterisch, heeft al dagenlang niet goed gegeten. 'Ssst,' zegt Toby, grijpt haar onder haar oksels, trekt haar overeind, sleept haar de cirkel uit en hun zelfgebouwde bed op. 'Het houdt geen stand,' zegt ze tegen Toby. 'Niets beklijft,' zegt Toby. 'Dit niet,' zegt ze, 'onze groep.' Toby knikt plechtig. Niets beklijft, niets beklijft.

Lucy stapt af op een lange vrouw met een naamplaatje waar SPINOZA op staat. Spinoza zwaait met een vinger zo groot als de neplullen in de pornoshop onder Jamies flat. 'Nee-hee!' zegt Spinoza: machtsvertoon. 'Er mag niemand meer bij Raúl Engales op bezoek. Op dit moment mag niemand die man bezoeken – hij moet nog zeker een maand zitten. Rechtshalve. En dan te bedenken dat ik een van m'n beste verpleegkundigen door zijn toedoen heb ontslagen.' Spinoza klapt haar kaak toe. Lucy dwarrelt weer naar buiten, East Seventh Street op. Aan de overkant klaagt het verlaten kraakpand: Ik heb in geen weken iets leuks beleefd. Ze weet hoe dat is. Ze loopt terug naar de flat van Jamie, waar ze haar oude rol als het brave meisje in huis heeft hernomen. Ze gaat onder de douche, beweegt haar handen over de tegels met strepen van roest. Gebruikt een lotion die naar lavendel ruikt. Voelt zich nog steeds smerig. Ze is al een eeuwigheid niet meer het brave meisje in huis. Ze raakt haar eigen handen aan, denkt langdurig aan haar moeder.

'Ik doe alsof,' zegt Marge tegen haar koffie.

'Weet ik,' zegt James, tegen zijn uitlopende eieren. Buiten heeft de lucht de kleur van lucht.

'Alsof er geen einde aan komt,' zegt Marge.

'Weet ik,' zegt James.

De eieren doen James denken aan Franca, iemand die hij niet heeft gekend en nooit zal kennen, wier brief Marge had laten vertalen door de vrouw van de wasserette, wier vertaling hem aan het huilen had gemaakt.

Wanneer hij omhoog en naar buiten kijkt, doet de lucht hem denken aan de man die hij had moeten worden, maar nooit zal zijn.

Op Jane Street staat een vrachtwagen dubbel geparkeerd, ontlokt getoeter van een rij ongeduldige taxichauffeurs. Zijn mond gaapt open, in lome afwachting van kunst ter waarde van één mensenleven.

Deel 6

Met aftrek van God

Als er een mengsel van sneeuw en mist bestond, was dat aanwezig op de dag dat Engales uit Rising Sun werd ontslagen: de tweede dinsdag van december. Hij had bijna twee maanden opgeborgen gezeten in een felgekleurde, potdichte kamer, waardoor de lucht hier buiten nog vochtiger aanvoelde, alsof de stad één grote wolk was. Terwijl hij in de vrije, gekoelde kosmos verscheen, vroeg hij zich onwillekeurig af of dit misschien een droom was. Of dat het allemaal een droom was geweest, zijn hele leven misschien wel.

Hij stond op de stoep voor Rising Sun met een tasje met dingen die Darcy hem ten afscheid cadeau had gegeven – een pakje speelkaarten en een opgerolde poster van een exotische vrouw in bikini die uit een fles Jim Beam dronk. Hij had een pak van Darcy aan, dat hij had gewonnen tijdens een razendsnel spelletje rummy, hoewel Darcy het anders ook wel aan hem gegeven zou hebben. Darcy had Engales meteen gemogen, en raakte nog meer op hem gesteld toen hij de sage over het zoontje van zijn zus aanhoorde; hij had zelf ooit een zoon gehad, verklaarde Darcy, hoewel Engales niet durfde te vragen waarom hij die niet meer had. 'Zorg dat je die jongen vindt,' had Darcy gezegd toen hij het obsessief geperste pak overhandigde: grijs met witte krijtstrepen. 'Zorg dat je die jongen vindt en zorg dat je er netjes voor hem uitziet en zeg die jongen dat er van hem gehouden wordt.'

Dat was Engales' voornemen geweest. Niet dat er iets anders op zat: hij kon Franca's zoon onmogelijk níét vinden. Hij kon onmogelijk níét voor hem zorgen. Hij had elk moment van de afgelopen maand aan hem gedacht: terwijl hij probeerde het alfabet met links te schrijven – dat lukte inmiddels vrij aardig – en terwijl Debbie zijn hals kuste in de fysiotherapieruimte, en terwijl hij tijdens het recreatie-uurtje met Darcy kaartte. Zijn gedachten aan de jongen waren het brandpunt geworden van zijn zeer beperkte universum. Hoe zou zijn haar eruitzien? Zou hij net zulke tanden hebben als Franca? Zou hij verlegen en geestig zijn, zoals Franca was geweest? Of brutaal en onbezonnen, zoals Engales? Of in het slechtste geval: zou hij een irritante slapjanus zijn, zoals Pascal? Engales had in gedachten complete scènes opgevoerd: dat Franca in New York opdook en ze de jongen samen meenamen naar Central Park, of – realistischer en toch minder aansprekend – hetzelfde uitstapje naar Central Park met Lucy.

Hij had wel een miljoen keer nagedacht over dit ogenblik, over deze reeks ogenblikken – door de stad naar het huis van James Bennett wandelen, aankloppen, kennismaken met de jongen. En toch stond hij nog steeds als een waardeloos stuk vreten voor de ingang van Rising Sun, terwijl koude deeltjes mist in hem sijpelden en het pak vrijwel doorweekt was, niet in staat zich te bewegen. Een kerkklok ergens in het noorden memoreerde zijn stilstand met een melancholieke, verre slag. Een deel van hem wou dat hij zich kon omdraaien en weer naar binnen lopen, waar hij in elk geval geen beslissingen hoefde te nemen, geen afspraken hoefde na te komen, waar geen verantwoordelijkheid dreigde. Wees verdomme een vent, probeerde hij zichzelf te coachen. Maar hij voelde zich geen vent. Hij was een jongen zonder ouders. Een dronkenlap zonder hand. Een malloot in een streepjespak.

Zijn blik bleef hangen bij het kraakpand aan de overkant. Een langgerekt ogenblik vroeg hij zich af of hij de weg zou oversteken en naar binnen lopen, maar hij kende zichzelf; hij kon het onmogelijk niet doen. Ten slotte haalde hij één keer diep adem en stak over. Hij duwde de enorme blauwe deur open – 'Sloten zijn een symbool van kapitalistische hebzucht,' had Toby ooit beweerd – en betrad de grote, open voorkamer. De geur overviel hem: vernis en hars en terpentijn, vermengd met welig tierende schimmel en bedorven eten. Engales schopte een bierflesje om; het rolde schokkerig, als een lichaam in een lijkzak. In de barsten in de vloer zaten restanten van een feest: een groene veer, een minuscuul plastic zakje, gouden lovertjes die hem ontzettend aan Lucy deden denken.

Nostalgie welde in hem op: die dunne wandjes; die idealistische, felle verf; dit huis van jeugd en verbazing. Uiteraard was het pand ontdaan van het merendeel van zijn inrichting – van de stoep geplukte bankstellen, niet bij elkaar passende eetborden, wankele tafels, kunstwerken – maar wat resteerde was genoeg om hem opnieuw het gevoel te bezorgen dat hij had gehad toen hij hier voor het eerst binnenkwam: dit is het. Deze ruimte was het New York waarvoor hij gekomen was en vertegenwoordigde waar het leven om draaide. Zelfs de geur tartte hem met een wens waarvan hij wist dat die nooit in vervulling zou gaan: terugreizen in de tijd. Hij stond zichzelf toe één tel te verpozen in die wens, zag voor zich hoe Mans en Hans in de hoek een stuk brons met een vlammenwerper te lijf gingen. Hoe Toby uit de achterkamer kwam, met zijn arm om Regina heen, en aan iedereen verkondigde: 'Dit is het leven, mensen. Het is ons godverdomme gelukt.' Hoe Selma zong, met de damp die uit de zelfgebouwde badkamer aanwaaide. Maar de verkenning van zijn vorige leven werd onderbroken door een stem die van achteren kwam. Waar Engales stond, klonk het als 'Mislukte kunstenaar! Mislukte kunstenaar! Mislukte kunstenaar!' Die klerepapegaaien.

Engales liep naar de achterkamer, die rook alsof er duizend ratten waren doodgegaan. Hij hield zijn adem in, banjerde door een berg vuilnis. De vogel klonk opnieuw, ergens uit de hoek: 'Kapitalisme is voor sukkels!' Toen vond hij hem, waggelend onder een omgegooide stoel, hij keek met zijn griezelige vogelogen naar hem omhoog, schudde zijn vastgeplakte, smerige veren. Hoe had hij hierbinnen kunnen overleven? vroeg Engales zich af terwijl hij zijn goede arm uitstak om het dier op te pakken. Aan de andere kant: hoe wist iedereen tegenwoordig te overleven? Ze waren er allemaal op een veertje na geweest.

De vogel klom langs Engales' arm naar zijn schouder. Engales wilde een hekel aan hem hebben, maar om een of andere reden schonk het feit dat dit levende wezen zich met zijn gore klauwen aan hem vastklampte hem net dat beetje moed dat hij nodig had om de volgende vereiste stap te zetten: naar buiten gaan door de blauwe deur en dit pand voorgoed verlaten, elke gedachte aan een reis terug in de tijd opgeven. 'Hortsik!' krijste de papegaai, wat Engales voor zichzelf vertaalde als 'voorwaarts'. Alsmaar voorwaarts. De vuile vogel en de eenarmige man trokken de wereld in.

Buiten op Second Street zag de straat er griezelig leeg uit. De kroegen hadden hun neonborden uitgezet en hun deuren gesloten. Toen hij langs Binibon liep, waar de ramen doorgaans beslagen waren van de adem en koffiedamp van de vele vaste klanten, zag hij dat het rolluik was neergelaten. Iemand had een briefje op het luik getapet met de tekst VANDAAG GESLOTEN. Daaronder een fronsend gezichtje en het vredessymbool. Op het kleine boekwinkeltje op de hoek van Fifth Street zat ook een hangslot en de grote biertent stikte niet zoals gewoonlijk van de dronkenlappen. Er stond geen saxofonist met koude vingers op Fourth Street, waar hij doorgaans onder alle weersomstandigheden een serenade aan de straat blies. Er klonken geen sirenes. De stad leek in de pauzestand te staan, als een spookstad na een pistoolduel. Alleen Telemondo's was open, en hoewel Engales geen behoefte had om de Telemondo-man te zien, ging hij naar binnen en vroeg om een pakje sigaretten. Hij zag de rij gouden heupflessen op de achtermuur. 'En ook zo een,' zei hij. Tot zijn opluchting begroette de Telemondoman hem niet nadrukkelijk, maar schoof hij alleen de sigaretten en whiskey over de toonbank naar hem toe en zei met zijn onexpressieve, accentrijke stem: 'Dat is dan vijfhonderdtweeënvijftig cent.'

Dit kon hij. Hij was met drank en een vogel gewapend en hij was in mist gehuld en de Telemondo-man had zijn grapje gemaakt. Bij aankomst zou hij dronken zijn, en de hele toestand zou net zo in hem doorsijpelen als de alcohol, langzaam en warm. Hij zou voor zijn zus doen wat hij vroeger niet voor haar had kunnen doen: hij zou voor haar opkomen. Hij liep langs een leeg perceel waar een smokinghemd aan een stalen hek hing, als een spook dat in de wind zeilde. Hij liep langs een man in een rolstoel die helemaal in het geel gestoken was, met een bord met een of andere tekst over waterskiën. Hij liep langs een vrouw met volledig uitgelopen clownsschmink. De mooie gruwelen van New York, dacht hij, terwijl hij een grote slok uit de fles nam. En ik ben er een van.

Ten slotte bereikte hij Greenwich en boog af naar Jane Street. Hij was vertrouwd met deze route omdat hij hem vaak had gevolgd naar de Eagle, als hij Lucy ging lastigvallen tijdens haar werk, haar over de toog heen ging zoenen. De gedachte aan haar stak hem. Hij duwde haar weg en sloeg links af, Jane Street op. Hij had het adres van James Bennett gevonden in het waarschijnlijk sterk gedateerde telefoonboek van Rising Sun: nummer 24, een houten huisje dat tussen twee grotere bakstenen flatgebouwen stond ingeklemd. Voor de houten deur bewoog de sneeuwmist zich op een vreemdsoortige manier. De sneeuwmist bewoog zich op een manier die zei: Jij weet echt helemaal niks.

Opeens, oog in oog met de deur die toegang tot Franca's grote nieuws zou bieden, voelde hij zich verlamd. Wat zou er gebeuren als hij openging? Wat stond hem daarachter te wachten? Zou hij iets voelen als hij Franca's zoontje zag? Zou hij Franca in hem herkennen? Zou de jongen Franca in Engales herkennen? Zou hij zich alles herinneren over hoe het was om zelf een jongen te zijn? Hoe heerlijk het was om door de straten te rennen – zo veel sneller dan zijn zus – en de wind op zijn gezicht te voelen? Zou hij precies weten hoe de jongen zich voelde, eenzaam in een vreemde stad, zonder noemenswaardige ouders? Zou de jongen van hem schrikken? Zou de jongen bang voor zijn hand zijn?

De jongen zou bang voor zijn hand zijn.

Nee, hij kon het niet. Hij liep het trappetje weer af, langs de weg waar hij en Lucy ooit als dolverliefde flipperkastballen hadden voortgejakkerd.

Ik heb je nooit om iets gevraagd.

Hij draaide zich om. Liep weer terug.

'Tapijtvreter!' spuugde de vogel uit. De vogel. O jezus, die klerevogel. Echt niet, Engales. Dit ging hij echt niet doen.

Raúl, zorg alsjeblieft voor mijn zoon.

Opnieuw het trappetje op, deze keer met kracht en vastberadenheid en woede, hij drukte op het gouden kattenoog van een deurbel, wachtte.

Er kwam niemand naar de deur. Hij belde nog eens; weer niets. Hij tuurde door het gebrandschilderde raam, door een rode glazen driehoek. De muren van de piepkleine huiskamer hingen vol enorme vellen krantenpapier, verlucht met kindertekeningen. James Bennetts afzichtelijke witte colbertje hing over een rieten stoel. En daar, naast de koffietafel, stond een paar piepkleine, bespottelijk piepkleine schoentjes.

Zijn hart draaide zich om. Franca's zoontje was werkelijk hier. Engales voelde hoe zijn borst zich samenkneep, voelde druk achter zijn ogen. 'Godverdomme!' schreeuwde hij en sloeg met de stomp van zijn arm tegen het glas.

Hij ging even in de kou op het stoepje zitten, legde zijn gezicht in zijn ene hand. Wat nu? Aan de overkant gluurde een oude vrouw naar hem, van achter een raam op de begane grond. Engales stak de middelvinger van zijn linkerhand op; ze trok haar paarse gordijn schielijk dicht.

Ten slotte kwam hij overeind, wankelde over Jane Street en zwierf over Seventh Avenue, openlijk drinkend uit zijn fles. Het werd donker en de lucht voelde ruw op zijn gezicht. Op een bepaald moment sloeg hij af naar het oosten en belandde in Washington Square Park, waar de grote triomfboog glom in de avondschemer als de binnenkant van een zeeschelp. Toen hij dichterbij kwam, hoorde hij gedempt rumoer: iets tussen een kerkkoor en tv-ruis in. Een grote menigte, verzameld in kringen en groepjes rond de fontein en onder de grote witte boog aan de noordkant. Achter de boog lekte de menigte de straat op. De mensen droegen de vrolijke kleding van begin winter: sjaals met een patroon erop en felgekleurde jacks, maar alle gezichten stonden gepijnigd. Iedereen omhelsde elkaar of had zijn armen om elkaar heen. Sommige mensen snikten, anderen zongen.

Engales liep de menigte in. Niemand duwde: de mensen weken uiteen om hem door te laten. Hij zag een man met een enorme hond, een hond zo groot als een paard. De man hing om de hals van zijn hond en schreide in diens zilverkleurige vacht. Een jonge blondine, met vrijwel dezelfde korte coupe als Lucy, schudde langzaam een tamboerijn, en telkens wanneer ze hem tegen haar hand sloeg, stootte ze een verdrietige zucht uit. Hij bereikte een grote kring die zich in de menigte had geopend, waar hij naast twee kleine mannen in geruite jassen belandde. Een tweeling, besefte hij toen ze met precies dezelfde treurige glimlach naar hem opkeken.

Aan de overkant van de kring, achter iets wat op een altaar leek, wiegend in haar lange vissenrok en een jas die op een of andere manier zowel opgeblazen als beweeglijk was, stond Arlene. Hij zag hoe ze knielde en een boeket madeliefjes op een grote zwart-witfoto van John Lennon legde. Terwijl ze het neerlegde en de madeliefjes Lennon in zijn hals kietelden, stortte naast haar een vrouw met lange haren op haar knieën neer en legde haar handen vlak op het asfalt, alsof ze een gebed zei. Haar lokken waaierden over haar armen en de grond uit, als een tekening van de zon.

Arlene keek op en zag Engales. Haar gezicht was ouder, met meer rimpels rond haar ogen, maar ook mooier dan Engales zich herinnerde. Hij zag haar opeens als vrouw, niet als de grof-gebekte hippie met wie hij een atelier had gedeeld, maar een echte vrouw, met gevoelens en borsten en haren en alles wat bij een vrouw werd meegeleverd. Ze glimlachte triest, niet heel anders dan die tweeling daarnet. Het was de John-Len-non-is-dood-glimlach. De glimlach die je glimlachte wanneer iedereen hetzelfde was kwijtgeraakt maar nog wel elkaar had. Arlene stak de kring over en kwam bij hem staan. Ze keek niet naar hem omhoog, wat hem dankbaar stemde. Maar toen deed ze iets wonderlijks – ze wikkelde haar twee warme handen om de stomp van zijn onderarm, die verpakt was in de stof van Darcy's pak. Hij trok hem niet weg. Zo stonden ze daar een poos, zwevend in het verdriet van alle mensen om hen heen, zij met haar handen op zijn misvorming. Ze zei alleen, tegen de wind: 'Raúl toch.'

Toen ervoer Engales een vloedgolf van emoties, gevoelens die hij zichzelf had ontzegd zolang hij in Rising Sun zat opge-sloten maar die hij hier buiten, in de openlucht, met de hand van Arlene op zijn arm en de hele wereld in de rouw, toeliet. Hij dacht aan zijn vader met zijn versleten ribbroek, die zijn pijp zat te roken, met ogen die dezelfde kleur hadden als de pijp, met een pijp die dezelfde kleur had als zijn ribbroek, met een ribbroek die dezelfde kleur had als het gevoel dat hij zijn zoon en dochter bezorgde: jong en bruin, veilig, als de houten wanden van het huis uit hun kindertijd. Hij hoorde de plaat die zijn vader had opgezet: *Little child, little child... I'm so sad and lonely... Baby take a chance with... If you want someone... Little baby come and dance with me...* en hij hoorde zijn vader zeggen: 'Raúl, neem van mij aan: het zijn de krassen die het leven sjeu geven.' Hij dacht aan 'Broken Music Composition, 1979', aan Winona met haar enorme berg haar en dat ze hem het leven had gered, en wat ze had gezegd op de avond dat ze kennis hadden gemaakt: 'Je zult dit jaar alles moeten verliezen voor je iets werkelijk moois kunt maken.' Hij bedacht hoe Franca's gezicht eruit had gezien, aangelicht door de brand aan de overkant: half oranje, half schaduwzwart, en aan de schoenen van het jongetje in het huis van James Bennett. Hij dacht aan Lucy's lovertjes, hoe die naar hem hadden geknipoogd, hoe ze een uitweg hadden beloofd. Hij dacht aan ontsnappen, en dat hij dat had geprobeerd, dat hij had gefaald, dat hij nu hier stond, met de handen van zijn vriendin Arlene om zijn arm, terwijl hij met de hele wereld rouwde om de tragiek van de wereld. Eindelijk was hij in het paviljoen, dacht hij. In het paviljoen mocht hij eindelijk huilen. Hij had nooit gehuild, niet één keer, niet toen hij meemaakte dat zijn schilderijen zonder hem geëxposeerd werden, niet toen hij zag dat Lucy vreemdging, niet toen hij via James over Franca hoorde, niet toen hij eenzaam en verminkt op het harde bed in Rising Sun lag. Maar nu kon hij niet meer met huilen stoppen. Alles stroomde uit hem op het haar van Arlene. Juist op dat moment sprong de papegaai van Engales' schouder en wiekte weg over de menigte. Hij keek op, droogde zijn tranen, keek hoe de vuile vleugels van de vogel zich uitstrekten op een wijze die hij niet voor mogelijk gehouden had.

Arlene draaide zich naar hem toe, legde een hand op zijn schouder. 'Je loopt er verdomme bij alsof je naar de kerk gaat,' zei ze.

'Is dit niet een soort kerk?' Engales veegde met zijn fladderende mouw naar zijn gezicht.

'Met aftrek van God,' zei ze. Ze glimlachte.

'Met aftrek van God,' zei hij.

'Wat hebben we hier?' zei ze.

Arlene trok de rol papier uit Engales' tas, rolde hem uit tot de bijna naakte vrouw zichtbaar was – een vrouw die verleidelijk moest zijn maar die Engales nogal verlopen en overdreven oranje vond. Arlene grinnikte en legde de poster bij de rest van het geïmproviseerde altaar op de grond, met vier votiefkaarsen als presse-papier op de hoeken. Ze nam de fles whiskey uit Engales' hand en zette die ook neer. 'Die heeft John harder nodig dan jij,' zei ze en knipoogde naar hem omhoog. Engales verbaasde zichzelf door geen bezwaar te maken. Arlene kwam overeind, met haar kleurige jurk die onder de rand van haar jas uitstak en haar rode haar dat vlamde tegen de achtergrond van zwarte mutsen en bleke gezichten. Ze fluisterde iets.

'Kom je vanavond ook?' zei ze, met een voor haar doen ongebruikelijke samenzweerderigheid in haar ogen. Geen schuttingtaal, geen luide kras, gewoon een meisje met een geheimpje. Hun ogen grepen elkaar vast, de eerste keer dat ze elkaar echt durfden aan te kijken.

'Waarheen?'

'De tentoonstelling,' zei ze. 'Heb je er niet over gehoord? James Bennett verkoopt zijn hele bezit. Het is groot nieuws. Iedereen heeft het erover, weet je, zo'n godvergeten grote bedoening.'

'Nee, daar heb ik niets over gehoord.'

'Ik had eerlijk gezegd niet verwacht dat het een aardige vent zou zijn. Ik heb altijd die recensies gelezen en dacht: wat weet die vent nou helemaal?'

'Heb je hem ontmoet?'

'Lang verhaal voor een andere keer, maar ja. Ik ben zijn vrouw tegen het lijf gelopen, letterlijk, en heb haar toen naar huis gevolgd – en ik weet wat je denkt, maar probeer even niet te oordelen, lummel.'

'En?'

'En hij heeft een blauw oog en een kind in huis en verkoopt godverdomme zijn hele collectie alsof-ie gestoord is! Een godvergeten wrak, dat is-ie!'

'Waar is die tentoonstelling, Arlene?'

'Fun,' zei ze.

'Wat?'

'De tentoonstelling is in Fun. De nieuwe tent van Winona. Niet dat ik een zier om Winona George geef, zoals je weet. Maar in de *Times* kun je alles over jezelf lezen.'

Engales zweeg, probeerde te bevatten wat dit voor hem betekende. De man die hij onlangs in het gezicht had geslagen verkocht al zijn schilderijen, waaronder, zoals hij wist, een van hemzelf. Boeide hem dat? Waarom zou dat hem boeien? Waarom kreeg hij het warm? En werd hij triest? En raakte hij... geïntrigeerd?

Arlene leunde dicht tegen zijn borst aan, fluisterde omhoog in zijn oor.

'Je naam staat erin,' zei ze. 'Lees maar. Je naam staat in *The New York Times*, Raúl. Je staat erin. Ik bedoel, je staat er echt in.'

De zon was al onder toen Engales en Arlene afscheid namen. Terwijl hij van haar wegliep, hoorde hij haar met haar domme New Yorkse accent roepen: 'Ik hou van je, Raúl!' Hij glimlachte bij zichzelf, draaide zich niet om. Hij baande zich een weg naar de rand van het park en bietste toen een *New York Times* van een rijk uitziende vrouw op een bankje, die hem de krant als een schild toewierp en zich uit de voeten maakte. Vlakbij, in een kringetje op het cement, zat een roedel jonge meisjes elkaar hun horoscopen voor te lezen uit een tienerblaadje. 'Ram? Je bent een en al ego,' zei een van hen. 'Verrek, dat klopt,' zei een ander. Engales schudde de krant met zijn ene hand open. Toen kwam hij bij het kunstkatern en vond het stuk: een smal artikel onder de kop 'Voormalig criticus verkoopt felbegeerde collectie'.

Engales voelde druk op zijn borst. Het deed hem niets, hield hij zichzelf voor. Helemaal niets. Hij hoefde niet eens verder te lezen. Hij las verder.

'James Bennett,' vertelde het artikel, 'lange tijd een medewerker van de kunstredactie van dit blad, heeft officieel besloten te stoppen – in elk geval met schrijven. Dit verlies voor de kunstwereld kan echter ook een zegen blijken te zijn; Bennett is waarschijnlijk beter bekend vanwege zijn kunstverzameling dan vanwege zijn bijdragen als kunstcriticus. Bennett bezit werken van enkelen van de bekendste kunstenaars van deze tijd, onder wie Eric Fischl, Ruth Kligman en David Hockney. Bovendien bevat zijn collectie werken van aanstormende talenten zoals het straatkunstenaarscollectief AVANT en kunstschilder Raúl Engales, wiens recente tentoonstelling in de Winona George Gallery een doorslaand succes was bij zowel critici als verzamelaars. Bennett exposeert zijn gehele collectie komend weekend in Fun, de nieuwe dependancegalerie van George op East Eleventh Street, waar alles te koop zal zijn. De expositie heet, heel toepasselijk, *Selling Out*. De opening is vanavond.'

De meisjes naast hem lachten als een troep apen. Ze waren aangekomen bij een artikel over gênante voorvallen: een meisje dat bij een jongen op z'n schouders mocht zitten terwijl ze ongesteld was, een eerste zoen die de mist in ging door een storende beugel. Maar Engales hoorde ze nauwelijks. 'Een doorslaand succes', stond er in het artikel. 'Bij zowel critici als verzamelaars'. Hij voelde zich duizelig en misselijk. Terwijl hij in een revalidatiecentrum aan de knoppen van een Etch a Sketch zat te draaien, had hij een grote klapper gemaakt. Hij had één grote klapper gemaakt, die hij zelf niet had meegemaakt en die hij nooit meer zou beleven. Hij haatte zichzelf. Hij haatte de gedachte aan deze expositie, een expositie die alles belichaamde wat James Bennett altijd had beweerd te haten: op de commerciële toer gaan, kunst tot koopwaar maken, toegeven aan de markt, die de kunstenaars die ze nodig had juist kapotmaakte. En hij had een hekel aan James Bennett. Maar dat deed er niet meer toe, hè? Waar hij een hekel aan had. Wat hij wilde. Vanwege Franca's grote nieuws. Vanwege Franca's zoontje.

Fun

Regina en Toby van het kraakpand belden naar Kleindeutschland om Lucy uit te nodigen voor de opening van Fun. Het was een dinsdag in de tweede week van december, en Lucy had het ontzettend druk met helemaal niets doen. 'Hij stak opeens de kop op,' zei Toby over de galerie, alsof een zaal vol kunst zichzelf omhoogduwde, het beton als een duveltje-uit-een-doosje doorboorde en de stad begroette met een glimlachend, beschilderd gezicht. 'Het schijnt heel *fun* te zijn,' zei Regina, wat Regina of Lucy niet aan het lachen had gemaakt.

Lucy was niet in de stemming voor Fun, of om alle mensen te zien die onvermijdelijk zouden komen: alle mensen van de vorige, rampzalig verlopen expositie, Selma en de Zweden en alle kunstenaars die door stom toeval beroemd waren geworden en nu op schoenen van zeshonderd dollar rondwandelden. Als je naar hun schoenen informeerde, had Lucy een paar weken geleden op een feest in Part Deux gemerkt, zeiden ze dat het een artistiek project van ze was. 'Ik loop letterlijk op het kapitalisme,' zei een vrouw met loafers vol Swarovski-kristallen aan haar voeten. 'Fabelachtig, hè?' Lucy had geknikt en was weggelopen, voelde simultane haat en afgunst jegens de vrouw, op precies hetzelfde moment: een vrouw die een manier had bedacht om een intellectueel statement te maken met het ijdele dragen van chic schoeisel en die, wat zwaarder woog, Lucy's liedje had ingepikt.

Dat feest was alweer ruim twee maanden geleden, op de avond dat ze Julian bij James had achtergelaten, en sindsdien was ze niet uit geweest. De avond had futloos aangevoeld en de Chinese kruidenier had naar vis en pis en rook gestonken, en ze had zich over te veel dingen schuldig gevoeld om zich te kunnen amuseren. Toen had Toby in een dronken bui geprobeerd haar in de rij voor de wc te versieren, waardoor ze zich nog kwetsbaarder en afstotelijker en verkeerder was gaan voelen. Ze had het feest vroeg verlaten, haar pakje sigaretten in een plas water gesmeten en gezworen dat ze voortaan braaf zou zijn, alleen nog deugdzaam en lief zou zijn, niemand zou beledigen en zich nergens mee zou bemoeien. In het kader van deze poging tot zelfreiniging had ze de volgende ochtend Jamie gebeld om te vragen of ze haar kamer terug mocht.

'Godsamme, eindelijk,' zei Jamie met haar hese, vriendelijke stem. 'Ik hoopte dat je terug zou komen voor ik een andere eikel erin moest laten.'

Ze haalde haar spullen uit de flat van Raúl en verhuisde terug naar Kleindeutschland. Ze nam zo veel melkpakken met Jacob Rey mee als er in één vuilniszak pasten. Ze besloot om gewoon in haar whiskeygele kamer te blijven zitten en alle boeken te lezen die ze nooit had gelezen en alle zuivere gedachten te denken die ze nog nooit had gedacht, helemaal in haar eentje. Wanneer ze weer naar buiten kwam, redeneerde ze, zou ze van al haar ondeugden genezen zijn, gezuiverd zijn van alle kwaad.

Maar toen ze er echt aan begon, wist ze dat het geen stand zou houden, en dat zíj geen stand zou houden, en dat als iemand als Regina belde, ze niet alleen de telefoon zou opnemen, maar hem hongerig zou opnemen, met de wanhoop die voortkwam uit te lang binnen zitten in een stad waar binnenvetten dodelijk was. Bovendien was Regina vasthoudend.

'Als je geen extern ego creëert,' zei Regina nu aan de telefoon, 'zul je nooit een intern ego creëren.'

'Ben je me aan het deconstrueren?' had Lucy gezegd.

'Wie weet,' zei Regina. 'Helpt het?'

'Niet echt,' loog Lucy. Ze keek omlaag naar Kleindeutschland, zag een dikke man bij de pornowinkel naar binnen lopen.

'Dat is dan jammer,' zei Regina toen, 'want we zijn er al.' Lucy keek naar de overkant en zag Regina en Toby in een telefooncel staan en omhoog zwaaien naar Lucy's raam.

Lucy glimlachte. 'Prima, ik ben thuis,' zei ze en voelde de opluchting haast als een zucht door zich heen stromen. Ze strikte vlug haar kistjes en bleef even stilstaan om zichzelf in de spiegel te inspecteren.

'Je bent ouder,' zei Jamie opeens, nadat ze weer in de deur-opening was verschenen, zoals gewoonlijk. 'Vroeg je je af wat er veranderd is? Je bent godverdomme ouder, Ida.'

'Ik ben nu zeventien maanden hier,' zei Lucy. 'Ik ben nau-welijks ouder.' Maar ze wist wat Jamie bedoelde. Haar profiel, haar maten en haar houding waren hetzelfde. Haar haar was een paar centimeter uitgegroeid en toonde nu het donkerder blond onder de peroxide, maar dat was het niet. Er was iets an-ders veranderd.

'Zeventien maanden in New York?' zei Jamie. 'Je bent god-domme antíék. En je wordt er niet jonger op.'

'Kom mee,' zei Lucy, liep naar Jamie en trok aan haar arm. 'Er is een opening.'

'Mij niet gezien,' zei Jamie. 'Je weet dat ik daar een pesthe-kel aan heb.'

'Niet waar,' zei Lucy, zonder dat ze precies snapte waar ze de moed vandaan haalde om dit nu met Jamie aan te kaarten, na alle tijd dat ze nooit iets over Jamies kunstenaarschap had ge-zegd. 'Ik weet van je projecten, Jamie,' zei ze.

'Lucy'tje toch,' zei Jamie lachend. 'Daar weet je niks van. Echt niet.'

'O jawel. Ik heb bij Binibon zo'n luciferboekje van je gevon-den. Dat heb ik bewaard. Ik bewaar ze allemaal. En ik heb er eentje cadeau gedaan aan een kennis die kunstcriticus is, en die zei dat-ie hem zou inlijsten. Ze zijn kúnst, Jamie. Echt waar. En je video's ook. Randy heeft me er een paar laten zien. Ze zijn góéd, Jamie.'

Jamie glimlachte triest. 'Het is gewoon iets wat ik doe,' zei ze. 'Het helpt me om de andere dingen die ik doe te verdragen. Er hoeft geen criticus over te schrijven. Het hoeft niet inge-lijst.'

'Ik snap nog wat je bedoelt ook,' zei Lucy.

'Mooi zo,' zei Jamie. 'Laat me dan nu je make-up doen.'

Regina en Toby stonden sigaretten rokend te wachten bij de bodega op de hoek. Ze droegen bij elkaar passende ski-jacks, van het soort dat zei: Ik ben cool omdat ik niet cool ben. Dat de-den hippe mensen nu: ze probeerden er zo normaal mogelijk uit te zien, in hun streven om allesbehalve normaal te zijn. Ze leken op de mensen die skiliften bedienen bij de chalets die Lucy als kind had bezocht, met één belangrijk verschil. Zij waren níét de mensen die de hele winter lang hendels overhaalden en lightbier op stoeltjesliften zopen, zij waren Toby en Regina, kunstenaars en filosofen uit de East Village, zonder enige relatie met de hellingen behalve de ruitvormige patronen op hun borst.

'Het is weer koud,' zei Regina, als om de absurditeit van hun bovenkleding te rechtvaardigen. Ze pakte Lucy bij de schouders en schudde haar, zoende haar daarna op de wang.

'Prachtige vrouw,' zei Toby en keek Lucy te oprecht aan. 'Prachtige vrouwen,' zei hij, kroop tussen Lucy en Regina in en sloeg zijn grote conceptuele-kunstenaarsarmen om hen heen. '*Andiamo*, prachtige vrouwen! *Andiamo a* Fun!'

Ze waren nog maar één straathoek verder toen ze het klikklakken van hoge hakken en een sexy, ademloze stem hoorden.

'Wacht even,' zei Jamie, die een enorme bontjas over haar negligé had gegooid en kennelijk had besloten dat dit een ensemble vormde.

'Ik dacht dat jij niet in galerieën geloofde,' zei Regina bijna zelfgenoegzaam.

'Doe ik ook niet,' zei Jamie. Ze knipoogde naar Lucy.

'Vrouwen!' riep Toby tegen de straat. 'Prachtige vrouwen!'

Er was geen bord bij Fun, en de titel van de expositie werd pas duidelijk toen ze binnen waren, waar hij met potlood op de witte muur stond geschreven: *Selling Out*. Door het eerste kunstwerk, vlak naast de titel, stond zowel Lucy als Jamie als aan de grond genageld: het waren twee luciferboekjes van Jamie, gepositioneerd in het midden van een enorm leeg wit vierkant in het midden van een lijst. Op het eerste stond: IS DIT EEN KUNSTPROJECT OF ZO? Op het tweede: DIT IS GRUWELIJK. Het tweede was het luciferboekje dat Lucy aan James had gegeven, als een soort sexy spijtbetuiging, een manier om de foutheid van hun affaire te erkennen en er tevens in te zwelgen. Nu deed het luciferboekje haar hart stilstaan. Hoe was het hier beland? In deze galerie? En waarom stond Jamie, die het idee om haar werk aan een publiek te tonen zo actief had afgewimpeld, haast lief-

293

devol naar de luciferboekjes te staren en zei ze: 'Ik wist niet dat het zo zou voelen'?

'Jamie, volgens mij moeten we hier wegwezen,' zei Lucy. Ze rukte aan haar in bont gehulde flatgenote.

Maar Jamie luisterde niet. 'Weet je wat? Misschien zijn die melkpakken van jou wel iets,' zei ze. 'Als dit een kunstwerk is, dan zijn jouw melkpakken misschien ook kunst.'

'Jamie, ik zeg je dat we weg moeten. Volgens mij is dit...'

Maar toen werden ze in de rede gevallen door een bekende van Jamie die bewegende treinsculpturen maakte, die onmiddellijk losbarstte in een college over stoomkracht en hoe die was gebruikt om de eerste New Yorkse metro's aan te drijven. 'Dus in wezen een gigantische ventilator,' was hij aan het vertellen, hoewel Lucy hem niet echt kon verstaan. Haar hart raasde als een snelle hond in haar borst terwijl ze de zaal overzag; ze had deze schilderijen, allemaal bij elkaar, eerder gezien. Het waren onmiskenbaar James Bennetts schilderijen. Die uit zijn huisje op Jane Street, waar ze zo gênant tegenover zijn vrouw had zitten huilen. En daar, op de muur aan de andere kant in een enorme kegel wit licht, hing haar portret.

'Niet bewegen,' had Engales gezegd toen ze voor hem poseerde. 'Niet bewegen, anders zoen ik je tot je doodgaat.' Het leek nu zo lang geleden. In een vorig leven.

'Dus jij bent het meisje van *The American Dream*,' zei iemand opeens en sloeg een arm om haar heen. Het was iemand die ze niet kende, met een deukhoed op waarvan ze onmiddellijk besloot dat hij lelijk was.

'Nee,' zei ze afwezig tegen de hoed. 'Ik ben niets. Ik weet niet eens wat ik wil worden.'

'Je bent anders mooi genoeg,' zei de hoed.

'Mooi zijn is niet genoeg,' zei Lucy. Ze keerde zich van de hoed af en zag op de achterste muur het portret van haarzelf, de gladde roze streken van haar huid. Op het schilderij waren haar oogleden een beetje gekanteld, en een sprankje witte verf zweefde net buiten haar pupil. Dat was wat er aan haar was veranderd, zag ze nu. Het was die sprankeling. De sprankeling was weg.

Ze was zichzelf kwijtgeraakt. Ze was helemaal zoek. Ze was niet langer het meisje op dat schilderij, zo hoopvol, zo nieuw.

Ze was oud. Ze was antiek. Ze draaide zich om en wilde weg; ze wilde niet hier zijn, op een expositie die was georganiseerd door de man wiens leven ze had verwoest. Ze zou de galerie verlaten en teruggaan naar Jamies flat, waar ze de avond zou doorbrengen met Sartre en een glas slechte wijn uit Jamies fles slechte wijn. Ze zou deze avond, het schilderij, James, Raúl vergeten. Ze zou Raúl Engales nooit meer zien of aan hem denken, tot hij daar recht tegenover haar stond, in de koude deuropening van de galerie, in een onkarakteristiek strak pak.

'Dat is hem,' zei ze ademloos bij zichzelf, alsof Raúl Engales een popster was, of een god, of een man die ze van veraf had bewonderd maar nooit had ontmoet.

Engales stond in de schaduwen buiten Fun, vrezend voor zijn entree. Vanbinnen klonk een zacht gezoem van duf gebabbel. Hij kon al flarden van onvermijdelijke conversaties opvangen: 'die nieuwe beeldhouwer die grotten bouwde waar daklozen in konden wonen'; 'Reynard, die een performance in de Kitchen heeft gegeven'; 'dat is een waaaanzinnige tent, hè?'; 'Winona houdt haar exposities altijd op dinsdag'. Hij wist niet wat de mensen over James zouden zeggen, of ze het gebaar van deze expositie inspirerend of cru zouden vinden, het goede of het verkeerde soort galerieënroddel waard. In zijn fantasie klonk het in ieder geval afschuwelijk.

Sigaret.

Met zijn ogen volgde hij de oranje askegel van een andere roker en stak er zelf ook een op. Bij het licht van de lucifer zag hij dat de eigenaar van de andere gloeiende askegel Horatio uit het kraakpand was. Hij dacht aan Horatio's pure fysieke kracht wanneer hij zijn schilderijen maakte, het gebrek aan intellectualisme erin, de emotie. Om een of andere reden maakte Horatio geen dreigende maar een troostrijke indruk, als iemand die hij altijd had vertrouwd, en die nu zonder een spoortje medelijden op zijn gezicht tegen hem glimlachte. Engales glimlachte terug, en dat was dat. Ze rookten zonder iets te zeggen. Engales keek naar buiten, naar de straat, die van leven en taxi's zoemde en zoals gewoonlijk stonk naar riool en vuilnis en rook en teer. Hij herinnerde zich hoezeer hij van die geur, die klanken, die straten had gehouden toen hij hier nog maar net woonde. De gedachte maakte hem even op een nostalgische manier zelfverzekerd. Hij was weer terug op de wereld, hij bestond. Horatio had niets over zijn hand gezegd. Misschien zou niemand dat doen. Hij kon dit aan. Hij kon naar binnen gaan. Hij blies de laatste rook uit, priemde de sigaret in de muur, zette zijn schouder en heup tegen de metalen deur.

Maar eenmaal binnen wist hij dat het een slecht besluit was geweest om te gaan. De energie van de kamer richtte zich op hem; ogen werden naar hem opgeslagen en blikken bleven hangen. Hij kende iedereen, en iedereen keek naar hem. Selma, die waarschijnlijk de gêne probeerde weg te nemen maar dat niet kon, haastte zich naar hem toe en viel bijkans boven op hem. Ze was meer dan een beetje aangeschoten en haar haar, dat achterover was geplakt tot een venijnige toef boven op haar hoofd, vloog in onelegante scheuten uit die knot.

'Mijn Raúl!' schreeuwde ze bijna en aaide zijn borst met haar lange handen. 'We hebben allemaal op jou gewacht. Gepopeld van ongeduld, Raúl. Zo ongeduldig. En hier ben je dan. Terug bij je vrienden. We missen je. Echt waar!'

Engales forceerde een glimlach. 'Dank je, Selma.'

'En we vinden het zo erg,' vervolgde Selma, terwijl ze hem veelbetekenend probeerde aan te kijken. 'We vinden het zo erg van 't ongeluk. Echt waar. Maar zulke dingen doet 't leven soms, hè? Bergen voor je neerzetten. En dan heb je ze maar te beklimmen.'

Engales vormde zijn mond tot een verfrommelde glimlach, maar zijn ogen weigerden daarin mee te gaan. 'Ik ga een broodnodige borrel zoeken,' zei hij, pakte haar bij de schouder en duwde haar fysiek op een pas afstand.

'Prima,' sprak Selma met dubbele tong. 'Maar daarna kom je meteen bij me zitten. Ik heb een heleboel te vertellen. We zijn verhuisd, moet je weten. Het kraakpand? En dat heeft m'n creatieve proces totaal veranderd. In de nieuwe ruimte ben ik in een nieuwe ruimte, snap je wel?'

Engales klopte haar op de rug voordat ze kon uitspreken en liep de zaal in. Hij wierp een oppervlakkige blik op de doeken aan de muren: Diebenkorn, Kligman, Hockney... Hij dacht aan de map en de dia's, de fysiotherapieruimte met Debbie. En dan was er zijn schilderij, op de ereplaats op de achterste muur, het portret van Lucy dat hij had geschilderd toen ze elkaar net kenden. De schilderijen gingen vloeiend en mooi in elkaar over, dacht hij, alsof ze samen één groot kunstwerk vormden, deel uitmaakten van een grotere compositie. Hij herinnerde zich opeens de genegenheid die hij voor James had opgevat toen ze hadden gesproken over Lucian Freud, hoe sterk James' visie op de schilderijen had geleken op de zijne. Hij voelde zich op een rare manier schuldig, één seconde maar, dat hij James zo veel keren op zijn gezicht had getimmerd. Maar het schuldgevoel verdampte toen hij zag hoe Lucy – de stralende herinnering aan zijn hartgrondige hekel aan James – van achter een zuil in het midden van de zaal naar hem stond te kijken.

Engales wendde vlug zijn blik af. Hij dacht aan het witte colbertje, haar opgeheven kin, James' hand op haar schouder. Hij wilde zich wanhopig graag omdraaien en weggaan, maar toen hij om zich heen keek zag hij alle gezichten die hij niet wilde zien, alle landmijnen van alle kunstenaars uit zijn eerdere leven, en Winona bemande nu de deur, en opeens kwam Lucy hem voor als de meest welwillende en hartelijkste van allemaal. En nu bewoog ze zich naar hem toe, als een lampje op een pad. Als zo'n eigenaardige lichtbol die boven moerassen zweeft. Haar blondheid verblindde hem. Haar ogen verslaafden hem. Haar gouden lovertjes, dezelfde van het schilderij, vingen alle beetjes licht in de zaal en wierpen ze naar hem terug alsof ze een menselijke discobal was.

'Niet nu,' zei Engales toen ze bij hem was.

'Wanneer dan wel?' zei ze. Haar stem was haar stem. Wat was dat toch met haar stem? Waarom ontroerde die hem zo? Hoe kon hij zo'n afkeer van haar hebben en toch door haar stem ontroerd raken? Hij dacht aan het schilderij van Clemente, van de vrouw en haar twee mannen. Hij keek in Lucy's ogen, het waren meren van vertrouwd, kalm water, gevlekt met een paar gevaarlijke, vleesetende vissen. Opeens verlangde hij zo naar haar dat hij zich niet kon beheersen.

'Buiten,' gromde hij en greep haar bij de arm.

De expositie zag er perfect uit, had Winona tegen James gezegd voor ze die avond openging. Iedereen die ertoe deed zou komen, had ze beloofd, en de hele expositie zou verkocht worden. Winona had al deze feiten vermeld alsof ze iets positiefs waren; ze had haar opgetogen stemming volgehouden, en had hem dat op alle manieren duidelijk gemaakt, inclusief een poging om haar tong in zijn keel te duwen tijdens een vrijpostig uitgevallen felicitatiezoen, juist toen ze de deuren openzwaaide voor het publiek. En James had zijn best gedaan om haar te geloven. Maar zodra de mensen binnen kwamen gelopen – en dat deden ze in trotse meutes en opgedirkte stellen – en James noodgedwongen aanving met het obligate wangen kussen en reten likken en uitleggen waarom hij al zijn kunst van de hand deed, bespeurde hij bij zichzelf dat hij langzaam de moed verloor. 'Het was gewoon tijd,' zei hij steeds opnieuw tegen de nieuwsgierige galeriebezoekers. 'Gewoon tijd voor iets anders.'

Maar het was geen tijd, en dat zou het nooit zijn, om te doen wat hij gezworen had nooit te zullen doen: kunst voor geld verruilen. Hij had zichzelf voorgehouden dat dit de moeite waard zou zijn, dat het alles zou rechtzetten, dat het de strubbelingen met Marge zou gladstrijken, hun geldzorgen zou verjagen, hem zou schoonwassen van zijn obsessies en zijn misstappen. Hij had gezworen niet sentimenteel of emotioneel te worden of, zoals hij keer op keer had bewezen te zijn, impulsief. Hij zou gewoon achteroverleunen en deze avond over zich heen laten komen en de soepele belofte van een schoon, comfortabel nieuw leven een schaduw laten werpen over het visioen dat hij ooit dacht te hebben gehad.

Maar terwijl hij per verkocht schilderij een rode stip zag verschijnen, zonk de moed hem steeds verder in de schoenen. Hij dacht aan de verzadigende tinten roze van de Heilmann, het duizelingwekkende Germaanse grijs van zijn geïmporteerde Georg Baselitz, het gespiegelde meeroppervlak van het beschilderde bord dat Schnabel hem zo ongeveer had gedwongen aan te nemen, als sarcastisch bedankje voor een zeer negatieve recensie. Hij kon de kleuren nu niet goed zien – na de afranseling door Raúl leek het alsof de kleuren uit hem waren gerost – maar hij voelde wel de herinneringen, die bijna net zo duidelijk en krachtig waren als de gewaarwordingen zelf. Iemand trok een chequeboekje en kocht zijn gebrande siena. Iemand anders deed aanspraak op zijn knappende diepzeeoren. Een vrouw met een jasje dat met glasscherven leek te zijn opgesierd kocht zijn mistige ochtend, zijn kampvuurgeur en zijn bleekgroene flitsen, allemaal in één klap.

Hij bekeek de gezichten van de mensen terwijl ze de schilderijen bestudeerden en vervolgens in de steek lieten. Zagen zij die net zoals hij ze ooit gezien had? Vol leven en vol kleuren en ellendig en volmaakt? Zagen ze die schilderijen eigenlijk wel? Bewogen ze zich door hen heen om vervolgens te verdwijnen, voorgoed gewist uit hun gedachten? Of zou er jaren later een moment zijn dat ze zich een beeld herinnerden dat ze hier vanavond hadden gezien, al was het maar een vierkante centimeter van een schilderij, dat hen in de tijd terugvoerde naar de avond dat James Bennett zijn hele kunstverzameling verkocht?

Nee, besloot hij, dat zouden ze niet zien. En deze avond was officieel deprimerend. Nog erger dan het uitventen van de kunst, het toegeven aan de commerciële hel van de kunstwereld en het bijdragen aan de leeghoofdige verzamelingen van de rijkste handelaars in de stad, was dat er niemand was om er getuige van te zijn. Hij was de dingen waarvan hij zielsveel had gehouden aan het opgeven zonder een dierbare aan zijn zij om de klap te verzachten. Marge was thuisgebleven bij Julian, omdat ze allebei hadden gevonden dat het te laat zou worden voor zo'n jongetje. Maar dat was niet de reden dat Marge afwezig was, wist James. Ze kon bij hen thuis al nauwelijks de rol van James' echtgenote vertolken. Hoe zou ze dat hier moeten doen, met al die toeschouwers? Hoe kon ze zichzelf aan een publiek presenteren zonder haar ware gevoelens prijs te geven? Haar diepgewortelde wrok, haar wanhoop, haar woede? Om nog te zwijgen van het feit dat ze het helemaal niet eens was met de gedachte achter deze expositie, zelfs al diende die juist om haar terug te winnen.

'Je bent onbesuisd,' had ze tegen James gezegd toen hij na zijn gesprek met Winona had opgehangen. 'Je gedraagt je impulsief. Alweer. Je wilt dit niet echt.'

'Maar ik doe het voor onze relatie,' had hij gezegd. 'Voor ons gezin. En ik wil dat je komt.'

'We vormen momenteel niet echt een gezin,' had ze gezegd op de toon waarmee ze hem tegenwoordig aansprak, robuust van bitsheid maar ook heel zakelijk, alsof deze bijtende flinters doodgewone menselijke uitspraken waren. Hij had geknikt, zoals hij over alles knikte; zij had op alle punten gelijk, zij had alle troeven in handen. Maar heimelijk had hij gehoopt dat ze toch zou komen. Ze was het enige wat hij had. Buiten haar, als hij haar überhaupt mocht meerekenen, had hij niemand. Hij was als een boom in een bos. Niemand zou het zien of horen wanneer hij omviel.

In een steeg die Extra Place heette, tegen een muur waar in bolvormige gele letters VOOR DE ZOGENAAMDE AVANT-GARDE op stond, vreeën Engales en Lucy. Het was het soort vrijpartij dat in steegjes voorvalt: gehaast en noodzakelijk, opzettelijk cru. Lucy voelde zich aangeschoten, en behoeftig, en schuldig. Ze fluisterde dat ze hem miste. Dat deed ze. Ze miste hem verschrikkelijk, alles aan hem, en zijn aanwezigheid maakte haar dronkener dan ze al was. Hij fluisterde niet terug maar bleef haar gewoon met zijn lichaam tegen de muur drukken, haar rug tegen de bakstenen schuren, haar gezicht pijnigen. Ze voelde een sliert van haar eigen haar in haar mond. Ze voelde de stomp van zijn arm tegen de zijkant van haar buik, wat haar de aandrang bezorgde om te huilen. Hij rook naar zichzelf: de eerste goede geur van New York. Sigarettenmond, gave huid, smerig haar. Op een vertrouwd en ook lomp aanvoelende manier zette hij zijn mond op haar hals. Hij trok aan de lovertjes op haar bloes tot sommige ervan als gouden sneeuwvlokken op de grond vielen.

'Noem me Vlekkie,' probeerde Lucy.

'Nee,' ketste Engales terug.

Toen ze klaar waren, trok Lucy haar rok naar beneden en veegde ze haar haren uit haar gezicht. Ze probeerde tegen hem te glimlachen, maar merkte dat ze moeite had hem recht aan te kijken. Wat moest ze hem zeggen? Hoe moest ze hem vertellen over alles wat er was voorgevallen sinds hij twee maan-

den geleden uit haar leven was verdwenen, naar een of andere revalidatiekliniek op kosten van Winona kennelijk, maar
hoe had zij dat godverdomme moeten weten? Dat kreng van
een Winona had haar niets verteld, om van James nog maar
te zwijgen, en Engales had nooit gebeld, er nooit aan gedacht
om haar te laten weten dat hij nog leefde. En er was te veel gebeurd: het jongetje, zijn zus, James. Alles stond op zijn kop en
dat was grotendeels haar schuld. Wat was haar excuus? Ze beet
op haar lip, zoals ze meestal deed wanneer ze niet wist wat ze
moest zeggen.

'Mooi pak heb je aan,' zei ze en had daar onmiddellijk spijt
van.

'Heb je hem ontmoet?' vroeg Engales. Hij ritste zijn broek
dicht, zonder haar aan te kijken.

'Wat?'

'Heb je hem ontmoet? De jongen?'

Lucy schudde haar voet. Ze schudde haar hoofd. Toen knikte ze.

'Nou?'

Lucy schudde haar hoofd nog eens. Het op haar lip bijten begon pijn te doen.

'Zeg verdomme iets!' schreeuwde Engales. Het weergalmde
in de steeg en naar buiten, tot op First Street. Twee wandelaars
op First Street draaiden hun hoofd om de steeg in te kijken, liepen toen schielijk door.

'Wat moet ik zeggen?' schreeuwde Lucy terug. Opnieuw
weerkaatste het geluid tegen de met graffiti beschilderde muren en er volgde een lange stilte. Lucy hijgde. Ze voelde al haar
woede in zich opkomen en haar lichaam was warm en strak
van de adrenaline. 'Moet ik je zeggen dat ik met iemand anders heb geneukt? Moet ik dat van je zeggen? Dat heb ik gedaan, goed? Maar alleen omdat jij me eruit had gegooid! Je zei
me zelf dat ik moest oprotten! Dat je me nooit meer wou zien!'

Engales had zijn hand in zijn broekzak gestoken, en zijn vingers duwden omlaag tegen de stof, klauwden in zijn been. Hij
zweeg terwijl Lucy verder praatte.

'Dacht je soms dat ik me niet klote voel?' schreeuwde ze.
'Dat ik je niet wou helpen? Wil je wel geloven dat ik mezelf el-

ke avond in slaap heb gehuild sinds je weg bent? Maar je hebt me nooit gezegd waar je zat, Raúl. Je hebt me niet eens laten weten of het wel goed met je ging. Dus wat moest ik? Het laatste wat je tegen me hebt gezegd is dat je me haatte, weet je nog wel? Je zei de verpleegsters om mij de toegang te ontzeggen. En toen was je spoorloos!'

'Heb je er ook maar één seconde bij stilgestaan dat dit niets met jou te maken heeft?' zei hij, ziedend.

Ze viel stil, keek naar haar laarsjes, die ze gebruikte om in het grind te schrapen. Toen keek ze naar hem op, recht in de ogen.

'Ik wist niet dat je een zus had,' zei ze.

'Nou, dan weet je het nu,' zei hij.

'Maar waarom heb je dat niet eerder verteld?'

'Omdat ik haar heb laten stikken,' zei Engales. 'Ik heb haar laten stikken zoals ik jou heb laten stikken. Daar ben ik heel goed in, Lucy. Snap je dat niet?'

'Maar dat hoeft toch niet!' smeekte ze. 'Ik hou van je, Raúl. Zo veel! Wat er ook gebeurt!'

'Je weet niet eens wat dat betekent,' zei hij kil.

'Waarom ben je zo boos op mij?' zei ze. 'Wat heb ik jou misdaan? Waarom maak ik jou zo ontiegelijk kwaad?'

'Weet je wat je mij misdoet?' snauwde hij. 'Je houdt van mij.'

'Ja, dat klopt!'

'Maar niet alleen van mij. Van iedereen. Je houdt van iedereen omdat je geen idee hebt hoe je van jezelf moet houden. Of zelfs maar jezelf moet zijn.'

Lucy keek verward en schudde haar hoofd zachtjes heen en weer. Er waaide een wind door de steeg en ze trok haar jasje strakker om zich heen.

'Snap je het niet, Lucy? Die jongen is het enige lid van mijn hele familie. Hij is de enige die hetzelfde bloed heeft als ik, de enige mens op aarde. En wat doe jij? Je dropt hem bij de man met wie je neukt.'

Hij begon van haar weg te lopen, de steeg uit en naar de straat. Ze riep hem na. 'Dat is niet waar! Echt niet! Ik zweer je dat dat niet waar is!'

Aan het eind van de steeg draaide hij zich om. 'Ga naar huis,

Lucy,' zei hij, en het vloog als een pijl op haar af en velde haar met zijn scherpe punt.

Het grind sneed in haar knieën toen ze erop neerviel. Ze zou naar huis gaan. Ze zou de straatlantaarns niet laten stelen wat er nog resteerde van haar onschuld, en ze zou naar huis gaan en die in het gras gaan zoeken. Ze zou haar jeugd terugplukken uit de takken van de dennenbomen. Ze zou haar onnozelheid terugvinden onder een stapel oude, onmodieuze spijkerbroeken. Ze zou aan Raúl Engales denken terwijl ze whiskey dronk bij een paasvuur, en telkens wanneer ze een man met een moedervlek op zijn wang zag. Ze zou aan James denken wanneer ze stiekem een sigaret rookte op de achterveranda van haar ouders: het gevoel van een verboden vrucht. Ze zou aan Jacob Rey, haar eerste en enige kunstproject, terugdenken wanneer ze de vele gezichten zag van kinderen die na hem verdwenen, eerst vereeuwigd en dan weggegooid op de zijkant van kartonnen melkpakken. Ze zou Manhattan regelmatig terugvinden vlak voor ze in slaap viel: het toeteren van een claxon, hoe de stad haar opende en vulde, een blauwe ballon die ze omhoog had zien vliegen door het dunne streepje lucht tussen de wolkenkrabbers. Ze zou New York tegen haar borst drukken, als een gouden medaillon met een inhoud die alleen zij begreep. Zij en een paar anderen – rood gestifte Jamie, grofgebekte Arlene misschien, en uiteraard Engales, de oerkunstenaar, de eerste die ze ooit had liefgehad. Ze waren er allemaal, vlak onder haar sleutelbeen, veilig weggeborgen.

Nog later zou ze hen allemaal laten wegvliegen, net als de blauwe ballon. Ze zou zichzelf ontwarren uit de grauwe greep van de stad. Ze zou vrouwelijke heupen en een vrouwelijk gezicht krijgen. Er zou een eind komen aan haar misstappen. Ze zou voor advocaat Randall werken, in plaats van kroegbaas Randy. Ze zou glimlachen naar een man aan de andere kant van een tuinfeest, waar smooth jazz werd gedraaid; ze zou een kind krijgen dat de letter R niet kon uitspreken. Als het kind de kans kreeg om Raúl te ontmoeten, zou het hem *Owl* noemen. Raúl zelf zou ze niet meer zien, maar wel een knappe foto van hem, afgedrukt in een boek dat ze leent uit de bibliotheek van Ketchum, met de eenvoudige titel *Downtown, deel II*.

Tot gauw, meisjemeis, zei ze door haar tranen heen tegen de rat die belangstelling voor Jamies handtas toonde. Ze had hem nooit teruggegeven, hoewel ze zich dat echt had voorgenomen.

In de galerie liep de avond ten einde zoals exposities dat doen wanneer alle gratis wijn op is, hoewel er nog een hele doos was, zichtbaar verkrijgbaar onder de drankjestafel. Desondanks begonnen mensen elkaar op de schouder te tikken en namen van kroegen in de omgeving te noemen. Viermaal hoorde James de zinsnede 'Ik ben vanavond helemaal vergeten te eten', uitgesproken door de beter geklede dames en in één geval door een extra kleine man met een deukhoed. James wilde hun stuk voor stuk zeggen dat hun hongerige toestand weinig subtiel was; het avondeten 'vergeten' was stedelijk normaal. Vergaten mensen elders in het land, zelfs elders op de wereld, ooit het avondeten? Of merkten alleen New Yorkers na een avondje kunst kijken dat ze rammelden?

Nukkig kuste hij ze allemaal ten afscheid. Hij kende ze niet en gaf niet om ze. Sommigen kende hij en hij gaf dan nog steeds niet om ze. Winona George, in een leren broek die met lijm leek te zijn bevestigd, verkondigde: 'Moet helaas weghollen van mijn eigen feestje, want ik was niet gastvrij genoeg om meer dan één olijf per gast te leveren! Maar gefeliciteerd met een legendarische expositie, James. Fenomenaal, echt fenomenaal.'

Toen Winona was vertrokken en er op het prijskaartje van elk schilderij een rode stip prijkte en het ene bakje chips dat Winona had neergezet was leeggegeten, vond James het niet meer zinnig om de schijn op te houden, en zakte tot een zittende positie tegen de achterste muur, naast de doos met wijn. Hij trok er een geopende fles uit en nam daar een slok uit. Hij wilde gewoon naar huis, maar zijn huis wilde hem niet. Hij staarde naar het schilderij aan de muur tegenover hem. Het was een gigantisch blauw vierkant. Was het leven maar zo eenvoudig, dacht hij. Gewoon een groot blauw vierkant. Maar toen hij er lang genoeg naar had gekeken, begon hij zich alles te herinneren wat dat schilderij ooit bij hem had opgeroepen: suikerstroop, zandduinen, het gevoel van handen vasthouden. Het was nooit zo eenvoudig, dat wist hij. Boven op het leven was er altijd nóg meer leven.

Hij wilde tegen het blauwe vierkant huilen. Hij wilde zijn moeder bellen, die hij al bijna twee jaar niet had gesproken, om haar te vertellen over zijn avond. Alles verkocht, mam, zou hij zeggen. Echt ieder doek. Ik heb miljoenen dollars verdiend, mam. Ben je trots op me? Ben je trots op je zoon? Natuurlijk zou ze dat niet zijn. Trots behoorde niet tot haar emotionele woordenschat. En waarom dacht hij aan zijn moeder? Hij dacht anders nooit aan zijn moeder; dat deprimeerde hem. Zijn been jeukte alsof er een vlieg op was geland, maar er was niets. Toen hij opkeek, waren Marge en Julian er.

Hij raakte met emoties gevuld toen hij ze met hun dikke jassen door de zaal zag lopen, overvallen door blijheid en dankbaarheid, en één korte seconde meende hij het dieprood van Marge te zien. Of was het een herinnering aan haar rood? Hij wist het niet en het kon hem niet schelen. Ze was er! Ze was van gedachten veranderd en was gekomen! Het kon hem niet schelen of het rood zou blijven of weer vervaagde; dat deed er niet toe. Het kon hem niet schelen dat hij al zijn schilderijen had verkocht; dat deed er niet toe. Zij deed ertoe. Zij was het enige wat ertoe deed.

Maar toen ze dichterbij kwamen, zag James de onmiskenbare tekenen dat ze zojuist had gehuild. Haar grijze ogen waren geglazuurd, de rimpels rond haar mond geprononceerd en donker.

Hij liep naar haar toe. 'Je bent gekomen,' zei hij en legde zijn handen op haar armen.

'Eventjes maar,' zei ze.

'Hoezo eventjes?' zei hij. 'Er is wijn.'

'Dat zie ik,' zei ze. 'Hoezo, hadden de rijkelui geen dorst?'

Ze probeerden allebei te lachen, faalden.

'En wat ben jij toch een grote jongen,' zei James tegen Julian. Hij woelde met zijn hand door zijn haren. Geen reactie, uiteraard – Julian had sinds zijn komst geen woord tegen hen gezegd – maar omdat hij niet huilde leek het woelen door zijn haren hartverscheurend intiem.

Hij keek weer omhoog naar Marge.

'Wat is er aan de hand?' zei hij.

'Ik ben moe,' zei ze.

'Ik ook,' zei hij.

'Maar ik ben echt moe,' zei ze. 'Van alles.'

'Je bent mij beu.'

'Ja, James. Ik ben jou beu.'

'Ik weet het,' zei hij. Hij keek omlaag naar Julian en wierp hem een blik toe waarvan hij hoopte dat die vriendelijk was. Zijn hart brak.

'Ik heb je boek gelezen,' zei ze.

James' gezicht verstrakte; het rood van Marge vlamde op. Hier blijven, zei hij tegen de kleur, maar hij kon hem niet vasthouden, en hij vervaagde weer.

'Welk boek?' zei hij.

'De bladzijden op je studeerkamer.'

'Dat? Marge. Marge, heb je dát gelezen? Dat is maar een berg onzin waar ik aan heb zitten schrijven. Geen boek. Er is helemaal geen boek.'

'Toch wel,' zei ze.

James kon het niet opbrengen om meer te vertellen over wat hij geschreven had: een onsamenhangend document dat Marge om te beginnen nooit had moeten lezen vanwege alle verdrietige, walgelijke, waarschijnlijk beroerd opgeschreven waarheden die het onthulde. Hij herinnerde zich zijn allereerste recensie in *Artforum*: Marge, die zijn witte buik kuste en zei: 'Hij is klaar, James. Maar ben jij dat ook?' Marge wist het. Ze wist hoe dingen werkten. En haar blik was gelijkmatig en volmaakt. En ze was moe, en hij wilde haar niet nog meer vermoeien. Hij wilde juist voor haar zorgen. Haar in veiligheid wiegen. Dingen aan haar geven. Haar alles geven, omdat ze dat waard was.

'Ik heb alles verkocht,' zei hij.

'Ik wist het wel,' zei ze.

'Ben je trots op me?' zei hij.

'Ontzettend,' zei ze. Toen boog ze naar hem omlaag en omhelsde hem. In de kraag van zijn overhemd fluisterde ze: 'Hij is ontslagen.'

'O,' zei James. Hij legde zijn hand op haar achterhoofd. Bij de gedachte aan Raúl Engales overstroomden zijn pupillen met blauw. De schilderijen in de galerie sprongen op hem af: een rapnummer, de geur van tuinen in het late voorjaar, het woord 'cesuur'. Het rood van Marge verzamelde zich en zwol rondom haar aan, en zijn hart luidde en zwaaide.

'Hij is bij ons langs geweest,' zei Marge, terwijl ze zich een beetje losmaakte, wat voelde als een raam dat openging en een vlaag te koude lucht naar binnen liet. James wilde haar voor eeuwig omhelzen. 'Ik heb hem voor de deur zien staan,' zei ze. 'Door het glas. Ik kon het niet opbrengen om open te doen.'

'Oké,' zei James en hij knikte.

'Je moet me hierbij helpen.'

'Oké,' zei James. Hij bleef knikken, alsof het gebaar hem op een of andere manier zelfvertrouwen zou schenken, maar de kleuren wervelden om hem en Marge heen, en hij wist niet precies waarmee hij instemde, hij deed het gewoon. Hij stemde gewoon in. Met Marge. Met helpen. Met de kleuren. Met dit alles.

'Fijne avond nog, James,' zei ze. Ze knipperde, draaide zich om, begon toen weg te lopen, waarbij haar witte driehoekige hakjes op de gladde cementvloer klakten. Het rood dat om haar heen was verschenen volgde haar als een wolk, en James zag er iets anders aan... iets mensenmenigteachtigs... was het... granaatappel? Was dat, kon het wellicht hetzelfde met zaden gevulde rood zijn dat ze had belichaamd toen ze vorig jaar zwanger was? Zou het kunnen dat Marge... Nee, ze kon hem niet hier, niet nu in de steek laten!

'Wacht!' zei James tevergeefs. 'Waar ga je heen? Marge, Julian is hier!'

'Ik vertrouw op je, James,' hoorde hij haar zeggen. Ze draaide zich niet om. James zag zijn echtgenote de deur uit glippen en verdwijnen. Zijn hart was tot ergens rond zijn enkels gezakt en bonsde. Hij tastte naar Julians hand, juist toen de jongen begon te huilen.

'We gaan zo sluiten!' riep een dikke beveiliger bij de vooringang. 'Iedereen is vertrokken!'

Iedereen was vertrokken. James' kleuren verschoten geleidelijk weer: als lappen die te lang buiten in het zonlicht hadden gehangen. Alles kreeg vage contouren, maar dat kwam gewoon door het water dat zich ophoopte in zijn ogen.

Engales rende over straat en greep de beveiliger bij zijn reuzenarm. 'Ben je aan het afsluiten?' zei hij buiten adem. 'Ik moet terug naar binnen.' In tweede instantie besefte Engales dat het José was, uit het humanioragebouw van NYU.

'Hé, ik ken jou,' zei José. 'Jij bent die klojo die op de universiteit altijd naar binnen sluipt!'

'Maar je ziet er anders uit,' zei José, terwijl hij Engales van top tot teen bekeek. 'Iets veranderd?'

Engales hield zijn arm omhoog. 'O shit,' zei José.

'Wat je zegt, o shit. Wil je me nu binnenlaten? Het is belangrijk.'

'Altijd proberen om binnen te komen op plekken waar je niet hoort!' zei José. 'Het is dicht. Expositie afgelopen.'

'José,' zei Engales, nu in het Spaans. 'Ik ben verdomme mijn hand kwijt. Ik heb één familielid, en dat staat binnen. Laat me erin, José.'

'Jezus,' zei José en hief zijn handen ten hemel. 'Vijf minuten, dan ga ik een borrel drinken en een vrouw zoeken.' Hij tuitte zijn lippen.

'Best,' zei Engales korzelig. Zou er een tijd geweest zijn dat hij José een high five had gegeven?

Hoewel de zaal bij zijn vorige bezoek schel verlicht en vol reuring was geweest, waren vele van de spotjes aan rails nu uitgezet, en er was maar één verlichte rechthoek, achter in de zaal. Daarin zaten James en een klein jongetje naast elkaar tegen de muur. James aaide de jongen over zijn bol op een manier die hen geen van beiden flatteerde: het haar van Julian bleef op zijn voorhoofd vastplakken; het gezicht van James werd bleek van wanhoop. Julian huilde harder.

Engales liep naar hen toe, zijn zenuwen overschaduwd door vastberadenheid. Hij wist dat ze hem niet konden zien; hij bevond zich in het schaduwrijke, donkere gedeelte. 'Het geeft niet, Juli,' was James met zijn toegeeflijke, wanhopige Jamesstem aan het zeggen. Engales voelde een bezitterige zuigkracht – hij hoorde die naam hardop, de naam van zijn grootvader, echt een naam die Franca gekozen zou hebben – en hier zat James hem in de intieme vorm uit te spreken. Hij kuchte om zich aan te kondigen.

'Holy shit, Raúl! Je laat me schrikken.'

Engales negeerde James; hij kon het gezicht van het jongetje zien, gevlekt door tranen maar meteen zo vertrouwd. De jongen had de hik van de laatste verslikking tijdens zijn huilbui. Klein hoofd, klein lijf, kleine schoenen, enorme ogen. Franca's ogen. Franca's alles. James zette hem op de vloer neer. Met een plotse, onbeholpen beweging hurkte Engales tot het niveau van de jongen. Met zijn goede hand en de stomp van zijn slechte hand pakte hij zijn arm vast. Hij bevoelde hem. De wereld stond stil terwijl hij het kleine lijf van de jongen strak tegen het zijne drukte, met zijn ene arm om zijn lichaampje geslagen. De wereld stond stil terwijl hij de natte crackers en warme melk en het wasmiddel dat in heel Argentinië werd gebruikt opsnoof. Hij liet snel weer los en de wereld tolde. De jongen keek hem met zijn grote Franca-ogen aan. Engales voelde zich stom, hij had hem niet moeten omhelzen. De jongen had vast geen idee wie hij was, hij was vast geschrokken – Engales bloosde van schaamte. Maar toen zei de jongen met zijn kleine muizenmondje, tussen zijn hikken door: 'Ben jij de Broer?'

Het was het eerste wat hij in weken had gezegd, en hoewel Engales dat onmogelijk kon weten, voelde hij hoe gewichtig, hoe nieuw dit was: een stem die opgesloten had gezeten en was behouden, tot nu. Hij keek James aan voor bevestiging, of voor wat dan ook, maar James haalde alleen zijn schouders op, ook met vochtige ogen, zijn lippen samengeperst tot een rechte streep. Engales besefte dat James waarschijnlijk niet had verstaan wat Julian zei – het was in het Spaans geweest – en dat hij dat als enige kon. Want hij was de broer. Nu moest hij zich verantwoordelijk betonen.

Opeens werd alles zo helder als een ijskoude nachthemel. Hij was de broer. Hij was de broer die de eierdooiers in de zon had laten bakken. Hij was de broer die zijn zus boven aan brandtrappen had achtergelaten, die niet naar haar toe wilde zwemmen toen ze spartelde in de golven bij Mar del Plata, die haar aan de slapjanussen en de ontvoerders had overgeleverd en zelf een goed heenkomen had gezocht. 'Hij kan je niet redden,' had Engales haar over Pascal gezegd. Maar had hij het niet over zichzelf gehad? Hij was de broer die zijn zus niet had kunnen redden, en die ongetwijfeld haar zoon niet kon redden.

Hij was de broer die was vertrokken, terwijl hij had moeten blijven.

Zijn ontbrekende hand balde zich samen en prikte terwijl hij zich omdraaide, en daarna deed hij wat hij al zo vaak had gedaan: New York smeken om een uitweg. New York smeken om een kans uit duizenden.

Portret van de man in de spiegel

HAND: In de etalages ben je een waas wanneer je wegrent. De streperige weerspiegeling van de zwaaiende arm: eentje maar. De andere, zonder hand als slingergewicht, blijft dichter langs je zij, de boog ervan permanent versmald. De winkelruiten weerspiegelen de cadans van je hart. Er ontbreekt een slag, een slingerbeweging, een ontbrekend gewicht aan één kant, en dat verdien je. Je bent een ongelijkmatige man. Een man die heel ver naar de ene kant overhelde en toen omviel, weg van iedereen die ooit van je gehouden heeft.

MOND: Een, twee, drie glazen whiskey, vier, vijf, Mexicaanse biertjes, zes, zeven in de ochtend, en je gaat nog niet naar huis, o nee, je gaat nog niet naar huis, want dit is je beste benadering van een thuis in deze stad: de kroeg op Second Avenue met de neonklok in de hoek die nog nooit de juiste tijd heeft aangegeven, nooit van zijn leven, zelfs niet toen je jonger was en je net was gearriveerd, en tijd sowieso totaal onbelangrijk was; je was nog maar een jongen. Nu is daar je gezicht, in de spiegel achter de toog. Het is zwaar, donker, oeroud. Het is aan het tellen: een wenkbrauw trilt. Een, twee, drie – hij zal inmiddels vijf of zes zijn, als je eigen klok goed loopt, vijf jaar sinds je die brief van je zus met haar grote nieuws hebt gekregen, vijf jaar sinds je het verdomde om terug te schrijven, vijf jaar verloren en niets gewonnen, alleen een lijf vol drank en de zon komt al op en daar is je domme smoel, vol schaamte en met die stomme moedervlek, die je er het liefst met een flessenopener af zou wippen, om jezelf van de pijn af te leiden met nog meer pijn.

ARM: Telemondo's om sigaretten te kopen, en daar staat Jean-Michel achter in de winkel, die de duurste fles koopt van wat het ook is dat hij koopt; hij heeft net zijn eerste gigantische verkoop gesloten. Beter om weg te kijken van de spiegel van Jean-Michel, een spiegel die ooit je eigen veelbelovendheid had weerspiegeld en nu je mislukking reflecteert, je ontbrekende lichaamsdelen. Houd je arm achter je, zodat Jean-Michel hem niet ziet. Wanneer hij hem toch ziet, probeer dan te vertrekken. Wanneer hij je tegenhoudt, laat hem dan begaan. Laat hem je mouw omhoogtrekken. Laat hem jou het enige geschenk geven dat hij heeft: zijn maffe glimlach, zo hartelijk, daarna een krabbel op wat er resteert van je arm. SAMO IS DOOD, schrijft hij en blaast een verdwaalde dreadlock uit zijn gezicht. Laat hem begaan. Laat hem jou met zijn maffe glimlach vertellen dat de wereld niet is vergaan. Dat je niet alles kwijt bent. Dat niets alles is. Dat er zonder dingen altijd nog andere dingen zijn. Er bestaan nog steeds ogen van een andere mens die je aankijken, die jou zien. Er staat nog steeds iets op een arm geschreven. Er zijn nog steeds dingen om voor te zorgen, dingen om te doen, dingen om te redden. 'Ga ervoor,' zegt hij. En dat moet je, en dat ga je doen.

OGEN: Want ze waren precies als de jouwe, hè? De ogen van het jongetje.

Epiloog
Elke avond honderd tekeningen

Julian kan zijn pen niet vinden en kan daarom niet slapen. Het is een fantasiepen, dat weet hij wel, maar hij weet ook dat het niet altijd helpt om dingen te weten. Zijn moeder weet alles. Dus waarom is zij verdorie niet hier?

Dit is het plafond: rode en blauwe lampen, die ronddraaien als de caleidoscoop die hij had uitgeprobeerd op de markt in Argentinië. Een caleidoscoop werkt zo: je pakt de dunne paal en kijkt erin en dan zie je een cirkel vol gekleurde vormen die schuiven en in de rondte draaien wanneer je de paal in de rondte beweegt. Zijn pen zit ergens in zijn hoofd verstopt en zijn hart stampt als een losgebroken paard. Zijn ogen zijn open alsof zijn oogleden door tandenstokers worden gestut.

Dat is de kat die Julian buiten hoort huilen: verdwaald. Katten klinken alleen verdwaald als ze verdwaald zijn. Hij wou dat er een bepaald gehuil was dat jongens konden voortbrengen als ze verdwaald waren, maar dat is er niet.

Dit is de man naast hem op het bed: de Broer. Het is de Broer uit het verhaal van zijn moeder, en dat weet Julian zeker want hij heeft een quiz gedaan.

'Als jij echt de Broer bent,' had hij voor de zekerheid gevraagd toen de Broer hem die ochtend bij James thuis kwam ophalen, 'welke kleur heeft de deur van ons huis dan?' 'Rood,' had de Broer geantwoord. Goed. 'Als jij de Broer bent, wat is dan mijn moeders lievelingseten?' 'Boter.' Goed.

'Op dinsdag en donderdag en zondag woon je bij mij,' had de Broer toen uitgelegd, terwijl de sneeuw verdrietig achter hem en op hem neerviel, alsof hij onbelangrijk was. 'Op maandag en woensdag en vrijdag en zaterdag woon je hier.'

'Maar dat zijn alle dagen,' had Julian gezegd, terwijl hij in de deuropening stond en keek naar één specifieke sneeuwvlok die op het zwarte haar van de Broer was neergestort. Dat jaar hadden ze op school de dagen geleerd: elke dag had zijn eigen kleur, tot de week een regenboog vormde.

'Ja, dat klopt,' had de Broer gezegd.

'Op welke dagen heeft mijn mamma mij?' had Julian gezegd, hoewel hij bang was dat hij het antwoord al wist.

'Op geen dagen,' had de Broer gezegd. 'Voorlopig op geen dagen.'

Dingen die zijn moeder hem niet had verteld over de Broer: dat hij een stuk puntige huid aan het eind van zijn arm had dat eruitzag als een zeeleeuw, dat hij haar op zijn borst had, dat hij een zwarte vlek op zijn gezicht had die op je af kon springen, dat hij naar rook rook, dat hij er helemaal niet zo magisch uitzag; dat hij te veel haar op zijn gezicht had.

Dingen die zijn moeder hem niet had verteld in het algemeen: dat zij hem op geen dagen zou hebben.

Nu wil hij geen dinsdagen en donderdagen en zondagen. Maandagen en woensdagen en vrijdagen en zaterdagen wil hij ook niet. Als zijn moeder geen dagen krijgt, dan wil hij dat: geen dagen. Hij wil deze walvisrug niet, die zuchtend en zwart voor hem op bed ligt. De Broer op bed naast hem is griezelig. Hij wil dat de Broer uit het verhaal verdwijnt.

Dit is het verhaal. Er waren eens een broer en zus die zo veel van elkaar hielden als menselijkerwijs mogelijk was. De zus hield zo veel van haar broertje dat ze elke nacht terwijl hij sliep honderd taarten voor hem bakte. Het broertje dacht dat de taarten elke ochtend gewoon verschenen, als bij toverslag, en hoewel hij ze eerst heerlijk vond, begon hij het later gewoon te vinden. Hij maakte niet langer een sprong van blijdschap als hij ze zag. Hij proefde niet langer van elke taart. Hij grijnsde niet meer wanneer de geur van glazuur hem wakker maakte. Bij dit deel van het verhaal hijgde Julian altijd vol verwachting. Hij zei altijd hetzelfde. 'Maar z'n zus had ze gemaakt!' zei hij dan. 'Het was geen tovenarij, z'n zus had ze gemaakt!'

'Ssst,' zei zijn moeder dan. 'Laat me het verhaal uitvertellen. Pas toen het broertje op een ochtend een spetter beslag op het gezicht van zijn zus zag, wist hij dat zij de taarten had gebakken. Zijn eigen zus, die de hele nacht opbleef om de allermooiste taarten voor hem te bakken. Hij kon het maar niet geloven. Intussen werd zijn zus heel erg verdrietig, omdat ze dacht dat haar taarten niets waard waren.'

'En daarom wilde hij haar iets teruggeven!' schreeuwde Julian dan bijna.

'Stil nu,' zei zijn moeder dan, 'straks maak je je vader nog wakker. Ja, hij wilde iets voor zijn zus terugdoen, om haar te laten zien dat hij ook van haar hield. Daarom deed hij waar hij heel goed in was. Hij begon te tekenen.'

'Elke avond honderd tekeningen!' fluisterde Julian dan luid, met grote ogen.

'Elke avond honderd tekeningen,' zei ze dan. 'Tekeningen van alle mensen die ze kenden. De slager, de baas van Café Crocodile, de man die gitaar speelde in het park – iedereen uit de hele stad, al hun vrienden.'

'En vond de zus de tekeningen mooi?'

'Nou en of, heel mooi. Ze vond ze prachtig. Ze hing ze overal in huis op.'

'Maar waarom is de broer dan weggegaan?'

'Hoe weet je dat de broer is weggegaan? Ik ben nog niet bij dat deel van het verhaal.'

'Omdat je me gisteravond hetzelfde verhaal hebt verteld,' zei Julian dan schaterend en begroef zijn hoofd tussen de lakens.

'Nou, vanavond is het weer een nieuwe avond,' zei zijn moeder dan. 'Als ik je nu eens vertelde dat de broer nog steeds tekeningen voor zijn zus maakt? Of dat hij nooit is weggegaan?'

'Nou, dat zou een nieuw verhaal zijn,' zei Julian.

'Inderdaad,' zei zijn moeder en knipoogde.

'Hoe zou dat aflopen?'

'Het zou niet hoeven aflopen,' zei ze. 'Het zou nog steeds voortduren. De broer zou opgroeien tot een man, met een grote stem. Hij was een tovenaar, moet je weten, die in de hoofden en harten van de mensen kon kijken. En hij zou een vrouw vinden die ook kon toveren, en samen zouden ze een toverkindje krijgen, verhuizen naar het huis naast dat van zijn zus, die ook een kindje had. Hun twee kinderen zouden leren hoe je taarten bakt en tekeningen maakt, en ze zouden de hele nacht opblijven, dingen voor elkaar maken en dan vanuit hun slaapkamerraam met blikjes met elkaar telefoneren.'

'Blikjes?'

'Blikjes. Met een touw ertussen, om de trillingen die in geluid veranderen te transporteren.'

'Maar dat is niet het echte verhaal.'

'Hoe weet je dat?'

'Omdat jij die zus bent!'

Dan woelde mamma met haar hand door zijn haar en glimlachte ze. 'En hoe weet jij dat allemaal, mannetje? Hoe is het mogelijk dat jij zo veel weet?'

'Ik weet het gewoon,' zei hij dan en nestelde zijn hoofd op het plekje tussen haar borst en haar arm. En altijd: 'Als ik honderd tekeningen maak, ben ik dan net als de broer?'

'Tuurlijk,' zei zijn moeder dan altijd. 'Maar je moet het wel in gedachten doen, want nu is het tijd om te gaan slapen. Gebruik je fantasiepen maar. Neem hem mee naar bed. Teken alles waarover je wilt dromen bij elkaar, alles wat je nodig hebt.'

Nu: hij wil over haar dromen. Hij verlangt naar haar. Hij verlangt naar haar theeketelstem en haar zachte haar. Hij verlangt naar haar taartengeur en haar lotionlucht. Hij moet naar het raam lopen en haar roepen. Maar als hij zich beweegt, verbreekt hij misschien de betovering van de Broer z'n slaap. Bovendien sneeuwt het buiten en als hij een raam opendoet, komt er een beetje sneeuw naar binnen.

Een vrachtwagen kaboemt buiten door de straat, werpt Julians hart in de lucht. Hij moet zijn pen vinden. Moet hij de Broer wakker maken? Kan hij dat? Of zou de Broer dan gaan schreeuwen? Zou de Broer een gemeen gezicht opzetten?

Julians blik valt op iets griezeligs in de hoek van het plafond: iets met vleugels, zo groot als een jong vogeltje. Het zit stil als een boosaardige vlek met twee witte ogen.

Maak hem wakker, fluistert het schepsel. Julian stopt zijn oren dicht. Hij wil niet dat het schepsel tegen hem praat.

Maak hem toch wakker, stommeling! zegt het schepsel. Julian trekt zijn neus op, gaat overeind zitten, kijkt het schepsel recht aan en fluistert: 'Goed! Maar hou je stil, anders maak je hem zelf nog wakker!'

Met zijn pink raakt Julian de schouder van de Broer aan. De Broer verroert zich niet. Met zijn op een na kleinste vinger raakt hij de biceps van de Broer aan. Niets. Met zijn op twee na kleinste vinger beroert hij het uiterste puntje van de Broer z'n arm: de zeeleeuwenneus. Opeens zit de Broer recht overeind in bed, zwaait met zijn hoofd van links naar rechts en stoot een norse schreeuw uit.

Julian schiet van het bed af, de vloer op. Zijn hoofd steekt net boven de matras uit.

'Wat krijgen we nou?' zegt de Broer, zijn ogen stuiterend van de slaap. Daar is zijn moeder, daar in de lichtste delen van de Broer z'n ogen; wat een opluchting.

'Ik bedoel, het spijt me,' zegt de Broer. Ogen een klein beetje omhoog, net genoeg om te zien hoe de Broer zijn ene hand over zijn voorhoofd haalt. Zijn gezicht wordt maar aan één kant belicht, waar de caleidoscoop naar binnen komt, en Julian ziet de kleine haartjes die uit zijn kin steken, als een gemene cactus.

'Wat is er?' zegt de Broer. 'Waarom maak je me wakker?'

Julian blijft zitten waar hij zit en zwijgt. Hij wil de Broer vertellen over het schepsel in de hoek, maar denkt dat het niet mag.

'Kom maar weer boven,' zegt de Broer, klopt op het matras en gaapt. 'Kom maar. Ik bijt je heus niet.'

Langzaam klautert Julian weer het bed op. De Broer trekt aan het touwtje van de lamp en een grote kring licht slokt de Broer z'n kant van het bed op. Julian steekt zijn voet uit in het licht en wriemelt met zijn tenen. Dan kijkt hij omhoog naar het schepsel, waarvan hij nu ziet dat het op een bruine vlinder lijkt.

'Dat is Max de Mot,' zegt de Broer. 'Die doet niks.'

Julian kijkt weg van Max en weer naar de Broer. Hij kijkt naar de enge zeeleeuw aan de arm, zijn gedraaide neus.

'En dit,' zegt de Broer, 'is mijn verprutste arm.' Hij tilt de arm op tot in het licht en het gezicht van de zeeleeuw ziet er minder eng uit. Er loopt een plakkerige streep zwart bloed overheen. 'Wil je hem aanraken?'

Julian kruipt over het bed naar hem toe, beroert het puntje van het dier met zijn kleine vingertoppen. Hij kijkt naar de

Broer voor geruststelling. 'Toe maar,' zegt de Broer, 'het doet geen pijn.'

Met de vingertjes van de jongen op zijn arm kijkt Engales er opeens anders naar. Alsof de hand geen deel van hem uitmaakt, maar gewoon een object is, iets wat in de wereld bestaat en wat hij kan observeren en beoordelen. Hij denkt aan de slappe wang van de Chinese vrouw, de enorme buik van Señor Romano. Hij denkt aan het wratje dat uit Lucy's oksel stak, of het sterrenbeeld van littekens onder haar kin, van toen ze als kind op een boomtak was gevallen. Voor het eerst sinds het ongeluk boezemt zijn eigen aanhangsel met dat afzichtelijke litteken hem geen angst in. Opeens lijkt het op alle andere dingen die hij ooit interessant heeft gevonden. Het is een kras.

'Behoorlijk lelijk, hè?' zegt de Broer.

'Ja,' zegt Julian. 'Lijkt wel een zeeleeuwengezicht.'

Engales lacht zachtjes. 'Vertel eens,' zegt de Broer. 'Kon je niet slapen?'

Julian schudt zijn hoofd.

'Ik weet hoe dat is,' zegt de Broer. 'Toen ik klein was, kon ik ook niet slapen. Te veel leuke dingen om aan te denken.'

'En enge dingen,' zegt Julian.

'En enge dingen,' zegt de Broer.

Daarop reikt de Broer naar een fles op de vloer. Julian kijkt hoe de arm zonder hand de lucht in steekt terwijl hij zich als een vliegtuigvleugel omdraait. De Broer drinkt uit de fles en de kamer ruikt vies.

'Ik kon mijn pen niet vinden,' zegt Julian, met zijn kleinste stemmetje.

'Je pen?'

'Ja.'

'Waarvoor heb je midden in de nacht een pen nodig?'

'Het is een fantasiepen.'

'Waarvoor heb je midden in de nacht een fantasiepen nodig?'

'Om honderd tekeningen te maken.'

'Je bent een raar joch, weet je dat? Heeft je moeder je ooit verteld dat je een raar joch bent?'

Julian kijkt omlaag naar zijn handen.

'En waarom zou je dat doen? Honderd tekeningen maken?'

'Dat moet je doen als je iemand wilt laten weten dat je meer van haar houdt dan van al het andere op de wereld bij elkaar.'

Engales grinnikt. De ogen van de jongen zijn zo groot en intens, en zijn kleine stemmetje klinkt zo ernstig dat het hele verhaal bijna komisch is. Maar daar heb je Franca weer, ze leeft in de rimpel tussen de jongen z'n ogen: bloedserieus, net als zijn zus.

'Ik snap het,' zegt Engales. Hij kijkt in de kamer om zich heen. Naast het bed zijn op de muur twee exemplaren geprikt van de Jacob Rey-flyer die hij op de ochtend van het ongeluk had gekregen van de man met de baard. Die zal Lucy hebben opgehangen. Maar waarom? En waarom zijn het er twee? Engales trekt een flyer van de muur en draait hem om, geeft hem aan Julian. 'Hier heb je papier,' zegt hij. 'Ik zal eens kijken of ik een pen heb.'

Terwijl Engales naar een pen zoekt, draait Julian het papier weer om, bekijkt de foto van het jongetje. 'Wie is die man?' zegt hij.

'Dat is een jongen die zoek is,' zegt Engales verstrooid, terwijl hij tevergeefs rondzoekt. Geen pen.

'Je zult het niet geloven, Julian, maar ik heb geen pen. Je moet weten dat ik nog niet zo'n hele goeie volwassene ben. Maar misschien heb ik wel wat anders.'

'Maar waarom is hij zoek?' zegt Julian.

Engales duwt zichzelf van het bed omhoog en begint eronder te zoeken. Het licht schijnt er niet onder, dus er is een uitgestrektheid van zwart, waarschijnlijk een paar muizen, al zijn schilderspullen. Hij voelt hoe de whiskey door hem heen stroomt terwijl hij met zijn ene hand over de vloer klauwt.

'Omdat niemand hem kan vinden. Hier. Hier heb je m'n oude verf.'

Hij laat het kistje dat Señor Romano hem heel lang geleden cadeau gaf op het bed neervallen en een strakke golf van nostalgie breekt in zijn binnenste. Hij zet het kistje recht, opent het gouden slotje.

'Maar iemand gaat hem wel vinden, hè?' vraagt Julian. Zijn wenkbrauwen knopen zich samen tot een puntige toestand van zorgelijkheid.

'Jawel, iemand gaat hem vinden. En tot die tijd mag jij op z'n rug tekenen. Kijk, dat mag je met dit penseel doen.'

Engales haalt een dun rood penseel en een tube gele verf tevoorschijn. Hij ziet het grote gezicht van Señor Romano, zijn stropdas met paisleymotief, zijn brede, vriendelijke mond. Hij is weer een kind dat op de vloer in de kamer van zijn dode ouders zit, dat steeds opnieuw de rimpel in het voorhoofd van zijn zus schildert. 'Hé, stommeling,' zei ze dan, 'moet je alle lelijke stukken van mijn gezicht schilderen?'

Dat zijn niet de lelijke stukken, wil hij nu zeggen. Hij wil ook andere dingen zeggen. Hij wil alles zeggen.

Hij wil Franca vertellen wat hem in de galerie was overkomen op de avond van James' expositie: dat zijn lichaam hem had verraden, dat het niet zijn bedoeling was geweest om Julian te verlaten, maar dat hij niet meer terug kon toen hij eenmaal was vertrokken, het in de steek laten maakte deel van hem uit, zat in zijn lichaam ingebakken. Hij wil haar vertellen wat in Telemondo's is voorgevallen, dat Jean-Michel hem anders over alles deed denken, hem liet inzien dat er nog steeds dingen waren die gered konden worden. Hij wil Franca alles vertellen, alles wat ze gemist heeft.

En op deze manier vertelt hij alles: hij knijpt de tube gele verf rechtstreeks in het deksel van het kistje. 'Alsjeblieft,' zegt hij. 'Begin maar met tekenen.'

'Maar dat wil ik niet op de rug van de jongen doen, want dan is hij misschien gecamoufleerd en kunnen de mensen hem niet vinden en blijft hij altijd zoek.'

'Je bent wel kieskeurig, hè? Oké. Hmm.' Engales grijpt een van zijn kleinere oude doeken, een onvoltooid schilderij van de Telemondo-man die tien sigaretten tegelijk rookt. Hij zet het voor Julian neer.

Julian kijkt hem met die grote Franca-ogen aan. 'Maar het is al vol,' zegt de jongen.

'Als je bij mij komt wonen,' zegt Engales, 'zul je moeten leren om een beetje te leven. Ik hoef dit schilderij niet meer, ja? Ga er gewoon overheen, zo.' Hij houdt zijn hand over die van de jongen en doopt hem in de verf. Hij voelt het bevredigend kleverige vastgrijpen, dan het loslaten wanneer hij tegen de textuur van het schilderslinnen duwt. Er ontstaat een streep.

Zo vertelt hij alles: met deze streep. Zo loopt hij terug naar Franca, die over de eieren gebogen zit. Zo zegt hij tegen haar: 'De wereld is vol eieren. Wat maken die paar eieren uit als de wereld van de eieren barst?'

Julian kijkt omhoog naar Engales voor zijn goedkeuring. 'Ga door,' zegt hij tegen hem en laat zijn handen los. 'Zo doe je dat. Goed zo. Zie je wel, je weet best wat je doet! Je hebt mijn hulp helemaal niet nodig!'

Julian begint een gezicht te tekenen, over het gezicht van de Telemondo-man heen. Hij tekent lang haar en een grote mond. Ogen met stippen erin. Cirkels die de wangen voorstellen. Terwijl hij tekent, vergeet hij alles: de verdwaalde kat, het schepsel in de hoek, zelfs de Broer. Hij kan eindeloos tekenen. Hij zou wel honderd uur kunnen tekenen. Wanneer hij klaar is, geeft de Broer hem een ander doek, deze keer een met een dame met een vissenhoed erop.

'Wie is die mevrouw?' zegt hij.

'Zomaar een mevrouw,' zegt de Broer.

Julian tekent het gezicht van zijn moeder over het gezicht van de mevrouw heen, en wanneer hij daarmee klaar is zijn er meer. Hij tekent en tekent. Als hij genoeg tekeningen maakt, zal zij die zien, weet hij.

Engales ziet haar, zijn zus, om zich heen tot leven komen. Daar zit Franca in bad toen ze klein waren, ze schept water met haar kleine handjes. Daar rijdt Franca als een vogel op haar fiets, flapperend met haar ellebogen langs haar zij. Daar bakt Franca in de achtertuin een moddertaart en serveert die op een rood plastic bord. Daar is Franca in haar geborduurde tunieken met de steken die als mieren rondrennen op de stof. Franca aan de voeten van hun moeder, als een miniatuurversie van hun moeder. Franca die in een steeg bij Calle Bolívar door een groter meisje achterna wordt gezeten. Hoe hij het grotere meisje met een stok slaat om haar te beschermen en zich vervolgens schuldig voelt omdat hij een meisje heeft geslagen. Franca die schreeuwt dat ze hem haat omdat hij midden in de nacht een lok haar van haar heeft afgeknipt. Franca die van hun grootvader pasteitjes leert maken. Franca die eerst geen geduld heeft voor de pasteitjes, buiten wil rondrennen. Franca die borsten krijgt, die eerst kleine slagroomtaartjes lijken en dan grote ronde taarten worden waar hij een hekel aan heeft. Weten wat Franca denkt, al is dat privé. Franca's dagboek lezen, al is dat privé. Franca die 'tieten' zegt. Franca die lacht. Franca die in hun ouderlijke slaapkamer met Morales kreunt, hoe het aanhoren van haar gekreun leek te voelen alsof zijn ouders opnieuw doodgingen. Franca met een buik, groot en rond, die als een watermeloen uit haar komt. Hoe Franca met een blauwe jas aan in de kofferbak van een Ford Falcon wordt gesmeten. Eén woesj van de motor van de auto en weg is ze.

Ze is weg. Maar ze is ook hier, in de kamer, glimlachend op alle onvoltooide doeken van Engales. Franca had haar zoon hierheen gestuurd. Ze had Raúl gekozen. Ze had erop vertrouwd dat alleen de Broer haar kon redden, en haar zoon kon redden.

Opeens staat Julian recht overeind op het bed tussen de schilderijen, die lichtelijk kantelen terwijl hij over het matras naar de Broer toe loopt. Hij legt het hoofd van de Broer op de plaats waar zijn arm zijn lichaam ontmoet. Hij slaat zijn armen om het hoofd van de Broer en wiegt diens hoofd.

'Je moet je mond houden, anders werkt het niet,' zegt Julian.

'Anders werkt wat niet?' zegt de Broer.

'Ik beweeg je hoofd,' zegt Julian.

'Oké...'

'En ik ga je het verhaal vertellen.'

'Welk verhaal?'

'Ik zei dat je je mond moest houden.'

'Zwijg als het graf.'

'Er waren eens een broer en zus die onmetelijk veel van elkaar hielden.'

'Hoe ken jij zo'n moeilijk woord?' zegt de Broer.

'Dat ken ik gewoon,' zegt Julian ongeduldig.

'Stil,' zegt de Broer. 'Ben nu stil.'

Julian vertelt het hele verhaal. De taarten, de buitenzintuiglijke waarnemingen, de tekeningen. De zus die de tekeningen door het hele huis ophing, omdat ze die zo mooi vond en omdat ze wist dat haar broer ze speciaal voor haar had gemaakt.

'Maar waarom is de broer dan weggegaan?' vraagt de Broer, precies op het moment dat je dat hoort te vragen.

'Hoe wist je dat de broer was weggegaan?' zegt Julian. 'Zo ver ben ik nog niet in mijn verhaal.'

'Gewoon, geraden,' zegt de Broer. Dan trekt de Broer zijn hoofd uit de kom van Julians oksel en kijkt hij Julian recht aan. Engales wil deze jongen alles vertellen wat hij nooit aan Franca heeft verteld, zodat hij zich op zijn gemak en veilig zal voelen. 'Je bent een slimme jongen, Juli. Net als je grootvader, Braulio. Je had hem vast aardig gevonden. Hij had een grappige neus. En je kunt ook goed tekenen.' Hij zwijgt, omvat het gezicht van de jongen met zijn hand. 'Wist je dat?'

'Ja. Dat zegt mijn mamma de hele tijd. En James heeft het gezegd.'

De Broer glimlacht een beetje, maar kijkt nog steeds verdrietig.

'Heb jij deze gemaakt?' vraagt Julian.

'Ja.'

'Jij kunt ook goed tekenen.'

De Broer lacht, en als hij dat doet stroomt het hele jaar door hem heen: Times Square, Lucy op Jane Street, het kraakpand en de ontmanteling ervan, Winona's artistieke horoscopen, James Bennett, deze jongen. Als hij erop terugblikt, lijkt het jaar net zo scherp omlijnd en tastbaar als een jaar van Tehching: strak samengebonden tot een bundeltje tijd. Hij vraagt zich af hoe Tehching zich zal voelen wanneer het jaar voorbij is, wanneer hij weer binnen gaat slapen na 365 dagen buiten te zijn geweest, wanneer hij kan ophouden met ieder uur wakker worden om zijn prikklok in te drukken. Mist hij het project vanwege die dingen die het hem opleverde? Een structuur waarbinnen je een leven kunt leiden? Is de beëindiging van een kunstproject zoiets als het afleggen van een schild? Het jaar is al over een paar dagen afgelopen, denkt Engales. Winona zal haar feest geven, mensen zullen juichen en champagne drinken, ze zal ze stuk voor stuk hun artistieke toekomst in het nieuwe jaar influisteren. Hoe zal de zijne eruitzien? Hij denkt dat hij wel een idee heeft. Zijn borst voelt licht en zijn hart voelt opgezwollen en doelgericht.

Nu pakt hij met zijn linkerhand een penseel op. Nu doopt hij zijn penseel in de verf. Nu voelt hij het sensuele zuigen van de verf die weerstand biedt. Nu piekt de verf op het penseel. Nu schildert hij voor Franca.

Het doek voor hem is een onvoltooid portret van Lucy. Met een gele veeg vaagt hij haar gezicht weg. Hij hoopt dat het goed met haar gaat. Hij zal haar bellen om te vragen of het goed met haar gaat. Hij zal haar trakteren op koffie bij Binibon, zijn excuses aanbieden. Hij zal haar op de wang kussen. Hij zal een mespuntje blauw bijmengen.

'Zo maak je echte huidskleur,' zegt hij tegen Julian. 'Je voegt een mespuntje blauw toe.'

'Niet waar,' zegt Julian, die nog steeds zorgvuldig bezig is de hals van een visboer met feloranje weg te schilderen.

Engales lacht nog een keer. Het joch heeft Franca's grote, grappige ogen. Dit joch leert hoe hij zich op de wereld moet handhaven, de wereld ligt nog voor hem open. Dit joch wil in één nacht honderd tekeningen maken. Het is absurd. Het is onmogelijk. Het is op een absurde, onmogelijke manier schitterend. Het is een onmogelijke, schitterende kans.

Ze werken de hele nacht door om de tekeningen af te maken. Ze gaan niet meer slapen. Engales helpt Julian met tellen, zodat hij zeker weet dat het er honderd zijn. Wanneer ze klaar zijn, overzien ze de kamer, die licht is geworden van het gelijkmatige winterlicht. Er staan honderd Franca's. Honderd zussen en honderd moeders.

Ze zijn moe. Het is ze gelukt. Julian tilt zijn hand op.

'Waar is dat voor?' zegt de Broer.

'Je moet me een high five geven,' zegt Julian. 'Dat doet James altijd als ik een tekening af heb. James houdt van kunst.'

Engales glimlacht. James houdt zeker van kunst. Hij bedenkt dat James Julian morgen om twaalf uur komt ophalen, dat James in deze armoedige flat vol grof geportretteerde Franca's om zich heen zal kijken en zal glimlachen. Hij zal het begrijpen. Engales wordt door opluchting overvallen terwijl hij zich voorstelt dat iemand van wie hij houdt er ook van houdt en erin ziet wat hij erin ziet – alsof deze kamer vol schilderijen nu eindelijk mooi, of waarachtig, of echt kan worden.

Dankwoord

Dit boek begon en eindigde met een Claudia: Claudia Bernardi, wier krachtige onderwijs me wegwijs maakte in de geschiedenis van Argentinië en het personage Franca tot leven wekte; en Claudia Ballard, wier adviezen, redactionele visie en vertrouwen in dit project het van droom tot werkelijkheid maakten. Bedankt dat jullie zulke zeer sterke, slimme en vastberaden vrouwen zijn.

Mijn ouders, Nikki Silva en Charles Prentiss, zijn niet alleen mijn grootste inspiratie maar ook mijn onwankelbare steun en toeverlaat. Mam en pap: jullie onbegrensde creativiteit, intelligentie, vriendelijkheid en liefde zijn de reden dat dit boek (en alles wat ik nog meer heb gemaakt of ben geweest) bestaat. Ik bewonder jullie volkomen.

Mijn broers en zussen − volle, halve, aangetrouwde en uit de commune − zijn de allerbeste mensen die ik ken. Ik ben zo dankbaar voor de gevoelens, gedachten en lachbuien die jullie mij bezorgen.

De commune en de leden daarvan: bedankt voor de wijze waarop jullie ons hebben grootgebracht, de vele voorbeelden die jullie ons hebben gesteld, de maaltijden die jullie voor ons hebben gekookt en dat ik de ontbijttafel mocht inpikken als ik moest schrijven. Dank aan mijn families: Silva, Prentiss, Bennett, Baer, Becker, Bauer, Pruitt, Lewinger, Beckman-Dorr en Paul. En ook: Davia Nelson, Jo Aribas, Bobby Andrus en Sue Struck.

Dank aan het team van William Morris en dat van Scout Press, met name Alison Callahan, Jennifer Bergstrom, Louise Burke, Jennifer Robinson, Meagan Harris en Nina Cordes, en mijn publicist Kimberly Burns, voor hun keiharde werk, samenwerking en bereidheid om een gokje met mij te wagen.

Dank aan de instellingen die me de weg gewezen, opgeleid en ondersteund hebben: Children's Alley, Gateway Elementary, Aptos High School, UCSB, het California College of the Arts, de Carville Annex, de Lower Manhattan Cultural Council, het Blue Mountain Center en de Aspen Writer's Foundation. En speciale dank aan de docenten die mijn leven hebben veranderd: Mary Jo en Jim Marshall, Diana Rothman, Lydia Parker, Mrs. Whitmore, Mr. Baer, Ms. Giroux, Mashey Bernstein, Michael Petracca, Tom Barbash, Daniel Alarcón, Miranda Mellis, Claire Chafee en Cooley Windsor.

Sarah Fontaine en Melissa Seley: jullie hebben dit manuscript jaar in, jaar uit ontelbare malen in alle opeenvolgende versies gelezen, en daarvoor ben ik voor eeuwig aan jullie verplicht. Zonder jullie twee geniale breinen had dit boek niet bestaan. En de andere vrienden en vriendinnen die het boek geheel of gedeeltelijk hebben gelezen of geredigeerd – Elena Schilder, Junior Clemons, Emily Jern-Miller, Dan Lichtenberg en mijn vele workshop- en schrijversgroepsgenoten – ik waardeer jullie enorm. Jessica Chrastil, ik dank je voor je onvermoeibare vriendschap, uitmuntende emotionele steun, geflipte humor en levenslust. Carmen Winant, jij hebt vanaf het eerste begin alles meegemaakt; je inspireert me als kunstenaar, vrouw en vriendin. En al mijn andere vrienden en vriendinnen die me hebben gekoesterd terwijl ik me door dit project heen werkte, me vergaven dat ik uitjes naar het strand oversloeg en met hun humor en vriendelijkheid voorkwamen dat ik gek werd – ik dank de kosmos elke dag dat ik jullie heb.

Mijn familie bij Bloomingdale's: bedankt dat jullie mijn dagen vullen met flauwe woordspelingen en keihard gelach.

De schrijvers en kunstenaars wier boeken, gedichten, zinnen, woorden, schilderijen en installaties me hebben beïnvloed en de weg hebben gewezen: bedankt voor jullie gulheid.

En in de laatste maar zeker niet de minste plaats wil ik mijn dank uitspreken jegens mijn aanstaande echtgenoot, Forrest Lewinger. Je bent de liefste, nieuwsgierigste man en verreweg de beste luisteraar die ik ooit heb ontmoet. Dank je voor je geduld, je ideeën en je innige liefde.

Uitgeverij Querido stelt alles in het werk om op milieuvriendelijke en duurzame wijze met natuurlijke bronnen om te gaan. Bij de productie van dit boek is gebruikgemaakt van papier dat het keurmerk van de Forest Stewardship Council (FSC) mag dragen. Bij dit papier is het zeker dat de productie niet tot bosvernietiging heeft geleid.